中华译学馆立馆宗旨

以中华为根 译与学并重

弘扬优秀文化 促进中外交流

拓展精神疆域 驱动思想创新

丁酉年冬月许钧撰罗卫东书

"十四五"时期国家重点出版物出版专项规划项目

中华译学馆·中华翻译研究文库

许　钧 ◎ 总主编

中国文学外译的价值取向与文化立场研究

周晓梅 ◎ 著

ZHEJIANG UNIVERSITY PRESS
浙江大学出版社
·杭州·

本书获得国家社科基金项目（批准号：13CYY008）、

上海财经大学中央高校"双一流"引导专项资金、

中央高校基本科研业务费资助出版

总　序

　　改革开放前后的一个时期,中国译界学人对翻译的思考大多基于对中国历史上出现的数次翻译高潮的考量与探讨。简言之,主要是对佛学译介、西学东渐与文学译介的主体、活动及结果的探索。

　　20 世纪 80 年代兴起的文化转向,让我们不断拓宽视野,对影响译介活动的诸要素及翻译之为有了更加深入的认识。考察一国以往翻译之活动,必与该国的文化语境、民族兴亡和社会发展等诸维度相联系。三十多年来,国内译学界对清末民初的西学东渐与"五四"前后的文学译介的研究已取得相当丰硕的成果。但进入 21 世纪以来,随着中国国力的增强,中国的影响力不断扩大,中西古今关系发生了变化,其态势从总体上看,可以说与"五四"前后的情形完全相反:中西古今关系之变化在一定意义上,可以说是根本性的变化。在民族复兴的语境中,新世纪的中西关系,出现了以"中国文化走向世界"诉求中的文化自觉与文化输出为特征的新态势;而古今之变,则在民族复兴的语境中对中华民族的五千年文化传统与精华有了新的认识,完全不同于"五四"前后与"旧世界"和文化传统的彻底决裂与革命。于是,就我们译学界而言,对翻译的思考语境发生了根本性的变化,我们对翻译思考的路径和维度也不可能不发生变化。

变化之一,涉及中西,便是由西学东渐转向中国文化"走出去",呈东学西传之趋势。变化之二,涉及古今,便是从与"旧世界"的根本决裂转向对中国传统文化、中华民族价值观的重新认识与发扬。这两个根本性的转变给译学界提出了新的大问题:翻译在此转变中应承担怎样的责任?翻译在此转变中如何定位?翻译研究者应持有怎样的翻译观念?以研究"外译中"翻译历史与活动为基础的中国译学研究是否要与时俱进,把目光投向"中译外"的活动?中国文化"走出去",中国要向世界展示的是什么样的"中国文化"?当中国一改"五四"前后的"革命"与"决裂"态势,将中国传统文化推向世界,在世界各地创建孔子学院、推广中国文化之时,"翻译什么"与"如何翻译"这双重之问也是我们译学界必须思考与回答的。

综观中华文化发展史,翻译发挥了不可忽视的作用,一如季羡林先生所言,"中华文化之所以能永葆青春","翻译之为用大矣哉"。翻译的社会价值、文化价值、语言价值、创造价值和历史价值在中国文化的形成与发展中表现尤为突出。从文化角度来考察翻译,我们可以看到,翻译活动在人类历史上一直存在,其形式与内涵在不断丰富,且与社会、经济、文化发展相联系,这种联系不是被动的联系,而是一种互动的关系、一种建构性的力量。因此,从这个意义上来说,翻译是推动世界文化发展的一种重大力量,我们应站在跨文化交流的高度对翻译活动进行思考,以维护文化多样性为目标来考察翻译活动的丰富性、复杂性与创造性。

基于这样的认识,也基于对翻译的重新定位和思考,浙江大学于 2018 年正式设立了"浙江大学中华译学馆",旨在"传承文化之脉,发挥翻译之用,促进中外交流,拓展思想疆域,驱动思想创新"。中华译学馆的任务主要体现在三个层面:在译的层面,推出包括文学、历史、哲学、社会科学的系列译丛,"译入"与"译出"互动,积极参与国家战略性的出版工程;在学的层面,就翻译活动所涉及的重大问题展开思考与探索,出版系列翻译研究丛书,举办翻译学术会议;在中外文化交流层面,举办具有社会影响力的翻译家论坛,思想家、作家与翻译家对话等,以翻译与文学为核心开展系列活动。正是在这样的发展思路下,我们与浙江大学出版社合作,集合全国译学界的力量,推出具有学术性与开拓性的"中华翻译研究文库"。

积累与创新是学问之道,也将是本文库坚持的发展路径。本文库为开放性文库,不拘形式,以思想性与学术性为其衡量标准。我们对专著和论文(集)的遴选原则主要有四:一是研究的独创性,要有新意和价值,对整体翻译研究或翻译研究的某个领域有深入的思考,有自己的学术洞见;二是研究的系统性,围绕某一研究话题或领域,有强烈的问题意识、合理的研究方法、有说服力的研究结论以及较大的后续研究空间;三是研究的社会性,鼓励密切关注社会现实的选题与研究,如中国文学与文化"走出去"研究、语言服务行业与译者的职业发展研究、中国典籍对外译介与影响研究、翻译教育改革研究等;四是研究的(跨)学科性,鼓励深入系统地探索翻译学领域的任一分支领域,如元翻译理论研究、翻译史研究、翻译批评研究、翻译教学研究、翻译技术研究等,同时鼓励从跨学科视角探索翻译的规律与奥秘。

　　青年学者是学科发展的希望,我们特别欢迎青年翻译学者向本文库积极投稿,我们将及时遴选有价值的著作予以出版,集中展现青年学者的学术面貌。在青年学者和资深学者的共同支持下,我们有信心把"中华翻译研究文库"打造成翻译研究领域的精品丛书。

　　　　　　　　　　　　　　　　　　　许　钧

　　　　　　　　　　　　　　　　　　　2018 年春

序 一

翻译学界,我有几位很看重的学者,其中有南京师范大学的吕俊教授。他学养丰厚、视野开阔、善于思辨,指导的多位博士都取得了不俗的学术成就,获得过江苏省优秀博士学位论文奖的周晓梅博士就是其中一位。她就中华文化与文学经典外译展开的持续研究,引起了我的关注,我曾有机会向她约稿,请她为《小说评论》杂志《小说译介与传播研究》栏目撰写了多篇专题论文。后来,我得知她在前期丰厚的研究成果基础上,申请主持了国家社科基金项目"汉籍外译的价值取向与文化立场研究",并就此课题发表了一系列重要的学术论文。这次周晓梅奉献给学界的,就是该项目的最终研究成果。

世界文化之所以能够绵延至今,正是因其兼容并蓄的特征,可以说,包容性和差异性在很大程度上造就了文化的多元性。在新的历史时期,中国文化主动"走出去",既是时代的呼唤,是对世界各国了解中华文化的积极回应,又是丰富世界文化的实际行动。周晓梅选取的中国文学外译是一个很好的切入点,因为文学作品承载着中华民族特有的认知方式和价值观,是展现中国文化精神与特征的重要载体,其对外译介有助于发掘和重现我国经典著作的独特价值。翻译不仅给予中国文学著作一个与世界对话的机会,还将它们置于更加广阔的世界舞台,有助于异域读者了解中国的历史、社会、文化与文学,多角度认识中国文学作品的价值,从而对中华文明有更为深刻的理解。

通读全书,可以看到周晓梅聚焦中国文学外译活动,力图透过译者的策略选择和细节选择行为,从不同层面发掘中国文学作品的意义和价值。在书中,我欣喜地发现,她触及了翻译研究中两个非常重要的概念——价值取向和文化立场,并进行了深入的探讨。这两个概念为何如此重要?因为它们与译者的整个翻译过程密切相关:价值常常暗含着个人或群体特征,因而总是带有倾向性,这种倾向性就是价值取向。价值取向不仅影响着译者对文本价值的认知和评价,直接决定了"译什么"和"怎样译",更代表了译者的价值观、信念和态度,决定了他在翻译过程中遵从什么样的规范。毋庸置疑,价值取向对于理解中国文学外译中主体的选择行为具有重要意义:译者的价值取向决定了其选择作品和翻译策略时的倾向性,影响着他对认知、道德、审美、文化等因素的处理方式;读者的价值取向同样暗含了评价标准,并会进而影响译者的选择行为。

再来看看文化立场。立场是指主体"认识和处理问题时所处的地位和所抱的态度"①。文化立场则体现了主体对于知识或理论体系的看法,影响并决定其采取相应的言语行为。中国文学外译中,文化立场彰显了译者对于本族语文化和目标语文化的认同感,不仅会影响他对作品的理解,更会影响其价值判断;而读者的文化立场也与其对作品的态度、认识和评价密切相关。更为复杂的是,译者的文化立场不仅会影响其个人的选择,还会受到社会、文化、历史、政治等外部因素的制约。因此,价值取向和文化立场是翻译研究中两个绕不开的重要问题,对于它们进行深入研究非常有必要而且是必须的。

这部书稿,很有特色。我特别欣赏周晓梅在理论把握的基础上,对具体的翻译案例进行细致深入的文本分析,并始终围绕"价值取向"和"文化立场"两大主题展开研究。对价值取向的研究主要依据评价理论和叙事学相关理论,以《狼图腾》的英译本为翻译个案,通过分析译者的翻译策略,对比译者和作者在传递作品价值方式上的异同。对文化立场的解读

---

① 中国社会科学院语言研究所词典编辑室. 现代汉语词典. 7 版. 北京:商务印书馆,2016:802.

则主要基于文化人类学的文化认同理论,以《无风之树》的英译本为例,着重考察文学外译中译者的文化认同过程。

周晓梅在书中提出了一些重要观点,值得我们充分关注:

第一,在文学外译中,一部译作要获得异域读者的认同,需要遵循一种或多种价值取向。首先是知识价值,指作品要展现真实的社会、历史和生活场景;其次是道德价值,要求用伦理道德影响和感化读者;再次是审美价值,要让读者体验到真挚动人的情感。

第二,中国文学外译关涉不同的文化语境,因而身处其中的作者、译者和读者均具有双重文化身份:一种是对于本族语文化的认同;另一种则是对于目标语文化的认同。这两种文化身份决定了主体的态度、立场和价值取向,并直接影响着作品传播和文化交流的效果。当译者自身的文化认同与作者的文化认同存在明显差异时,文本会对译者形成一定的限制和约束;而当两种文化认同出现剧烈冲突时,译者往往会采取文化协调的方式,避免读者对他者的文化身份产生抵触心理。

第三,周晓梅发现,在翻译理论研究中,研究者更加重视显化翻译策略,因为这一策略能够突显文化差异,更加全面地呈现作品信息;但在文学外译的实际操作层面,由于篇幅限制,译者往往会采取隐化策略,保证作品简洁明了、清晰易懂。因而她建议加大翻译本体研究的力度,回到文本层面,重视具体翻译案例的分析。这些讨论和建议可以启发现阶段的中国文学外译活动,对于深化我们的翻译研究同样意义深远。

值得肯定的是,相关研究有助于我们理解和评价经典作品,因为不同的价值取向决定了我们评价的角度和向度,不同的文化立场更影响着我们的思维和理念。毛泽东主席曾经指出,“文艺批评有两个标准,一个是政治标准,一个是艺术标准”①。这实质上就是说,应当用综合全面的标准去看待和评价一部作品,既要关注文本内部的价值因素,也要看到影响文

---

① 毛泽东. 在延安文艺座谈会上的讲话//毛泽东. 毛泽东选集(第三卷). 北京:人民出版社,1966:869.

本的外部社会因素;既要认识真善美,也要考虑经济、历史、宗教、文化等社会因素。唯其如此,广大读者才能感悟到翻译家深厚的爱国情怀,加深对中华优秀传统文化的历史自豪感,从而更加坚定道路自信、理论自信、制度自信和文化自信。

中国文学的外译研究已经开展了一段时日,其间不断有新的观点和思想涌现,已然形成了一大研究热点。相信这部书会给学界同行耳目一新的感觉,给我们带来新的思路和启发。

许　钧

2022 年 8 月于黄埔花园

序 二

这是我第二次提笔为周晓梅的专著写序了。第一次是为她的《实践哲学视域下的译学研究》一书。那是她的第一部专著,是在她的博士论文的基础上修改完成的。虽然她在 2010 年就已经通过了论文答辩,其论文也被评为江苏省优秀博士学位论文,但她并不满足于此,没有立即出版,而是放下来,让它沉淀一段时间,经受一下时间的检验。其间她又不断打磨、润色和修改,直到 2015 年才将其出版。这足以说明她不是一个急功近利、急于求成的人,而是一个沉稳的、对学术负责的青年学者。

距那部著作出版仅相隔几年,她的另一部专著又将付梓,在此期间她还有不少高质量的论文发表,同时还获得了国家社科基金的资助。所以,她在刚刚四十岁的年龄就已评上教授了。看到她的进步与成就,我是十分高兴的。因为作为她的硕士和博士阶段的导师,我亲眼见证了她的每一步成长,看到了当年的繁花满树到今天的硕果累累! 这种喜悦和成就感是每个付出过辛勤汗水的老师都能体会到的。

她这次的选题是关于中国文学外译的问题。这在当前是一个热门话题,也是一个大课题。如何让世界更好地了解中国,中国文学是一个重要窗口,它既有理论意义,又有实践价值。文学外译所涉及的问题很多,目前这方面的论者也甚众。所以,选择怎样的一个视角、运用什么理论去指导、用什么方式展开议论等等都有很大的探讨空间。例如,就以运用的理论问题为例,中国文学外译几乎可以涉及从传统到现代的诸多理论,如从传统的直译与意译、等值与等效、归化与异化,到近年来的操控理论、文化诠释理论、殖民与后殖民理论,以及翻译伦理学理论,等等,不一而足。可以说,以任何理论为依据都可以写一长篇文章。但这样一来,就难免落入俗套,难以有新意,更容易挂一漏万,偏于一隅,显得片面。

在这方面,我发现周晓梅并没有沿袭老路,而是另辟蹊径,选择了外译的价值取向与文化立场这两个切入点,深入细致地分析了译者在翻译《狼图腾》和《无风之树》等作品时所采用的理论、原则和策略,从而展现了他们的价值取向与文化立场及文化身份问题。

在中医学的经络理论中,有任督二脉主管人的气血的说法,只要打通这两个脉络,则全身气血皆通。我认为周晓梅在本书中采用的路径正如这一中医学理论一样,她抓住了中国文学外译中的两个核心问题,起到了抓两点带活全局的作用。

一个问题是"价值取向"问题。我曾在拙作《翻译批评学引论》一书中指出,"翻译活动是人类一项重要的社会实践活动,它同样是一项价值活动,同样需要评价理论的指导。翻译活动既是一种事实存在,又是一种价值存在,作为事实存在,它有它的本质特征和规律,而作为价值存在则表征着能满足人类进步与社会发展需要的性质"[1]。所以,译者选择什么作为拟译文本,准备怎样来译,采用什么策略才能让其价值在译入语社会得到彰显并促进社会的进步,译本的潜在读者又是哪个阶级、阶层及社会群体,如何才能更适合他们的口味并投其所好以取得价值的最大化,等等,这些都无不涉及译者的价值观和价值取向问题。

另一个问题是"文化立场"问题。我在为研究生编写的教材《英汉翻译教程》(再版时更名为《翻译学导论》)中,开宗明义地指出,"就其本质而言,翻译活动是一种跨文化与跨语际的信息传播活动"[2]。原来的翻译定义往往只强调其跨语际性,而忽视其跨文化性。后来的翻译研究表明,许多翻译中的矛盾、困难与问题,不是出现在语言上,而是存在于语言背后

---

[1]　吕俊,侯向群. 翻译批评学引论. 上海:上海外语教育出版社,2009:19.
[2]　吕俊,侯向群. 翻译学导论. 2版. 上海:上海外语教育出版社,2012:1.

的文化上,以至于有人说翻译,说到底,是文化翻译。我们姑且不去评论这一定义,但有一点是明确的,那就是,跨文化性是一个断不可忽视的问题!

作者有其文化立场、文化习俗、文化身份,译者也有与之不同的文化身份与立场,有不同的文化习俗。一经翻译,译者必须在这两者间进行选择。这时常是最困难的选择,有时有明确的认识,但更多时候则是潜意识的行为。但译文读者则会有较清楚的认识,而一些翻译批评也正源于此。所以,对于译学研究,尤其是文学著作翻译的研究,这是个十分重要的问题。本书作者选择这一问题作为重点来研究,是一项十分有意义的工作。

序写到这里似乎就该结束了。但回想一下,在写本序言之前的几个月里我还为以前的学生写了两本书的序言,真的很有感慨,有一种"芳林新叶催陈叶,一代新人替旧人"之感。吾辈老矣,但看到新的一代在茁壮成长,学术在发展在延续,又是十分欣慰!

吕　俊

2022 年 8 月于南京龙江寓所

前　言

　　中国文学外译旨在让其他国家的读者有更多的机会接触和认识中国优秀的文学著作,从中看到真实的中国形象,在熟悉中国的历史、文化、文学等的过程中对中华文明产生较为深刻的认同感。本书围绕"价值取向"和"文化立场"两个关键词展开:价值取向代表主体的价值观、信念和态度,关乎主体在选择方法和规范时的倾向性,影响其对文本价值的认识、评价和接受;文化立场有赖于对主体文化身份结构的解读,彰显了其对于本族语文化和目标语文化的认同感。二者对于理解文学外译中主体的选择行为具有重要意义。

　　本书试图借助对相关访谈、书评、数据、翻译个案等的分析,研究中国文学外译作品的传播和接受情况;结合评价理论和叙事学相关理论,分析译者在具体翻译案例中的策略和细节选择;通过考察译者处理历史、文化、心理等嵌入信息的方式,发掘文本背后潜藏的价值取向。本书论证了提升文化价值认同感的重要性,指出中国文学外译是讲好中国故事、提升文化软实力的重要途径,发现主体的文化身份认同彰显了其文化立场,不仅会引导译者的策略和规范选择,确定文本中价值取向的呈现方式,更会影响读者对作品的评价与接受,最终决定作品的价值能否实现。

　　本书选取的翻译案例主要来自中国现代和古代文学作品及其英译本,例如《狼图腾》《无风之树》,以及杜甫诗歌,等等。基于对源语文本和目标语文本的对比分析,我们发现:葛浩文(Howard Goldblatt)主要采取交际翻译策略,遵照英文小说的评价标准较大幅度地删减了源语信息;陶忘机(John Balcom)同时运用显化和隐化两种翻译策略,以平衡原作的篇幅和信息;而作为汉学家的宇文所安(Stephen Owen)尽管遵循了杜甫原诗的叙述顺序和呈现方式,仍然会在文本中加入自己的声音,以方便读者理解作品中的历史文化嵌入信息。总体而言,相关译者非常重视读者的阅读兴趣、期待、偏好等,其译作呈现了简洁直接、可读性强的特点,与原作相比更加符合译文读者的阅读习惯;但当译者选择目标语文化的立场,大幅度隐化、调整和重组文本信息时,则会造成译文中的价值取向与原作的偏离。

因此,在中国文学外译中,积极传播中国优秀的传统文化,努力发掘并分享中国文学作品的知识价值、道德价值和审美价值,是我们应该坚持的价值取向;保持宽容开放的心态,积极促进文化融合和认同,同时树立文化自信,坚守民族精神,则是我们应当坚守的文化立场。

目　录

第一章　中国文学外译：中国故事中彰显的文化软实力 ············ （1）

第一节　文学经典及其主要特征 ·································· （2）

第二节　文化软实力及其实现途径 ······························ （6）

第三节　文学外译：如何用中国故事彰显文化软实力 ········ （18）

第二章　中国文学外译中价值取向问题的突显 ················ （25）

第一节　文学外译中的价值取向问题 ························ （25）

第二节　知识价值取向：真实世界的文学再现 ·············· （35）

第三节　道德价值取向：影响社会的感召力量 ·············· （37）

第四节　审美价值取向：直抵人心的个体体验 ·············· （41）

第三章　中国文学外译中的读者意识与价值规范 ·············· （44）

第一节　何为文学外译中的读者意识 ······················ （45）

第二节　文本外的读者意识：真实读者的阅读体验 ·········· （53）

第三节　文本内的读者意识：隐含读者的价值规范 ·········· （60）

第四章　中国文学外译中的翻译策略选择与价值取向呈现

　　　　——基于《狼图腾》英译本的翻译个案研究 ·········· （68）

第一节　文学外译中译者的翻译策略选择 ·················· （68）

第二节　《狼图腾》的叙事特色与作者的价值取向 ·········· （76）

第三节　《狼图腾》的翻译策略与译者的价值取向 ·········· （81）

第四节　从《狼图腾》在英语世界的接受看文学外译的价值

　　　　取向 ·· （125）

第五章　认同焦虑：立场问题的突显 ·············· （144）

　　第一节　认同中的立场问题 ·················· （144）

　　第二节　译介与传播的困境：文化认同焦虑问题的突显 ··· （147）

　　第三节　认同焦虑的根源：文化身份结构的失衡 ······ （150）

　　第四节　认同焦虑的消除与中国文学"走出去" ······ （154）

第六章　中国文学外译中的文化立场问题 ·········· （161）

　　第一节　文学外译中的文化立场 ·············· （161）

　　第二节　文化认同与译者的文化立场 ············ （167）

　　第三节　我是谁：译者自身文化认同的构建 ········ （168）

　　第四节　我们与他者：冲突中译者的文化认同选择 ······ （171）

　　第五节　我们可以成为谁：译者需要展现的文化认同 ····· （176）

第七章　中国文学外译中的显化、隐化策略与译者的文化认同

　　　　　——以《无风之树》英译本为例 ·········· （180）

　　第一节　翻译研究中的显化策略与隐化策略 ········ （180）

　　第二节　《无风之树》的作品特色与译者简介 ········ （187）

　　第三节　《无风之树》英译本中的显化策略与隐化策略 ····· （189）

　　第四节　英译本中读者意识的显现 ············· （210）

　　第五节　英译本评论中的文化立场 ············· （217）

　　第六节　《无风之树》与《狼图腾》英译本的对比分析 ····· （220）

第八章　汉学家视角下中国文学外译的价值与认同 ······ （228）

　　第一节　海外汉学研究概述 ················· （228）

　　第二节　中国外译现状：海外汉学研究的启示 ······· （230）

　　第三节　美国汉学研究概况 ················· （234）

　　第四节　美国汉学家的文化立场：以宇文所安为例 ····· （236）

第九章　结　语 ························ （284）

参考文献 ··························· （289）

后　记 ···························· （322）

第一章 中国文学外译：中国故事中彰显的 文化软实力[*]

    文学作品是讲述中国故事的一种载体，作者可以表达对于生活世界的认识和理解，展现自己的价值取向和文化立场。文学外译是"中国文化'走出去'"战略中不可或缺的一环，它不仅能促进中国与世界各地人民的沟通和交流，还有助于我们建立良好的国际形象，提升国家的文化软实力。当前，探究中国文学外译与文化软实力之间的关系是很有必要的，因为对于翻译性质、翻译选择、文化立场、翻译接受、价值重构等方面的研究，可以为我们深入理解一个民族的文化，探究其与异文化之间的沟通提供更加可靠的路径。[①]

    那么，何为文化软实力？文化软实力与文学外译有何关系？如何运用文学外译更好地讲述中国故事，提升我们的文化软实力？这是本章试图解决的问题。下面，我们将围绕"文学外译"与"文化软实力"这两个关键词展开讨论，回顾我国在提升文化软实力方面取得的成绩和存在的不足，并尝试运用软实力理论分析国外受众对中国文化软实力的理解，重点探讨如何借助文学外译来传播中国文化。

---

[*] 本章主要内容发表于：周晓梅. 文学经典译介与文化软实力的传播. 天津外国语大学学报，2019(4)：62-70. 收入本书时有修改。

[①] 许钧. 翻译研究之用及其可能的出路. 中国翻译，2012(1)：7-8.

第一节　文学经典及其主要特征

讲好中国故事,需要在国际社会中争取话语权,让其他国家的民众听到真实的中国声音,其中一条重要的路径就是文学经典作品的翻译和传播。何为"经典"?"经",原指织物的纵线,后用来借指世界观、人生观和指导思想,或传播此类思想和规范的典籍;"典",原指记载帝王言行的史书,后用来指"常道"和"法则"。文学经典作品的传播可以跨越历史的长河,保留值得流传的文化记忆;可以跨越国界,向其他国家的读者展示我们新的国家形象;亦能促使本国读者进一步了解中华文明,提高我们的民族自豪感和凝聚力。

本书重点关注中华民族的文学经典作品和一些接受度较高、流传广泛的现当代优秀文学作品,主要是因为一方面,这些文学作品中包含了大量文化、历史、社会、时代等方面的信息,相关研究有助于我们认识作者、译者和读者所持的价值取向和文化立场;另一方面,文学类作品占了我国外译经典作品总数的一半以上,远超其他类别的图书,因而更具代表性。

图1.1是由北京外国语大学"中国文化海外传播动态数据库"发布的分类统计数据。数据表明,我国外译涉及的经典图书主要集中于文学类(占58.86%),因此文学作品不仅非常有代表性,还对塑造整体的中国形象起着关键作用。此外,哲学、宗教(占15.11%),历史、地理(占12.10%),政治、法律(4.43%)等方面的作品也相当受重视,而经济、艺术、军事等方面的外译图书也占一定的比例。

1.文学经典的特征

什么样的文学作品可以称得上是"经典"?尽管由于所处的地理、社会和文化范围不同,不同的读者群对于经典的理解和判断存在一定的差异,但"所有的经典都由一系列众所周知的文本构成——一些在一个机构

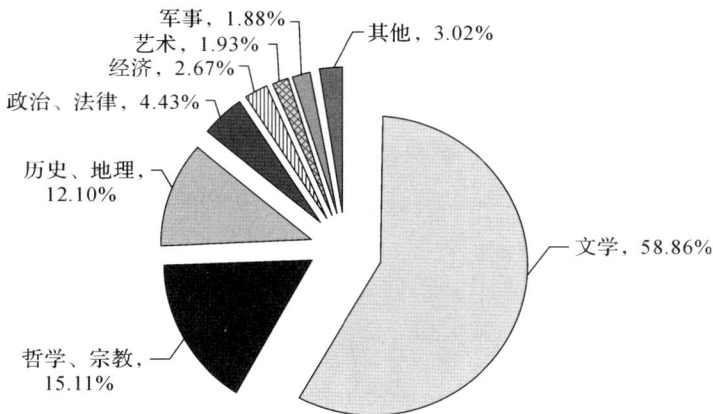

图 1.1 中国经典外译图书品种数占比示意①

或者一群有影响的个人支持下而选出的文本"②。可见,文学经典地位的确立需要来自权威性的机构、专家(包括教育者、批评家和其他专家)和读者群的支持。

总体而言,文学经典有以下三个特征:

其一,文学经典中通常包含某些人类共有的价值和情感,可以跨越时间和空间的界限,在不同文化区域的读者群中引起共鸣。或许"经典"与"非经典"之间的界限并不那么分明,读者也可能会见仁见智,但"不论怎样,具备时代精神和民族特性对于任何经典总是不可或缺的;而所谓的时代精神和民族特性也即内容(包括认知方式和价值判断)的相对高度及表现形式的不流于俗套(对于世界是民族化,对于民族是个性化),别的都是枝节问题"③。文学经典往往具有一定的历史文化特征,不仅仅是文本个体,更是一个历史的整体。

---

① 数据来源:北京外国语大学. 中国文化海外传播动态数据库:中国典籍外译书目. [2017-07-01]. http://xsc.bfsu.edu.cn/staticLs/look002/look002_TjFenlei.do.

② 杜威. 所有的经典都是平等的,但有一些比其它更平等. 李会方,译. 中国比较文学,2005(4):52.

③ 邹建军. 方法与方向:当前外国文学研究的若干问题——陈众议研究员访谈录. 外国文学研究,2005(2):3.

其二,文学经典具有延续性和可复读性,可以在不同的时代、历史时期和地域中传播,并在不断被阅读、解释和评价的过程中延伸和丰富内涵意义。"一件艺术品的全部意义,是不能仅仅以其作者和作者的同时代人的看法来界定的。它是一个累积过程的结果,也即历代的无数读者对此作品批评过程的结果。"①文本自诞生之日起,就被无数读者阐释和评价,其原有的意义也不断得到扩充,并得以流传下来:"一个文本是在持续不断的传播中、在时间与空间往复的运动中才成为经典的。"②与普通文本不同的是,文学经典往往会让人产生重读的欲望。意大利作家卡尔维诺就曾经指出,每次重读经典作品都好像初读那样会带来新的发现,而且即使是初读,也好像是在重温我们以前读过的书。③

其三,文学经典同样是受限的,它是指"一种民族文学或特定体裁、特定时期或特定主题中的某些文本"④。必须看到,文学作品不能自成为经典,它们必须经过时间的检验和批评家的评论,在不同地域范围内得到传播,获得相当多的读者和评论家的认可,最终得到权威机构或组织的确认,其经典的身份才能确立。而且,在被阅读和评价的过程中,经典的价值亦会被重估,由此在秩序上可能会出现一定的变动。具体表现为:在不同的历史时期,一些原来不属于经典的作品会进入经典序列,而原本享有很高地位的作品也可能会被剔除。⑤ 例如:在 20 世纪五六十年代的主流文学批评中,《野草》仅被视为鲁迅在尚未完成转变时期的思想苦闷的产物;到了 80 年代,有的批评家则将其誉为 20 世纪中国最伟大的作品之一,认为它揭示了人的生存困境;而在 50 年代初和"文革"时期,即便是

---

① 韦勒克,沃伦. 文学理论. 刘象愚,等译. 北京:生活 · 读书 · 新知三联书店,1984:35.
② 张德明. 文学经典的生成谱系与传播机制. 浙江大学学报(人文社会科学版),2012(6):93.
③ 卡尔维诺. 为什么读经典. 黄灿然,李桂蜜,译. 南京:译林出版社,2006:3-4.
④ 杜威. 所有的经典都是平等的,但有一些比其它更平等. 李会芳,译. 中国比较文学,2005(4):59.
⑤ 洪子诚. 经典的解构与重建:中国当代的"文学经典"问题. 中国比较文学,2003(3):37.

《红楼梦》这样伟大的作品,其经典地位和文学价值都曾遭到过质疑。

2. 文学经典的传播与文化软实力

"叙述"(narrative),指的是人们讲述公开或私人的故事,用以表达对现实世界的理解,并以此指导自己的行为和相互的交往方式。① 由于叙述主体的个人经历不同,所处的地域、国家也不同,他们对于周围世界的理解必然存在较大差异;而且叙述的方式也并不局限于书面形式,还可以表现为电影、摄影作品、芭蕾、传说故事等多种形式。② 按照蒙娜·贝克(Mona Baker)的划分,叙述大致有四种形式:1)本体叙述,指个人讲述的与其历史或所处地域相关的事件;2)公共叙述,指在一定的社会群体或机构内,例如家庭、宗教团体、教育机构、媒体或国家,详细讲述并流传的故事;3)概念性叙述,指与某一研究领域相关的学科叙述;4)元叙述,指由不同的国家和文化共享的叙述方式。③ 中国的文学经典翻译和传播属于其中的公共叙述,通过在一定的社会群体中讲述的故事,作者记录着历史,表达着对于现实世界的理解,并传递着一定的价值观和民族精神;而这些故事同样也建构着多元化的中国形象,其他国家的读者会通过这些故事形成对中国的总体性认知。

讲好中国故事是建构良好的国家形象、提升文化软实力的一个重要元素,而要提升文化软实力,不仅要以国外受众可以接受、容易理解的方式进行翻译和传播,还要对中国文化进行追本溯源的重新整理。一方面,要关注几千年来中华民族的传统文化,这是我们自强不息、团结奋进的重要精神支撑,也是我们最深厚的文化软实力;另一方面,更要向世界介绍好中国的现实情况和未来走向,促使国际社会全面、客观、理性地看待和

---

① Baker, M. *Translation and Conflict: A Narrative Account*. London: Routledge, 2006: 169.

② Baker, M. *Translation and Conflict: A Narrative Account*. London: Routledge, 2006: 19.

③ Baker, M. *Translation and Conflict: A Narrative Account*. London: Routledge, 2006: 28-47.

认识中国。① 我们要关注国外受众,与之形成有效交流和良好沟通;同时也要加强我们的国际传播能力,因为在信息技术日新月异的当今社会,报纸、电台、电视台、互联网等媒体对于传播中国文化发挥着日益重要的作用,我们需要运用多样化、创新性的传播方式,更好地把中国声音传递出去,增进国际社会对于中国的了解。在此过程中,译者对价值取向的传递和对国家形象的塑造不容忽视,因为译者正是"用一种温和的、隐性的、更易为人所接受的方式,传播着中华文化与中国的价值观,这便是借翻译之力而成的'软实力'"②。

第二节　文化软实力及其实现途径

文化软实力业已成为衡量一个国家综合国力的重要指标,在全球范围内受到了广泛的关注。因为它不仅代表了一个国家的价值体系,还构建了他国民众对于该国形象的总体认知,对于塑造良好的国家形象发挥着越来越重要的作用。2007 年,胡锦涛总书记在党的十七大报告中提出,"文化越来越成为民族凝聚力和创造力的重要源泉、越来越成为综合国力竞争的重要因素",因此,我们要"激发全民族文化创造活力,提高国家文化软实力"。③ 为了实现这一目标,党的十七届六中全会做出了加快发展文化产业的决定,决定大力实施文化"走出去"战略,加强国际文化交流,并谋求创新发展,在与不同文化的碰撞和交融中提升中国的文化软实力。

1.何为"软实力"

在分析中国文学外译与文化软实力之间的关系之前,让我们先来看一下何为"软实力"。软实力(soft power),亦译为"软权力"或"软力量",

---

① 蔡名照. 讲好中国故事　传播好中国声音——深入学习贯彻习近平同志在全国宣传思想工作会议上的重要讲话精神. 人民日报,2013-10-10(7).

② 吴攸,张玲. 中国文化"走出去"之翻译思考——以毕飞宇作品在英法世界的译介与接受为例. 外国语文,2015(4):82.

③ 胡锦涛. 高举中国特色社会主义伟大旗帜　为夺取全面建设小康社会新胜利而奋斗. 北京:人民出版社,2007:33.

由美国哈佛大学教授小约瑟夫·奈(Joseph S. Nye Jr.)提出。他指出,我们通常可以通过三种方式影响他人,以取得自己希望的结果,即:强制性的威胁("大棒"),诱惑或者报偿("胡萝卜"),以及能使他人与我们同欲共求的吸引力。威胁与诱惑代表了一个国家的硬实力,它是一种支配性实力,指为了实现本国利益对别国进行军事介入、外交施压和经济制裁等;① 而吸引并影响他人的软实力则是一种塑造他人行为偏好的能力,它强调与人合作而非强人所难。② 软实力主要源于三个方面:对他国具有吸引力的文化,在内外事务中会遵守并实践的政治价值观,以及正当合理且具有道德权威性的对外政策。③ 一般而言,硬实力指利用威胁或奖励,迫使他人改变自己的意志;软实力则更多的是一种吸引力,囊括除了经济和军事力量以外的几乎所有实力,④强调他者自觉地效仿或接受相关的体制和规则。奈指出,在瞬息万变的信息时代,权力正变得越来越难以转化,越来越不具体,也越来越缺乏强制性。⑤ 由于软实力与文化和价值密切相关,在彰显并巩固国家的综合国力方面正发挥着越来越重要的作用,决策人和时事评论员都开始将软实力视作一种在国际事务中缓解紧张局势、减少冲突和谋求共同点的要素。⑥

按照美国著名传播学家埃弗里特·罗杰斯(Everett M. Rogers)的界

---

① Art,R. J. The fungibility of force. In Art,R. J. & Waltz,K. L.(eds.). *The Use of Force:Military Power in International Politics*. Lanham:Rowman & Littlefield Publishers,1996:3-22.

② Nye,J. S. Jr. *Soft Power:The Means to Success in World Politics*. New York:Public Affairs,2004:5.

③ 奈,王缉思. 中国软实力的兴起及其对美国的影响. 赵明昊,译. 世界经济与政治,2009(6):7.

④ Cooper,R. Hard power,soft power and the goals of diplomacy. In Held,D. & Koenig-Archibugi,M.(eds.). *American Power in the 21st Century*. Cambridge:Polity,2004:167-180.

⑤ Nye,J. S. Jr. Bound to lead. In Nye,J. S. Jr. *Understanding International Conflicts:An Introduction to Theory and History*. 3rd ed. New York:Longman,2000:33.

⑥ Roselle,L. Strategic narrative:A new means to understand soft power. *Media,War & Conflict*,2014,7(1):72.

定,文化是一个群体成员生活方式的总汇,包括规范、信念、价值观、世界观,以及具有象征意义和文化含义的物品。① 这一概念与软实力所体现的国家形象和价值体系密切相关。因为文化软实力是一个国家文化和智慧的集中体现,取决于一个国家的"政治制度和价值体系、科技与教育的实力、文化遗产和文化产品、国民素质与道德水准,也包括知识、体制的创造力和决策、外交等方面的智慧与实践等因素"②。可见,文化软实力是一种能够吸引并影响他者的力量:对内它是一种获得拥护和认同的凝聚力;对外它更具有赢得他者支持和接受的魅力。

如何衡量一个国家的文化软实力?2010 年,英国政府研究院制定了相关标准,将软实力划分为 6 类、共计 28 项评价指标,并对 26 个国家进行了排名。其中涉及的指标包括:

1)文化相关:入境旅游水平、外国记者站数量、本国语言在世界上的使用率、冬季和夏季奥运会的金牌数量。

2)外交相关:提供的外国援助占国内生产总值的百分比、政府首脑所讲的外语数量、签证要求的严格程度、国家"品牌"的排名、派出的文化代表团数量。

3)政府相关:在联合国人类发展指标中的排名、在世界银行良好监管指标中的排名、一些非政府组织提供的政治自由与民主指标排名、政府的受信任度、人民生活满意度。

4)教育相关:列入《泰晤士报》高等教育前 200 名的高校数量、前来学习的留学生数量、国家智囊团的数量。

5)商务和创新相关:国际专利总估值占国内生产总值的百分比、根据世界经济论坛的国际竞争力指标提供的商业竞争力、一些非政府组织提供的廉洁指数排名、波士顿咨询公司提供的创新指数、国外投资占全部资本投资的百分比。

6)主观性标准:高雅文化商品和普通文化商品的质量认可度、国家食

---

① 刘双,于文秀. 拆解文化的围墙:跨文化传播. 哈尔滨:黑龙江人民出版社,2000:22.

② 贾海涛."文化软实力"理论的演进与新突破. 社会科学,2011(5):21.

品和饮用水的质量、国家名流在国际上的相对吸引力、国家航空公司的品牌认知度、大使馆的声望、政府首脑的全球影响力认知度。①

可见,要提升国家的文化软实力并非易事,它需要各个行业多层次、多方面的共同努力。总体而言,目前我们需要做好以下四个方面的工作:一是大力建设社会主义核心价值体系,增强中华民族的凝聚力;二是加快发展文化事业和文化产业,不断提高我国文化的总体实力和国际竞争力;三是提高文化传播能力,不断扩大我国文化的影响力;四是调动社会各方面力量支持参与文化建设,激发全社会的文化创造活力。②

应当看到,文化的传播与发展离不开社会经济实力的支撑。人们往往需要先确认一个国家的经济实力,然后才会逐渐认识其文化价值并产生认同感。③ 中国经济的飞速发展带动了综合国力的提升,这也是中国在全世界范围内受到普遍关注的主要原因。奈认为,近年来,中国对世界其他国家的吸引力逐步增大,主要原因就在于中国巨大的经济成就和传统文化的魅力;此外,中国政府推行的一系列政策对其他国家而言也具有相当大的吸引力。④ 在经济发展的基础上,要进一步彰显和实现一个国家的文化软实力,不仅需要自我确认和自我命名,更需要深度开发、能量转换和广泛传播。⑤

2. 中国文化软实力的提升

《国家"十一五"时期文化发展规划纲要》中阐明了"文化'走出去'"工程的内涵,即:

---

① Flew, T. Entertainment media, cultural power, and post-globalization: The case of China's international media expansion and the discourse of soft power. *Global Media and China*, 2016 (July-October): 1-17.

② 党的十七大报告解读:提高国家的文化软实力. (2007-12-28)[2016-09-10]. http://www.gov.cn/jrzg/2007-12/28/content_845741.htm.

③ 贾磊磊. 中国文化软实力提升的策略与路径. 东岳论丛,2012(1):43.

④ 杨晴川. 中国提升"软实力"乃明智之举——专访美国著名国际问题学者约瑟夫·奈. 参考消息,2006-08-10(12).

⑤ 贾磊磊. 中国文化软实力提升的策略与路径. 东岳论丛,2012(1):41.

　　抓好文化"走出去"重大工程、项目的实施,充分利用国际国内两个市场、两种资源,主动参与国际合作和竞争,加强对外文化交流,扩大对外文化贸易,拓展文化发展空间,初步改变我国文化产品贸易逆差较大的被动局面,形成以民族文化为主体、吸收外来有益文化、推动中华文化走向世界的文化开放格局。①

　　"文化'走出去'"有两种意涵:一是直观或常识意义上的"走出去",即让中国文化走出国门,让外国人了解和熟悉中国文化;二是深层或价值论意义上的"走出去",指通过各种形式的文化交往,使外国人理解和接纳中国文化。②

　　具体到文化产品上,就是指通过发展文化贸易,促使中国的文化产品进入国际市场:一方面,向世界传播中国文化,在获取文化产品出口和投资收益的同时,提高国家的文化软实力和影响力;另一方面,通过展现中国文化的影响力,在建构国际政治新秩序和经济社会发展新模式的进程中发挥作用。③ 当今时代,文化竞争力正逐渐成为国家竞争力的决定性因素,也是一个国家软实力和综合国力的重要表现。④ 而要提升我们的文化竞争力,实现"中国梦",就要全力推进"文化'走出去'",在争取话语权的同时,向世界各国展示中国的社会主义核心价值观。

　　自从实施"文化'走出去'"工程以来,中国政府先后出台了一系列相关的政策和举措。例如,自 2005 年 7 月以来,中国政府相继出台了《关于进一步加强和改进文化产品和服务出口工作的意见》《关于金融支持文化出口的指导意见》《关于进一步推进国家文化出口重点企业和项目目录相关工作的指导意见》等多项鼓励文化产品和服务出口的政策法规,并取得

---

① 国家"十一五"时期文化发展规划纲要.(2006-09-13)[2021-11-09].http://www.gov.cn/gongbao/content/2006/content_431834.htm.

② 汪信砚.中国文化"走出去"的两种意涵.(2016-10-10)[2021-11-09].http://www.scio.gov.cn/zhzc/10/Document/1493276/1493276.htm.

③ 齐勇锋,蒋多.中国文化"走出去"战略的内涵和模式探讨.东岳论丛,2010(10):165-166.

④ 于文夫.中国梦的文化内涵与文化"走出去"战略.光明日报,2014-05-24(7).

了较大的成绩,不仅文化出口额逐年增长,输出的文化产品和服务也渐趋多样化,有效地提升了我国的文化软实力。

总体而言,现阶段我国文化"走出去"的途径和发展模式大致可以分为以下几类。① 1)依托国际销售渠道和网络发行,常见于影视行业和图书出版业。例如,2006 年,北京华谊兄弟影视公司与中国出口信用保险公司首次尝试为电影《夜宴》的海外销售提供出口信用担保,并与海外发行商建立了保底分账模式。2)基于自主知识产权输出策略,常见于内容具有特色优势的图书出版、影视剧版权销售以及具有高科技含量的新兴文化产业领域。例如,2005 年,长江文艺出版社将其出版的《狼图腾》一书的全球英文版权以获得 10% 的版税收入、10 万美元预付款的条件成功转让给企鹅出版集团。3)国际合资、合作生产的方式,常见于影视业、图书出版业和演艺业。例如,自 2004 年起,上海新闻出版发展公司开始与美国《读者文摘》合作出版为海外读者量身定做的"文化中国"丛书,以三年为周期、每年 20 种的速度出版,该丛书已进入巴诺书店、亚马逊网上书店等美国主流的图书销售渠道。4)利用国家各类专项资金的杠杆扶持效应"走出去",常见于影视音像、图书出版等文化产业领域。例如,2004 年,国务院新闻办公室与新闻出版总署启动"中国图书对外推广计划",国家广电总局电影局从 2009 年开始实施《国产影片出口奖励暂行办法》等。5)利用国际化平台进行海外推广,常见于图书出版业、影视业、文化艺术展览等领域。例如,2009 年,中国首次以主宾国的身份参加了全球最大的国际书展——法兰克福书展,在此期间举办了 612 场文化交流活动,签署了共计 2417 项版权输出合同,这是截至当时中国在国外举办的规模和影响最大的出版文化交流活动。②

下面让我们再来看一些具体的措施:

其一,孔子学院在世界各地的设立是中国文化"走出去"的一项有力

---

① 齐勇锋,蒋多. 中国文化"走出去"战略的内涵和模式探讨. 东岳论丛,2010(10): 167-168.

② 2009 法兰克福书展闭幕　版权输出 2417 项. (2009-10-19)[2016-09-16]. http://culture.people.com.cn/GB/22219/10216861.html.

举措。孔子学院是我国在海外设立的以教授汉语和传播中国文化为宗旨的非营利性公益机构,借鉴法国的法语联盟、德国的歌德学院、英国文化协会、西班牙的塞万提斯学院等在推广本民族语言方面的经验,旨在推广对外汉语教学,传播中国文化,增进世界其他国家的人民对中国政治、经济、社会和文化的了解。[①] 2004 年 11 月 21 日,全球首家孔子学院在韩国首尔正式挂牌成立。截至 2020 年年底,全球 162 个国家(地区)已建立 545 所孔子学院和 1170 个孔子课堂。[②] 为了满足学生多样化的需求,我国还相继成立了一系列专项孔子学院,例如商务孔子学院、中医孔子学院、戏曲孔子学院等,从多个层面传递现代友好的中国形象。孔子学院将单纯的学术交流扩展为机构合作,是中国教育走向世界的重要一步,更是提升中国文化产业竞争力的有益探索。[③]

其二,随着教育的日趋国际化,我国教育部实施了一系列对外汉语教学项目。我国对外汉语教学工作始于 1950 年。1982 年,在中国教育学会对外汉语教学研究会第一次筹备会上,"对外汉语教学"这一学科名称得到了正式确立。其后,中国、德国和法国分别成立了"中国对外汉语教学学会""德语区汉语教学协会"和"法国汉语教师协会",并开展了积极的国际合作。[④] 2003 年 1 月 1 日起,国家汉办开始实施"外国汉学研究学者短期访华计划",鼓励外国教育或研究机构的学者进行有关中国语言、文化、历史、法律、政治、经济等方面的学术研究。近年来,我国赴海外留学的人数持续上升,根据教育部 2016 年 3 月发布的《中国留学回国就业蓝皮书 2015》,2015 年我国的出国留学人数已达 52.37 万人,其中自费留学的有

① 韩召颖. 孔子学院与中国公共外交. (2011-09-07)[2016-09-13]. http://www. china.com.cn/international/pdq/2011-09/07/content_23373996.htm.
② 赵金静,殷增超. 基于对孔子学院的调查研究探析英语教师转型问题及对策. 海外英语,2020(15):85-86.
③ 李松林,刘伟. 试析孔子学院文化软实力作用. 思想教育研究,2010(4):44-45.
④ 袁礼,田会超. 世界汉语教学学会成立 33 周年回顾与展望——纪念新中国对外汉语教学 70 周年. 国际汉语教学研究,2020(3):90-96.

48.18 万人,国家公派的有 2.59 万人,单位公派的有 1.60 万人①,中国早已成为美国、英国、澳大利亚等国最大的国际学生生源地。此外,中国的各级学校也持续开展与国外学校的合作办学和交换学生项目。出国交流项目不仅有助于培养中国学生的自信心、交际能力、独立性、全球视野等,也是展示中国形象的好渠道;对于来中国学习的外国留学生而言,这些项目有助于提升他们的适应力、包容度和对其他文化的同理心②,而这同样有利于中国文化的传播和现代化中国形象的塑造。

其三,2014 年,由中国外文局和中国翻译研究院发起,中国翻译协会和中国外文局对外传播研究中心组织实施的"中国关键词"项目,有效地推动了中国文化"走出去"。该项目旨在以多语种、多媒体方式,用"即时、便捷、碎片化"的方式,向国际社会阐释中国的发展理念,解读中国的思想文化、内外政策和核心话语。项目组织资深翻译家和外文审稿人组成专家团队,选取包括"中国特色社会主义""中国梦""文化发展""中国精神"等能够代表中国故事核心理念的关键词,翻译准确且语种多样,要求涵盖该词产生的背景、场合、核心内容、重要意义、定位等要素,且描述要有血有肉,有温度,有情感。③ 2016 年 8 月 24 日,《中国关键词》多语种图书在北京国际图书博览会上首次发行,出版方新世界出版社在现场与外方出版社签订了阿尔巴尼亚语、印地语、日语、韩语、阿拉伯语、波兰语、土耳其语和德语 8 个语种的版权输出协议。"中国关键词"的传播手段也颇有特色,不仅运用图示、表格、动漫等多种形式,还通过移动客户端、软件程序、社交媒体等实现碎片化的内容呈现,旨在增强对国外受众的吸引力,帮助读者方便快捷地检索到自己需要的信息。④

---

① 中信银行总行营业部专题调研组. 中国留学生最喜欢的目的国和最青睐的专业——2016 中国留学趋势报告. 光明日报,2016-04-13(10).

② Williams,T. R. Exploring the impact of study abroad on students' intercultural communication skills:Adaptability and sensitivity. *Journal of Studies in International Education*,2005,9(4):356-371.

③ 李行健.《中国关键词》:读懂中国的钥匙. (2016-03-19)[2016-09-10]. http://theory.gmw.cn/2016-03/19/content_19351899.htm.

④ 孙敬鑫. 借"中国关键词"讲好中国故事. 对外传播,2016(2):44.

应当看到,随着中国综合国力的快速提升,许多国家对中国一直保持着相当高的关注度。在习近平总书记提出"中国梦"后,2013 年 11 月 21 日的《纽约时报书评》(*The New York Times Book Review*)对 6 本国外出版的涉及"中国梦"的图书发表了书评,足见其关注程度。① 2009 年 11 月,美国总统奥巴马在访问中国期间宣布实行"十万强计划"(100,000 Strong Initiative),资助 10 万名对中国感兴趣的美国学生到中国留学②,培养下一代的中国问题专家。此举增进了两国青年之间的相互了解和学习,还加强了两国在教育、科技、体育等领域的互动合作。随着相关政策措施的实施,中国文化软实力在国际社会中逐渐突显。乔舒亚·库珀·雷默(Joshua Cooper Ramo)提出了"北京共识"(the Beijing Consensus),认为这种强调务实、创新、社会凝聚力和进取的中国模式具有更加广泛的国际吸引力。③

3.我国在文化软实力方面存在的不足

2011 年,中国文化软实力研究中心等机构联合发布的《文化软实力蓝皮书:中国文化软实力研究报告(2010)》显示,在世界文化市场上,美国占 43%的份额,欧盟占 34%,而亚太地区仅占 19%,其中日本占 10%,澳大利亚占 5%,其余 4%才属于包括中国在内的其他亚太地区国家。④ 报告主笔人、中国文化软实力研究中心主任张国祚表示,改革开放以来,我国的硬实力发展很快,但文化软实力与之相比落差较大,主要体现在:1)新闻媒体方面,缺乏能在国际范围内产生重大影响的媒体或媒体集团,在国际话语权的争夺中处于弱势;2)国内环境方面,文化产业发展严重滞后,

---

① 黄友义.如何讲好中国故事.公共外交季刊,2014(1):46.

② Cai,L. A.,Wei,W.,Lu,Y. T. & Day,J. J. College students' decision-making for study abroad—Anecdotes from a U.S. hospitality and tourism internship program in China. *Journal of Teaching in Travel & Tourism*,2015,15 (1):48.

③ Gideon,R. The hard evidence that China's soft power policy is working. *Financial Times*,2007-02-20(15).

④ 董伟.文化软实力:我国文化产业占世界文化市场不足 4%.中国青年报,2011-02-19(1).

文化出口能力弱,文化贸易逆差严重;3)国际对比方面,西方发达国家的文化产业在国内生产总值中所占比例已经达到 10% 以上,而我国远低于这一水平。[①]

在由英国波特兰咨询公司、美国脸书公司和美国南加州大学联合推出的"软实力 30 强:2019 年综合排行榜"(The Soft Power 30:Overall Ranking 2019)中,排名前 10 位的国家分别是法国、英国、德国、瑞典、美国、瑞士、加拿大、日本、澳大利亚、荷兰,其中仅有日本一个是亚洲国家,中国位列 27 名且数据也不理想。[②] 这是因为文化传播主要是由强势文化向弱势文化译介,并且需要弱势文化的译者主动进行译介[③],所以要在强势文化语境中传播中国文化远非易事。一方面,由于中国的新闻报道、报刊、电影电视等在国外的读者群和影响力有限,很多国外读者对于中国的了解仅限于一些报刊文章,或者是一些电影电视提供的记忆碎片,因而难免会有误解。比较典型的例子是,北京举办 2008 年奥运会,主要是为了宣传环保和科技理念,展示中华民族的灿烂文化,加深世界各国人民之间的友谊和相互了解,推动中外文化交流。但相关研究却表明,由于担心中国崛起会影响美国在国际上的地位,或对美国人的价值观和信仰构成"威胁",奥运会之后,美国人对中国的好感度出现了大幅度下滑,对中国政府也持更加负面的态度。[④] 另一方面,大多数外国人对中国文化的认知还停留在传统层面,不仅与我国不断上升的综合国力不相称,更造成中国声音被外国的话语体系淹没,我们合理的利益也得不到相应的保障。

2011 年 1 月 7 日,中国国家形象宣传片亮相美国纽约时报广场,以中国红为主色调,内容涵盖影视、科技、体育、商业等各个领域,在 60 秒内展

---

① 董伟. 文化软实力:我国文化产业占世界文化市场不足 4%. 中国青年报,2011-02-19(1).

② Portland. The Soft Power 30:Overall Ranking 2019. [2021-10-16]. https://softpower30.com.

③ 谢天振. 中国文学"走出去":问题与实质. 中国比较文学,2014(1):1-10.

④ Gries, P. H., Crowson, H. M. & Sande, T. The Olympic effect on American attitudes towards China:Beyond personality, ideology, and media exposure. *Journal of Contemporary China*, 2010,19(64):228-229.

现了吴宇森、袁隆平、郎平等 59 位杰出华人的风采。宣传片一经推出就获得了不少好评。英国《卫报》(*The Guardian*)表示,该宣传片意在对外展示繁荣发展、民主进步、文明开放、和平和谐的中国形象,德国《每日镜报》(*Der Tagesspiegel*)也认为它还原了中国的美丽面貌。然而,我们也要注意倾听一些批评的声音。美国《新闻周刊》(*Newsweek*)指出,美国民众对片中的人物一无所知,"只知道他们是成功的中国人,表面上看起来似乎是友好的",因此,在他们看来,宣传片"很无礼",令人"困惑不解",而且长时间的循环播放让人倍感厌倦。① 究其原因,主要是国外受众无法拥有足够的"共同经验范围",即传播者和受众需要拥有的共同语言、经历和感兴趣的话题②,因而难以对宣传片产生共情和认同。国外受众更加熟知的是"带有古老中国印记的符号概念或图形",更加认同的是中国传统的文化价值观③,因此,那么多陌生的现代面孔在眼前一闪而过,是无法在他们心中留下深刻印记的。此外,国外受众更加关注的是"幸福""温顺""理性"且"神秘"的中国普通民众④,而宣传片侧重宣传的则是事业成功的精英阶层,所以也难以获得认同。换言之,我们希望传递的中国形象与国外受众的关注点存在一定距离。

马丁·雅克(Martin Jacques)认为,中国的软实力之所以一直处于弱势,其中一个原因是与一些西方国家相比,中国缺乏对世界的吸引力,这种吸引力主要源于文化资本和民族品牌(例如好莱坞、硅谷、百老汇)。⑤事实上,不少国外学者对于中国形象的理解夹杂着先入为主的偏见,因而他们的解读与我们意在传达的文化内涵之间常常有一定的偏差。而且,

---

① Fish,I. S. Official Chinese media campaign falls short. (2011-01-19)[2021-04-21]. http://www.newsweek.com/official-chinese-media-campaign-falls-short-66725.

② 施拉姆,波特. 传播学概论. 陈亮,周立方,李启,译. 北京:新华出版社,1984:47.

③ 杨越明,藤依舒. 国外民众对中国文化符号的认知与印象研究——《2017 外国人对中国文化认知调研》系列报告之一. 对外传播,2018(8):50-53.

④ 孟新芝,郭子萁. 新形势下国家形象塑造及对外传播策略研究——基于 2012—2014 年《中国国家形象调查报告》的分析. 江淮论坛,2016(6):99-104.

⑤ Jacques,M. *When China Rules the World:The End of the Western World and the Birth of a New Global Order*. London:Penguin Books,2012.

由于中国文化市场的对外开放程度有限,文化产品的规模不大、竞争力不足,中国的文化产业一直是较为典型的内需产业,中国文化还远不是世界的主流文化;而且由于语言、民族心理和审美偏好等方面的差异,要推动中国文化的传播,加强与其他国家的文化和服务贸易并非易事。

以西方国家对孔子学院的质疑为例,时任悉尼大学中国研究中心主任凯利·布朗(Kerry Brown)表示,尽管孔子的知名度很高,但孔子所处年代过于久远,不太具有吸引力,与中国希望塑造的开放创新的现代化形象相去甚远,因此中国可以考虑重新选取一个更加现代、能够代表国家的文化形象来进行对外宣传。① 其实,西方国家同样尊重自己的传统,也会用历史名人作为本民族的象征宣传国家形象,德国的歌德学院和西班牙的塞万提斯学院即是明证。他们的质疑主要还是源于中西方在意识形态、社会制度、行为方式等方面的差异。我们在倾听这些不同声音的时候,可以持有相对包容的态度,但是不能失去应有的文化立场。

2013 年,乔治·华盛顿大学教授沈大伟(David Shambaugh)在《中国走向全球:不完全大国》(*China Goes Global:The Partial Power*)一书中直言,"我们注意到中国在海外举办了大量的文化活动,而且这些活动还在不断增多。但如果要改变全球文化趋势,改变其相对较弱的软实力,改变大众民意测验中不够理想的国家形象,这些活动还是收效甚微"②。后来,他又专门撰文列举了中国文化"走出去"战略的一些具体措施,例如:实施一系列外交和发展方案,目的是在媒体、出版、教育、艺术、运动等领域提高软实力;为在中国学习的外国留学生提供奖学金,并为发展中国家的官员提供各种短期的课程培训;设立孔子学院;通过体育、美术、表演、音乐、电影、文学等形式传播中国文化;举办许多政治和非政治会议。然

---

① Brown,K. The case for eliminating Confucius from China's Confucius Institutes. (2014-06-06)[2016-09-11]. http://www.scmp.com/comment/insight-opinion/article/1523308/case-eliminating-confucius-chinas-confucius-institutes.

② Shambaugh,D. *China Goes Global:The Partial Power*. New York:Oxford University Press,2013:207.

而,在他看来,尽管中国政府采取了一系列措施,花费了大量金钱,效果却并不理想。沈大伟的某些观点不免失之偏颇,但也的确发人深思:要增强文化软实力,赢得全世界的理解和尊重,经济实力固然可以助我们一臂之力,但更重要的是要用文化魅力感染他者,让他们愿意倾听中国的声音,愿意进一步了解一个现代化的中国。这是一个潜移默化的过程,不可操之过急,需要通过制定相应的政策,有步骤、循序渐进地"走出去",更多地展示我们的实际情况和文化内涵,让世界了解一个真实的中国。

第三节 文学外译:如何用中国故事彰显文化软实力

法国哲学家亨利·柏格森(Henri Bergson)曾指出讲故事是人类文化交流的形式之一。① 诚然,通过讲故事,我们可以巩固并传承人类共同的生活方式。彰显文化软实力离不开中国文学的译介和传播,这就要求我们以其他国家容易理解和可以接受的话语体系讲好中国故事。

2013年8月19日至20日,习近平总书记在全国宣传思想工作会议上强调,"要精心做好对外宣传工作,创新对外宣传方式,着力打造融通中外的新概念新范畴新表述,讲好中国故事,传播好中国声音"②。中国故事"是中华民族这个多族群共同体生活中的事件及其过程的记录形式,它可以表现为神话、传说、音乐、舞蹈、诗歌、小说、戏剧、电影、电视剧、绘画等多种不同的艺术类型"③。通过讲述中国故事,我们可以展现过往的历史,也可以直接呈现中华民族的价值观;通过聆听中国故事,其他国家的人民可以了解故事里的思想和情感,更加直观具体地认识中国形象。须注意,在讲述过程中,我们还需要根据不同的时间、地域、文本类型、目标语读者等及时调整叙述和翻译策略。

那么,如何通过文学外译讲好中国故事、促进文化传播,进而提升我

---

① 浦安迪. 中国叙事学. 北京:北京大学出版社,1996.
② 习近平:讲好中国故事 传播好中国声音. (2013-08-20)[2016-09-09]. http://news.xinhuanet.com/video/2013-08/20/c_125210825.htm.
③ 王一川. 当今中国故事及其文化软实力. 创作与评论,2015(24):22.

们的文化软实力呢？张佩瑶认为，译者应当努力凸显中国文化的独特之处，让读者产生新鲜感，并通过背景描述、解释、深层铺垫等方法增加其亲和力，以吸引更多的读者，提升文化软实力。① 辛红娟以《道德经》的英译为例，提出典籍翻译是保持文化软实力的重要途径，国外读者的解读甚至误读在某种程度上也丰富了原文的意义，有助于我们更好地反观自身。② 王宁认为，我们可以通过孔子学院普及中国文化，鼓励本土学者掌握国际中国学领域的话语权，就具有普适意义的话题发出自己的声音，并积极寻求与国外汉学家之间的合作。③ 董首一和曹顺庆进一步指出，在"送去"中国文学和文化的过程中，应当根据接受国读者的兴趣，将文学作品中的语言、文化事物、文化意象等他国化，使其真正成为他国文学和文化的一部分，以构建我国的文化软实力。④ 汪晓莉则认为，要提升我们的文化软实力，需要优先选择能够反映中华民族优秀文化的文学作品，通过翻译教学和实践培养优秀的汉译外人才，并分阶段采取不同的翻译策略，促使译作获得认同。⑤ 可见，文化传播是我们讲述中国故事的主要目的，也是我们发出中国声音的重要途径，而国外读者更是我们在译介过程中尤其需要关注的对象。

讲好中国故事，需要在国际社会争取话语权，让其他国家听到真实的中国声音，其中一条重要路径就是文学外译。因为文学作品是主体认知方式和价值观的载体，可以反映并维系一个民族在一定历史时期的生活方式、审美倾向、认知方式和价值取向，人们在阅读这些作品的过程中可以更好地了解自我和他者，进而激发民族认同感和凝聚力。

翻译和传播文学作品，有助于传播中国声音，建立良好的国家形象，

---

① 张佩瑶. 从"软实力"的角度自我剖析《中国翻译话语英译选集（上册）：从最早期到佛典翻译》的选、译、评、注. 中国翻译, 2007(6):36-41.
② 辛红娟. "文化软实力"与《道德经》英译. 外语与外语教学, 2009(11):50-52.
③ 王宁. 文化软实力的提升与中国的声音. 探索与争鸣, 2014(1):4-8.
④ 董首一，曹顺庆. "他国化"：构建文化软实力的一种有效方式. 当代文坛, 2014(1):107-111.
⑤ 汪晓莉. 文化软实力视角下的中国当代文学作品译介. 外语教学, 2015(4):102-105.

进而提升我国的文化软实力。皮奥特·维尔切克(Piotr Wilczek)指出，在当今时代，本土(民族)文学只有被翻译成英文并发表出来，才有机会成为全球的经典之作。他认为，这一过程需要四项要素的协作方可完成：1)由具有一定地位的译者将其译为漂亮的英文；2)知名的出版商；3)具有影响力的文学学术圈评论家的推介；4)来自主流文学期刊热情洋溢的评论。① 否则，"无论多伟大的杰作，在主流市场上也只会籍籍无名"②。文学作品与其译作之间原本就是相互依存的关系，只有通过翻译，作品的思想、观点和感情才能被阐释、传递和解读；只有通过广泛的传播，其价值和意义才能被更多的读者发现、理解和接受。

埃德温·根茨勒(Edwin Gentzler)曾指出，相对于目标语来说，经典著作的原文是不具有身份的，其美学价值需要在每一次重新翻译和解读中实现，其经典性也需要在此过程中得以重构。③ 而且，在世界文化的发展过程中，翻译一直都是一种主要的塑造力。④ 这种塑造力一方面来自文本传递的知识和信息，其中，审查机构、制度、意识形态等会对文本构成一种制约性的力量；另一方面，译者也可以通过强调一些具体内容和重组某些文本片段来影响文本，即翻译还有一种反压制的力量。⑤ 因此，译者所起的作用远不只是传递知识和信息，他们在一定程度上还参与了文化改

---

① Wilczek，P. The literary canon and translation：Polish culture as a case study. *Sarmatian Review*，2012(9)：1687.

② Wilczek，P. The literary canon and translation：Polish culture as a case study. *Sarmatian Review*，2012(9)：1692.

③ Gentzler，E. *Contemporary Translation Theories*. London：Routledge，1993：144-145.

④ Lefevere，A.& Bassnett，S. Introduction：Proust's grandmother and the *Thousand and One Nights*：The "cultural turn" in translation studies. In Bassnett，S. & Lefevere，A.(eds.). *Translation，History and Culture*. London：Pinter，1990：1-13.

⑤ Simon，S. Introduction：The power of translation. In Fischer，B. &Jensen，M. N.(eds.). *Translation and the Reconfiguration of Power Relations：Revisiting Role and Context of Translation and Interpreting*. Zürich：LIT Verlag，2012：11-12.

变和知识重构,对国家软实力的推动和对国家形象的塑造不容忽视。

那么,中国文学"走出去"会面临哪些困难呢?由于文学外译属于跨文化传播的范畴,因而难免会遇到两方面的问题。

一方面,由于缺乏对受众主体的了解,单向度的传播模式不仅无法保证译者挑选出丰富多样的作品,也不容易让国外读者产生阅读的兴趣和热情。以张爱玲英译为例,尽管原作中充满了精巧的比喻、奇特的意象和绝妙的才情,但由于她在翻译的时候过于注重"信"的标准,不愿改动原文的字词、句式和表述习惯,忽略了目标语读者的感受,"只管用自己的英文讲述着她要告诉英语读者的中国故事"①,结果导致翻译的效果并不理想。因此,在进行外译之前,我们需要先对读者群体进行一定的调查研究,了解其阅读兴趣、习惯和倾向性,并对作品的传播效果进行预估,为后期的翻译和宣传做好准备。值得注意的是,尽管得以广泛传播并为读者所接受是一部文学作品成为经典的重要路径,但这并不意味着大众文学或流行文学一定可以成为经典作品。因为它们主要是服务现实并取悦大众读者的,其文本以消遣娱乐为导向,需要迎合大多数读者的品位,由于市场引力的影响,往往会出现大批跟风模仿和复制的类似产品。经典文学作品则不同,它们具有独创性、批判精神和超越现实的价值,因此"不仅给读者认识社会、提高其是非善恶的判断力,提供了极有价值的参考;同时也会培养读者不断向善,不断追求完美的品质,从而促进一个国家、一个民族,乃至人类社会的不断进步"②。在中国文学的外译活动中,译者需要具有较强的读者意识,既要对读者负责,准确传递出这种批判精神和人文情怀,又要充分考虑到国外读者的阅读心理和接受度,毕竟传播的目标需要一定的受众面保障才能得以实现。

另一方面,在文学作品的跨文化传播过程中,我们还需要考虑不同质的文化之间的差异,受众的意识形态、经济利益、心理需求等因素,以及由

---

① 葛校琴."信"有余而"达"未及——从夏志清改张爱玲英译说起.中国翻译,2013(1):79.
② 詹福瑞.大众阅读与经典的边缘化.复旦学报(社会科学版),2014(6):135.

于不同文化体系的位势差异引起的文化渗透与抵制、曲解与误读。[①] 当今的翻译市场呈现出全球化、分散化、专业化和动态化，而且随着其虚拟化程度的提高，其对从业人员的要求也越来越高，[②]这也对作品的选择、传播和宣传模式提出了新的挑战。随着传播途径的拓展和技术的日新月异，我们要积极拓宽文化交流的受众面，不断探索讲述中国故事的新途径，也要充分考虑作品的价值取向是否与真善美的主流文学价值相契合，译者所持的文化立场是否会与国外读者的文化身份产生冲突。

　　而且，文学作品内涵中的民族性、时代性等因素往往会构成异域读者阅读方面的障碍，因此我们要对读者进行适当的引导。在此，我们不能忘记美国新闻出版业的前车之鉴：自 20 世纪后期起，美国报界就在不遗余力地吸引读者。在 1991 年的美国报纸编辑协会年会上，韦恩·埃泽尔（Wayne Ezell）曾这样形容这一现象："我们把报纸进行了大幅度的改变，新闻编辑室的每个人都在揣度读者会怎么想，然后在写故事的时候尽量按读者的思路往下写。"[③]但是这种纯粹以读者为中心的做法最终却令众多编辑感到沮丧，也让读者感到乏味，因为读者真正需要的并不是那些"寡味的、不够严肃的、没有多少实质性内容的消息"[④]，而是具有深度、描写细腻的新闻作品。[⑤] 可见，一味迎合读者的方法并不可取，要想长期赢得读者的青睐，还是要推出真正有内涵和深度的作品。

　　我们认为，要提升我国的文化软实力，可以在文学经典译介的过程中，尽量选取既对他国读者具有吸引力，又能展现中华民族精神与文化特

---

① 　王金礼. 跨文化传播的文化逻辑. 新闻与传播研究，2010(16)：6.

② 　Olvera-Lobo，M. D.，Castro-Prieto，M. R.，Quero-Gervilla，E. F. et al. Translator training and modern market demands. *Perspectives：Studies in Translatology*，2005(2)：133-135.

③ 　ASNE. *Proceedings of the 1991 Convention of the American Society of Newspaper Editors*. Columbia，MO：American Society of Newspaper Editors，1992：85.

④ 　Roberts，G.，Kunkel，T.，Layton，C. et al.（eds.）. *Leaving Readers Behind：The Age of Corporate Newspapering*. Fayetteville，AR：University of Arkansas Press，2001：7.

⑤ 　Thornton，L. The road to "reader-friendly"：US newspapers and readership in the late twentieth century. *Cogent Social Sciences*，2016(2)：1-13.

色的作品,同时积极展现我国的文化价值体系,努力塑造良好的国家形象。文化并非天然具有吸引力,读者通过文学译介体会到的文化软实力,很大程度上取决于"该文化当时在世界上的地位与形象,以及该文化作为异质文化进入目标文化的方式等因素"①。为了更好地传播中国元素和文化精神,我们尤其要关注文学作品中文化符号的译介和传播,因为"我们所有的思想和经验,及对自我身份的认识都依赖于我们社会中已有的各种符号系统"②。文化符号不仅是中国文化的表征,更与国家形象的塑造密切相关,积极展现这些符号的内涵意义有助于传播中国文化,更能促使国外受众接受我们的经典文学作品。

在文化符号的传播过程中,我们要努力构建和扩展本族语读者和目标语读者之间的共同经验范围,促使双方就相关文化符号进行沟通和交流,从而达成相互理解。同时,我们还要加强自身的国际传播能力,不断探索讲述中国故事的新途径,积极拓宽文化交流的受众面,采用创新性多样化的手段更好地传递中国声音,增进国际社会对中国的了解。在此,我们可以借鉴一下其他国家的文化传播模式,例如:美国利用英语的优势,向世界大众传播可口可乐、好莱坞、麦当劳、迪士尼等文化符号,并通过商业载体从政治文化、教育文化和大众文化三个层面传播其文化价值观;法国以法语为桥梁,通过教育交流、非政府组织和境外文化交流活动的方式推广法国美食、电影、服饰等;韩国将传统与现代融为一体,强调情感无国界,大力发展影视剧、流行音乐、游戏等文化产业;日本则以动漫为重要突破口,选择更符合目标语读者审美标准的主人公来影响青少年的价值观,并改善自己国家的国际形象。③ 可见,在文化传播的过程中,我们不仅要有明确的特色定位,积极发展多样化的文化产业,还要考虑作品的价值取向是否契合真善美的主流文学价值观,译者所持的文化立场是否会与国

---

① 张佩瑶. 从"软实力"的角度自我剖析《中国翻译话语英译选集(上册):从最早期到佛典翻译》的选、译、评、注. 中国翻译,2007(6):37.

② 比格内尔. 传媒符号学. 白冰,黄立,译. 成都:四川教育出版社,2012:6.

③ 王庚年. 文化国际传播的国外经验——以美、法、日、韩为例. 决策探索(上半月),2012(4):72-73.

外读者的文化身份产生冲突。

在本章中,我们首先分析了文化软实力及其实现的途径,总结了我国在提升文化软实力方面取得的成就和存在的不足,指出文学外译是讲述中国故事、传播民族精神的一条重要路径,更是传播中国文化、提升国家文化软实力中不可缺少的一环。可以看出,文学作品是主体认知方式和价值观的载体。文学外译对内可以激发我们的民族认同感和凝聚力,对外则有助于塑造良好的国家形象。在此过程中,要注意选取能够展现中国文化内涵的文学作品,既要尊重读者的阅读兴趣习惯,又要对读者进行适当的引导,尤其要关注其中文化符号的传播,增强文化的吸引力和感召力,以国外读者容易接受的方式,更加系统、准确、有效地讲述中国故事。

第二章　中国文学外译中价值取向问题的突显[*]

中国文学外译中作品的选择问题,离不开对作品本身价值的判断。因此,在本章中,我们将聚焦译者选择译介作品时的动机和标准,探讨价值因素对于文学作品的推介和传播所起的作用和影响,以探索实现中国文化"走出去"的具体路径和方法,并寻找切实可行的翻译策略和传播模式。

第一节　文学外译中的价值取向问题

本章中,我们试图探讨的问题是:译者在选择作品时,一般会有哪些考量? 译者希望通过翻译实现作品的哪些价值? 在探讨这些问题之前,让我们先梳理一下"价值"这一概念。按照价值哲学的观点,价值指"客体与主体需要的关系,即客体满足人的需要的关系"[①]。可见,人是价值评价中至关重要的因素,缺少了对人的需要的关注,译作的形式再特别,表达再清晰,叙述再生动,都很难吸引读者群体的关注,也难以经由作品译介展现民族特色,从而传播本国文化。可以说,文学外译活动就是一种译者发现文本价值,通过翻译创造价值和实现价值,从而让读者享用价值的过程。

在社会学研究中,价值观主要是由人们对于宗教、道德观、政治等特

---

[*]　本章主要内容发表于:周晓梅. 试论中国文学译介的价值问题. 小说评论,2015 (1):78-85. 收入本书时有修改。

[①]　冯平. 评价论. 北京:东方出版社,1995:31.

定领域所持态度的研究得以判定。① 价值取向则集中代表了价值观的倾向性，并与主体生活的文化背景密切相关，它不仅可以帮助我们了解社会变化，还为我们解释和理解个体的行为提供了参照依据。在文学外译活动中，对于价值取向的考察有助于我们了解主体的动机、态度、意见、标准等，对于译者价值取向的分析更能帮助我们理解其选择作品和翻译策略时的倾向性。

1. 价值与价值取向

价值观的系统研究可以追溯至 1914 年，德国哲学家和心理学家爱德华·斯普朗格(Eduard Spranger)出版了专著 *Lebensformen*，该书的英译本 *Types of Men：The Psychology and Ethics of Personality*(《人生之型式：个性的心理学与伦理学》)在 1928 年面世。在该书中，斯普朗格概括了 6 种人类共有的核心价值观，即：美学价值、经济价值、政治价值、社会价值、宗教价值和理论价值。②

20 世纪 50 年代，美国心理学家戈登·奥尔波特(Gordon W. Allport)等人将斯普朗格价值观中的政治维度替换为个人主义维度，并首次创立了衡量价值观的工具。③ 谢洛姆·施瓦茨(Shalom H. Schwartz)进而列举了 10 种人类具有激励性的基本价值观及其核心目标，即：权力，指取得社会地位和声望，控制或支配其他人或资源；成就，指遵循社会标准，发挥能力取得个人成功；享乐主义，指追求快乐和个人感官满足；刺激，指生活中的新奇和挑战；自我定向，指具有独立的思想，可以自主选择，创新和探索；普遍主义，指理解、欣赏、宽容并保护所有人共有的最本质的福祉；仁慈，指保护并提升自己经常接触的人的利益；传统，指尊重并遵守习俗，接受传统文化或宗教传递给自己的观点；遵从，指约束自己既

---

① Inglehart，R. *Modernization and Postmodernization：Cultural，Economic and Political Change in 43 Countries*. Princeton：Princeton University Press，1997.

② Spranger，E. *Types of Men：The Psychology and Ethics of Personality*. Pigors，P. J. W. (trans.). New York：Hafner Publishing House，1928.

③ Allport，G. W.，Vernon，P. E. & Lindzey，G. *A Study of Values*. 3rd ed. Boston：Houghton Mifflin Co.，1960.

不干扰或伤害他人，也不违背社会期望或规范；安全感，指对于社会、关系和自我的安全感、和谐性和稳定性。①

价值研究方面的理论大致分为 6 种：1）价值观是对主体产生重大影响的信念；2）价值观是主体期望实现的目标，可以激发其采取某种行为的积极性；3）价值观可以超越特定的行为和情境，这一特点将价值观与规范和态度区别开来，后者只适用于特定的行为、目标和情况，因而相对狭隘；4）价值观可以作为标准和准则，由此引导主体的选择行为，影响其对于行为、政策以及人和事的评价；5）可以将价值观按照其重要性进行排序，由此形成系统化的价值序列；6）对于一系列价值相对重要性的判断会导致主体采取某种行为，主体的任何态度或行为都能反映其持有的价值观。②

萨卡里·卡尔沃宁（Sakari Karvonen）等人的研究表明，现代的价值取向是在拒斥传统观念的过程中产生的，因此价值取向是动态发展的；诸如全球化的其他一些力量推动了统一价值取向的形成，因而其影响也是跨国界的。他们进而提出了价值的 9 个维度：消费主义、职业道德、权威、公平、政治犬儒主义、公民权、环境价值观、性别角色和价值连贯性。③

克莱德·克拉克洪（Clyde Kluckhohn）表示，价值这一概念总是明显带有抑或暗含某种个人或群体的特征，它总是带有某种倾向性，会影响个人对于具体模式、方法和结果的选择。④ 美国心理学家米尔顿·洛克奇

---

① Schwartz，S. H. Value orientations：Measurement，antecedents and consequences across nations. In Jowell，R.，Roberts，C.，Fitzgerald，R. et al. (eds.). *Measuring Attitudes Cross-Nationally：Lessons from the European Social Survey*. Los Angeles：SAGE，2007：174.

② Schwartz，S. H. An overview of the Schwartz theory of basic values. *Online Readings in Psychology and Culture*，2012，2(1)：3-4.

③ Karvonen，S.，Young，R.，West，P. et al. Value orientations among late modern youth—A cross-cultural study. *Journal of Youth Studies*，2012，15(1)：37-38.

④ Kluckhohn，C. Values and value-orientations in the theory of action：An exploration in definition and classification. In Parsons，T. & Shils，E. A. (eds.). *Towards a General Theory of Action*. Cambridge，MA：Harvard University Press，1951：395.

(Milton Rokeach)认为,一个人具有价值观,就表示其坚信,与其他模式和状态相比,某一特定的行为模式或存在状态对于个人或社会而言更好。① 迈克尔·莫里斯(Michael W. Morris)等人的研究亦表明,拥有同样文化背景的成员在社会化的过程中更可能持相同的价值观,这些价值观会影响其态度和决定,进而影响其行为。② 从这些研究中我们可以看出,价值观是明显带有倾向性的,对一些价值标准的认可就意味着对其他标准的拒斥,这就是我们所说的价值取向。

克莱德·克拉克洪将价值与价值取向模式区分开来,指出后者包括一系列概括性的观念,这些观念会影响一个人的行为方式、本性、自我定位,及其处理与自然和他人关系的方式,并导致其采取或好或坏的行动。③ 随后,弗洛伦斯·克拉克洪(Florence Kluckhohn)和弗雷德·斯多特贝克(Fred Strodtbeck)提出了具体的价值取向理论,他们在研究中列举了每个社会都需要解决的 5 类基本问题,并提供了几个答案供选择:

1)我们应当更看重哪段时间?(过去、现在还是将来)

2)如何看待人类和自然环境的关系?(统治、屈服还是和谐相处)

3)个体如何与他人相处?(分等级、平等或依照其功过)

4)主要的行为动机是什么?(存在、成长还是取得成就)

5)如何看待人类的本性?(善良、邪恶还是二者的混合)④

---

① Rokeach, M. *Beliefs, Attitudes and Values: A Theory of Organization and Change*. San Francisco: Jossey-Bass, 1972: 159-160.

② Morris, M. W., Williams, K. Y., Leung, K. et al. Conflict management style: Accounting for cross-national differences. *Journal of International Business Studies*, 1998(29): 729-748.

③ Kluckhohn, C. Values and value-orientations in the theory of action: An exploration in definition and classification. In Parsons, T. & Shils, E. A. (eds.). *Towards a General Theory of Action*. Cambridge, MA: Harvard University Press, 1951: 411.

④ Hills, M. D. Kluckhohn and Strodtbeck's Values Orientation Theory. *Online Readings in Psychology and Culture*, 2002, 4(4): 4.

他们进而提出了测量价值取向的方法,并对美国西南部 5 个不同的文化群体进行了访谈。同一种社会文化中的人选择的答案代表了该社会的基本价值取向,即:时间取向、人类与自然取向、关系取向、行为取向和人类本性取向。这些价值取向构成了这一社会的文化价值观、信念、规范和行为的基础。这一研究被多方引用,广泛应用于教育、医疗、管理等学科领域,产生了很大反响。例如:玛丽安·米卡拉·奥图诺(Marian Mikaylo Ortuno)的研究表明,价值取向方法有助于大学生从不同的文化角度解读文学作品,从而理解文化差异。[①]汤姆·加拉格(Tom Gallagher)指出,价值取向方法为我们理解文化差异提供了可能性,有助于我们在一种崭新且深入的层面上去理解自身和他者。[②] 亦有学者认为,价值取向的研究成果还可以应用于社会政策的比较和制定,有助于将民族共同体的价值取向模式由传统—情感型转变为理性—实用型。[③] 可见,价值取向有助于我们了解文化的多样性和差异性,更好地理解自我与他者,并在实践层面更加有效地应对文化冲突。

国内研究更加关注价值取向与价值观之间的关联性。徐贵权指出,价值取向是"价值哲学的重要范畴,它指的是一定主体基于自己的价值观在面对或处理各种矛盾、冲突、关系时所持的基本价值立场、价值态度以及所表现出来的基本价值倾向"[④]。其中"价值"不仅是与主体利害相关的客体,更与主体期待的效应相关;而"取向"则强调了主体期待、选择和追求的方向。价值取向集中表现了主体的价值观,具体表现为其在功利、认知、道德、审美、政治等方面的取向和处理方式,还表现为其对各种价值关系的权衡和抉择,例如局部与整体、眼前与长远、世俗性与超越性等。因

---

① Ortuno,M. M. Cross-cultural awareness in the foreign language class:The Kluckhohn model. *The Modern Language Journal*,1991(75):449-459.

② Gallagher,T. The value orientations method:A tool to help understand cultural differences. *Journal of Extension*,2001,39(6):3-18.

③ Uddin,M. E. Exploration and implication of value orientation patterns in social policy:Practice with ethnic communities in Bangladesh. *Global Social Welfare*,2015(2):129-138.

④ 徐贵权. 论价值取向. 南京师大学报(社会科学版),1998(4):40.

此,价值取向既能体现主体的内在立场,又能影响其行为方式。徐玲认为,价值取向是具有自我意识的主体的一种自觉的、有目的的行为取向,其内在依据是主体的价值观念,并内含了对一定价值标准的取舍。① 可见,价值取向会从深层次上支配主体的价值选择行为,从而对实践活动产生重大影响,因而对价值取向的分析有助于我们解读主体选择行为背后的意图。

2. 价值取向对于中国文学外译的重要意义

在翻译研究中,吉迪恩·图里(Gideon Toury)曾提出对译作进行价值判断的两项原则:1)可接受性原则,指为了在目标语文化系统中取得一定的地位,或是填补原来的空缺,而在某一文化或语言中进行文本生产,这一原则倾向于目标语系统;2)充分性原则,指将某一语言或文化中的文本用其他语言再现出来,这一文本属于另一种文化,并已经在其中拥有一定的地位,这一原则倾向于源语系统。通常情况下,可接受性和充分性是不相容的,靠近其中某一原则即意味着对另一种的背离,因此,译者常常需要在二者之间做出特别的妥协。② 然而,在劳伦斯·韦努蒂(Lawrence Venuti)看来,翻译模式不可避免地会带有倾向性:翻译什么作品主要由目标语文本接受者决定,译者在翻译文学作品的时候常常带有选择性;只有当作品代表的价值观符合目标语文化语境时,这一作品才能得以译介,因此翻译行为总是倾向于目标语文化,译作也不可能完整地再现源语文学作品。③ 他所强调的这一倾向性其实就是我们所要讨论的价值取向。

当前的中国文学外译主要采取主动外译的方式,即"整个翻译活动的组织是由中国文化机构主持发起的,涉及翻译经费、翻译语种、翻译出版和发行等相关环节",这有助于推介我国优秀的文学作品,减少文化猎奇,"打破误读、消除曲解",但译者相对多样,包括外语娴熟的中国译者,但更

---

① 徐玲. 价值取向本质之探究. 探索,2000(2):69-71.

② Toury,G. *Descriptive Translation Studies——and Beyond*. Rev. ed. Amsterdam: John Benjamins,2012:69-70.

③ Venuti,L. *Translation Changes Everything:Theory and Practice*. London: Routledge,2013:200.

多的是热爱中国文学的外国译者,因而其中的价值取向问题更加重要。①
约瑟夫·法雷尔(Joseph Farrell)即认为,在文学创作中,是作者选择了叙
述声音,建立了小说中潜在的价值标准,决定了作品中人物的行为方式、
剧情的展开、情节的发展、对话的语调、角色的深度等;而译者的工作看似
只是语言层面的,但却远不只是单词或篇章的转换,更要在译作中保留作
者的风格。② 然而,遵从作者的风格并不代表完全忠实再现原作,当作品
中的价值观与目标语读者的价值观出现明显冲突时,译者需要对原作进
行适度的改写,否则译作不但无法为读者所接受,反而会招致读者的反感
甚至抵触情绪。德国功能翻译学派代表卡特琳娜·莱斯(Katharina
Reiss)指出,当作者的价值取向与目标语文化中读者的价值观和信念相悖
时,即如果作品中存在一些道德、宗教或意识形态方面的敏感因素的话,
译者就需要对原作进行"净化"处理,必要的时候,为了满足读者的需求,
译者甚至可以对原作进行改编,或者补充一些解释性资料。③

在文学外译活动中,译者对作品包含的认知、道德、审美等价值的理
解和考量,不仅体现了其价值观,更能决定其对作品价值的判断和评价;
而读者的价值取向同样会影响译者认识和理解作品的方式,进而影响其
作品和翻译策略的选取。基于此,我们希望通过对译者翻译行为的考察
和分析,了解其价值取向及其对翻译行为的影响;同时通过读者和批评者
的作品选择和评价方式,了解其对译作的评价标准及其文化认同方式,并
尝试推动价值取向的合理化,探讨促进作品的海外传播和增强其影响力
的有效路径。

那么,作品的价值如何能够得以实现? 一般认为,如果一部译作能够

---

① 何明星. 中国文学外译书写历史新篇.(2017-09-29)[2021-09-30]. http://www.
chinawriter.com.cn/n1/2017/0929/c403994-29566683.html.

② Farrell,J. The style of translation:Dialogue with the author. In Anderman,
G.(ed.). *Voices in Translation:Bridging Cultural Divides*. Clevedon:
Multilingual Matters,2007:58-59.

③ Reiss,K. *Translation Criticism—The Potentials and Limitations:Categories
and Criteria for Translation Quality Assessment*. Rhodes,E. F.(trans.).
Manchester:St. Jerome Publishing,2000:104-105.

满足或者部分地满足异域读者在知识、审美、伦理等方面的需要,我们就可以说它对读者而言是有价值或者是有部分价值的;若译作不能满足读者的相关需要,其价值就难以实现。由于译文读者与原作读者在成长环境和文化背景方面存在明显差异,他们对于小说所传递的信息和情感的接受度也就必然不同。而在中国文学译介的过程中,译者更需要满足的其实是异域读者的需要,只有作品能够提供他们想要获取的信息,才能吸引他们的关注,进而实现文学传播的目的。

3.从莫言获诺贝尔文学奖看中国文学外译中的价值取向问题

当我们还沉浸于莫言获得诺贝尔文学奖的喜悦中时,2013 年,李建军发表了《直议莫言与诺奖》一文,直指“莫言的写作经验,主要来自对西方小说的简单化模仿,而不是对中国‘传统文学’和‘口头文学’的创造性继承”①,认为他只是根据自己的主观感觉来创作,违背了中国小说强调准确而真实地刻画人物的心理和性格的写实性原则;而莫言的获奖很大程度上是评委误读的结果,因为他们读到的只是经过翻译家改装的“象征性文本”,并非“实质性文本”,“他们从莫言的作品里看到的,是符合自己想象的‘中国’‘中国人’和‘中国文化’,而不是真正的‘中国’‘中国人’和‘中国文化’”②。

应该说,莫言和译者葛浩文之间有着深厚的友谊和良好的合作关系。莫言在很多场合都表达了对葛浩文的感激之情;对于葛浩文在翻译过程中采取的增删和异化策略,他也表达了足够的宽容和理解。在“我在美国出版的三本书”的演讲中,他提及为了达到更好的翻译效果,他们频繁交流,反复磋商,并澄清了葛浩文在译作中添加的性描写也是他们事先沟通好的结果,称赞道:“葛浩文教授不但是一个才华横溢的翻译家,而且还是一个作风严谨的翻译家,能与这样的人合作,是我的幸运。”③而葛浩文也表示他为发现了莫言这样的作家而自豪,并被莫言小说的历史感深深吸引,所以才会乐此不疲地进行翻译。他不仅翻译了莫言的十几部小说,还

① 李建军. 直议莫言与诺奖. 文学自由谈,2013(1):29.
② 李建军. 直议莫言与诺奖. 文学自由谈,2013(1):33.
③ 莫言. 我在美国出版的三本书. 小说界,2000(5):170.

写了大量评介性的文章进行宣传和介绍,并非常谦虚地表示:"如果评论觉得小说写得很好,我与作者都有功;如果他们认为小说不好,那就完全是我这个翻译的错了。"①应该说,葛浩文的推介和翻译对于莫言小说在海外的传播确实起到了关键性的作用,对于莫言的获奖更是功不可没。

现阶段的批评者在进行译作评价时,往往会从文本层面出发,从字词的角度切入,进行比较式的分析研究。这当然是一种方便快捷、有理有据的研究方式,但也难免失之偏颇。因为在翻译的过程中,为了使译作的语言更加流畅地道,更容易被国外读者接受,译者难免会对语言甚至内容进行相应的调整和改变。葛浩文自己也坦言:"翻译的小说里所用的语言——优美的也好,粗俗的也好——是译者使用的语言,不是原著作者的语言。"②但如果据此就说葛浩文的译作呈现的是一个与原作完全不对等的版本,则未免言过其实。葛浩文说过:"对待翻译我有一个基本的态度,有一个目标。我怀着虔诚、敬畏、兴奋,但又有点不安的心态接近文本。"③他认为,如果因为个别晦涩的暗指解释不当,或者没有加上合适的脚注就肆意批评,会让译者在工作时"如履薄冰",并坦言在收到研究自己的翻译的论文后,"为保护脆弱的自我——我经不起打击——我是不读的"④。他声称更乐意看到宏观的剖析,希望批评者能从语调、语域、清晰度、魅力等更宽的视角来判断他的译作成功与否。⑤ 更何况出版社作为把关者,对于译文出版拥有主导权和发言权,他们有时也会要求译者做相应的调整,企鹅出版集团就曾在给葛浩文的信中明确要求他删减三分之一。因此,如果我们仅由一些文字层面的不对等就得出结论,认为葛浩文的译作掩盖甚至修正了原作的弱点,因此莫言才能依靠这一"象征性文本"获得诺奖,显然是不够全面的。

其实,这场争论背后的一个深层原因是:作为美国人的译者葛浩文和

① 葛浩文. 我行我素:葛浩文与浩文葛. 史国强,译. 中国比较文学,2014(1):39.
② 葛浩文. 我行我素:葛浩文与浩文葛. 史国强,译. 中国比较文学,2014(1):42.
③ 葛浩文. 我行我素:葛浩文与浩文葛. 史国强,译. 中国比较文学,2014(1):43.
④ 葛浩文. 我行我素:葛浩文与浩文葛. 史国强,译. 中国比较文学,2014(1):40.
⑤ 葛浩文. 我行我素:葛浩文与浩文葛. 史国强,译. 中国比较文学,2014(1):41.

作为中国文学评论家的李建军所持的文化立场是不同的,二者所面对的读者群主体也是不同的。译者尤其是其他国家的译者倾向于采取目标语文化立场,因为他们希望能够推进中国文学外译,拥有更多的国外读者,这样才能更好地实现翻译的目的和价值。而作家和批评家则更多地坚持本民族的文化立场,认为应该为了本国读者而非国外读者写作,因为一方面,国外读者并不真正关注和理解中国的文学作品,另一方面,为了"走出去"而改变作家的创作风格也是不恰当的。毕飞宇就说过:"写作时,如果还考虑海外发行、进入其他语种的问题,这是不堪重负的事情。"①应该看到,或许对于某些读者来说莫言的小说不能代表当代中国作家的最高水平,但其精神价值、艺术魅力、东方文化特质等因素无疑吸引了译者的目光,也打动了诺奖的评委们。② 莫言获得诺奖,对于中国作家而言无疑是一种鼓励,至少代表了西方社会对于中国小说创作较高程度的认可和接受;对于我们的中国文学外译当然也是一件好事,因为这个奖项打开了中国文学作品的知名度,吸引了更多国外读者的关注,也让中国作品和中国文化进入了西方批评家的视野。如果一直被诺奖拒之门外,中国的作品就会失去很多国外的读者,无法听到他们的评论和建议,也会失去很多学习和提升的机会。葛浩文说,尽管作家没有为读者写作的义务,更没有为国外读者写作的义务,他们可以只为自己而写,但基于中国文学"走出去"的强烈意愿和努力,写作就不能无视一些长期以来形成的、国际公认的小说的标准。③

那么,在中国文学外译中,译者更希望能够展现哪些价值? 一般而言,文学作品的价值以精神价值的形式体现,因此我们大体可以将其分为知识价值、道德价值和审美价值三种。其中,知识价值即"真"的问题,主

---

① 石剑峰. 华师大昨举办"镜中之镜:中国当代文学及其译介研讨会". (2014-04-22)[2021-07-08]. http://sh.eastday.com/m/20140422/u1a8045610.html.

② 刘云虹,许钧. 文学翻译模式与中国文学对外译介——关于葛浩文的翻译. 外国语,2014(5):6-17.

③ 陈熙涵. 中国小说应否迎合西方标准? 汉学家葛浩文观点引争议. (2014-04-22)[2021-07-08]. http://sh.eastday.com/m/20140422/u1a8045030.html.

要指文学作品具有一定的描写、展现和反映现实世界的功能,有助于异域读者更加真实地了解作者所处的现实世界和文化背景;道德价值即"善"的价值,它强调文学作品对于社会群体的感召力量,有助于读者从伦理道德的角度深入地理解作者所处的社会;审美价值就是所谓"美"的问题,因为文学作品的美感和情感往往是最直抵人心的感受,是让异域读者和本族语读者产生相似审美体验的最为关键的一个因素。下面我们将分别进行探讨。

第二节 知识价值取向:真实世界的文学再现

谈到文学译介的知识价值,不能不提及"钱锺书现象"这一极为成功的外译案例。可以说,在早年的文学研究中,钱锺书的小说一直未受重视,直到 1961 年,美籍华人学者夏志清在《中国现代小说史》中对《围城》推崇备至,用了十几页的篇幅进行了详细的剖析和介绍,高度赞扬了这一作品文体的简洁有力、细节的展现和意象的经营,这才直接推动"钱学"迅速进入美国学者的研究视野。加之随后的作品翻译,研究者们纷纷赞叹其"积学之深,叹为观止",将钱锺书尊为"中国第一博学鸿儒",并宣称自己都是"拜钱的人","能够面见,余死而无憾焉!"①而后,随着《围城》在中国的再版和海外研究成果的引入,钱锺书的博雅和才情得以展示在中国读者的面前,引起专家学者的广泛关注,钱学也逐渐成为一门显学。在这一典型的文学译介案例中,翻译不仅起到了传播中国文学和文化的作用,还让原作的价值在中国得以再现,丰富了中国读者对于作品的认识和理解。

需要注意的是,译者的选择也会受到不同历史时期、社会政治语境和意识形态的影响。以我国 19 世纪中叶 20 世纪早期的外译活动为例,当时的中国在鸦片战争之后逐渐变成半殖民地、半封建的国家,西方列强对积贫积弱的中国虎视眈眈,他们需要更多地了解中国的文化历史,此时在

---

① 奚永吉. 文学翻译比较美学. 武汉:湖北教育出版社,2000:77.

中国出现了一批外籍的汉学家、传教士或外交官员,如翟里斯(Herbert Allen Giles)、亚瑟·韦利(Arthur Waley)、理雅各(James Legge)、卫三畏(Samuel Wells Williams)、罗伯聃(Robert Thom)等对中国的典籍作品进行翻译。当时,他们选择翻译的作品内容较为局限,如翻译老子、孔子、孙子等的有关哲学、军事思想等方面的图书偏多,而像被英国著名科学史专家李约瑟(Joseph Needham)称为"中国科学史上的坐标"的《梦溪笔谈》等著作却一直没有译本出现。在我国经典小说的介绍上,也多是一些由外国译者选译或节译的内容,至于诗词、戏剧、文艺理论等著作,更是鲜为外国人所了解。这时译者更关注的是作品的知识和文化价值,因为他们外译的目的就是要更真实地展现中国具体的生活场景,通过一系列作品了解中国的文化和社会。即便到了当代,以美国为代表的西方国家也主要依靠汉学家和研究者译入中国文学作品,这种类型的译者往往会选择反映和揭露社会阴暗面的作品,并在翻译的过程中加入大量的注释,解释西方读者不熟悉的中国历史和文化现象。处于强势文化语境中的西方读者对于中国的文学作品更多的是持有一种猎奇心态,加之中国悠久历史文化给予他们的神秘感,"人们对中国历史和现实社会中的神秘、丑陋、古怪、黑暗的东西显示出特别的兴趣",这也是先锋派、新写实主义和持不同政见的作品容易在国外出版的原因。①

相较于之前的阶段,进入 20 世纪 90 年代的中国,已是一个以崭新面貌出现在世人面前的日益强大的中国,中国人民更希望能够通过文学作品的译介,传递中国的文明和特色,让读者更加真切、具体、全面地了解中国和中国文化。因此,"大中华文库"于 90 年代经新闻出版总署批准正式立项,列入国家出版重大工程,并在第一批出版时就推出了 70 部著作,较为全面地介绍了中国古典文献的精华。通过这一出版活动,我国培养和锻炼了一大批翻译人才,除了大家熟知的杨宪益、沙博理、许渊冲等老一代翻译家以外,更有以汪榕培、卓振英、罗志野、王宏等为代表的一批优秀翻译

① 王颖冲,王克非. 现当代中文小说译入、译出的考察与比较. 中国翻译,2014(2):33-38.

家。值得注意的是,这次的翻译工作主要是由中国人承担的,而且这批译作的质量也达到了相当高的水平,得到了西方社会的认可和接受。

需要看到,现阶段中国文学译介的主要目的是让世界更加全面真实地了解中国博大精深的文化,认识中国在人类历史上发挥的作用,要让我们的文化真正地走出去,因此,此时的译介活动是主动性的。这也要求译作更多地展现中国文学的特色和魅力,让我国的优秀文学作品得到国外读者的了解、接受和认可。来自法国的中国文学翻译家何碧玉(Isabelle Rabut)就曾指出,东方和西方的美学有着明显差异,因此不能要求中国小说完全符合西方小说的标准,她说:"我们做翻译的不能忘记,人们选择中国作家的书来看,就是要看中国、中国人是怎么样的,不能把陌生文化的每个因素都抹平,不能都法国化德国化,要留点中国味儿,否则就干脆读本国作品就行了。"①翻译家高立希(Ulrich Kautz)曾把王朔、余华等作家的作品译成德文出版,他也认为目前中国作家的作品在德国的影响力还很微弱,但中国作家要勇于坚持自己的特色,千万不能为了"讨好"国外读者而改变自己的写作风格。可见,只有当译介的作品带有中国的美学特征,传递出中国的知识和文化特色,才能向世界展现中国的本来面貌。

第三节　道德价值取向:影响社会的感召力量

在文学外译中,译者个人的价值取向始终影响着他的作品选择和翻译策略,它不仅渗透于译作,影响着译者的取舍、策略和传达,更会以其独有的魅力影响译作读者。如果说文学作品的创作展现了作者的审美诉求、文化身份和政治意图,文学译介中的文本选择、叙事视角和叙述模式则更加直接地受到译者翻译目的的影响甚至主宰。只有当译者拥有更加宽广的视角和胸怀,站在全人类的立场,通过译作传递出人类共有的美好的道德情感时,读者才能更深刻地理解作品,并为之深深感染。

---

① 转引自:石剑峰. 华师大昨举办"镜中之镜:中国当代文学及其译介研讨会". (2014-04-22)[2021-07-08]. http://sh.eastday.com/m/20140422/u1a8045610.html.

在此，我们可以反观一下外国小说在中国的传播过程。应当说，在中国文学历史上，小说原本是无法与诗歌、戏剧等相提并论的。由于当时的社会轻视甚至鄙薄小说，1872 年《申报》上刊载的《谈瀛小录》和《一睡七十年》，译者均未署名。① 而到了光绪、宣统年间，由于西学东渐的影响，文学翻译的繁荣时期逐步形成。从 1906 年到 1908 年的三年是晚清翻译小说的高峰期，其时翻译的小说数量达到了创作小说的两倍。以 1908 年为例，当年出版的小说共 120 种，其中翻译小说就多达 80 种，足见当时小说翻译的兴盛。②

最早白话文小说创作的主要目的是自娱，除了金圣叹之外，没有几个学者敢于公开肯定和表扬其文学价值，而真正重估小说价值的是胡适。③胡适在《五十年来中国之文学》一书中明确提出小说流行最广、势力最大且影响最深，将其由"稗官野史"提升到了"济世安民"的正统文学地位。出于推广白话文和改变叙事模式的需要，梁启超更是着意强调了政治小说的作用，将小说从文学的边缘推向了中心，大大提高了小说的地位。在1902 年的《论小说与群治之关系》一文中，他更是直接提出小说为文学之最上乘，因此"今日欲改良群治，必自小说界革命始；欲新民，必自新小说始"④。在此，小说的政治意义被着意强调甚至夸大了，无论是出发点还是旨归都是为了启蒙思想，从而达到促进政治革命的目的。其后，陈独秀、李大钊等进一步指出小说对于人类思想和精神上的积极影响，尤其是鲁迅，明确提出了小说是"为人生"的主张，指出其社会功能在于"移情"和"益智"，因而，应当通过"转移性情"，实现小说改变人的精神面貌，进而改

---

① 马祖毅. 中国翻译通史（古代部分全一卷）. 武汉：湖北教育出版社，2006：475.
《谈瀛小录》摘译自英国小说家乔纳森·斯威夫特（Jonathan Swift）的《格列佛游记》（*Gulliver's Travels*），《一睡七十年》即美国作家华盛顿·欧文（Washington Irving）的《瑞普·凡·温克尔》（*Rip Van Winkle*）。
② 马祖毅. 中国翻译通史（古代部分全一卷）. 武汉：湖北教育出版社，2006：477.
③ 夏志清. 中国现代小说史. 刘绍铭，等译. 桂林：广西师范大学出版社，2014：6-7.
④ 梁启超. 论小说与群治之关系//陈平原，夏晓虹. 二十世纪中国小说理论资料：1897—1916（第一卷）. 北京：北京大学出版社，1989：536.

造社会的目的。① 他们如此大力地宣扬小说的作用,一方面是要经由小说大力地推广白话文,另一方面是要推进社会改革。而从深层原因分析,则是为了对抗传统、改变现状和重建信心,这反映了当时的知识分子关心社会疾苦的人道主义精神。这一时期,穆勒、尼采、托尔斯泰作品的译介,《玩偶之家》里的娜拉受到当时青年的关注和热议,都显示了"国人对人文主义的浓厚兴趣,认为人的尊严远远超过他作为动物和市民的需要之上"②。

翻译家对哪种文学作品更感兴趣?他们如何选择要翻译和出版的作品?除了文学作品本身的知识价值外,其揭示社会生活的能力也是一个重要因素,这体现了作品的伦理道德价值。何碧玉曾指出,池莉的作品之所以受到法国读者的欢迎,就在于她深入了中国普通民众的私人生活领域,因此,"一个文学作品起码在两个方面有无法替代的价值,就连最细腻的社会调查也永远望尘莫及:一是日常生活的体验,另一是对历史动荡和创伤的个人感受"③。同样,林纾翻译小说的价值,远不只是引入了新的小说文体和形式,更表现在其敦促当时的读者放弃狭隘的民族偏见,勇于吸收和接受新知上。他在 1905 年翻译亨利·莱特·哈葛德(Henry Rider Haggard)的小说时,将原为《蒙特祖马的女儿》(*Montezuma's Daughter*)的书名译作《英孝子火山报仇录》。除了考虑到小说本身的特色和为使书名更具吸引力而这样翻译外,"孝子"二字的添加,也被有的人认为表现了林纾的封建意识。实际上,这类负面态度主要是因为当时中国的读者对西学缺乏基本的了解,有些顽固之徒更是认为西学是"不孝之学"、欧洲是"不父之国",并以此为借口对西方作品加以抵制。④ 因而,我们在理解林

① 沙似鹏.“五四”小说理论与近代小说理论的关系.中国现代文学研究丛刊,1984 (2):23-46.

② 夏志清.中国现代小说史.刘绍铭,等译.桂林:广西师范大学出版社,2014:15.

③ 何碧玉.不是为了翻译而翻译,而是为了帮助别人了解中国.(2010-08-14) [2014-11-20].http://book.sina.com.cn/news/c/2010-08-14/1245271824.shtml.

④ 韩洪举.林译小说研究:兼论林纾自撰小说与传奇.北京:中国社会科学出版社,2005:62.

纾的翻译意图时,一方面要看到他是为了排除守旧派对于西学的固有偏见,使译作更容易被读者接受;另一方面,也要认识到"孝"并非中华民族独有的道德情感,也是人类共有的美德。只有抛弃狭隘的民族立场,站在人类共同情感价值的角度,我们才能真正了解和体会翻译家当时的胸襟和情怀。

要让一部小说能为生活在不同社会文化中的读者群体所接受,更有效地实现其道德价值,译者在翻译过程中常常需要对读者进行适度的引导和协调,因为译者更需要满足译文读者的需要。相比较而言,原文读者比较容易接受熟悉的生活场景和历史文化背景,产生共鸣;译文读者则更要有开阔眼界的愿望和探索新知的勇气。正如葛浩文所言:"译者给全世界的人送上文学瑰宝,使我们大家的生活在各个不同层面上都能更丰富,而更能帮助我们达到这个目标的,就是读者呈现对文学性的不同的看法。"①

例如,吴趼人和周桂笙在合作翻译法国作家鲍福(Fortuné du Boisgobey)所著《毒蛇圈》②时,周桂笙是译者,吴趼人是评点者,为了使译文适合中国读者的阅读习惯,他们采用章回体进行翻译,加入了"看官""却说""话说"等词语,明显地采用了说书人的惯用句式,并在翻译的过程中加入了大量的评点引导读者。例如,全文的开首处即加入了译者的总评,分析中西小说叙事模式的不同,并褒奖了倒叙的对话形式;以瑞福的经历感叹当时中国司法制度的主观臆断和缺乏公正,甚至因为瑞福处处惦念女儿,认为如果不写妙儿思念父亲的段落,不免不妥,便"特商于译者,插入此段,虽然原著虽缺此点,而在妙儿,当夜吾知其断不缺此思想也,故杜撰亦非蛇足"③。在译介过程中,译者对于西方的法制精神和侦探小说的叙事模式持积极支持的态度,并在翻译后身体力行:吴趼人随后尝试创作了《九命奇冤》,模仿了对话体的倒叙写法,并对小说的结构进行创新;周桂笙也完成了中国最早的侦探小说之一的《上海侦探案》。这些由

---

① 葛浩文. 我行我素:葛浩文与浩文葛. 史国强,译. 中国比较文学,2014(1):38.
② 法文原作是 *Margot la Balafrée*(1884),最早在法国出版,但《毒蛇圈》是由 1885年出版于伦敦的英文版 *The Sculptor's Daughter* 转译过来的。
③ 转引自:赵稀方. 翻译与文化协商——从《毒蛇圈》看晚清侦探小说翻译. 中国比较文学,2012(1):38.

翻译引出的小说创作对于丰富中国小说的创作模式和技巧有着极为重要而深远的影响,也更有利于实现作品的审美价值。

第四节　审美价值取向:直抵人心的个体体验

在判断一部文学作品是否具有译介价值的时候,译者一般会着重考虑它是否具有审美价值,即美感价值和情感价值,要考察它能否为读者带来心灵上的启迪和精神上的愉悦,能否以真挚的情感打动人,能否让读者在内心深处产生共鸣。文学作品的审美价值是最容易引起译者和读者共鸣的部分,因为抛开不同的文化背景和社会习俗,作品所展现的生活场景,表达的对于生活的热爱,对于真善美的追求,对于不公正境遇的控诉和批判等等,都是人类共通的,是最能唤起读者理解的部分,也是最能让读者感到亲切的部分。只有当一部文学作品具有一定的审美价值,它才能经得起时间和地域的考验,才能为更广泛的读者群体所接受,才能产生更为深远的影响,也才能更为长久地保存下来。

文学作品本身的形式会直接影响译者的选择,具备直抵人心的美感的作品才能吸引译者,进而吸引译作的读者。而在两种文化存在明显差异的情况下,译作读者更倾向于从叙事的相似之处寻找亲切感和熟悉感。葛浩文说过,莫言创作的对象是中国读者;而他翻译的对象则是美国的出版商和美国读者,为了让译作读者读起来更加愉悦,他的翻译常常比作者的创作还要费时。[①] 而且,国外读者更希望作者能够"把人物写得跃然纸上,使人物的形象烙印在读者的记忆里,这当然不容易做到,但这样才能吸引读者,也是西方敏感的读者评价小说好坏的一个标准"[②]。但是,中国小说的叙述偏重故事和行动,缺乏心灵的探索,人物塑造的深度不够,因此在美国及其他西方国家并不特别受欢迎。这种心灵的探索恰恰是莫言

---

① Stalling, J. The voice of the translator: An interview with Howard Goldblatt. *Translation Review*, 2014, 88(1): 1-12.

② 葛浩文. 我行我素:葛浩文与浩文葛. 史国强,译. 中国比较文学,2014(1):49.

的小说所擅长的,也正是李建军所批评的莫言小说的致命问题,即感觉的泛滥。① 应当说,与西方叙述方式的契合的确有助于莫言小说在西方的传播和接受。

让我们反观一下"五四"时期外国小说在中国的译介和传播。当时中国译者译介的很多外国作品均出自二三流的作家之手,而非真正意义上的名著,但这并不能说明译者自身的欣赏水平不够,从而导致作品选择的失误,而是因为译者受到当时读者的影响和制约:由于中国读者偏好侦探小说,因而在清末小说中,翻译侦探小说和具有侦探小说元素的作品占了三分之一;由于读者偏爱曲折的情节,译者进行了一定的增删以迎合读者的口味;而由于中国的读者对外国小说巧妙的布局更感兴趣,译者也着重译介了此类小说。陈平原就曾经评论道:"我倒怀疑当年倘若一开始就全力以赴介绍西洋小说名著,中国读者也许会知难而退,关起门来读《三国》《水浒》。"②可见,重视情节和布局是中国小说的叙事传统,因此中国译者在译介外国小说的时候也会删除侧重心理感觉的部分,这与现在外国译者采用的增删策略不谋而合。

一般而言,文学作品的审美价值是无法自我实现的,它有赖于译者的再创造。译者的阅读和翻译过程是一种对作品的再创造过程,具体体现为阅读前的心理关注与审美期待,阅读中的文本意义再创与重建和翻译中的文本重构。③ 遇到一位心灵契合的译者,对于作者及其作品而言,无疑是一件幸事,因为译者决定了小说最终会以何种形式呈现在译文读者的面前,哪些内容将得以呈现,哪些会被删除,"他们才是仅有的能让这些精神产品得以呈现的文化生产者"④。

莫言小说之幸在于,葛浩文对于人物感觉的感受力很强,自己也有过艰苦生活的经历,有着扎实的中国传统文学和现代文学基础,且语言技能

---

① 李建军. 直议莫言与诺奖. 文学自由谈,2013(1):27.

② 陈平原. 中国小说叙事模式的转变. 北京:北京大学出版社,2003:107.

③ 吕俊,侯向群. 翻译学导论. 上海:上海外语教育出版社,2012:175.

④ Zhang,W. H. Chinese literature in the making:An interview with Jonathan Stalling. *Translation Review*,2012,84(1):7.

无懈可击,他能够因莫言小说作品的不同自如地选用优雅博学抑或粗俗怪异的语言,可以说,"葛浩文自身的汉语素养、文学偏好和个人爱好完美地契合了莫言独特的风格"①。莫言曾在演讲中反复提及自己在农村的生活经历:"饥饿和孤独是我的小说中的两个被反复表现的主题,也是我的两笔财富。其实我还有一笔更为宝贵的财富,这就是我在漫长的农村生活中听到的故事和传说。"②这段经历也吸引了莫言小说的日语译者吉田富夫,后者表示,同样的农民出身、相似的背景让他对《丰乳肥臀》中所展现的生活场景,尤其是打铁,感到熟悉而亲切,而且,"这部小说里母亲的形象和我母亲的形象一模一样,真的,不是我杜撰的。我开始认真翻译《丰乳肥臀》之后,完全融入莫言的世界了"③。吉田富夫在其后的翻译过程中尽力润色作品中的语言和环境,并特意加入了一些自己故乡广岛的语言特色,希望能更加符合莫言小说中浓厚的地方特色,让译文读者获得与原作读者相似的阅读体验。毕竟,只有当译作再现了原作中美的形式,实现了其审美价值,译文读者才会产生进一步了解异域文化的愿望,也才能进一步实现文学作品的知识价值和道德价值。

由本章分析可见,译者的作品选择和翻译策略会直接影响中国文学在异域的传播及其效果,以文学外译为例,译者更希望在这一过程中呈现作品的知识价值、道德价值和审美价值。只有当一部文学译作能真实地传递出中国文化的特色,遵循人类共有的"真善美"伦理道德标准,同时又富有美感和情感时,读者才能从作品中看到一个较为完整的中国图像,体会到中国文化的真正魅力。

---

① Lupke,C. *Big Breasts and Wide Hips* by Mo Yan. *Translation Review*,2005,70(1):70.

② 莫言. 我在美国出版的三本书. 小说界,2000(5):171.

③ 刘戈,陈建军. 独家专访莫言作品日文版翻译吉田富夫:谈与中国文学渊源. (2012-11-19)[2014-11-20]. http://japan.people.com.cn/35468/8025438.html.

第三章　中国文学外译中的读者意识与
　　　　　价值规范 *

　　读者,无疑是中国文学外译中不可忽视的一环。葛浩文曾经这样描述其翻译过程:"作为一个译者,我首先是读者。如同所有其他读者,我一边阅读,一边阐释(翻译?)。我总要问自己:是不是给译文读者机会,让他们能如同原文读者那样欣赏作品? 有没有让作者以浅显易懂的方式与他的新读者交流,而且让新读者感受到对等程度的愉悦或敬畏或愤怒,等等?"① 可见,读者的理解和感受一直是他相当重视的问题。

　　在当前的中国文学外译研究中,已有一些学者关注到了读者作为传播受众的重要性。高方、许钧在《现状、问题与建议——关于中国文学"走出去"的思考》一文中,建议组织各类文学与文化交流活动,加强作家与读者的联系,帮助国外读者了解和认识中国文学。② 吴赟考察了毕飞宇的小说《玉米》和《青衣》的英译本传播状况,发现尽管这两部作品在国外主流媒体中掀起了评论热潮,但在普通读者中却反响平平,主要是由于大众读者并不了解小说中涉及的京剧和"文革",也不熟悉中国文学的叙事手法,

---

*　本章主要内容发表于:周晓梅.中国文学外译中的读者意识问题.小说评论,2018
　　(3):121-128.收入本书时有修改。
①　葛浩文.我行我素:葛浩文与浩文葛.史国强,译.中国比较文学,2014(1):43.
②　高方,许钧.现状、问题与建议——关于中国文学"走出去"的思考.中国翻译,
　　2010(6):5-9.

因而无法产生情感共鸣和认同。① 韩子满认为,应当让海外受众有机会接触到中国文学中的优秀作品,读到能够真实反映中国文化面貌的作品,被中国文化感动进而产生好感。② 李刚、谢燕红在研究由刘绍铭和葛浩文主编的《哥伦比亚现代中国文学选集》(*The Columbia Anthology of Modern Chinese Literature*)一书时发现,编者在推介中国现代文学的过程中,将选集的读者设定为西方大学里学习中国文学的学生,并充分考虑到了西方读者阅读中的期待、习惯、偏好、评价等。③

如果说上一章突显了对于中国文学著作价值的展现与追求,本章我们强调的则是对于价值规范和秩序的坚守,而这种规范主要来源于文本外和文本内的读者意识。在我们当前的文学外译中,译作的读者主要是国外读者,他们选择阅读中国的文学作品或出于研究的需要,或源于对作家和文学作品的兴趣,或基于了解中国文化传统的愿望。那么,这些目标读者(intended receiver)更倾向于选择什么样的作品? 会注意哪些文本内或文本外的信息? 文学外译中的读者意识又应当涵盖哪些层面,关注哪些因素? 本章我们将聚焦中国文学外译中的读者意识问题,分析译者和目标读者的作品选择,了解其中的倾向性和依据,进而研究译者的翻译策略选择和价值标准。

第一节　何为文学外译中的读者意识

翻译中的读者意识主张译者以读者的阅读感受为中心,在不违背原作规范的基础上尽力提升作品的可读性和可接受性,具体包括两方面的内涵。一方面,读者意识要求译者对译文读者负责。苏珊·巴斯奈特(Susan Bassnett)指出,译者作为目标语文本的作者,应当对目标语读者担

---

① 吴赟. 西方视野下的毕飞宇小说——《青衣》与《玉米》在英语世界的译介. 学术论坛,2013(4):93-98.

② 韩子满. 中国文学的"走出去"与"送出去". 外国文学,2016(3):101-108.

③ 李刚,谢燕红. 英译选集与中国现代文学的海外传播——以《哥伦比亚现代中国文学选集》为视角. 当代作家评论,2016(4):175-182.

负起明确的道德责任。① 克里斯蒂安·诺德(Christiane Nord)也认为,无论是原作的作者,还是目标语文本的接受者,都无权检验译作是否符合他们的期望;只有译者有这个责任,因为他需要对作者、发起人和目标语读者负责,这就是翻译的忠实性。② 另一方面,读者意识又要求译者遵循文本内部的规范,激活原作中的场景,找到合适的目标语框架,③丰富源语文学的风格和形式,帮助译文读者理解原作中的习语表达、引用、谚语、隐喻等。④

1. 中国文学外译中的读者

什么样的读者是作者创作时期待的理想读者?

一方面,作者希望读者能够尊重作品,积极主动地投入阅读过程。杰弗里·韦尔海姆(Jeffery D. Welhelm)区分了两种不同的阅读态度。在他看来,消极的读者通常认为自己对作品没有解释力或所有权,因而其阅读只是一种被动解码而非主动追寻意义的过程;而积极投入阅读的读者则不同,他们的阅读是极富创造力、身临其境且激动人心的过程。⑤ 因此,读者是否拥有进入文本、与作者进行互动的积极意愿,往往会影响其对于一部作品的理解,并在一定程度上决定其阅读效果。因此,如何吸引国外读者,增强其主动接触中国文学作品的愿望是我们当前需要解决的一个重要问题。

另一方面,作者更希望读者能够真正理解作品,在阅读作品的过程中

---

① Bassnett,S. *Translation Studies*. London:Routledge,1988:23.

② Nord,C. Text analysis in translator training. In Dollerup,C. & Loddegaard,A. (eds.). *Teaching Translation and Interpreting:Training Talent and Experience—Papers from the First Language International Conference*,*Elsinore*,*Denmark*,*1991*. Amsterdam:John Benjamins,1992:40.

③ Snell-Hornby,M. *The Turns of Translation Studies:New Paradigms or Shifting Viewpoints?*. Amsterdam:John Benjamins,2006:110.

④ Reiss,K. *Translation Criticism—The Potentials and Limitations:Categories and Criteria for Translation Quality Assessment*. Rhodes,E. F. (trans.). Manchester:St. Jerome Publishing,2000:79.

⑤ Wilhem,J. D. Reading is seeing:Using visual response to improve the literary reading of reluctant readers. *Journal of Reading Behavior*,1995(4):467-503.

产生同感和共鸣。正因为此,无论是艾弗·阿姆斯特朗·瑞恰慈(Ivor Armstrong Richards)的理想读者(ideal reader)、汉斯·罗伯特·姚斯(Hans Robert Jauss)的真实读者(actual reader),还是斯坦利·费希(Stanley Fish)的有知读者(informed reader)、翁贝托·艾柯(Umberto Eco)的模范读者(model reader),都代表了一种对于标准与可靠性的共同追求。帕特里夏·恩西索(Patricia Enciso)曾将文学阅读描述为我们进入文本世界的过程,它要求读者既要拥有丰富的想象力,还要有相关的知识背景,"当我们想象和解读文学文本中的人物、场景、事件和主题的各种可能性的时候,我们能够获得强烈的参与感"①,这种参与感对于我们理解文本和获得愉悦的阅读体验而言都是非常关键的。我们同样可以将其视为文学外译中对译者的要求,因为要想成为一名优秀的译者,他必须先做原作的理想读者:要对作者的原意心领神会,既能感知作品的本质情感,又能全方位地欣赏作品的审美情趣。②

诺德指出,我们在翻译中需要区分译作的文本接受者和目标读者:译作的文本接受者是指真正读到或听到译作的个体读者;而译作的目标读者则是译者翻译时在心中设定的读者类型或读者原型。③ 她认为,受目标读者的影响,译者在翻译的过程中通常需要考虑三个方面的问题:

1)原作中有哪些信息需要在译作中再现出来,因为接受者对文本中的许多信息早已熟知或者不感兴趣,这时候我们需要根据目标读者群做出判断,挑选出会对读者的理解造成困难的部分信息进行解释。

2)如何组织这些信息,这关系到如何组织原作文本的信息问题,即信息以何种叙述顺序重现,包括主题和评论因素的分布。有时候译者为了

---

① 转引自:Wilhem,J. D. Reading is seeing:Using visual response to improve the literary reading of reluctant readers. *Journal of Reading Behavior*,1995(4):469.

② Chandran,M. The translator as ideal reader:Variant readings of Anandamath. *Translation Studies*,2011,4(3):298.

③ Nord,C. What do we know about the target-text receiver?. In Beeby,A.,Ensinger,D. & Presas,M.(eds.). *Investigating Translation:Selected Papers from the 4th International Congress on Translation*,*Barcelona*,*1998*. Amsterdam:John Benjamins,2000:196.

制造悬念,会改变原作的叙述方式,但这很可能会破坏作品的连贯性,给译文读者造成一定的困难,因为他们在阅读的时候还需要先寻找叙述主线。

3)为了再现所选择的信息,翻译时还需要运用哪些语言学或文体学的方法。这是指特定文本类型的风格问题,因为如果一个文本中的句法和词汇遵循了惯例,读者在阅读的过程中就可以专注于信息内容本身;相反,如果作品在风格方面有所创新,读者就会更加关注信息的呈现方式。因此,即便译者希望不落窠臼,也要考虑读者期待的文本呈现形式。

4)如果原文作者和目标语读者拥有的文化背景不同,翻译时就不能直接采用原作中的语言标记(linguistic marker),而是要跨越文化障碍,判断应当重现源语文化中文本类型的特征,还是遵循目标语文化中这一文本类型的特色。①

需要注意的是,译者在进行翻译的时候,心中往往也设定了自己的目标读者。约翰·莱昂斯(John Lyons)指出,信息的发出者需要根据目标读者的知识水平、社会地位等调节自己的叙述内容。② 那么,中国文学外译中的目标读者具体有哪些呢? 按照英国著名汉学家和翻译家杜博妮(Bonnie S. McDougall)的划分,共有三类目标读者:有志于了解中国文化的"忠诚读者"(committed reader)、致力于英汉语文学和翻译研究的"兴趣读者"(interested reader),以及希望在译作阅读中实现理解而非获取信息的"公允读者"(disinterested reader)。在她看来,现阶段我们重点关注的是专业型读者(professional reader),即出版社编辑、文学机构的人员、专业化或大众出版物的评论者、学者等的意见,这些人由于专业或研究的影响,往往更偏爱保留异域特色的异化翻译作品,但问题是这一部分读者不足以代表所有的目标读者。要扩大作品的影响力,我们需要吸引

---

① Nord, C. What do we know about the target-text receiver?. In Beeby, A., Ensinger, D. & Presas, M. (eds.). *Investigating Translation*: *Selected Papers from the 4th International Congress on Translation*, *Barcelona*, *1998*. Amsterdam: John Benjamins, 2000: 197-203.

② Lyons, J. *Semantics* (*Vol*. *I*). Cambridge: Cambridge University Press, 1977: 34.

更多公允读者的注意,相信其阅读经验和判断,同时在翻译的过程中要注意译作的可读性和文体风格,从而为读者带来阅读的乐趣。①

当前,我国文学外译大致存在着以下几个方面的困难:

其一是国外(尤其是西方)读者对于中国存在刻板印象,而且由于中国作家的文学作品创作方式与国外的评价标准存在差异,会给读者的阅读和理解造成一定的困难,同样也难以打动作品的评论者。获得过鲁迅文学翻译奖的韩瑞祥教授就曾经指出,德国读者对中国的理解依然没有超越政治分歧和意识形态,他们也没有放弃固有的欧洲中心主义,因此对中国当代文学的理解相对片面,很多读者始终把当代文学中所表现的一些最原始、最愚昧、最残酷的东西看成中国的根本形象。②

其二是国外出版社对于译文的删改要求。国外出版社购买了作品的外文版权后,编辑就拥有了很大的权威,他们会根据读者的需要要求译者删减或者改动作品。在翻译施叔青所著"香港三部曲"时,出版社就要求葛浩文将三部小说浓缩成一卷;而企鹅出版集团的编辑在收到葛浩文的《狼图腾》译稿后,在回信中甚至直接建议说:"接下来我们要做的是,要让这部作品更容易被西方读者接受,为了达到这一目的,依我所见,主要是要做一些(很多)关键性的删减。……到底要删掉多少,我初步认为先删去三分之一左右。"③

其三,文学译作的市场非常有限。以美国市场为例,一般每年出版的图书中只有3%是翻译自外文的,而亚洲的翻译作品又只是这3%中的一小部分。④ 由于市场有限,国外出版社倾向于邀请译者对相对知名的作家的作品进行翻译,这对其他尤其是年轻一代作家的作品译介是不太有

---

① McDougall,B. S. Literary translation:The pleasure principle. *Chinese Translators Journal*,2007(5):23.

② 鲁迅文学翻译奖得主韩瑞祥:德国对中国文学的接受有很大的局限性.(2014-09-02)[2016-10-29]. http://german.china.org.cn/news/2014/09/02/content_33405984.htm.

③ 葛浩文.我行我素:葛浩文与浩文葛.史国强,译.中国比较文学,2014(1):46.

④ 闫怡恂,葛浩文.文学翻译:过程与标准——葛浩文访谈录.当代作家评论,2014(1):195.

利的。

其四,中国缺乏类似"柏林文学之家"这样的文学运营机构,因而年轻作家和译者的发展相对受限。这样的机构不仅提供资助,还会举办朗诵会、论坛、对话等文学活动,让年轻作家有机会获得大师和批评家的指点,与读者直接对话交流,还能获得出版作品的机会。

要克服以上困难,作为理想读者的译者就需要为文本接受者选择合适的外译作品。我们知道,中国文学外译是扩大作品受众面的一条重要途径,因此,吸引这一延伸出来的读者群体,扩大中国外译作品的受众面和影响力,译者责无旁贷。

2.读者与读者意识

那么,读者意识涉及的读者具体有哪些?本章沿用亚历山德拉·阿西斯·罗萨(Alexandra Assis Rossa)的观点,将这一读者群分为三类:

1)文本外的真实读者(extratextual actual/real reader),指文学作品的接受者,他们是现实世界中有血有肉的个体,可能接近也可能远离作者心中勾勒的读者形象(profile of the addressee)。

2)理想读者(ideal reader),他们才能卓越,理解力超群,可以理解文学文本的内涵意义,也能认识其重要性,并与文本保持适度的距离。文学外译中的译者就是这样的理想读者:他们对作者的原意心领神会,既能感知文本包含的本质情感,又能全方位地欣赏其中的审美情趣。

3)文本内的隐含读者(intratextual implied reader),这一读者由文本自身构建,更符合作者心中对读者的期待。在文学外译中,读者意识既要求译者注重文本外真实读者的阅读体验,又要求其关注文本内的隐含读者,在翻译时尽量不偏离原作呈现的风格。①

文学外译的文本接受者主要是现实中的译文读者,然而问题在于,原

---

① Rossa, A. A. Defining target text reader: Translation studies and literary theory. In Duarte, J. F., Rosa, A. A. & Seruya, T. (eds.). *Translation Studies at the Interface of Disciplines*. Amsterdam: John Benjamins, 2006:101; Chandran, M. The translator as ideal reader: Variant readings of Anandamath. *Translation Studies*, 2011, 4(3):298.

文读者从文学作品中获得的美学、怀旧、思考等方面的乐趣，精神的净化、情感的宣泄、好奇心的激发与满足，以及自身信念受到挑战所带来的快乐，译文读者却未必能够完全体会。① 以莫言的小说《生死疲劳》为例，这部小说的主人公地主西门闹，在新中国成立前夕的土改运动中遭到枪毙，满腹冤屈，于是转生为驴、牛、猪、狗、猴和大头婴儿蓝千岁，一再回到纷纷扰扰的人间，并从它们的视角描绘了世道人心和社会变革。作者在创作中展现了极强的艺术想象力，运用动物故事与人世故事并存的叙述方式，叙述者除了蓝千岁、各种形态的动物、蓝解放之外，"莫言"也作为故事中的一个人物，参与故事和进行叙述。甚至在第五部中"莫言"还对故事的结局进行了"介绍性叙事"，他的出现不仅避免了僵化的直叙，"而且当'莫言'坦诚自己必须完成读者所期待的故事结尾，也就宣告了自己是故事的真正叙述者，自己是唯一能够与读者而不仅仅是叙事接受者进行对话的人"②。这些叙述者共同参与了故事情节的推进和发展，小说的叙事视角不断调整，叙述声音逐渐丰富，由此复苏了民间传说的叙述方式。文中的隐含作者试图展现一幅漫长的历史画卷，描绘从土地改革、"大跃进"到困难时期、"文革"，再到改革开放、新千年的农村变革，以揭示历史的多种面目；而西门闹的六道轮回中有五世都是罹难暴死，我们也可以看出作者着力描述的是血腥痛苦的不断延续。

莫言表示他在创作的时候不太关注读者，他的大多数读者都接受过良好的教育，并不将阅读仅仅视为一种消遣行为；莫言当然希望自己的作品能拥有更多的读者并打动他们，但他并不以此为最终目标，而是希望能更加深刻地表达人们的喜怒哀乐。③ 让我们来看看译文读者对于这部小说的评价。亚马逊网上书店的国外读者对该书英译本的正面评价为 136

---

① McDougall，B. S. Literary translation：The pleasure principle. *Chinese Translators Journal*，2007(5)：22-26.

② 皮进. 多元叙事策略成就巨大叙事张力——莫言小说《生死疲劳》叙事艺术分析. 文艺争鸣,2014(7):125-126.

③ Gupta，S. Li Rui，Mo Yan，Yan Lianke and Lin Bai：Four contemporary Chinese writers interviewed. *Wasafiri*，2008，23(3)：32.

条(约 75.56%),负面评价是 44 条(约 24.44%)。综合其中的负面评价,我们会发现读者大多反映这部作品过长、重复、书中人物的名字很难记,复杂、沉闷、笨重、奇怪、不够清晰,故事情节有时候令人费解,读起来很费力。① 诚然,故事情节的重复性会带来阅读过程中的疲劳感,但译文读者给出负面评价更主要是因为他们缺乏中国古典演义说部、说唱艺术、革命历史乡土小说方面的熏陶,不易体会到作者希望通过历史的起承转合传达的对人生重复节奏的徒然感,②更难以理解作者对于贫富冲突隐患的忧虑和"大悲悯";而且,作品中荒诞的叙事手法、对于个体生活经验的暴力描写,难免让没有这段历史经历的译文读者感到诧异和困惑。

译文读者在理解和接受中国的文学作品时会遇到种种困难,究其原因,我们会发现这一方面是由于作者创作过程中内心设定的原文读者与译者心中的译文读者是不同的,因为作者在创作的过程中,更希望获得的还是本国读者的认同。池莉曾说过,"作家就是属于母语的,母语也就是属于作家的,这是血缘关系,是文化基因遗传,不可能改变。当然只能是母语读者才能够完全彻底咀嚼你的文字,领会你传达的真正涵义"③。莫言也直言:"我从来没有想到去迎合西方图书市场的口味,更没有为了让翻译家省事而降低写作的难度,我相信优秀的翻译家有办法克服困难。"④另一方面则是由于译文读者受到自身阅读习惯、评价方式、文化背景等因素的限制和影响,在理解中国文学作品方面往往存在一定困难,因为译文读者有着不同的人生经历,他们或许只是对原作怀有好奇心或兴趣,但并不了解原作语言,或许过去曾经学习过原作语言,但由于后来从事了不同

---

① 此处评论部分参考了亚马逊网上书店英文网站的客户评论,数据截至 2022 年 8 月 23 日。

② 王德威. 狂言流言,巫言莫言——《生死疲劳》与《巫言》所引起的反思. 江苏大学学报(社会科学版),2009(3):3.

③ 高方,池莉. "更加纯粹地从文学出发"——池莉谈中国文学译介与传播. 中国翻译,2014(6):52.

④ 许钧,莫言. 关于文学与文学翻译——莫言访谈录. 外语教学与研究,2015(4):613.

的职业,渐渐已淡忘了这方面的知识。①

为了帮助译文读者克服这些困难,我们主张译者在文学外译中应当建立读者意识,以解决两个方面的问题。一是如何选择作品进行译介,吸引更多文本外的真实读者,增强其主动接触中国文学的愿望。葛浩文就曾经表示:"中国每年不知道要出多少小说,我们只能选三五本,要是选错了的话,就错上加错了。美国人对中国不了解的地方已经够多了,还要加上对文学的误解,那就更麻烦了。"②二是如何发掘文本内部的价值观、规范和风格特征,适当地影响和引导译文读者,让其对译介作品产生较深的同感和共鸣。下面我们将分别从这两个层面阐述中国文学外译中的读者意识问题。

第二节　文本外的读者意识:真实读者的阅读体验

中国文学外译中的真实读者既包括译者、对于中国文学作品感兴趣的普通读者、具有专业背景的学者和批评者,又包括出版社编辑、文学代理人、文化政策制定者等把关人,③这些读者的意见和阅读体验对于译者而言都是重要的参照信息。

对于真实读者阅读体验的关注会影响译者的翻译策略。翻译策略是译者的一种特定行为模式,目的是解决某一翻译问题或实现某一具体目标。④ 文本外的读者意识要求译者在进行译介时,尽可能向真实读者靠近,采取其更容易理解和接受的翻译策略。例如,在翻译作品中的一些特定的文化现象时,一些译者会采用"文化适应"(acculturation)的翻译策

①　Savory, T. H. *The Art of Translation*. London: Jonathan Cape, 1957: 57-58.

②　季进. 我译故我在——葛浩文访谈录. 当代作家评论, 2009(6): 46.

③　Kuhiwczak, P. Translation and censorship. *Translation Studies*, 2011, 4(3): 358-366.

④　Zabalbeascoa, P. From techniques to types of solutions. In Beeby, A., Ensinger, D. & Presas, M. (eds.). *Investigating Translation: Selected Papers from the 4th International Congress on Translation, Barcelona, 1998*. Amsterdam: John Benjamins, 2000: 120.

略,尽量消除文本中的差异性,并根据目标语系统的标准和读者的期待重新构建文本,以方便不具备源语文化背景的读者进入文本。① 葛浩文在翻译莫言的《生死疲劳》一书时,发现"书中充满了黑色幽默,超小说的旁白,能为莫言读者带来无限愉悦,并满足其所期望的各种幻想"②,显然充分考虑了真实读者的阅读体验。

然而,对于真实读者而言,要获得这种愉悦的阅读感受并非易事。参考一下国外的书评,我们会发现不少评论者对读者的理解能力深表忧虑。例如,有评论者指出,尽管作品展现了农村生活的艰辛和人物关系的复杂,作者在叙述过程中不时还会展现幽默感,但却不适合普通读者,读完整部小说需要极大的耐心,书中不同叙述者共存的方式会让读者无法跟上叙事节奏,而且小说中的一个人物与作者同名,经历也相似,不断地参与故事的叙述,"似乎并没有必要,有自恋倾向,令人厌烦,而且会打乱叙事流程"③。还有评论者认为莫言小说中的人物很有吸引力,描述也很深刻,但这些轮回的场景读起来让人感到有些疲惫。④ 对比《生死疲劳》的英译本,我们会发现葛浩文在翻译的时候刻意减少了原作中的叙述视角和叙述声音,对不少叙述内容进行了节译处理,删减了许多引号和引述分词,还淡化了原有的中国特色、中国神话故事、政治色彩等。⑤ 究其原因,主要是译者考虑到文本接受者的认知难度,尽量向读者的阅读体验靠近,选择了文化适应的翻译策略。

---

① Bassnett,S. Bringing the news back home: Strategies of acculturation and foreignisation. *Language and Intercultural Communication*,2005,5(2):120-130.

② Goldblatt,H. Mo Yan's novels are wearing me out: Nominating statement for the 2009 Newman Prize. *World Literature Today*,2009(7-8):29.

③ Quan,S. N. Mo Yan,*Life and Death Are Wearing Me Out*. *Library Journal*,2008(4):77.

④ Block,A. *Life and Death Are Wearing Me Out*,The Booklist. *Research Library*,2008,104(13):47.

⑤ 邵璐. 翻译中的"叙事世界"——析莫言《生死疲劳》葛浩文英译本. 外语与外语教学,2013(2):70.

1. 译者选择中关注的因素

让我们先来看看在具体的译介活动中,译者在选择作品时倾向于关注哪些因素。

其一,译者非常重视文学作品的叙事方式、故事情节、美学价值等。莫言小说主要的日文译者吉田富夫表示,他之所以首先选择翻译《丰乳肥臀》,是因为作品的叙事手法很特别:莫言将自己作为一个农民,真正写出了农民的灵魂。[①] 而葛浩文则坦言自己主要是根据兴趣选择作品,基本只翻译自己喜欢的作品,更看重作品表现的思想观念。[②]

其二,对真实读者的阅读兴趣、偏好和习惯的考量同样会影响译者的作品选择。葛浩文首先读到的莫言的作品是《天堂蒜薹之歌》,当时立即被书中的爱恨打动,准备着手翻译,但当他读到《红高粱》时,觉得这本书更适合作为莫言与国外读者首次见面的作品,所以他选择先翻译《红高粱》,接下来是《天堂蒜薹之歌》《酒国》《丰乳肥臀》《生死疲劳》等。[③]

其三,译者通常比较关注书评类信息,因为国外的文学评论,尤其是《纽约时报》(*The New York Times*)、《华盛顿邮报》(*The Washington Post*)等报纸杂志上的书评是由媒体自行组织的,具有一定的独立性、权威性和参考价值,而且这些机构也会着意引导读者,帮助其形成一定的阅读动机、解读策略和评价标准。安必诺(Angel Pino)曾指出,受到文学批评界和媒体的影响,法国读者往往会在评价中国作家时列出不同的等级,比如莫言和余华就处于相对较高的位置。[④]

其四,国外出版社的意见对于译者而言起着极为重要的参照和引导作用。2009 年,蓝诗玲(Julia Lovell)翻译的《〈阿 Q 正传〉及其他中国故事:鲁迅小说全集》(*The Real Story of Ah-Q and Other Tales of China:The Complete Fiction of Lu Xun*)由"企鹅经典"丛书推出,文集包括《呐

---

① 舒晋瑜. 十问吉田富夫. 中华读书报,2006-08-30(10).
② 季进. 我译故我在——葛浩文访谈录. 当代作家评论,2009(6):45-56.
③ 季进. 我译故我在——葛浩文访谈录. 当代作家评论,2009(6):45-56.
④ 季进,周春霞. 中国当代文学在法国——何碧玉、安必诺教授访谈录. 南方文坛,2015(6):39-40.

喊》《彷徨》《故事新编》《怀旧》等 33 篇小说。蓝诗玲在一次访谈中曾谈及
重新翻译鲁迅作品的初衷,她说当时"企鹅经典"丛书正准备出版现代中
国的文学作品,出版社首先推荐了鲁迅,而她也了解鲁迅在中国文坛的权
威地位,认为重译其文学作品是值得的。考虑到之前两个主要的译本一
个由中国出版,另一个由美国学术类出版社出版,不太容易影响普通的大
众读者,她认为企鹅出版集团更有号召力,能够影响大部分的英国读者,
由其出版将有助于将鲁迅的作品介绍给更多的读者。①

　　综合以上几方面的分析可见,尽管译者的作品选择与自身的文学修
养、经历和偏好相关,我们还是处处可见其对真实读者的关注:译者更愿
意选择高质量、有魅力的作品以吸引普通读者,或选择已获评论者认可的
作品以吸引专业型读者,或尊重出版社的意见以保证译作能够拥有更广
泛的读者群,而对于真实读者阅读习惯的考量甚至会左右译者翻译作品
的先后次序。不难看出,读者意识贯穿着译者作品选择的始终。

2. 真实读者的价值取向

　　既然真实读者的阅读感受对于译者而言如此重要,那么,让我们再来
了解一下真实读者的价值取向,看看在他们的眼中,什么样的文学作品才
是真正有价值的。这其中当然会有个人品位、爱好、兴趣等方面的差异,
但我们还是能发现一些共性。凯瑟琳·罗斯(Catherine S. Ross)基于
194 份关于消遣性阅读的开放式深度访谈结果,指出西方读者更重视个体
的阅读体验,并列举出其选择阅读一部文学作品的五种动机,②这些阅读
动机对于我们理解国外读者的阅读倾向性很有帮助。因此,下面我们将
结合杰伊·艾夏(Jay Asher)在 2007 年出版的《汉娜的遗言》(*Thirteen
Reasons Why*,以下简称《汉娜》)一书的成功经验分析这些读者的作品选
择动机。

---

① 　Wang, B. R. An interview with Julia Lovell: Translating Lu Xun's complete
fiction. *Translation Review*, 2014, 89(1): 2-3.

② 　Ross, C. S. Making choices: What readers say about choosing books to read for
pleasure. *The Acquisitions Librarian*, 2000, 13(25): 5-21.

第一,读者希望通过一部作品获得特定的阅读体验(感到熟悉或新奇,安全或冒险,舒适或受到挑战,积极乐观或受到打击、讽刺、批评),这往往取决于读者是希望通过阅读确认自己的信念,以坚定自己的价值观,还是想选择一种不甚舒服却较为刺激的新角度,以挑战自己。一般而言,读者在选择小说类作品时,会更加注重这本书会给自己带来什么样的阅读心情。《汉娜》这本书的话题、故事和情节对读者颇具吸引力,巴诺书店儿童书籍副总裁约瑟琳·莫兰(Josalyn Moran)说,死亡类的话题对于孩子们来说普遍具有吸引力,因为他们喜欢读到一些比自己生活更糟糕的事情,借以安慰自己。①

第二,读者选择新书时往往会留意一些提醒信息,包括浏览书店或图书馆时发现的类别标签、"新书展示"和"最新归还"书架,朋友、同事或家人的推荐,报纸、杂志、网络、广播和电视上的书评或广告,基于作品改编的话剧、电视或电影,其他作家对作品的褒奖,书单推荐(获奖作品,课程推荐,由图书馆、文学评论家或其他读者推荐)等。《汉娜》一书的一大特色是作者的目标读者定位非常明确。艾夏表示,一般而言,作家只会在其作品中涉及青少年而不是为青少年写作,他们在创作时的关注点主要还是如何讲好故事,因而其目标读者是由市场决定的;但是他的这本小说则是专门为青少年而写的,并基于十几岁青少年的视角进行人物塑造和场景设置。这一明确的读者设定最终被证明是相当明智的,它为小说赢得了大批青少年读者的喜爱,通过他们的口口相传,小说获得了极大的反响和共鸣。② 这部小说问世后获得了巨大成功,不仅长期蝉联《纽约时报》的图书排行榜,还荣获了"美国图书馆服务协会最佳青少年图书"(Best Books for Young Adults,YALSA)、"国际阅读协会年度青少年票选最受欢迎小说"(Young Adults' Choices,IRA)等诸多奖项,还入选美国巴诺书店排名前十位的青少年图书(Top Ten Books for Teens,Barnes &

① Rich,M. A story of a teenager's suicide quietly becomes a best seller. *The New York Times*,2009-03-09(C3).

② Bryan,G. Interview with Jay Asher. *Journal of Adolescent & Adult Literacy*,2011(7):543-545.

Noble），这些榜单和奖项一方面是对作者的肯定和褒奖，另一方面也进一步引起了读者的阅读兴趣，大幅度地提高了图书的销售量。

第三，为了挑选到适合自己的图书，国外读者常常会考虑以下与作品创作相关的因素：1）主题，指小说的文学体裁和非小说的话题；2）处理方式，指作品的风格是流行、文艺还是严肃，是传统的、熟悉的还是出人意料的，语调是乐观向上的还是阴郁消极的；3）角色描述，指作品中是否有强有力的女性人物、令人同情或是压抑的角色，是否有黑人、白人的形象设置；4）场景设置，指读者在阅读时进入的文本世界；5）结局，指故事最终是幸福还是悲惨，可以预见还是意料之外，解决问题还是开放式；6）书的实际篇幅，指该书是很厚还是可以很快读完。读者通常会先预设自己不想读哪一类的书，再进行挑选，这样他们能很快剔除所有这一类型的书，例如书太厚，或是属于某种他们不喜欢的类型（如心理恐怖类）。《汉娜》一书选取的叙述视角很独特：故事的叙述人是汉娜，叙述接受者是克莱，隐含作者则带着讽刺的目光检视故事中人物的言行，让读者了解他们是如何对汉娜的人生造成无法挽回的影响的，同时也可以真切地感受到汉娜内心的痛苦和挣扎。

第四，图书本身的信息，例如作者、体裁、封面、书名、试读页面、出版社等也能决定读者获得什么样的阅读体验。有经验的读者可以通过这些细微的信息判断这本书能否给予自己想要的阅读体验。《汉娜》一书的英文版由企鹅出版集团旗下品牌（Razorbill）推出，不仅在封面醒目的位置标明该书是《纽约时报》的畅销书，还在封面和封底都附上了书评人简洁却吸引人的介绍。2011年，春天出版社在推介由陈宗琛翻译的中译本时，更是在译作的封面和背面均以汉娜的口吻与读者直接对话，在吸引读者的注意力的同时，也拉近了读者与作品的距离。

第五，为了某本书所需要花费的时间和金钱成本，包括：智力投入，指读者为了理解这部作品，需要具备一定的前理解知识，掌握一定的文学规范；体力投入，指读者为了获得这本书所需要花费的时间和精力。而且，作品有通俗易懂的，也有需要花费长时间仔细阅读的，因此作品本身需要读者付出的努力程度和投入的情感多少都是不同的。读者通常更愿意选择能为自己带来愉悦的阅读体验且方便易得的书,因此作品促销是行之有效的方法,因为这一方面提高了读者对作品的期望值,另一方面也方便了读者购买。海蒂·高德(Heidi Gauder)等的研究结果同样说明了这一问题:在一项关于大学生选择读物的调查中,她们发现最能激发学生群体阅读动机的就是免费的图书,其次是有优惠打折的购书券,再次是需要参加有关该书的研讨会。① 出版社积极的宣传措施为《汉娜》的成功提供了很大的帮助:2008 年 10 月,出版社在 YouTube 视频网站上发布了与小说相关的录音,有力地提升了销量;之后他们又建立了专门的网站,为青少年提供在线分享阅读体验的平台。这些做法拉近了读者与作品和作者之间的距离,也让读者参与了分享和交流过程,有助于作者获知读者的阅读动机,对于译者而言亦有一定的借鉴意义。

基于对译者和真实读者价值取向的考察,可知在中国文学外译的过程中,译者需要建立文本外的读者意识,主要包括以下几方面:

1)译者在选择作品的过程中,要了解和尊重真实读者的感受、习惯和思维方式。以现代美国大学生为例,他们往往会优先选择阅读在线的阅读材料,其次是杂志和报纸,再次是卡通和漫画书,然后是畅销书,最后是非主修专业的学术类书籍。② 因此译者可以参照真实读者的阅读习惯,协调作品对其阅读心理的影响。

2)在译介过程中,译者要充分考虑作品的主题、体裁、故事情节等因素对于读者阅读体验的影响。例如,葛浩文在翻译刘震云的《手机》时,在征得作者同意后,将原作的叙述结构调整为倒叙,由此对译文读者产生了更大的吸引力,也更符合译文读者的逻辑和阅读习惯。③

---

① Gauder,H.,Giglierano,J. & Schramm,C. H. Porch reads:Encouraging recreational reading among college students. *College & Undergraduate Libraries*,2007,14(2):10-11.

② Huang,S. H.,Capps,M.,Blacklock,J. et al. Reading habits of college students in the United States. *Reading Psychology*,2014,35(5):437-467.

③ 闫怡恂,葛浩文. 文学翻译:过程与标准——葛浩文访谈录. 当代作家评论,2014(1):193-203.

3)在对作品进行宣传和传播的过程中,要注重运用多样性、现代化的传播方式,尽量选择真实读者熟悉且方便获取的宣传渠道进行推介,例如网络、图书馆、报纸、杂志等。现代读者更乐于接触各种电子资源,阅读电子杂志、数据库和电子书,因此在对外译介的过程中,要多注重网络电子资源的利用,译出的书籍形式也可以更加灵活多样。

第三节 文本内的读者意识:隐含读者的价值规范

与文本外的读者意识重视真实读者体验不同的是,文本内的读者意识强调的是文本自身构成的规范、制约和标准。因为现实中的真实读者是个性迥异的:他们或许会全身心投入阅读,力求真实准确地理解作品;他们或许是学者或批评者,试图以客观的态度介入批评;他们或许是有血有肉的普通读者,无法摆脱个人思想、情感和生活的干预;他们或许会在阅读过程中忍不住对作品进行道德评价。①

由于真实读者在语言能力、教育经历、思想情感、鉴赏水平等各方面均存在差异,其形象和特征往往难以把握;而且真实读者或许也只是恰巧有机会读到了这部作品,但由于人生阅历、文学素养、情感经历等因素的影响,未能真正进入和理解文本,因而并不符合作者心中期待的读者形象。但是作者在创作一部作品时预设的读者却是相对一致和稳定的,这就是译者需要特别关注的隐含读者。

1. 隐含作者

要理解"隐含读者"这一概念,我们先要认识隐含作者,因为二者是互为镜像、密不可分的。"隐含作者"由韦恩·布斯(Wayne C. Booth)提出,并且与"真实作者"区别开来。他认为,真实作者在写作的时候,会脱离日常自然放松的状态而进入特定的创作状态,这时的他会抹去不喜欢或者不合时宜的自我痕迹,因此,"'隐含作者'有意无意地选择了我们阅读的东西;我们把他看作真人的一个理想的、文学的、创造出来的替身;他

---

① 布思. 隐含作者的复活. 申丹,译. 江西社会科学,2007(5):30-40.

是他自己选择的东西的总和"①。詹姆斯·费伦(James Phelan)指出,隐含作者是真实作者的精简版本,反映了真实作者拥有的一部分"能力、特点、态度、信念、价值和其他特征"②。因而相对于个性鲜明、变化多样的真实作者,隐含作者更能代表这一作品的规范和价值标准。一味地从作者生平和个人经历中去寻找依据也并不可取,译者更需要将关注点放在文本本身,努力从作品的内容和形式中推导出作者的"第二自我",即隐含作者。作为叙述信息必需的出发点,隐含作者是作者人格和意识的一部分,代表了作者创作一部作品时全部相关的意识和无意识。③

隐含作者的积极意义在于,这一概念表明在作品的创作过程中,价值取向问题始终存在:作者对作品中的人物持有不同的态度和情感,作品中的角色定位、取舍、删减等都表明作者无法处于中立,而是始终保持着一定的立场和倾向性。译者在翻译过程中如若偏离了隐含作者,就无法真正进入文本,无法领会和理解作者希望表达的价值倾向性,那么,读者也就无法从译作中认识作者的个性,无法体会其特有的创作风格。

2.隐含读者

沃尔夫冈·伊瑟尔(Wolfgang Iser)接受了布斯关于真实作者和隐含作者的划分,进而提出了"隐含读者"(implied reader),用以指代作者在创作过程中,内心设定的能够接受自己的价值和规范,并能与其产生共鸣的那部分理想读者。"他体现了所有那些对一部文学作品发挥其作用来说是必要的先在倾向性——它们不是由经验的外在现实而是由文本自身所设定的。"④杰弗里·利奇(Geoffrey N. Leech)和迈克尔·肖特(Michael H. Short)就将文学文本中的读者(addressee)设定为这样一种"假定的角色,这种读者不仅与作者共享背景知识,还共有一系列的假想、同情心以

---

① 布斯. 小说修辞学. 华明,胡晓苏,周宪,译. 北京:北京大学出版社,1987:84.

② Phelan, J. *Living to Tell about It*. Ithaca:Cornell University Press,2005:45.

③ 赵毅衡. 当说者被说的时候:比较叙述学导论. 北京:中国人民大学出版社,1998:13-14.

④ 伊瑟尔. 阅读行为. 金惠敏,张云鹏,张颖,等译. 长沙:湖南文艺出版社,1991:43-44.

及判断作品是否愉悦、好与坏、对与错的一系列标准"①。

需要注意的是,隐含读者并非外在于文本、独立存在于现实生活中的个体,而是一种思维产物,仅仅存在于文本结构之中,召唤着真实读者进入文本进行解读。伊瑟尔在一次访谈中曾谈及其关于隐含读者的构想,直言其"本质上说是一个抽象的和图式化的框架,其意在为历史的、个人的和跨文化的研究提供一些指引"②。隐含读者也并非叙述接受者,他仅与作品的文化、道德和美学价值相关,"作家写作的过程实际上是与自己的隐含读者相遇、相识和相知的过程。这个隐含读者虽然是抽象的、预想中的,但对作家个体来说却是特定的,具有不容忽视的时代性和独立性"③。

简言之,隐含作者代表了作者认同的价值规范,隐含读者则是能够接受隐含作者全套价值观的假定读者,其积极意义在于彰显了译者的主体性及其在阅读中的建构性,因为作者在创作过程中"并不仅仅是把自己的聪明才智给予读者。他要迫使读者的思维变得活跃敏捷,这样读者才会感受到他创作中具有的最微妙的效果"④。要接近文本中的隐含读者,译者必须主动向文本靠近,用自己的个性和风格填补文中的空白点,重新建构自己对文本的认知和认同。

3. 文本内的读者意识与译者的翻译策略选择

如果说文本外的读者意识赋予了译者一定的自由度,允许译者发挥其主动性和创造性,向真实读者靠近的话,文本内的读者意识则强调文本的客观性,突显作品规范和风格特征,从而对译者构成了一定程度上的制约。相对而言,文本内的读者意识更多地对译者的翻译过程起作用,主要

---

① Leech, G. N. & Short, M. H. *Style in Fiction: A Linguistic Introduction to English Fictional Prose*. London: Longman, 1981: 259-260.
② 金惠敏. 在虚构与想象中越界——[德]沃尔夫冈·伊瑟尔访谈录. 文学评论, 2002(4): 170-171.
③ 王迅. 尊读者的写作——从麦家的读者意识看文学常道与变道. 当代作家评论, 2015(5): 67-77.
④ 布斯. 小说修辞学. 华明,胡晓苏,周宪,译. 北京:北京大学出版社,1987: 333.

影响的是译者翻译策略的选择。

安德鲁·切斯特曼(Andrew Chesterman)曾将译者的翻译策略分为两个层面,即:1) 理解策略(comprehension strategy),指译者分析原文的过程;2) 生产策略(production strategy),指译者如何巧妙地处理语言材料,从而生成合适的目标语文本。[1]

在理解策略层面上,文本内的读者意识要求译者全身心地投入作品,完全接受隐含作者代表的价值集合,并将自己放到隐含读者的位置上,更加准确地解读出作者的意图和思想感情。而在生产策略层面上,这一读者意识则要求译者在译作中再现原作的价值取向、叙事方式、美学特征和风格特色。

莱斯认为,用统一的翻译批评标准去衡量不同类型的译文是有问题的,因此,她将翻译中涉及的文本类型进行了划分,并制定了不同的翻译策略和评价标准:

1) 信息型文本(informative text):这类文本以内容为主,强调描述功能,注重交流的有效性和信息的准确性,包括新闻评论、通讯稿、操作指南、合同、官方资料、科技文献等。对这类文本的译文进行评价时,我们要注意其是否反映了原作的语义、语法和风格特征。这一类型的文本要求译者在信息传递的过程中不改变内容,对于批评者而言,最重要的是要确认原作中的内容和信息完整地在目标语中得以再现。评价的标准主要有两点:其一是译作应当采用符合目标语使用习惯的形式,其二是以译文读者的需要为主,尽量以其熟悉的方式重现原作,全面地以目标语为导向。

2) 表达型文本(expressive text):以形式为主,强调表达功能,更关注文本形式的美感、艺术性和创造性,例如严肃文学、虚构文学等。与信息型文本注重作者具体说了些什么不同,表达型文本更关注作者以何种形式进行表达,因为作者意在运用这些形式因素产生美学效果。形式在文学文本中是不可忽视的关键因素,因此批评者在评价这一类文本的译作时,首先要看其是否传递了原作的美学特征。需要注意的是,译者并不需

---

① Chesterman, A. *Memes of Translation*. Amsterdam: John Benjamins, 1997: 89.

要亦步亦趋地借用原作的形式,而是可以用一种新的形式再现其美学效果,让译文读者产生相似的阅读反应。因此这一类型文本的译作应当以源语为导向,反映作品的风格、语义和语法特点。

3)操作型文本(operative text):以吸引为主,强调说服功能,例如广告语、宣传语、辩论词等。这种类型的文本不仅关注一定信息在语言学层面的传递,更需要以某种特定的角度展示信息,以达到吸引读者的目的,促使其采取特定的行为。衡量这一类型文本的译作时,效果是关键,译者要让译作在目标语中产生与原作在源语中类似的影响;而为了实现这一目的,译者可以对原作进行大幅度的改变。批评者应当考察译者是否充分领会了文本的非语言和非文学目的,以及译作能否对目标语读者产生同样的吸引力,并引起同样的效果。①

按照莱斯对文本类型的划分,文学作品属于其中的表达型文本,它以形式为主,强调表达功能,更关注文本形式的美感、艺术性和创造性。表达型文本更关注作者以何种形式进行表达,因此形式是译者在翻译时不可忽视的关键因素,原作的美学特征也是译文评价者需要重点考察的因素。毕竟,愉悦的阅读体验只是吸引真实读者的一部分原动力,作品本身的故事情节、叙事方式、文化内涵、价值情感等才能唤起读者内心的深层次认同,让其获得深刻的阅读感受。

译者在文学外译过程中的一系列选择活动,例如如何翻译特定的表达方式,如何传递原作的意义,如何再现作者的原意,如何选取合适的文体、风格、语域等,都体现了译者的翻译策略,且不能偏离文本内的隐含读者。② 以蓝诗玲翻译的鲁迅小说全集为例,译者设定的目标读者是英国、

---

① Reiss, K. *Translation Criticism—The Potentials and Limitations*: *Categories and Criteria for Translation Quality Assessment*. Rhodes, E. F. (trans.). Manchester: St. Jerome Publishing, 2000: 24-43.

② Sousa, C. TL versus SL implied reader: Assessing receptivity when translating children's literature. *Meta*: *Translators' Journal*, 2002, 47(1): 16-29.

美国和澳大利亚受过教育、有兴趣的大众读者,还有学习外语的中国学生。① 为了让译文读者获得与原作读者相似的阅读体验,她在不影响语言准确性的前提下,尽可能少用脚注或尾注,以使译文更加流畅,但是她简洁直白的文风却与鲁迅刻意而为的拗涩风格相去甚远,而这恰恰是作者期望在作品中展现的现代性。由于作品的真实读者大多并不具备相关的研究背景,相对于原作读者而言,他们有不少的文化信息空缺,因此译者的简化处理很多时候并不合适:不仅会让真实读者失去便利的参考途径,也不利于其获得愉悦的阅读体验。而且鲁迅的叙述风格对于真实读者理解其作品中反抗绝望的精神而言是至关重要的,译者对源语的风格进行个性化处理是不大妥当的,难免会造成对隐含读者的偏离。"如果仅为了所谓的'可读性'而将小说的棱角磨平并进行简化,那原文讽刺的意味还能剩下多少?"②

4.译者策略选择中的价值规范

正如我们在上一章讨论的,价值是主体与客体之间的一种特定关系,即意义关系③;价值观代表了主体对事物价值的根本看法,反映了主体对于价值关系的观点、态度和立场;价值取向集中代表了主体的价值观,决定了其做各种选择时的倾向性。为了实现预期价值,价值取向会对主体的行为进行引导和制约,形成一定的行为准则,即价值规范。可见,价值取向与价值规范关系密切,二者在根本上是一致的。

质言之,价值规范是"一种为了保证人类正常生活秩序并由习惯性力量和利害关系共同造成的集体意识和规则体系,它以特定的价值预设为逻辑起点和行动前提,传导出对社会成员的,以共同利益为取向的行为期待与约束,是一种具有鲜明自为性特征和历史继承性的文化传统与历史

---

① Wang,B. R. An interview with Julia Lovell:Translating Lu Xun's complete fiction. *Translation Review*,2014,89(1):3.
② 寇志明."因为鲁迅的书还是好卖":关于鲁迅小说的英文翻译.罗海智,译.鲁迅研究月刊,2013(2):43.
③ 杨耕.价值、价值观与核心价值观.北京师范大学学报(社会科学版),2015(1):17.

记忆方式"①。可见,价值规范是一种行为准则或规则体现,它为实现预期价值服务,并内化了人们对秩序的追求。

一般认为,人们对于社会生活意义有四种价值取向:

1.秩序—权威取向,这是社会生活的统一性对社会支配力量依赖性的要求,服从与忠诚是与之相伴随的基本实践方式与规范;2.效率—增值取向,这是确保社会生活所需资源总量的递增,从而提高社会控制合法性的管理要求,节俭与贡献是其主要的价值诉求;3.克己—向善取向,这是面对人的未完成性而建立起来的自我规约与承诺,无论它采取何种文化表现或精神表达方式,修身与关爱都是其处理群己关系的核心价值观念;4.自由—公正取向,这是人类在走向社会解放的历史进程中,依据共同经验而设定的最高社会目标。由于在历史和逻辑两个方面都不存在比它更高的人类价值目标,因而自由与公正本身就是最强势的价值规范与理想。②

在中国文学外译中,译者的翻译策略主要用于解决具体的翻译问题,体现在译者对具体文本和文化信息的处理方式,或对失去的原文意义的补偿方式上,③主要关涉秩序—权威价值取向,因而服从与忠诚是译者策略选择的重要前提。基于此,在原作文化信息的处理方式上,我们主张在不影响译文流畅性和可读性的前提下,适度地采用异化的翻译策略,尽可能地保留源语文化的异域特色。在具体的操作过程中,译者可以有选择地使用前记、后记、脚注、尾注等副文本(para-text),适当地运用"工具箱"(语序、标点等)和"玩具盒"(韵脚、隐喻、典故等),以方便读者的阅读,并增强其阅读的愉悦感。④ 例如,为了让现代的日本读者更加了解作品的历史背景,吉田富夫在翻译《丰乳肥臀》时,给每一章都加上了原文没有的小

---

① 潘自勉. 论价值规范. 现代哲学,2002(1):54-55.

② 潘自勉. 论价值规范. 现代哲学,2002(1):56.

③ Beaugrande,R. D. *Factors in a Theory of Poetic Translation*. Assen:Van Gorcum,1978:13-14.

④ McDougall,B. S. Literary translation:The pleasure principle. *Chinese Translators Journal*,2007(5):22-26.

标题,此外还添加了一些有助于读者理解历史背景的译注;其后他在翻译《檀香刑》的时候,更是巧妙地将具有说唱风格的山东省地方戏"猫腔"转化成日本的"五七调",使译作广受好评。国际日本文化研究中心的井波律子教授对这一翻译策略的评价是:"最精彩的就是(作品)将埋在中国近代史底层的黑暗部分,用鲜艳浓烈的噩梦般的手法奇妙地显影出来。"[1]可见,在中国文学外译的过程中,文本内的读者意识要求译者在阅读作品时要尽可能将自己放在隐含读者的位置,解读出文本传递的意义和内涵;而在翻译的时候,更要在保证译作可读性的基础上,尽量向作品中的隐含读者靠近,更好地再现作品的价值、规范和风格。

在中国文学外译的过程中,作品的真实读者主要是对中国的文学作品和文化怀有兴趣和热情的译文读者,译者既要关注其阅读体验,又不能违背文本内部的价值规范。在本章中,我们首先考察了文学外译中读者理解中国文学作品的困难,分析了影响译者选择的相关因素,进而提出,译者需要建立读者意识,主要应当涵盖两个方面:一方面,要充分考察文本外真实读者的兴趣、爱好和阅读体验,努力增强作品的吸引力和影响力;另一方面,更要根据文本内的隐含读者理解作品的价值规范,更好地传递出原作的价值取向和风格特征。因此,译者在选择作品和制定相关的翻译策略时,要尽量让真实读者获得阅读愉悦感,同时帮助他们向文本内的隐含读者靠近。

---

[1]　舒晋瑜. 十问吉田富夫. 中华读书报,2006-08-30(10).

第四章　中国文学外译中的翻译策略选择与价值取向呈现*

——基于《狼图腾》英译本的翻译个案研究

本章我们将选取《狼图腾》英译本作为翻译案例,通过源语文本与目标语文本的对比研究,考察译者葛浩文采用的翻译策略,分析译者的翻译策略选择与价值取向之间的关系,及其对翻译效果的影响。

第一节　文学外译中译者的翻译策略选择

在翻译研究中,"策略"尤其强调译者在翻译过程中的某一决定①,因此常常与译者有意识或无意识的选择行为相关。例如:坎德斯·塞基诺(Candace Séguinot)曾将翻译策略定义为译者在翻译过程中有意识或无意识的心理过程②;汉斯·克林斯(Hans Krings)也认为,翻译策略是译者为了解决某一翻译问题而在潜意识中制订的计划③。

---

* 本章部分内容发表于:周晓梅. 显化隐化策略与译者的价值取向呈现——基于《狼图腾》与《无风之树》英译本的对比研究. 中国翻译,2017(4):87-94. 收入本书时有修改。

① Heydarian,S. H. A closer look into concept of strategy and its implications for translation training. *Babel*,2016,62(1):86-103.

② Séguinot,C. A study of student translation strategies. In Tirkkonen-Condit,S. (ed.). *Empirical Research in Translation and Intercultural Studies:Selected Papers of the TRANSIF Seminar,Savonlinna 1988*. Tübingen:Gunter Narr, 1991:82.

③ Bardaji,A. G. Procedures,techniques,strategies:Translation process operators. *Perspectives*,2009,17(3):167.

相关研究中引用量较大的是德国心理语言学家和翻译学家沃尔夫冈·洛尔施(Wolfgang Lörscher)的定义:翻译策略是指"译者在将某一文本片段从一种语言翻译成另一种语言时,为了解决某一问题而进行的可能有意识的步骤"①。换言之,翻译策略是译者在翻译过程中为了实现特定的翻译目标,解决某些具体的翻译问题而采取的有意识行为。因此,我们在判断一个译者所采取的翻译策略时,可以从分析其翻译目的、翻译问题和翻译方法入手。

1. 翻译策略及其相关研究

对于翻译策略的研究,可以追溯至罗伯特·德布格兰德(Robert de Beaugrande)用以指导翻译过程的等值策略:首先,要注意翻译中关涉的两种语言之间的差异;其次,需关注文本中的语言使用类型;再次,要选取能够达到文本要求的对等表达方式。② 翻译策略更多地带有工具性特征,主要用以解决翻译过程中的一些具体问题。桑多尔·赫维(Sándor Hervey)和伊恩·希金斯(Ian Higgins)认为,翻译策略选择往往是译者在翻译之前就已经确定好的,为此译者需要熟悉这一文本的主要语言特色、范畴、目标读者、希望产生的影响等。③ 在保罗·库斯摩尔(Paul Kussmaul)看来,翻译中的错误是一系列的症状(symptom),而正确的策略和方法则是有效的治疗方法,因此,他不仅重视译者内在化的策略和技巧,即无意识或自动运用的技巧,也关注译者有意识地解决问题的过程。④

随后,不少学者对翻译策略进行了细化研究,并将其与其他术语区别开来。切斯特曼指出,在翻译研究中,策略与方法、计划、过程、原则、规则

---

① Heydarian, S. H. A closer look into concept of strategy and its implications for translation training. *Babel*, 2016, 62(1): 91.

② De Beaugrande, R. *Factors in a Theory of Poetic Translation*. Assen: Van Gorcum, 1978: 13.

③ Hervey, S. & Higgins, I. *Thinking Translation—A Course in Translation Method: French to English*. 2nd ed. London: Routledge, 2002: 274.

④ Kussmaul, P. *Training the Translator*. Amsterdam: John Benjamins, 1995.

等之间的界限并不分明,难免会造成一定程度上的术语混乱。① 在他看来,翻译策略应当是基于实践的基础上解决问题的标准,主张将翻译策略与一些应用语言学中的策略,例如语言学习策略和交际策略等建立关联,并将翻译策略细分为搜索策略、创造性策略、文本策略等。② 乌尔塔多·阿尔比尔(Hurtado Albir)也对翻译方法、翻译技巧和翻译策略做出了具体的区分:翻译方法指译者在翻译的过程中设定了明确的目标,并遵循一定的原则进行;翻译技巧注重翻译的结果,是译者在翻译的过程中运用的一些具体方法,会在一定程度上改变原文;翻译策略则关注翻译过程,带有个体性,指译者在翻译的过程中为了解决具体问题,或满足具体需要而采取的一系列方法。③

　　总体而言,研究者对于翻译策略常常采用两分法进行划分,圣哲罗姆(St. Jerome)就是最早的代表性学者之一,他认为翻译策略有直译和意译之分,并积极倡导意译。④ 类似观点还包括尤金·奈达(Eugene A. Nida)的形式对等与动态对等(formal and dynamic equivalence)、彼得·纽马克(Peter Newmark)的语义翻译与交际翻译(semantic and communicative translation)、诺德的纪实型翻译与工具型翻译(documentary and instrumental translation)、朱莉安·豪斯(Juliane House)的显性翻译与隐性翻译(overt and covert translation)等。⑤ 这些观点的共同点是其均围绕具体的翻译问题及其解决方法展开,关注解决某

---

① Chesterman, A. Teaching strategies in emancipatory translation. In Schäffner, C. & Adab, B. (eds.). *Developing Translation Competence*. Amsterdam: John Benjamins, 2000: 82.

② Chesterman, A. & Wagner, E. *Can Theory Help Translators? A Dialogue Between the Ivory Tower and the Wordface*. Manchester: St. Jerome Publishing, 2002.

③ Bardaji, A. G. Procedures, techniques, strategies: Translation process operators. *Perspectives*, 2009, 17(3): 161-173.

④ Munday, J. *Introducing Translation Studies: Theories and Applications*. 2nd ed. London: Routledge, 2008: 20.

⑤ Kearns, J. Strategies. In Baker, M. & Saldanha, G. (eds.). *Routledge Encyclopedia of Translation Studies*. London: Routledge, 2009: 284.

一文本问题的语言学方法,并强调译者的个体选择和翻译策略的功能性。其中,韦努蒂将视线延展至文本以外的因素,不仅关注两种语言之间的权力关系,也重视本族语文化和外语文化中的价值因素,在此基础上他将翻译策略划分为异化和归化两种(foreignization and domestication)①,这一划分源自弗里德里希·施莱尔马赫(Friedrich D. E. Schleiermacher)提出的异化与顺化,也更为中国翻译研究者所熟知。从以上我们对翻译策略相关研究的梳理可见,译者的策略选择不仅与其对源语文本的理解相关,更会影响其解决翻译问题的具体方法。因此,我们在分析翻译策略时,需要重点关注具体的翻译问题和译者的翻译目的。

2.译者的选择:交际翻译抑或语义翻译?

赫维和希金斯曾将翻译活动中的译者选择分为两类:一是策略选择,这一选择是译者在翻译之前就已经做出的,关涉文本的主要语言特色、理想效果、文本类型、读者类型等;二是细节选择,主要是指译者在解决具体的语法、词语等方面的问题时做出的决定。② 下面,我们将从翻译策略入手,探讨译者的策略选择如何影响了具体的翻译方法选择,并考察这些选择对译文效果的影响。

(1)交际翻译与语义翻译的相关研究

英国翻译理论家纽马克将翻译策略划分为两种:1)交际翻译主张让译作对译作读者产生的影响尽可能接近原作对原作读者的影响;2)语义翻译则要求在译入语的语义和句法结构允许的前提下,尽量准确地传达出原作的上下文意义。③

纽马克指出,这两种策略的主要差别在于:一旦翻译活动中出现冲突,交际翻译强调的是语势(force)而非信息的内容,因此选择这一策略的译文往往呈现流畅、简单、清晰的特点,同时也更为直接和传统,且遵照某

---

① Heydarian, S. H. A closer look into concept of strategy and its implications for translation training. *Babel*, 2016, 62(1): 90.

② Hervey, S. & Higgins, I. *Thinking Translation——A Course in Translation Method: French to English*. 2nd ed. London: Routledge, 2002: 269-274.

③ Newmark, P. *Approaches to Translation*. Oxford: Pergamon Press, 1986: 39.

一特定语言的语域,译者会倾向于欠额翻译(undertranslate),在翻译困难的语篇时,会用更加一般性、在任何场合都适用的短语;而语义翻译则更侧重传递信息而非产生影响,采用这一策略的译文一般会更加复杂、艰涩,更加注重作者的思考过程,而非信息发出者的意图,因此译者会有超额翻译(overtranslate)的倾向,往往会将原作更加具体化,并且为了探究意义之间的细微差别,会在译作中添加更多的意义。当然,这两种策略也并非泾渭分明的,当原作中不包含丰富的文化信息时,译者可能同时采用交际翻译和语义翻译。[①]

随后,一些学者推进了这一研究。奥尔加·乔治亚娜 · 科若卡鲁(Olga Georgiana Cojocaru)认为,交际翻译重视文本的接受者,而语义翻译则关注原文的意义表达得是否充分。[②] 赫维和希金斯指出:交际翻译要求译者用标准且等值的目标语再现源语文本中标准的源语表述。[③] 阿尔布雷希·纽伯特(Albrecht Neubert)则认为,经验丰富的译者之所以能够成功,就是因为他们能够运用一系列程序,将语义方面的损失控制在最小值。[④] 简言之,交际翻译注重信息,更加关注译文的内容和语言能否被读者理解和接受;而语义翻译则强调形式与内容的同一性,要求译者再现原作的味道与语调,更好地实现源语文本的美学价值。[⑤]

一方面,国内的翻译研究者关注这两种策略对于翻译实践活动的影响,例如原虹认为,语义翻译强调保留原作的语言特色,要求译者发挥语言的表达功能,而交际翻译则更加注重信息的传达,关注翻译的效果和译

---

① Newmark,P. *Approaches to Translation* . Oxford:Pergamon Press,1986:39-40.

② Cojocaru,O. G. Strategies for translating vocative texts. *Cultural Intertexts*,2014,1(2):289.

③ Hervey,S. & Higgins,I. *Thinking Translation—A Course in Translation Method:French to English* . 2nd ed. London:Routledge,2002:268.

④ Neubert,A. Some of Peter Newmark's translation categories revisited. In Gunilla,M. A. & Margaret,R.(eds.). *Translation Today:Trends and Perspectives* . Clevedon:Multilingual Matters,2003:68-75.

⑤ Newmark,P. *Approaches to Translation* . Oxford:Pergamon Press,1986:45-48.

文读者的反应。① 高圣兵和刘莺指出：交际翻译是一种欠额翻译，即"译文承载的信息量小于原文的信息量"；语义翻译则力求用复杂细致的表述再现思维过程，因此会造成超额翻译。② 李克兴则表示，交际翻译更加注重译文读者的反应和译文的流畅性，当"实际效果与原文内容发生冲突时，内容让位于效果"；而语义翻译则将原作的内容和信息放在第一位，强调译作要忠于原作。③ 另一方面，一些研究者也尝试运用交际翻译策略来解读具体译例，例如贺学耘结合汉英公示语的翻译案例，指出运用交际翻译策略能够发挥语言传达信息、产生效果的功能，从而促使读者进行思考和采取行动。④ 王金华以交际翻译理论为依据，从标题改写、词汇变通和句子结构重组三个方面对《苏州周刊》(*Suzhou Weekly*)中的若干汉英译例进行了分析，认为新闻翻译应当注重译文流畅、简洁和易懂，更要符合目标语的表达习惯。⑤

(2)《狼图腾》英译本中译者的翻译策略选择

按照纽马克的观点，在翻译千篇一律、不具有鲜明特色的文本时，译者较适合采用交际翻译，包括大部分非文学类作品、新闻报道、信息型文章和图书、科技类文献、非私人的书信、宣传材料、各类标准文本等。而与之相反，原创性的表达，例如哲学、宗教、政治声明、严肃文学作品，需要采用语义翻译。但是，纽马克又指出，类似纯艺术的严肃文学作品或多或少都含有寓言、比喻、隐喻、格言等，因此都带有交际的目的。⑥ 当然，他也指出，在实际的翻译活动中，交际翻译和语义翻译可能会在同一文本中出现完全或部分的重合。⑦《狼图腾》属于严肃的文学作品，按照这一划分，主

---

① 原虹. 论语义翻译和交际翻译. 中国科技翻译，2003(2)：1-2.

② 高圣兵，刘莺. 欠额翻译与超额翻译的辩证. 外语教学，2007(4)：79-82.

③ 李克兴. 论法律文本的静态对等翻译. 外语教学与研究，2010(1)：62.

④ 贺学耘. 汉英公示语翻译的现状及其交际翻译策略. 外语与外语教学，2006(3)：57-59.

⑤ 王金华. 交际翻译法在汉英新闻翻译中的应用——以 *Suzhou Weekly* 为例. 上海翻译，2007(1)：28-30.

⑥ Newmark，P. *Approaches to Translation*. Oxford：Pergamon Press，1986：44-45.

⑦ Newmark，P. *Approaches to Translation*. Oxford：Pergamon Press，1986：23.

要采取语义翻译策略应当会更加合适;然而,对比原文和英译本,我们会发现,译者葛浩文在翻译的过程中主要运用了交际翻译策略,较大幅度地改变了原作的表述形式,其英译本整体呈现了简洁、清晰、直接的风格,较为明显地体现出了译者的读者意识。

与语义翻译采用复杂细致的表述方式不同的是,交际翻译更加关心信息的接受者,主张译者在传递源语文本的意义、思想和内容时,适度改变原作中的思想和文化内容,使之更容易被译文读者理解和接受。① 不难看出,在这一评价标准中,读者的阅读感受被突出和前置,而这同样也是交际策略的核心准则。对于读者阅读习惯的关注由来已久,亚历山大·弗雷泽·泰特勒(Alexander Fraser Tytler)就曾经指出,好的译作应当能够将原作的闪光之处以另一种语言完全地呈现出来,不仅要全面再现原作的思想,再现其风格和风俗习惯,还要让人读起来感觉自然流畅,能够像原文读者一样理解作品并被其深深感染。②

交际翻译策略与二语习得中的交际策略具有一定的相关性。保罗·拉斯塔尔(Paul Rastall)认为,交际策略关注的是不同层次的交流效果,强调为了达到交流的目的,可以根据语言的不同使用一定的习惯用法。③ 按照克劳斯·法尔奇(Claus Færch)和加布里埃尔·卡斯帕(Gabriele Kasper)的划分,交际策略大致可以分为两类:

1)缩减策略,一种回避策略,具体包括:

　　①形式缩减,指为了避免出现不流利或不正确的表达,采用缩减了的系统,包括音位、词法、句法、词汇等方面的缩减;

　　②功能缩减,指为了回避问题而缩减交际的目标,包括行为、情态和命题内容等方面的缩减,例如话题回避、信息放弃、意义取代等。

---

① Newmark, P. *Approaches to Translation*. Oxford: Pergamon Press, 1986: 43.

② Bell, R. T. *Translation and Translating: Theory and Practice*. London: Longman, 1991: 11.

③ Rastall, P. Communication strategies and translation: The example of the "genitive" in Russian. *Babel*, 1994(1): 47.

2）成就策略：

①补偿策略，包括：

· 语码转换；

· 语际迁移；

· 语内迁移；

· 语际策略：例如泛化、释义、造词、重组等；

· 合作策略；

· 非语言策略。

②检索策略，主要包括 6 种：等待语汇出现、求助形式类似词、语义场检索、其他语种检索、学习语境检索、感官途径等。①

在此基础上，盖勒布·艾哈迈德·热巴布（Ghaleb Ahmed Rabab'ah）将交际翻译策略分为两类：其一是成就策略，指译者通过释义、遁词、同义词替换、直译、信息重组等方式扩充源语的信息量，补偿译文读者相关语言学知识的不足，从而实现沟通目的；其二是缩减策略，指译者认为一些语言学知识导致交流过程中出现了无法逾越或不能解决的困难，为了避免沟通中的误解，选择放弃或回避一部分源语信息。②

杰里米·芒迪（Jeremy Munday）认为，文本代表了作者的世界观，并帮助其构建了自我认同；而当译者介入这一构建行为之后，他是为了一种新的文化语境而创作一个全新的版本，这样原有的评价基础就改变了。③因此，下面我们将结合对《狼图腾》的原作和英译本的分析，分析译者采用的翻译策略，并探讨作品中价值取向的呈现方式。

---

① Færch，C. & Kasper，G. Plans and strategies in foreign language communication. In Færch，C. & Kasper，G.（eds.）. *Strategies in Interlanguage Communication*. London：Longman，1983：20-60.

② Rabab'ah，G. A. Communication strategies in translation. *Babel*，2008，54(2)：100.

③ Munday，J. *Evaluation in Translation*：*Critical Points of Translator Decision-making*. London：Routledge，2012：40.

第二节 《狼图腾》的叙事特色与作者的价值取向

姜戎的长篇小说《狼图腾》是一部关于草原与狼的知识和情感的叙事传奇,讲述了知识青年陈阵响应国家"上山下乡"的号召,投身内蒙古,不仅为大草原的美丽景色所吸引,更是对神秘的狼群产生了深深的迷恋。为了能更仔细地观察和研究狼,他甚至饲养了一头小狼,并与之建立了深厚的感情。在与小狼朝夕相处的那段时光里,他对狼和狼性精神有了更为深刻的认识和理解,也开始思考农耕民族和游牧民族的差异及其根源,并希望用狼性精神改造我们的国民性。

《狼图腾》于 2004 年 4 月由长江文艺出版社出版,截至 2011 年已在国内发行了 240 万册,并连续 16 个月高居中文图书畅销榜前 3 名,从而引起了国外出版社的关注。2005 年,英国企鹅出版集团以 10 万美元的预付款和 10% 的版税条件,购得其全球英文版权,德国出版巨头贝塔斯曼旗下的子公司兰登书屋以 2 万欧元买断了该书的全球德文版权,一家匿名的日本出版社更是用 30 万美元购买了该书改编为动漫的权利。① 该书出版仅 5 年时,这部小说的版权已经输出了 30 多个语种,覆盖美国、英国、澳大利亚、德国、法国、意大利、日本、韩国、俄罗斯等近 120 个国家和地区。②

耐人寻味的是,这本书描写了蒙古族的生活和宗教,主要传达的是人类学和哲学思想,而且书中明显缺乏传统的故事情节作为主线,为什么这样的一部作品能吸引如此多读者的关注? 究竟有哪些特色? 荒林认为,这部小说的叙事中有三重表意系统:1)有关草原狼、草原人和草原的自然故事,这一部分为读者带来了全新的信息知识和新奇的阅读感受,不仅能激起人们对大自然的向往和感情,还可以唤起其环保意识;2)关于蒙古狼和蒙古民族的历史故事,作者对许多历史上的故事进行了重新阐释,用自

① 李永东,李雅博. 论中国新时期文学的西方接受——以英语视界中的《狼图腾》为例. 中国现代文学研究丛刊,2011(4):79-89.

② 舒晋瑜. 安波舜:解密《狼图腾》版权输出神话. (2009-09-07)[2021-11-21]. https://www.chinanews.com.cn/cul/news/2009/09-07/1853885.shtml.

然与人类的类比说明了狼性精神;3)有关毕利格和小狼的故事,这些故事对陈阵的成长产生了深远的影响,并帮助其形成了狼图腾的政治理想。①本书的责任编辑安波舜肯定了小说的审美价值,认为它最吸引人的地方在于经典的故事、感人至深的细节,以及对自由独立的呼唤,这些元素能够吸引来自各个地域和民族的读者,唤起他们心中深层次的认同。② 他在中文版本的"编者荐言"中盛赞它"是世界上迄今为止惟一一部描绘、研究蒙古草原狼的'旷世奇书'。阅读此书,将是我们这个时代享用不尽的关于狼图腾的精神盛宴",读者可以从"书中每一篇章、每个细节中攫取强烈的阅读快感"。③

还有一些研究者注意到作者采用的陌生化叙事方式。王学谦指出,这部小说在中国读者群中大获好评与作者的陌生化书写方式是分不开的。一方面,故事展开的背景是普通读者并不熟悉的大草原,作品不仅提供了许多与狼有关的生动故事,详细地描述了狼群高度的组织性、纪律性和高超的作战技巧,更为读者展开了大片原生态草原的优美景象,"这种盛大的草原传奇的文学景观,与当今日益都市化、日常化的文学叙事形成了巨大的反差,从而对读者构成了巨大的审美魔力"④。另一方面,作者对狼的形象塑造也进行了陌生化的叙事处理,特意规避了狼性"恶"的一面,剔除了读者心目中惯有的狼的凶狠、贪婪与卑劣,转而大力赞扬狼的勇敢、坚韧、智慧与执着,这样的书写方式对抗了人类中心主义,强调了动物的生存价值与个性特征。⑤ 而且,作品对于狼的一些优秀品格的强调也契合了文学作品中追求"善"的价值取向,表达了作者对美好精神的诉求,让

---

① 荒林. 重构男权主体政治的神话——《狼图腾》的三重表意系统及其男权意识形态. 文艺研究,2009(4):18-24.

② 舒晋瑜. 安波舜:解密《狼图腾》版权输出神话.(2009-09-07)[2021-04-21]. https://www.chinanews.com.cn/cul/news/2009/09-07/1853885.shtml

③ 安波舜. 编者荐言:我们是龙的传人还是狼的传人? //姜戎. 狼图腾. 武汉:长江文艺出版社,2004:1-2.

④ 王学谦.《狼图腾》与新世纪文学的生命叙事. 文艺争鸣,2005(2):65.

⑤ 陈佳冀. 中国文学动物叙事的历史传承与类型衍生. 厦门大学学报(哲学社会科学版),2015(5):55-67.

读者在被这些可贵品格吸引的同时,不由自主地产生对狼的同情和好感。

自由是这部小说的另一主题,也是吸引读者的关键。姜戎认为,历史上最大的谜题就是:"成吉思汗如何能以那么少的兵力征服世界?"而这本书恰恰给出了它的答案和解释:游牧文化。人们通常将游牧精神归结为杀戮和暴力,但实际上它是关乎自由的。在姜戎看来,对于传统的批判、对于自由的颂扬构成了这部小说独有的道德价值,赋予了小说感染人心的力量和难以超越的魅力。

姜戎对这本书的成功并不惊讶,在他看来,中国人总是轻视狼,习惯于将其妖魔化,而这本书恰恰颠覆了读者原有的阅读期待,可以促使他们进行深层次的思考。① 在一次接受《纽约时报》的采访中,姜戎表示,在中国如此具有批判性的作品并不多见,创作这部小说是很大胆的行为;而且,这部小说自出版之日起到现在已经超过 10 年了,受到了各类读者的欢迎,主要是因为它写出了事实。②

那么,这部小说传达了作者什么样的价值取向呢?姜戎并不希望读者仅仅关注故事本身,因为他更希望这部作品能够引起读者理性层面的思考。

一方面,小说希望唤起人们对于生态平衡的严肃思考。狼看似是人们的天敌,会攻击羊群和马群,构成了对在草原上生活的游牧民族的威胁和伤害,但它们又是维持生态平衡的关键一环:没有了狼,草原会被大量的食草动物毁掉,也会引发瘟疫。正如毕利格老人所说的:"在蒙古草原,草和草原是大命,剩下的都是小命,小命要靠大命才能活命,连狼和人都是小命。"③小说中唯一采用完整的线性叙事模式的部分就是小狼悲剧式的一生,其他对于时间、人物的叙述都是按照四季更迭展开的日出日落、循环往复,从冬天开始到冬天结束。这样的叙事方式用四季的轮回表现

---

① Hill, J. The hour of the wolf. *The Independent*, 2008-03-21(20).

② Qin, A. Q. and A.: Jiang Rong on *Wolf Totem*, the novel and now the film. (2015-02-26) [2017-02-10]. https://sinosphere. blogs. nytimes. com/2015/02/26/q-and-a-jiang-rong-on-wolf-totem-the-novel-and-now-the-film/?_r = 0.

③ 姜戎. 狼图腾. 武汉:长江文艺出版社,2004:29.

了时间的永恒,也将草原原来的美景和被破坏后的凄凉景象呈现给读者,形成了强烈的反差和对照。①

　　另一方面,《狼图腾》更深层的意义在于揭示汉族人在民族性上的弱点,主张学习游牧民族那种勇敢无畏、锐意进取的狼性精神。基于此,作品用宏大的叙事方式揭示了对于蒙古族深层的价值判断,即:狼图腾是蒙古族的文化本质,这是一种开拓进取、不断奋进的文化精神;在此基础上,作者对于狼性性格的大力渲染更是为了借此批判我们的国民性。② 姜戎曾经坦言,他希望借由文学的翅膀,让严肃的"狼性"学说飞进广大国人的内心深处,"我所大力倡导的自由独立强悍进取的狼精神,主要针对的目标恰恰就是软弱平庸的中国国民性格"③。姜戎的这一创作亦是对鲁迅在《略论中国人的脸》中所提出的国民"家畜性"的回应,希望引起国民对这一问题的重视,因为在他看来,自己隶属的汉族是羊性的,需要用狼性加以改进。

　　然而,这部小说的价值取向在国内却引起了较大争议。如果说读者普遍能够认同和接受作品中的生态平衡思想的话,对于国民性弱点的探讨和批判则为这部小说招来了不少批评的声音。李建军认为,《狼图腾》宣扬了一种简单而极端的价值观——"丛林原则",这一原则意味着对生命和世界的冷漠,更会将我们的社会推向威胁、仇恨和恐惧。④ 何同彬表示,姜戎回避了蒙古族对鹿的图腾崇拜,因为根据他的生命等级划分,"鹿"与"羊"属于被屠杀的弱者形象,而他推崇的游牧精神,实质上就是对暴力和野性的宣扬,因此《狼图腾》所体现的文化认同就是一种'强势的'、'强大的'、'霸权的'文化乌托邦,'狼图腾'实际上等同于'权力图腾',是尼采'强力意志'的粗鄙化和世俗化体现"⑤。丁帆指出,作品中存

---

① 程义伟,邓丽. 散议《狼图腾》小说文本的构成模式. 小说评论,2011(5):20-22.
② 李致.《狼图腾》的"国民性"反思与文化隐喻. 文艺理论与批评,2015(4):117.
③ 转引自:李小江. 论"狼图腾"的核心寓意. 文艺研究,2009(4):6.
④ 李建军. 我们的文学需要什么样的精神图腾. 文艺争鸣,2007(6):15-18.
⑤ 何同彬. 文明与野性的畸态和解——关于《狼图腾》的文化症候. 文艺争鸣,2006(5):91.

在"扬狼抑人的反文明和反人类价值观的可怖性和可悲性",这种将动物凌驾于人之上的观点是可笑的,而对于狼性精神的崇拜更是对于人类智慧和世界文明进化的贬抑。① 在他看来,《狼图腾》的成功在于它满足了"某种民族主义的文化心理需求",并且有商业模式的成功运作,但是从历史价值观的角度来看,这部小说充满了对游牧文明与尚武精神的无限崇拜,却贬低了农耕文明对于人的精神与性格的涵育,而且在人性和兽性的价值取向上,明显出现了人兽伦理的颠倒。②

李小江则持不同意见,他认为《狼图腾》中所谓的羊性,指向的是近代以来中华民族那段备受屈辱的历史事实;而作者褒扬的狼性,并非宣扬对外侵略,而是意在鼓励国民自强。他认为,书中的国民性包括三个方面的内容:1)对外,由于贫弱而遭受侵略,因此应当向具有狼性的人学习战斗精神;2)对内,民众应当强悍起来;3)自省的自我批评,用"狼图腾"去改造知识分子的懦弱性格,培养独立意志和自由精神。③

从以上分析中可以看出,《狼图腾》以陌生化的方式向读者讲述了关于草原狼和牧民生活的动人故事。作者在书中着力强调狼性精神,希望以此唤起读者心中深层次的认同,从而重视生态平衡问题,并追求自由独立的精神。国内学者对于这部小说价值取向的解读是多元化的,出现了许多不同甚至对立的声音:有人认同作者的观点,认为应当采用内省式的自我批评,培养自由、独立和民主的精神;也有人担心这一作品会引导读者走向尚武和暴力,滋生社会中的威胁和仇恨。但也正是由于这一作品呈现出多重的价值取向,才使其具有多层次、多角度解读的可能性,也因此吸引了众多读者的目光。

① 丁帆. 狼为图腾,人何以堪——《狼图腾》的价值观退化. 当代作家评论,2011(3):5-14.
② 丁帆. 新世纪文学中价值立场的退却与乱象的形成. 当代作家评论,2010(5):9-10.
③ 李小江. 论"狼图腾"的核心寓意. 文艺研究,2009(4):5-17.

第三节 《狼图腾》的翻译策略与译者的价值取向

《狼图腾》的英文版译者葛浩文是美国著名的汉学家、圣母大学的讲座教授,被夏志清誉为"公认是中国现代、当代文学之首席翻译家"①。他翻译的中国文学作品不仅有小说,还有诗歌和回忆录,涉及包括莫言、杨绛、冯骥才、贾平凹、萧红、白先勇、李锐、苏童、王朔等在内的 20 多位中国现当代著名作家,极大地提高了中国作家在海外的影响力。2007 年 11 月 10 日,《狼图腾》荣获首届曼氏亚洲文学奖(The Man Asian Literary Prize),葛浩文也因此荣获翻译奖。加拿大《渥太华市民报》(*The Ottawa Citizen*)称赞葛浩文的英译本"充满生气,同时又朴实无华"②。

葛浩文并不认同中国文学界对于《狼图腾》的批评,他充分肯定了小说的审美价值,认为姜戎在故事讲述和人物塑造方面的能力很强,之所以不能得到批评者的认可,可能与他偏学者的表达方式有关,而评论者希望看到实验性的、新派的或纯文学的作品。在他看来,这部小说的文化价值很高,评论者的批评标准则有些狭隘。③针对评论者关注的小说中的政治因素,他指出,作者的意图并非在于政治,他只是提出问题,希望引起读者的思考,而非由他做出解答。④

至于这部小说为何会引起如此大的反响,葛浩文认为首先是因为对于国外读者而言,《狼图腾》中描写的蒙古草原生活富有异国情调,小说的

① 夏志清.《大时代——端木蕻良四十年代作品选》序//陈子善. 书人文丛序跋小系·夏志清序跋. 苏州:古吴轩出版社,2004:63.

② Hoffman, T. "A book like no other": *Wolf Totem*, winner of the Man Asian Literary Prize, shows the consequences of modernization. *The Ottawa Citizen*, 2008-07-06(B1).

③ 木叶,谢秋.《狼图腾》行销 110 个国家,中国书正在走出国门——访《狼图腾》译者葛浩文. (2008-04-01)[2021-10-21]. http://zqb. cyol. com/content/2008-04/01/content_2125921. htm.

④ 顾湘.《狼图腾》译者葛浩文:中国文学欠缺个人化. (2008-03-25)[2021-10-21]. https://cul.sohu. com/20080325/n255905547. shtml.

一些部分有纪实小说的特色,作者从社会学角度进行了人物创作,故事相当动人,既探讨了汉族人与蒙古族人的互动,也关注了人类与环境的关系。① 其次是动人心弦的故事情节,其中很特别的地方在于它以人为主,从人的角度去思考狼性及其形成的原因。② 再次,书中的自然、环保、生态等命题是全世界读者都关心的,此外书中还涉及了发人深思的文化冲突问题。③ 可以看出,葛浩文从审美价值、知识价值和道德价值三个层面充分肯定了这部作品,认为读者不仅可以从中了解更多有关草原生活的知识,还会被小说中传递的文化精神深深打动。

在后文中,我们将结合评价理论(Appraisal Theory),对译者在《狼图腾》英译本中使用的翻译策略进行分析,以探究译者和作者在传递作品价值取向上的异同。首先让我们了解一下评价理论。

彼得·怀特(Peter R. R. White)强调,评价活动中有两个主要问题:1)态度的本质,即如何激活正面或负面的评价;2)立场的运用,即评价意义与主体立场之间的协商。④

詹姆斯·马丁(James R. Martin)和怀特将评价分为三个子系统:

1)态度,用以表达感情,包括三种类型,即:

① 情感:与人的感情相关,用以标记正面或负面的思想感情,例如快乐、忧伤、自信、恐惧、焦虑、兴趣、无聊等。

② 判断:与美学相关,指我们对行为主体及其行为的评价,或崇拜或批评,或褒奖或谴责,主要涉及伦理、能力、韧性等,例如正确、错误、吝啬、熟练、谨慎、勇敢、洞察力等。主要分为两类:一是社会尊重,包括规范性、才干、韧性;二是社会约束,包括诚信、正当性。

① 付鑫鑫. 葛浩文"没有翻译,我就不能生活". 文汇报,2011-06-14(8).
② 顾湘.《狼图腾》译者葛浩文:中国文学欠缺个人化.(2008-03-25)[2021-10-21]. https://cul.sohu.com/20080325/n255905547.shtml.
③ 顾湘.《狼图腾》译者葛浩文:中国文学欠缺个人化.(2008-03-25)[2021-10-21]. https://cul.sohu.com/20080325/n255905547.shtml.
④ White, P. R. R. Appraisal—The language of evaluation and stance. In Verschueren, J., Östman, J.-O., Blommaert, J. et al. (eds.). *Handbook of Pragmatics 2002*. Amsterdam: John Benjamins, 2002: 1-27.

③鉴赏:与伦理学相关,指根据一定的标准对事物和状态进行评价,包括美学、品位、价值等,如美丽、愉悦、聪明、乏味、创新、真实等。主要分为:反应、构成和价值。

2)介入(engagement),是态度的来源,包括自言(monogloss)和借言(heterogloss),要求交际者对所述内容承担责任和义务。

3)级差(gradation),指对态度的强弱程度进行分级,根据评价价值的强弱高低可分为:

① 语势(force),基于强度,可分为强势(raise)和弱势(lower)。

② 聚焦(focus),基于典型性,可分为清晰(sharpen)和模糊(soften)。①

在三种类型的态度中,情感基本上是个人化的,因此对于它的反应也是精神和情感层面上的;判断和鉴赏则不同,尽管它们会因为个体差异而有所区别,但是这两种态度通常建立在一定群体共有的价值观基础之上,且与我们成长过程中教育、法律、文化等相关机构给我们灌输的价值观密切相关,并通过奖励体系使这些价值观正式化。

在具体的评价过程中,还需要参照不同的评价标度。

刘世铸在《评价理论观照下的翻译过程模型》一文中指出,评价系统的核心是态度,主要通过语言表述表现出来;而我们对翻译过程中态度的识别,主要应当通过评价性词语、评价句法、文化语境、情景语境、评价层次、态度意义等的分析来进行。② 怀特将态度资源分为两种:

1)态度铭刻(attitudinal inscription),是一种显性评价策略,指在不同的语境中总是表达某一固定的态度评价。

2)态度标记(attitudinal token),是一种隐性评价策略,指文本中并没有明确表明态度或立场的语言,而是通过暗示或需要读者结合上下文才能体会。

---

① Martin,J. R. & White,P. R. R. *The Language of Evaluation—Appraisal in English*. London:Palgrave Macmillan,2005:42-45.

② 刘世铸. 评价理论观照下的翻译过程模型. 山东外语教学,2012(4):24-28.

态度标记又分为两种：

    ①引发(evoking)，指通过列举事实、使用施动与被动来表明观点与态度。

    ②激发(provoking)，指通过强调、对比、隐喻等修辞手段表明观点与态度。①

芒迪指出，尽管态度铭刻是明显表达态度的语言方式，但同样也会有例外的情况，例如，如果目标语读者不认同某些价值观，就会造成鉴赏态度的改变。②

玛丽·麦肯-霍拉里克(Mary Macken-Horarik)认为，当作者将其价值观在文本中巧妙地暗示出来的时候，引发的效果尤为显著。③ 芒迪则认为，这一效果实现的前提是文本信息的接受者与作者设定的一致，需要注意的是，文化上的差异会导致价值观上的不同，同样的词语在态度上会出现正面和负面两种可能性。④

激发介于态度铭刻和态度标记之间，它会"通过在其他情况具有评价意义的构想引起正面或负面的反应"⑤。

如何判断作品中的价值取向？马丁和怀特认为，价值取向可以从文本的评价基调中发现。⑥ 芒迪进一步指出，这一评价基调可以通过作品中

---

① 王欢，王国凤. 语言语境与新闻理解——英语硬新闻语篇评价策略解读. 外语教学与研究，2012(5)：671-681.

② Munday，J. *Evaluation in Translation*：*Critical Points of Translator Decision-making*. London：Routledge，2012：24.

③ Macken-Horarik，M. APPRAISAL and the special instructiveness of narrative. *Text*，2003，23(2)：299.

④ Munday，J. *Evaluation in Translation*：*Critical Points of Translator Decision-making*. London：Routledge，2012：27-29.

⑤ White，P. R. R. Evaluative semantics and ideological positioning in journalistic discourse：A new framework for analysis. In Lassen，I.，Strunck，J. & Vestergaard，T. (eds.). *Mediating Ideology in Text and Image*：*Ten Critical Studies*. Amsterdam：John Benjamins，2006：40.

⑥ Martin，J. R. & White，P. R. R. *The Language of Evaluation—Appraisal in English*. London：Palgrave Macmillan，2005：161.

的否定性态度、级差上的强化、在平行文本评注中明显包括价值判断,或清晰地强调了意识形态等因素来确定。他认为,如果译者在平行文本评注中,明显表达出其阅读立场的话,这就是形式上最明显而且最强烈的价值判断;如果译者在文本层面进行了主观性的改变,又对单语读者隐瞒了这一变化的话,也会悄悄地改变作品原有的态度价值观。①

芒迪认为,在翻译中能明显表明译者价值取向之处,也是能够影响读者的文本接受情况的关键地方,主要包括:文本翻译中最容易受价值操控或影响的词汇特征;在翻译中经常需要进行转换,且能够引起读者进行多重阐释或评价的地方;明显能够彰显译者价值观的地方。② 下面,我们将结合这些关键之处,对《狼图腾》的原作和英译本进行对比,分析译者所采用的翻译策略。希望借助这一分析,可以探究译者如何通过运用翻译策略彰显其价值取向,了解这些策略会在文本层面给作品带来什么样的改变,而这些改变又将如何影响译文读者对作品和异文化的理解。

1. 缩减策略

事实上,《狼图腾》的英译本是葛浩文翻译的作品中争议较大的一部,这主要是源于他在翻译的时候对作品进行了较大的改动,主要表现在较大幅度地运用了缩减策略。葛浩文也常常因为这一问题而深感困扰,因为自从《狼图腾》的英译本出版之后,几乎每隔一周就会有人发邮件给他,一再询问他怎样看待译者在翻译中进行的改写。③

罗迪卡·季米特里乌(Rodica Dimitriu)曾较为详细地列出了译者采用缩减策略的主要目的,例如:确保译作语言表达上的准确性和文体上的可接受性,以更加简洁的方式呈现原文中的全部信息,遵循出版社编辑出

---

① Munday, J. *Evaluation in Translation*: *Critical Points of Translator Decision-making*. London: Routledge, 2012: 109-110.

② Munday, J. *Evaluation in Translation*: *Critical Points of Translator Decision-making*. London: Routledge, 2012: 41.

③ Basu, C. Right to rewrite?. (2011-08-19)[2021-10-22]. https://usa.chinadaily.com.cn/epaper/2011-08/19/content_13149498.htm.

版的标准,避免文化禁忌,等等。①

而葛浩文之所以大胆地采用缩减策略,是因为他认为,翻译的艺术性绝不亚于创作性——而且翻译应该能够帮助原作变得更加优秀。② 他指出,20 世纪 40 年代出生的中国作家由于读不到很好的文学作品,又没有很好的编辑帮忙,大多只能依靠自己艰难摸索;但他们的人生阅历非常丰富,这一点恰恰弥补了其写作技巧上的欠缺,因此一些国外出版社有时也会选择译介他们的作品,而这时"他们就将'写作'的任务交给了我们译者",也就是说,这时的译者需要冒险对作品进行"改进",尽量将语言修改得简洁、地道且易于理解。③

葛浩文在英译本中采取的缩减翻译策略主要体现在两个方面:对于部分源语信息的放弃和对于部分源语信息的回避。而在这部小说中,有不少词语容易受到作者的价值操控,标明其态度、立场和感情,因此译者的删减往往会影响甚至改变原作中的价值取向。下面,我们将结合评价理论分析他在英译本中采取缩减翻译策略的意图及其实际的翻译效果。

(1)放弃部分源语信息

整体看来,在《狼图腾》的英译本中,由于出版社对篇幅的要求,译者放弃了一部分在他看来较为次要的源语信息,仅仅保留了关键信息。

具体看来,首先译者删除了每章开篇的按语部分。我们知道,这部小说的一大叙事特色是作者在每章的开首部分,都采用了按语的方式作为故事的开始:有的引用了一些历史上有关狼和狼性精神的记载或论述,其中有些是来自中国古代典籍上的记载,例如《汉书·匈奴传》《史记·大宛列传》《周书·突厥》《穹庐集》《资治通鉴》等;有的出自国内的学术著作,例如张川玺《中国古代史纲》、富育光《萨满论》、范文澜《中国通史简编》、孟驰北《草原文化与人类历史》、陈寅恪《唐代政治史述论稿》等;也有的选自国外的相关著作,例如〔波斯〕志费尼《世界征服者史》、〔波斯〕拉施特

---

① Dimitriu, R. Omission in translation. *Perspectives*, 2004, 12(3): 165-173.

② Goldblatt, H. The writing life. *The Washington Post*, 2002-04-28(BW10).

③ Goldblatt, H. Of silk purses and sows' ears: Features and prospects of contemporary Chinese fiction in the west. *Translation Review*, 2000(59): 24-25.

《史集》、〔法〕勒尼·格鲁塞《草原帝国》、〔英〕赫·乔·韦尔斯《世界史纲》等;还有关于中国的国民性的内容,例如鲁迅《而已集·略论中国人的脸》等。但这些部分在英译本中统统被删除了。

其次,原作最后 40 多页的《理性探掘——关于狼图腾的讲座与对话》①也完全被删除。在这一部分中,作者详细说明了这部小说的创作动机,借陈阵与杨克的对话对比了农耕文明与游牧文明,强调强悍进取的游牧精神才是中华民族的脊梁;用追本溯源的方式分析了羌族、犬戎、匈奴、鲜卑、突厥等游牧民族的狼图腾崇拜,不仅比较了狼图腾和龙图腾,还从历史发展的角度论证了农耕生活导致汉族人性格的软化,造成其血液中狼性不足、羊性过浓。作者认为,蒙古民族建立的元朝,不仅是中国历史上疆土面积最大的,也极大地改变了国民性格,因而中华民族离不开不息、不淫、不移、不屈的狼图腾精神。可以说,这是作者系统阐述狼性精神,从而启发和引导读者的一部分内容。

此外,正文部分的缩减现象也很常见,甚至有不少大段的删除,主要包括:1)译者删去了原文中不少的细节描写。例如第 15 章中,作者在描写张继原和巴图在草坡上的圈草里潜伏着准备打狼时,用了三段来介绍圈草(一种蒙古草原上常见的禾本草),因为对于没有草原生活经历的读者而言,圈草是非常陌生的。对比英译本,我们会发现译者仅仅译出了第一段中的六句话中的前两句,而将后面秋季和冬季、狂风中的圈草以及关于圈草用途的描述,全部删除了。而原作第 30 章一共 9 页的内容,英译本只有 5 页。2)删除了一些人物的心理描写。例如第 18 章中,陈阵在小狼狂暴地进食时,联想起军人吃饭时与狼的相似之处:"从它的这副吃相中,陈阵觉得小狼完全继承了草原狼的千古习性……狼却如何能顽强地生存下呢。"②译者在翻译的时候对此做了删除处理。3)译者还删除了很多人物之间的对话。例如第 16 章中乌力吉所说的草原"怕踩、怕啃、怕

---

① 姜戎. 狼图腾. 武汉:长江文艺出版社,2004:364-408.
② 姜戎. 狼图腾. 武汉:长江文艺出版社,2004:168.

旱、怕山羊、怕马群……"①的一段话,在英译本中被译者全部删除了。第20章中,陈阵在与杨克交谈时表达了对一些劳动形式的不满,例如奴隶劳动、无效劳动、破坏性劳动等②,英译本中也全部删除了。下面,让我们结合评价理论来分析几个正文部分的典型翻译案例,在这些案例中,译者均采用了缩减策略,放弃了部分源语信息。

案例一:心理描写的删减

【源语文本】可能正是大青马巨大的<u>勇气和智慧</u>,将陈阵出窍的灵魂追了回来。<u>也可能是陈阵忽然领受到了腾格里(天)的精神抚爱,为他过早走失上天的灵魂,揉进了信心与定力。</u>当陈阵在寒空中游飞了几十秒的灵魂,再次收进他的躯壳时,他觉得自己已经<u>侥幸复活</u>,并且冷静得出奇。③

【目标语文本】Maybe it was <u>the horse's</u> extraordinary <u>courage</u> that summoned back Chen's departed soul, but when that spirit, which had hovered in the frigid air for a moment, returned to his body, he felt <u>reborn</u> and was extraordinarily tranquil. ④

【评析】源语文本描述的是陈阵第一次独自遇到狼群时的内心感受,译者使用了缩减策略,略去了原文中的一些信息,非常明显的是"也可能是陈阵忽然领受到了……定力"一句,译者全部做了删减。在此,陈阵认为是腾格里给了他克服困难的信心和力量,之后还帮助他摆脱了这一危险的境地。作者通过对陈阵内心感受的描写,传达出主人公对腾格里的感激、尊敬和崇拜之情,其中的"抚爱"[＋情感:幸福感]、"信心"[＋情感:安全感]、"定力"[＋情感:安全感]等词都与人物的情感密切相关,是能够明显表现出作者态度的词语。这些词语承担了展现文本态度的职责,主

---

① 姜戎. 狼图腾. 武汉:长江文艺出版社,2004:149.
② 姜戎. 狼图腾. 武汉:长江文艺出版社,2004:197.
③ 姜戎. 狼图腾. 武汉:长江文艺出版社,2004:5. 案例中的下画线均为笔者所加,后同。
④ Jiang, R. *Wolf Totem*: *A Novel*. Goldblatt, H. (trans.). New York: The Penguin Press, 2008:4.

要通过描述主人公、叙述者或作者的中心价值观来行使其功能。① 将这一部分内容删除不利于表达出人物的情感,因此也没有表达出作者希望传递的价值取向。此外,作者在前文曾经提及毕利格老人"将自己那匹又快又认家的大青马,换给了陈阵"②,当时译者将"大青马"译为"Mongol horse"(蒙古马),突出了马的品种,是很准确的,而在案例一中则将其译为"the horse",特指那匹马。"勇气和智慧"这一短语,译者也采用了缩减的策略,译为"courage"(勇气)[+判断:韧性],省略了"智慧"[+判断:才干]这一价值判断;"侥幸复活"一词,译者将其译为"reborn"(复活),删去了"侥幸"[+判断:规范性],同样略去了作者此时的态度立场。

案例二:人物话语的删减

【源语文本】陈阵叹道:正是拦不住,心里才着急啊。中国儒家本质上是一个迎合农耕皇帝和小农的精神体系。皇帝是个大富农,而中国农民的一家之主是个小皇帝。"皇帝轮流做,明天到我家"。"水可载舟,又可覆舟"。谁不顺应农耕人口汪洋大海的潮流,谁就将被大水"覆舟",遭灭顶之灾。农耕土壤,只出皇帝,不出共和。"水可载舟,又可覆舟"实际上是"农可载帝,又可覆帝",载来覆去,还是皇帝。几千年来,中国人口一过剩就造反,杀减了人口,换了皇帝,再继续生,周而复始原地打转。虽然在农耕文明的上升阶段,君民上下齐心以农为本,是螺旋上升的进步力量,但一过巅峰,这种力量就成为螺旋下降,绞杀新生产关系萌芽的打草机……③

【目标语文本】Chen sighed. "No one, which is why I worry."④

【评析】这一部分也是大段删减的。此处,作者借陈阵之口阐述了对于农耕文明的不满,即画线部分,属于态度子系统里的判断。作者通过这

---

① Munday, J. *Evaluation in Translation*: *Critical Points of Translator Decision-making*. London: Routledge, 2012:146.

② 姜戎. 狼图腾. 武汉:长江文艺出版社,2004:4.

③ 姜戎. 狼图腾. 武汉:长江文艺出版社,2004:253.

④ Jiang, R. *Wolf Totem*: *A Novel*. Goldblatt, H. (trans.). New York: The Penguin Press, 2008:376.

段话表达了对农耕文明的批评和谴责,属于负面的社会评判,译者对此进行了缩减处理,隐藏或模糊了作者原有的价值判断。不仅如此,在接下来的三段中,译者也只是译出了陈阵的两句话,而把张继原的动作和说的话都删去了。该章(第25章)基本由张继原和陈阵的对话构成,他们用一问一答的形式讨论了草原人用狼和马之间的残杀所维持的平衡控制,表达了作者有关生态平衡的基本理念;译者在翻译的时候,删除了两人的一些对话,并略掉了不少对于叙述者的交代,用分段和引号表示另一段话语的开始。作者对于农耕社会的不满和批判是其在创作中着力渲染的,这一点同样引起了许多中国批评者的不满和反驳,译者此处的删减也许是出于篇幅上的考虑,但难免会弱化原作中此处给予读者的强烈内心感受。

案例三:心理描写的删减

【源语文本】陈阵经常有意地亲近它,蹲在它旁边,顺毛抚摸,逆毛挠痒,但它也很少回应。目光说不清是深沉还是呆滞,尾巴摇得很轻,只有陈阵能感觉到。它好像不需要人的爱抚,不需要狗的同情,陈阵不知道它想要什么,不知道怎样才能让它回到狗的正常生活中,像黄黄伊勒一样,有活干,有饭吃,有人疼,自食其力,无忧一生。陈阵常常也往另处想:难道它并不留恋狗的正常生活,打算返回到狼的世界里去?但为什么它一见狼就掐,像是有不共戴天之仇。从外表上看,它完完全全是条狗,一身黑毛就把它与黄灰色的大狼划清了界线。但是印度、苏联、美国、古罗马的狼,以及蒙古草原古代的狼都曾收养过人孩,难道狼群就不能收留狗孩吗?可是它要是加入狼群,那马群牛群羊群就该遭殃了。可能对它来说,最痛苦的是狗和狼两边都不接受它,或者,它两边哪边也不想去。陈阵有时想,它绝不是狼狗,狼狗虽然凶狠但狗性十足。它有可能是天下罕见的狗狼,或狗性狼性一半一半,或狼性略大于狗性的狗狼。陈阵摸不透它,但他觉得应该好好对待它、慢慢琢磨它。陈阵希望自己能成为它的好朋友。他打算以后不叫它二郎神,而管它叫二郎,谐二狼的音,含准狼的意,不要神。①

【目标语文本】Intent on getting close to the dog, Chen often

① 姜戎. 狼图腾. 武汉:长江文艺出版社,2004:70.

squatted down to rub and scratch him，but there was hardly ever a reaction．To Chen the animal was an enigma，but that did not stop him from treating him well and learning more about him as he went along． Wanting to become his friend，he stopped calling him Demon．①

【评析】这一部分描写的是陈阵与一只跟着他回家的蒙古黑狗二郎互动时的心理活动，译者在翻译的时候采用了缩减策略，进行了大量的删减，源语文本中画线的部分都被删除了。对比这两个文本，我们会发现源语文本主要是从陈阵的视角去观察二郎，分析它的性格，猜测它的归属，也揣度它的情感；而且，正是由于这样的思考和分析，陈阵发现了二郎与狼在性格上的相似之处，对它油然而生敬意并想要与之亲近，这从陈阵希望和它成为好朋友可以看出，而且在最后一句"而管它叫二郎，谐二狼的音，含准狼的意，不要神"中，作者也将这一情感表露得非常明显。而目标语文本中译者将这一部分完全删除，不仅缩减了原作中陈阵内心对二郎的思考，也取消了源语文本中标记作者价值取向的部分，这样，读者看到的就只有二郎不回应陈阵的亲近，而陈阵则因为觉得它是个谜而想跟它成为朋友。这不仅使目标语文本在句意衔接上显得比较突兀，而且二郎立体丰满的形象也消失了，读者也无从准确了解和把握其性格特点。

案例四：人物对话的删减

【源语文本】毕利格老人曾说，很久以前，额仑草原上有个老猎人，曾见过三条母狼共同奶养一窝狼崽的事情。那年春天，他到深山里寻找狼崽洞，在一面暖坡发现三条母狼，躺成半个圈给七八只狼崽喂奶，每条母狼肚子旁边都有两三只狼崽，于是他和猎手们不忍心再去掏那个窝。老人曾说，蒙古草原的猎手马倌，掏杀狼崽从不掏光。那些活下来的狼崽，干妈和奶妈也就多，狼崽们奶水吃不完，身架底子打得好，所以，蒙古狼是世界上个头最大最壮最聪明的狼……陈阵当时想说，这还不是全部，狼的母爱甚至可以超越自己族类的范围，去奶养自己最可怕的敌人——人类

① Jiang，R． *Wolf Totem*：*A Novel*．Goldblatt，H．（trans.）．New York：The Penguin Press，2008：111．

的孤儿。在母狼的凶残后面，还有着世上最不可思议、最感人的博爱。①

【目标语文本】Bilgee had told them that hunters and horse herders never took every cub in a den after a kill. The remaining cubs would have plenty of wet nurses and would grow strong with all that milk，which is why Mongolian wolves were the biggest，the strongest，and the smartest of all the wolves on earth. Chen had felt like adding，"And that's not all. A mother wolf's love can extend to human orphans even though humans are their chief enemies."②

【评析】这一部分源语文本中画线的部分也是译者在翻译的时候省略的部分，包括老猎人的亲身经历和作者对母狼博爱的赞美。源语文本中认为蒙古狼"个头最大[＋鉴赏：反应]最壮[＋鉴赏：反应]最聪明[＋判断：才干]"，这明显是对于其的正面判断，表现出作者对蒙古狼持热爱和赞赏的态度；而"在母狼的凶残[－判断：正当性]后面，还有着世上最不可思议[＋鉴赏：反应]、最感人[＋鉴赏：反应]的博爱[＋判断：正当性]"一句，同样明显地标记出作者的态度。源语文本中的两个故事实际上是有因果关联的，正是由于被母狼共同喂养狼崽的行为感动，草原上的猎手马倌才没有把狼崽掏光，蒙古狼也才有机会成为最壮最聪明的狼。译者删去了第一个故事，译文读者就只能看到人对狼的关照，而看不到狼性温暖的一面，也无从了解狼何以能够打动人。而且，作者通过陈阵之口抒发的对于狼性精神的崇拜和迷恋是他想要突出表达的情感，因此他描写老猎人对狼的同情实质上也是希望能引起读者的共鸣，这里译者的缩减处理同样导致了这一情感诉求的消失和价值取向的隐藏，最终将其简化为对于蒙古狼体格健壮原因的交代。类似的表达还出现在第 26 章中，在描写小狼第一次尝试嗥叫时，原作中有许多详细而生动的大段描写，并将其延伸至对蒙古民歌中颤音的分析，对《匈奴传》相关记载的回忆，对蒙古族游

---

① 姜戎. 狼图腾. 武汉：长江文艺出版社，2004：257.

② Jiang，R. *Wolf Totem*：*A Novel*. Goldblatt，H.（trans.）. New York：The Penguin Press，2008：383-384.

猎技巧、战斗性格、团队精神等的思考,并结合了狼的特点进行分析,然而这些大段的细节描写被译者全部删除了。英译本中这样大段的删减无疑会损减作者想要突出的狼性精神。

案例五:细节与心理描写的删减

【源语文本】<u>被抛上天的</u>小狼崽,似乎不愿意这么早就去见腾格里。<u>一直装死求生</u>、<u>一动不动的</u>母狼崽刚刚被抛上了天,就<u>本能地</u>知道自己要<u>到哪里去了</u>,它立即拼出所有的力气,张开四条<u>嫩嫩的</u>小腿小爪,在空中乱舞乱抓,似乎想抓到它妈妈的身体或是爸爸的脖颈,哪怕是一根救命狼毫也行。陈阵好像看到母狼崽灰蓝的眼膜被剧烈的恐惧猛地撑破,露出充血的黑眼红珠。可怜的小狼崽竟然在空中提前睁开了眼,但是它仍然未能见到蓝色明亮的腾格里,蓝天被乌云所挡,被小狼眼中的血水所遮。小狼崽张了张嘴,从半空抛物线弧度的顶端往下落,<u>下面就是营盘前的无雪硬地</u>。①

【目标语文本】The female cub, apparently unwilling to go to Tengger so early, had played dead in order to stay alive. Now that she was up in the air and knew where she was headed, she spread her tiny legs and performed a strange dance, as if wanting to grab hold of her mother or dig her claws into her father's neck. She opened her mouth as she reached the apex of her arc and began to fall.②

【评析】这一部分描写的是陈阵和杨克亲眼看到道尔基按照古老的仪式,将他们掏来的小狼崽抛上了天("抛上天的是它们的灵魂,落下地的是它们的躯壳"③)之后的细节与心理描写,这部分源语文本中画线的部分,译者均没有译出。对比这两个文本,我们会发现原作中的细节描写是非常生动的,不仅有对小狼崽的细腻描写,例如源语文本中的"嫩嫩的"

---

① 姜戎. 狼图腾. 武汉:长江文艺出版社,2004:106.

② Jiang, R. *Wolf Totem*:*A Novel*. Goldblatt, H.(trans.). New York:The Penguin Press,2008:169.

③ 姜戎. 狼图腾. 武汉:长江文艺出版社,2004:106.

[一情感:倾向性]与"营盘前的无雪硬地"的鲜明对比,很容易让读者猜测到小狼崽的命运;而且,陈阵想象中的被抛在空中的小狼崽的悲惨境遇,源语文本中"剧烈的恐惧"[一情感:安全感]、"可怜的"[一情感:幸福感]、"蓝天被乌云所挡,被小狼眼中的血水所遮"等都是明显富有情感色彩的表述,生动地刻画出小狼崽在空中的恐惧感,传递出作者对幼小生命的同情和怜悯,以期唤起读者内心深处的共鸣。英译本则删除了这些标记作者态度的表达,省略了陈阵的视角,将其想象的部分做了大幅度的缩减处理,由此展现在读者面前的只有小狼崽被抛起落下的全过程。失去情感标记的表达会隐藏作者原本的态度,造成作品中这一价值取向的消失,将源语文本中带有强烈否定态度标记的表达简化为客观的情景描述。例如:源语文本中的"它立即拼出所有的力气,张开四条嫩嫩的小腿小爪,在空中乱舞乱抓"一句,描写了小狼崽在生命最后一刻的挣扎,也暗示了作者一直强调的狼性精神,而其译文则是"she spread her tiny legs and performed a strange dance"(她张开细细的小腿,表演了一个奇怪的舞蹈)。这句话省略了小狼崽抗争的部分,甚至给人有点滑稽可笑的感觉,与作者所要表达的情感相去甚远,是不够准确的,也影响了原作的叙述效果。

案例六:人物对话的删减

【源语文本】陈阵忍不住插嘴道:也不能把自杀战都说成是小日本的武士道精神,董存瑞、黄继光、杨根思敢跟敌人同归于尽,这能叫做武士道精神吗? 一个人一个民族要是没有宁死不屈,敢与敌人同归于尽的精神,只能被人家统治和奴役。狼的自杀精神看谁去学了,学好了是英雄主义,可歌可泣;学歪了就是武士道法西斯主义。但是如果没有宁死不屈的精神,就肯定打不过武士道法西斯主义。①

【目标语文本】"If a man or a race lacks the death-before-surrender spirit, a willingness to die along with the enemy, then slavery is the inevitable result," Chen said. "Whoever takes the suicidal spirit of

---

① 姜戎. 狼图腾. 武汉:长江文艺出版社,2004:60.

wolves as a model is destined for heroism，and will be eulogized with songs and tears．Learning the wrong lesson leads to samurai fascism，but anyone who lacks the death-before-surrender spirit will always succumb to samurai fascism．"①

【评析】这段对话是陈阵对包顺贵所说的"这些狼真有小日本的武士道精神,敢打自杀战"②一句的反驳,源语文本中他将武士道精神与"与敌人同归于尽"的精神区别开来,并将宁死不屈导致的结果分为英雄主义和武士道法西斯主义两种,更加有理有据。陈阵"忍不住插嘴"也显示出他明显不认同包顺贵的话,并对日本武士道精神抱有强烈的不满,而英译本中则将其简化为一个转述动词"said"(说),在级差上弱化了原文中的情感语势。接着,陈阵陈述了自己对于武士道精神的看法,并引用了几个有名的中国历史人物,强有力地回击了包顺贵将自杀战与武士道精神混为一谈的说法。但是,这一明显表达小说人物的态度且彰显作者价值判断的表述,在目标语文本中被省略了。

马丁和怀特认为,语势系统与文本表达的量化或强化相关。③ 译者在此处运用的缩减策略减弱了陈阵对包顺贵直接的反对声音,不仅隐藏了陈阵情感上的不满,还较为严重地影响了上下文之间的衔接连贯性。在该章(第6章)前面的内容里,当陈阵看到冰湖屠场上战马惨死的状况,不禁联想起南京大屠杀的血腥场面,愤怒地控诉狼"比法西斯,比日本鬼子还可恶可恨"时,毕利格老人则表示"日本鬼子的法西斯,是从日本人自个儿的骨子里冒出来的,不是从狼那儿学来的"。④ 乌力吉也认为这是因为"人把狼的救命粮抢走了,又掏了那么多的狼崽,狼能不报复吗?"而且,日

① Jiang，R. *Wolf Totem*：*A Novel*．Goldblatt，H．（trans.）．New York：The Penguin Press，2008：96.

② 姜戎．狼图腾．武汉：长江文艺出版社,2004：60.

③ Martin，J. R. & White，P. R. R. *The Language of Evaluation—Appraisal in English*．London：Palgrave Macmillan，2005：154.

④ 姜戎．狼图腾．武汉：长江文艺出版社,2004：56.

本鬼子"杀起中国人来连眼都不眨一下"。① 这些明显带有作者价值判断和强烈感情色彩的表述在英译本中都被删除了。译者的这些删减处理降低了源语文本中的级差,英译本中的相关表述更显简洁而直接,由此译者也在一定程度上模糊了作者的态度,回避了原作中一部分对日本民族明显负面的价值判断。

(2)回避部分源语信息

对比《狼图腾》的原作和它的英译本,我们会发现,除了大幅度放弃了一部分源语信息之外,译者还回避了正文部分的一些相关信息,因而英译本与原作相比在文风上更显简洁。以对话信息为例,原作中作者常常借小说人物之口阐述其生态平衡的观点,分析汉族人普遍的弱点,或表达自己对蒙古狼和游牧精神的崇拜之情,这些对话通常是类似演讲的大段陈述,在译文读者的眼中常常显得不太自然且非生活化。而英文小说则非常注重内容的简洁性,要求对话尽量简短,并与内容密切相关,既能表现人物的特点,又能推动情节的发展。② 伊迪丝·华顿(Edith Wharton)在《小说创作》(*The Writing of Fiction*)一书中即提出,英文小说家需要具备一项重要才能,即做到行文上的质朴和简洁,此外,还要有敏锐超群的洞察力,会营造一定氛围的幽默感,最好还要带点批评者喜爱的讽刺性。③ 季米特里乌则指出,译者采取回避策略的一个重要原因是考虑到作品在文体上的可接受性,为避免信息冗余,而采用更加简洁的方式呈现原作的信息,从而使译作在文体风格上更容易为译文读者所接受。④ 因而译者将对话进行缩减处理,也可以使其更加符合英文小说对于写作风格的要求。

下面,我们将结合小说中的具体案例,分析译者如何回避部分源语信息,而这些改变又会给作品的价值取向带来怎样的变化。

---

① 姜戎. 狼图腾. 武汉:长江文艺出版社,2004:56-57.

② Hall,O. *The Art & Craft of Novel Writing*. Cincinnati:Writer's Digest Books,1989:94-95.

③ Wharton,E. *The Writing of Fiction*. New York:Octagon Books,1977:62.

④ Dimitriu,R. Omission in translation. *Perspectives*,2004,12(3):165-166.

案例七：细节与人物对话的删减

【源语文本】马驹肉馅包子在一阵弥漫的热气中出了屉。陈阵倒着手，把包子倒换得稍稍凉了一点，狼咬了一口，连声赞道：好吃好吃，又香又嫩！以后你一碰到狼咬伤马驹子，就往家驮。①

【目标语文本】The meaty buns were taken out amid hot steam. Chen tossed one of them from hand to hand to cool it off before taking a bite. "Delicious，" he said. "The next time a foal is injured，make sure you bring it home."②

【评析】对比源语文本和目标语文本，我们会发现译者将陈阵的话用引号标记出来，使之更加符合英语的表述习惯；但他在翻译的时候也采用了缩减的策略，隐藏了一些次要信息，以求展现简洁的文风。例如这部分中，将"马驹肉馅包子"译为"the meaty buns"（肉包子），略去了"马驹"。源语文本中的"好吃好吃，又香[＋鉴赏：反应]又嫩[＋鉴赏：反应]！"是标记陈阵的感受性评价的句子，明显地表现出了他对马驹肉馅包子的赞赏和欣喜；"狼咬了一口"和"连声赞道"在级差上更是表现出强烈的正面态度，而译者将其译为"taking a bite"（咬了一口），省去了修饰语，而"'Delicious,' he said"（"好吃,"他说）是一种比较客观、感情色彩不太明显的表述，尽管表述上更显简洁，却弱化了原作中表达称赞的语势，淡化了人物的情感色彩。

案例八：细节描写的删减

【源语文本】为了狼群家族共同的利益，那些失去整窝小崽的母狼，会用自己的奶去喂养它姐妹或表姐妹的孩子。③

【目标语文本】And，in the interest of the packs，females who had

---

① 姜戎. 狼图腾. 武汉：长江文艺出版社，2004：254.

② Jiang，R. *Wolf Totem*：*A Novel*. Goldblatt，H.（trans.）. New York：The Penguin Press，2008：378.

③ 姜戎. 狼图腾. 武汉：长江文艺出版社，2004：257.

lost their <u>cubs</u> nursed <u>others' cubs</u>.①

【评析】同样,在这一部分的目标语文本中,译者将"狼群家族"译为"the packs"(群体),将"整窝小崽"译为"cubs"(小崽),略去了"整窝",从翻译效果上来看,这样的删减冲淡了源语文本中略显悲伤的语调,弱化了原作中的语势,使标记作者态度强弱的级差发生了变化。译者还将"它姐妹或表姐妹的"简化为"others'"(其他的),省略了原来的亲属关系,因为此处的文化信息并不具备重要的功能,译者的回避处理可以免去读者多做停留和思考,否则会导致不必要的文本加长。② 当然,这种信息回避同样也模糊了原文中狼群内的亲疏界限。

案例九:人物对话的删减

【源语文本】汉人有几十种骂狗的话:<u>狼心狗肺</u>,猪狗不如,狗屁不通,狗娘养的,狗仗人势,狗急跳墙,鸡狗升天,狗眼看人低,狗腿子,痛打落水狗,<u>狗坐轿子不识抬举,狗嘴里吐不出象牙,狗拿耗子多管闲事,肉包子打狗有去无回</u>……到现在又成了政治口号,全国都在"砸烂刘少奇的狗头"、"打倒刘少狗",西方人也不懂中国人为什么总拿狗来说事儿。③

【目标语文本】We have dozens of curses based on dogs:<u>'rapacious as a wolf and savage as a dog'</u>;'A dog in a sedan chair does not appreciate kindness';'You can't get ivory from a dog's mouth';'Only busybody dogs catch rats';'Throw a meaty bun at a dog,and it won't come back'... And some have entered politics. Everyone in the country is shouting slogans like 'Smash in Liu Shaoqi's dog head' and 'Down with Liu the dog.'④

---

① Jiang,R. *Wolf Totem*:*A Novel*. Goldblatt,H.(trans.). New York:The Penguin Press,2008:383.

② Dimitriu,R. Omission in translation. *Perspectives*,2004,12(3):167.

③ 姜戎. 狼图腾. 武汉:长江文艺出版社,2004:123.

④ Jiang,R. *Wolf Totem*:*A Novel*. Goldblatt,H.(trans.). New York:The Penguin Press,2008:196-197.

【评析】这一部分是陈阵向毕利格一家人解释为什么汉人会恨狗骂狗杀狗,因为对于蒙古族人而言,狗是人亲密的战友,而不少汉族人则不以为然。比较汉英两个文本,我们会发现译者明显采取了缩减策略,回避了源语文本中的不少信息。在陈阵列举的十四句汉人骂狗的话中,译者只译出了其中的五句,即第一句和最后四句,其他的都删除了。与原文相比,英译本中选取的几个例子(即:狼心狗肺、狗坐轿子不识抬举、狗嘴里吐不出象牙、狗拿耗子多管闲事、肉包子打狗有去无回)看似省去了一些次要的信息,但是回避了不少与狗相关且带有强烈贬义的表达,因此在态度的级差性上有所弱化,不仅会降低译文读者对原作中负面态度的感受程度,也与前文中形容数量很多的"几十种"存在一定的距离。此外,源语文本这段话的最后一句"西方人也不懂中国人为什么总拿狗来说事儿",在译者看来属于冗余信息,对译文读者而言应当是不言自明的,因此英译本中也未译出。

从以上几个案例中可以看出,在正文部分的翻译中,译者采取删减策略,放弃或回避了部分源语信息:不仅略去了作品中一些能够体现人物热爱、赞赏、欣喜等不同情感的表述,删去了表现作者同情、怜悯等的情感标记,还在级差上弱化了源语文本中的情感语势,回避了一些负面的社会评判信息,由此模糊了作者的态度立场,隐藏了源语文本中的部分价值取向,因此英译本整体呈现出更加简洁的文风,更加符合译文读者的阅读习惯,也避免了与译文读者在一些价值取向上的冲突。

2.成就策略

除了大幅度删减源语文本的信息内容之外,葛浩文同样采取了成就策略,即在英译本中添加一些相关的信息内容,尤其对一些文化信息进行解释和补充,以弥补译文读者在历史、时代、文化等方面的知识空缺,加深其理解和阅读效果。

芒迪认为,与文化历史相关的表述标记了历史上的重要时刻,可以代表当时人们的精神和价值观,这样的表述同样带有呼唤功能,集中体现这一文化的价值,属于"引发联想"的态度;由于这些表述方法具有丰富的联想意义,因此如果译者认为它们不能在目标语文本的读者中激起同样的联想的话,就要在翻译的过程中对它们进行显化处理。① 在《狼图腾》这部小说中,也有不少文化信息容易造成译文读者理解上的困难,译者对它们进行了相应的转换和解释。

(1)释　义

要让读者获得专业性的知识背景是不可能的,因此源语文本中的一些模糊之处是无法解决的,而译者为了控制翻译的风险,可能会选取目标语中最中性的译法。② 在实际的翻译活动中,译者可以在作品的介绍部分增加释义性的解释,或在翻译正文的时候补充相关的信息内容。葛浩文在《狼图腾》英译本的"译者前言"后面,另加了一张简单说明中国及其邻国的地图,并在小说的最后加上了一张术语表,对书中的一些重要词语进行了简要解释,例如:

LI：About one third of a U.S. mile.

（里：约等于 1/3 英里）

YELLOW EMPEROR：The mythical founder of the Chinese race.

（黄帝：神话中中华民族的始祖）

WORK POINTS：Computations of labor rewards in the countryside.

（工分：农村计算劳动报酬的方法）③

这些词的翻译不仅标记出其中国特色,增加了必要的背景知识,有的还被转换为国外读者熟悉的度量单位,有助于译文读者更加准确地认识和理解。

---

① Munday, J. *Evaluation in Translation*：*Critical Points of Translator Decision-making*. London：Routledge，2012：157.

② Munday, J. *Evaluation in Translation*：*Critical Points of Translator Decision-making*. London：Routledge，2012：156.

③ Goldblatt，H. Translator's note. In Jiang，R. *Wolf Totem*：*A Novel*. Goldblatt，H.（trans.）. New York：The Penguin Press，2008：525-526.

案例十：知识背景的补充

【源语文本】两年前陈阵从北京到达这个边境牧场插队的时候，正是十一月下旬，额仑草原早已是一片白雪皑皑。①

【目标语文本】Two years earlier, in late November, he had arrived in the border-region pasture as a production team member from Beijing; snow covered the land as far as the eye could see. <u>The Olonbulag is located southwest of the Great Xing'an mountain range, directly north of Beijing; it shares a border with Mongolia. Historically, it was the southern passage between Manchuria and the Mongolian steppes, and, as such, the site of battles between a host of peoples and nomadic tribes, as well as a territory in which the potential struggles for dominance by nomads and farmers was ever present.</u> ②

【评析】在这一部分的源语文本中，第一次出现了"额仑草原"，这一地理位置对于译文读者而言是陌生的，因此，译者需要运用语用学显化策略描述其特征，为读者补充相关的情境知识。③ 在目标语文本中，译者补充了有关额仑草原的详细介绍，包括其现在的地理位置及其在历史上的重要战略地位。而且，译者在英译本的正文前面添加了一张有关中国相关地区及邻国地理位置的地图，方便译文读者更加直观地了解额仑草原，由此理解游牧民族和农耕民族在历史上的矛盾与冲突。这一成就策略的运用帮助读者弥补了相关知识的空缺，保证了译文信息的顺畅传递。

案例十一：文字意象的补充

【源语文本】猎场到处都是鲜红的血迹和白生生的狼的裸尸，只有狼足还留着一拃长的狼皮。包顺贵招呼猎手把狼尸统统集中到一处，并把

---

① 姜戎. 狼图腾. 武汉：长江文艺出版社，2004：4.

② Jiang, R. *Wolf Totem*: *A Novel*. Goldblatt, H. (trans.). New York: The Penguin Press, 2008：2.

③ Munday, J. *Evaluation in Translation*: *Critical Points of Translator Decision-making*. London: Routledge, 2012：119.

狼尸以两横两竖井字形的形状,叠摞起来。①

【目标语文本】The battlefield was strewn with pale wolf carcasses and stained with their blood. Patches of fur above their paws were all that remained of their coats. Bao had the hunters gather them up and stack them to form the character *jing*,井, for a well. ②

【评析】这一部分描写的是围场打狼后堆狼尸的情景,源语文本中的"两横两竖井字形的形状"一句描述了汉字"井"字的字形,与英文表述部分在形态上存在较大差异,译者在向读者传递这一信息时,需要进行解释和补充。为了避免译文读者产生误解,译者在目标语文本中用"汉语拼音+汉字+英文释义"的方法进行增译,将其译为"form the character *jing*,井,for a well"(形成了汉语中"井"字的形状)。用补充文字意象的方式再现当时的场景,直观且可视化的翻译让读者对这一文化信息词的音和形均有了一定认识。

案例十二:信息内容的补充

【源语文本】这些天还是在接羔管羔的大忙季节,牧民很少串门,大部分牧民还不知道他养了一条小狼,就是听说了也没人来看过。可以后怎么办?骑虎难下,骑狼更难下。③

【目标语文本】At the time, everyone was busy with the birthing of new lambs, so there was little socializing among the herdsmen. Few knew that Chen had a wolf cub, and even those who had heard rumors did not come by to see for themselves. What would happen when the word go out? Riding a tiger was bad enough; getting off was worse. That went double for a wolf. ④

---

① 姜戎. 狼图腾. 武汉:长江文艺出版社,2004:126.
② Jiang,R. *Wolf Totem*:*A Novel*. Goldblatt,H.(trans.). New York:The Penguin Press,2008:200.
③ 姜戎. 狼图腾. 武汉:长江文艺出版社,2004:167.
④ Jiang,R. *Wolf Totem*:*A Novel*. Goldblatt,H.(trans.). New York:The Penguin Press,2008:261.

【评析】这一部分是陈阵的心理活动描写。译者在目标语文本中采用成就策略,对一些信息内容进行了补充和解释。首先,译者将"就是听说了也没人来看过"译为"and even those who had heard rumors did not come by to see for themselves"(而且,即使有人听到了谣言,也没有过来亲眼看到过)。在这句话中,译者添加了连接词"and",将两个短句连接起来,在"听说"一词后面补充"rumors",特指听说陈阵偷养小狼的"谣言";将其中的"人"补充解释为"听到了谣言的那些人";将"来看过"翻译为"come by to see for themselves",强调是"专程来,亲眼所见",整体表述非常准确,不仅信息呈现得更加清晰,也更加符合英文的表述习惯。接着,译者对"可以后怎么办?"一句进行了释义,交代清楚了陈阵的担忧:"What would happen when the word go out?"(如果这件事走漏了风声可怎么办?)最后,对于"骑虎难下,骑狼更难下"一句,译者更是运用显化策略,将其扩展为两句话,并进行了详细的解释:"Riding a tiger was bad enough; getting off was worse. That went double for a wolf."(骑上一头老虎就已经够糟糕的了;要从它身上下来更可怕。而如果遇到了狼,则更是加倍困难了。)在此,译者对"骑虎难下"这一中国成语进行了补充说明,详细解释了其内涵意义,非常形象地再现了源语文本中的相关信息,也生动传达出了陈阵内心的担忧。

案例十三:文化背景的补充

【源语文本】虽然第三只眼没有长在眉心,但毕竟是三只眼,因此,开始的时候陈阵杨克就管它叫二郎神。①

【目标语文本】Now it almost looked as if the dog had three eyes, and Chen called him Demon Erlang, after a fictional character in classical literature.②

【评析】这一部分叙述了蒙古猎犬"二郎"名字的由来。它原本有两条

① 姜戎. 狼图腾. 武汉:长江文艺出版社,2004:69.
② Jiang,R. *Wolf Totem*:*A Novel*. Goldblatt,H.(trans.). New York:The Penguin Press,2008:110.

狗眼大小的黄色眉毛,后来有一条眉毛可能被狼抓咬掉了,只留下一条,所以源语文本中所说的"第三只眼"其实是指那条残留下来的眉毛。此处我们需要注意"二郎神"一词。《西游记》中曾有孙悟空大战二郎神的场景,将二郎神描述为法力无边、天生神目,而且其天眼还会射出一道金光,因此中国读者读到这里自然能够心领神会,但国外读者是不容易理解的。译者在翻译这句话时,并没有对眉毛多加描述,而是采用了缩减策略,将其译为"it almost looked as if the dog had three eyes"(看起来就好像这条狗有三只眼睛),解释了其名字的由来,但是他对"二郎神"一词则采取了成就策略,将其译为"Demon Erlang"(魔鬼二郎),用以对应前文有关这条很丑很凶狠的狗的描述,并在后面增加了简单的解释——"after a fictional character in classical literature"(根据古典文学中的一个虚构角色而来)。

那么,将"二郎神"译为"Demon Erlang"是否合适呢?让我们先来查阅一下"二郎神"一词的有关解释。《汉语大词典》里对于"二郎神"一词的解释有三项,即民间传说中的神名、词牌名和曲牌名,涉及神名的主要解释是:

> 宋以后各地多立其庙。《朱子语类》以为指秦蜀郡太守李冰的次子,《封神演义》称其名为杨戬,《宝莲灯》则以为三圣母之兄。元李文蔚《燕青博鱼》第二折:"比及问五陵人,先顶礼二郎神。"《西游记》第六回:"贫僧所举二郎神如何?——果有神通,已把那大圣围困。"①

由此我们可以看出,二郎神这一形象来自中国的民间传说,并在不少文学作品中均有相关记载。传说中二郎神是秦蜀郡太守李冰之子,是位治水有功的英雄。在《西游记》和《封神演义》中,二郎神被刻画为一位"面白无须的英俊少年,三只眼,手持三尖两刃长枪,牵一条哮天犬,还善于种种变化",其他古书资料也可以印证,二郎神是一位美少年。② 可见,无论是在中国民间传说中,还是在相关的文学作品里,二郎神的形象总体是正

---

① 罗竹风. 汉语大词典(第一卷). 上海:上海辞书出版社,1986:127.
② 康保成. 二郎神信仰及其周边考察. 文艺研究,1999(1):58.

面的,是勇气与智慧的化身。

根据《韦氏大词典》对"demon"一词的解释,"demon"可以作名词和形容词,表示拥有、掌控或内在具有强大的力量,也可以与"devil"一样表示恶魔,或某种不好甚至邪恶的情感、特点或状态。在基督教中,它是一种异教精神、一种不纯洁的灵魂,或某种比神低一等,但却拥有超人力量、可以占据人类身体的邪恶精神;在希腊神话中,它是神和人之间的协调者;也指在某些方面拥有强大力量、热情或能力的人。①

综合看来,"demon"比神略低一级,的确可以用来指力量无比强大,但往往带有贬义,很容易让译文读者联想起恶魔,这明显有别于中国历史上"二郎神"的正面形象,而且译者补充的解释并没有对这一人物尤其是眼睛进行描述。这样,译者就用明显带有负面评价的"demon"取代了原作中带有正面评价的"二郎神"一词,明显改变了源语文本中的这一态度铭刻,而译文读者是无从得知这一改变的,因此不仅无法产生相似的联想,还会做出相反的判断。因此,翻译中这一词语的选择背离了原作中这一人物形象的价值取向。

(2)信息重组

英译本中一个比较明显的变化是译者对一些原作中的对话进行了分段处理,相比于原作中大段的对话排列,译者根据英文小说的叙述习惯,每当出现叙述者转换的时候,就另起一段进行翻译。在中文小说中,一般只有在情节出现分割时,才会分段处理对话,所以一个段落中常常包含几个不同叙述者的对话;而英文小说则要求作者尽量少用对话,改用简短而参差不齐的段落使整个叙述的高潮部分和平缓部分形成对照,"这样不仅可以强调叙事中的冲突,也会在很大程度上影响故事情节的连续性和整体性"②。译者改变原作中的叙述方式,可以使译文更加符合译文读者的阅读习惯,也更容易为他们所接受。

---

① Gove,P. B. (ed.). *Webster's Third New International Dictionary of the English Language*,*Unabridged*. Springfield:Merriam-Webster Incorporated Publishers,1993:600.

② Wharton,E. *The Writing of Fiction*. New York:Octagon Books,1977:73.

案例十四

【源语文本】两条猛犬猎兴十足，一路上东闻西看，<u>跑得很轻松</u>，和陈阵一样愉快。老人笑道：羊倌和看羊狗被羊群拴住了一个多月，<u>都憋闷坏了</u>。陈阵说：谢谢阿爸带我出来散散心。老人说：我也怕你总看书看坏了眼睛。①

【目标语文本】The two dogs，avid hunters，were on the lookout for anything to chase along the way. Like Chen，they were in high spirits. "You shepherds and sheepdogs have been bottled up for more than a month，" Bilgee said with a laugh.

"Thanks for bringing me along，Papa. I needed a break."

The old man replied，"I've been worried you might ruin your eyesight reading all those books."②

【评析】这一部分是陈阵跟随乌力吉和毕利格老人去考察新草场。"跑得很轻松[＋情感：幸福感]"一句与下文中的描写相似，都形容了轻松愉悦的心情，因此译者选择将这句话省略不译，而是把第一句话断成了两句，将"和陈阵一样愉快[＋情感：幸福感]"一句单独译出："Like Chen，they were in high spirits"（它们和陈阵一样，都兴高采烈[＋情感：幸福感]的），与源语文本一样采用了正面的态度立场，并以态度铭刻的方式渲染陈阵和猎犬愉快的心情，加深了读者的阅读感受。接下来在翻译老人和陈阵之间的三句对话时，译者用分段的方式表现说话人的变化，略去了"都憋闷[－鉴赏：反应]坏了"一句，因为前文已经描写了猎犬的愉悦心情，这一信息是读者可以预见的。此外由于分段的作用，译者还省略了第二句中对说话人陈阵的交代，由此目标语文本的文风更显简洁。

---

① 姜戎. 狼图腾. 武汉：长江文艺出版社，2004：148.
② Jiang，R. *Wolf Totem*：*A Novel*. Goldblatt，H.（trans.）. New York：The Penguin Press，2008：232.

案例十五

【源语文本】猎队快到帐篷的时候,包顺贵对巴图说:你们先回去烧一锅水,我去打只天鹅,晚上我请大伙喝酒吃肉。杨克急得大叫:包主任,我求求您了,天鹅杀不得。包顺贵头也不回地说:我非得杀只天鹅,冲冲这几天的晦气!①

【目标语文本】The hunting party had nearly reached the tent when Bao Shungui said to Batu,"You go on ahead. Boil some water. I'll go get a swan and treat you to some good food and liquor."

"Director Bao," Yang pleaded,"don't kill any of those swans."

"I have to," Bao said without looking back. "That's the only way to purge the bad luck of these past few days."②

【评析】这一部分是包顺贵去猎杀天鹅前与巴图和杨克的对话。译者将这三句话分成了三段,并添加了引号,使译文更符合英文小说中分段列出对话的形式特点,使这几句对话长短错落有致,更加富有层次感,同时也突出了包顺贵一意孤行、不听劝阻的性格特征。英译本中人物情感表达得不够充分的是"杨克急得大叫:包主任,我求求您了,天鹅杀不得"一句,这是杨克在听到包顺贵要去打天鹅后的急切劝阻,由于小说中杨克对天鹅的热爱和陈阵对狼的热情相比有过之而无不及,因此源语文本中杨克"急得[一情感:安全感]大叫",很贴切地刻画出他着急的心情,而目标语文本中的"pleaded"(乞求)则未能再现杨克由于担心和着急而提高了声调,而且"don't kill any of those swans"(不要杀任何一只天鹅)与源语文本中的"我求求[一情感:安全感]您了,天鹅杀不得"相比,只有劝告,却没有表现出小说人物对大自然的敬畏之心,因而未能从深层次上再现作者的价值取向。

---

① 姜戎. 狼图腾. 武汉:长江文艺出版社,2004:186.

② Jiang, R. *Wolf Totem*:*A Novel*. Goldblatt, H. (trans.). New York:The Penguin Press,2008:291.

案例十六

【源语文本】这里天高皇帝远，红卫兵"破四旧"的狂潮还没有破到老人壁毯地毯上来。陈阵的那个蒙古包，四个知青都是北京某高中的同班同学，其中有三个是"黑帮走资派"或"反动学术权威"的子弟，由于境遇相似，思想投缘，对当时那些激进无知的红卫兵十分反感，故而在 1967 年冬初，早早结伴辞别喧嚣的北京，到草原寻求宁静的生活，彼此相处得还算融洽。毕利格老人的蒙古包，就像一个草原部落大酋长的营帐，让陈阵得到更多的爱护和关怀，使他倍感亲切和安全。①

【目标语文本】In this remote area，where "heaven is high and the emperor far away，" the Red Guards' fervent desire to destroy the Four Olds—old ideas，culture，customs，and habits—had not yet claimed Bilgee's tapestries or rug.

The four students in Chen's yurt had been classmates at a Beijing high school；three of them were sons of "black-gang capitalist roaders" or "reactionary academic authorities." They shared similar circumstances，ideology，and disgust for the radical and ignorant Red Guards；and so，in the early winter of 1967，they said good-bye to the clamor of Beijing and traveled to the grassland in search of a peaceful life，where they maintained their friendship.

For Chen，Old Man Bilgee's yurt was like a tribal chief's headquarters where he benefited from his host's guidance and concern；it was a safe and intimate refuge. ②

【评析】这一部分描写了陈阵喜欢去的毕利格老阿爸的蒙古包，其中涉及了不少文化和历史方面的知识，不熟悉这段历史的译文读者读起来，难免会觉得困难，我们可以看到译者使用了成就策略，对相关的文化因素

---

① 姜戎. 狼图腾. 武汉：长江文艺出版社，2004：14.

② Jiang，R. *Wolf Totem*：*A Novel*. Goldblatt，H.（trans.）. New York：The Penguin Press，2008：19-20.

进行了清晰的解释和标记。先来看"这里天高皇帝远"一句的翻译,这里的"天高皇帝远"是一句大家熟知的民间口语,源于明代黄溥编纂的《闲中今古录摘抄》中的"天高皇帝远,民少相公多",因此译者先用"In this remote area"(在如此偏远的地方)突出了这一地域的相对自由,再加上引号,直译为"heaven is high and the emperor far away",强调这句话是有出处的,从中读者也可以感受到陈阵的自由愉悦的心情。接着,我们来看这段话中的几个与历史时期相关的词:"红卫兵",译者将其译为"Red Guards",用首字母大写的方式标记出这一特殊组织的名称;"破四旧"对于没有相关历史背景知识的译文读者而言是不好理解的,因此,译者采用了释义法,将其译为"destroy the Four Olds—old ideas, culture, customs, and habits"(摧毁旧的思想、文化、风俗和习惯),较为详细地解释了"四旧"。"黑帮走资派"("black-gang capitalist roaders")和"反动学术权威"("reactionary academic authorities")则沿用了惯常的直译,因为这两个短语的字面意义还是可以理解的。再来看"更多的爱护[＋判断:正当性]和关怀[＋判断:正当性]"一短语,译者将其译为"his host's guidance and concern"(他主人般的引导和关怀),意义上稍做改变,但选词仍属正面判断,没有改变作者的态度立场,因为书中的毕利格老人是一个非常有智慧和草原情怀的人,他不仅教会了陈阵不少草原上的生存技能,还教他说蒙古话,给予了他很多帮助,所以这一翻译还是非常准确的。综合看这一段,我们会发现译者在翻译的时候对段落进行了重组,将陈阵的感受与中间插入的四个知青到蒙古插队的背景描写分隔开,因而目标语文本中的叙述更显清晰,脉络也更加分明。

案例十七

【源语文本】他抬起头仰望腾格里,长生天似穹庐,笼盖四方。天苍苍,野茫茫,风吹草低不见狼。在草原,狼群像幽灵鬼火一样,来无影,去无踪;常闻其声,常见其害,却难见其容,使人们心目中的狼越发诡秘,越发神奇,也把他的好奇心、求知欲和研究癖刺激得不能自已。①

---

① 姜戎. 狼图腾. 武汉:长江文艺出版社,2004:265.

【目标语文本】Gazing up at Tengger，he thought of lines of poetry："The sky covers the earth like a terrestrial roof，" and "The sky is dark，the wilderness vast / The grass bends when the wind blows / No wolf can be seen." Out there，a wolf pack is like a will-o'-the-wisp，coming and going in a flash；people often hear the wolves and are witness to the damage they do，but they seldom see them in the flesh，which is why，in the minds of the people，they are so mysterious，so cunning，so magical. That was also why Chen could not control his own curiosity，his desire to learn and to study.①

【评析】这一部分是陈阵听说有只大犍牛被雷劈死了，于是一大早就赶过去，想给他喂养的小狼弄点肉，结果却发现牛肉早已被狼群吃光，只得空手而归。源语文本中，作者描写了陈阵在回来路上的烦乱思绪，并使用了拟作的修辞手法，例如："长生天似穹庐，笼盖四方"一句就模仿了北朝民歌《敕勒歌》中的"天似穹庐，笼盖四野"。译者运用成就策略，增加了"he thought of lines of poetry"（他想起了几句古诗）一句，再添加引号将这句诗译出，这样可以让读者明白这句话的历史出处。后面一句"天苍苍，野茫茫，风吹草低不见狼"出自《敕勒歌》中的"天苍苍，野茫茫，风吹草低见牛羊"，作者将其中的"见牛羊"改为"不见狼"，尤显机智幽默。译者用诗歌的格式将其译出，同样加上引号，意在提醒读者此诗的历史背景。在翻译下文时，译者进行了断句，将人们对狼的印象与陈阵自身的感受分开，使原文的脉络更加清晰。在翻译"越发诡秘[＋鉴赏：反应]，越发神奇[＋鉴赏：反应]"时，译者将其译为"so mysterious，so cunning，so magical"（如此神秘，如此机敏，如此充满魔力），同样运用了排比的手法，突显了狼给予人的神秘感；但省略了两个"越发"，因而与源语文本相比在级差上有所改变，语势上也有所弱化。

　　从以上几个翻译案例可以看出，译者采用成就策略，对源语文本中的

① Jiang，R. *Wolf Totem*：*A Novel*. Goldblatt，H.（trans.）. New York：The Penguin Press，2008：392.

部分信息做了显化处理,并在补充信息的同时添加了态度标记,对读者进行引导,例如:运用释义法,补充了相关的知识背景、文化意象、文化背景等;按照英文小说的表述习惯,对于源语文本中的信息进行重组。由此,相关的文化信息和叙述方式更容易为译文读者所接受,也更有利于译文读者准确理解作品。

3. 存在争议的翻译

这部小说的英译本中同样有一些部分翻译存在争议,例如对于一些敏感的文化信息词,作者、译者和读者的理解和阐释各不相同,由此导致他们在译文评价上出现了较大的分歧。下面就让我们看几个具体的翻译案例。

案例十八

【源语文本】毕利格老人也笑道:你这个<u>汉</u>人学生,能帮着赶羊,打手电,我还没见过呢。①

【目标语文本】Bilgee smiled too. "This is the first time I've seen a <u>Chinese</u> student help get sheep moving and light the area up with his flashlight."②

【评析】这一部分是陈阵在亲眼看到一场人、狗与狼的恶战后,感到很惭愧,毕利格老人安慰他的话。在此,译者将汉族译为"Chinese"是很有争议的。当然,英译本中对于"汉族"的翻译并不都是"Chinese",例如将"汉人儿子"译为"Han Chinese",将"汉族女人"译为"Han women",等等,但"Chinese"是主要的译法。

根据《韦氏大词典》的解释,"Chinese"主要与中国、中国人或汉语相关,可以用于表示中国居民及其后代,也可以指汉语尤其是普通话③,但是

---

① 姜戎. 狼图腾. 武汉:长江文艺出版社,2004:9.

② Jiang,R. *Wolf Totem*:*A Novel*. Goldblatt,H.(trans.). New York:The Penguin Press,2008:11.

③ Gove,P. B.(ed.). *Webster's Third New International Dictionary of the English Language*,*Unabridged*. Springfield:Merriam-Webster Incorporated Publishers,1993:390.

用"Chinese"来特指汉族显然是不合适的,这会带来目标语文本与源语文本在态度标记上的区别。目标语文本中的这一译法偏离了作者原有的价值观,会导致译文读者在国家认同上的混乱,误以为中国人等同于汉族人,而忽略其他民族。

案例十九

【源语文本】陈阵忽然像草原牧民那样在危急关头心中<u>呼唤</u>起<u>腾格里</u>:长生天,腾格里,请你伸出胳膊,帮我一把吧! 他又轻轻<u>呼叫毕利格阿爸</u>。毕利格蒙语的意思是<u>睿智</u>,他希望老阿爸能把蒙古人的草原智慧,快快送抵他的大脑。①

【目标语文本】Suddenly,Chen Zhen,like the shepherd he was supposed to be,<u>appealed to Tengger,Mongol heaven</u>,in a moment of peril:Wise and powerful heaven,Tengger,reach out and give me your hand. Next he <u>summoned Papa</u> Bilgee under his breath. In the Mongol language,*Bilgee* means "<u>Wise one.</u>" If only the old man would find a way to transmit his knowledge of the grassland directly into his brain.②

【评析】源语文本从第三人称的视角描述了陈阵因为抄近路而遇到狼群时恐惧而绝望的心理。这里的"腾格里"是蒙古族对"天神"的称呼,也是蒙古民间宗教中最高的神,被认为是天地万物的主宰。这是整部小说中第一次出现这一文化信息词,因此译者运用了成就策略,根据蒙古语将其音译为"Tengger",并在后面补充了"Mongol heaven"(蒙古族的天),从而使这一文化意象更容易被译文读者理解。接着,译者将源语文本中的"呼唤"译为"appeal to",这是一种自下而上的祈祷,用于描述陈阵祈求天神的帮助是很合适的;下文的"呼叫"则译为"summon",带有召唤某人或某物出现的意思,选词也很恰当。在翻译"睿智"一词时,译者同样运用了

---

① 姜戎. 狼图腾. 武汉:长江文艺出版社,2004:6.

② Jiang,R. *Wolf Totem*:*A Novel*. Goldblatt,H.(trans.). New York:The Penguin Press,2008:5.

成就策略,将其译为"Wise one"(明智的人),并用引号标记出来,可以加深读者对"毕利格"这一名字的印象。

　　这部分颇有争议的是"阿爸"一词的翻译,译者将其译为"Papa"(爸爸)。根据《韦氏大词典》的解释,"papa"一词通常是孩子对父亲的称呼语,古语中可以用来指罗马天主教会中的教皇或东正教会中的教区牧师,在俚语中也可以指丈夫或情人。① 但是,这些含义都与原文中的"阿爸"一词相去甚远,因为陈阵是到蒙古插队的北京知青,他这么称呼毕利格是出于崇敬与亲昵,这一点从陈阵在生死攸关的危急时刻还想到向其求助就可以看出;但是,陈阵和毕利格之间并不存在亲属关系,因此作者姜戎明确表示不同意这一译法,认为这一译法容易引起译文读者理解上的偏差和混乱。② 因为"阿爸"和"papa"这两个词的内涵意义有较大差异,译者在此加入亲属标记,会让译文读者误以为毕利格与陈阵之间存在血缘或宗教上的联系,而这层联系在源语文本中是不存在的,这会造成读者对小说人物判断和理解上的偏差。

　　同样引起作者不满的翻译还有下面这一句:

案例二十

　　【源语文本】熊可牵,虎可牵,狮可牵,大象也可牵。蒙古草原狼,不可牵。③

　　【源语文本】You can tame a bear, a tiger, a lion, or an elephant, but you cannot tame a Mongolian wolf.④

　　【评析】这一段源语文本引发争议主要在于"牵"字的翻译,译者将其

① Gove, P. B.(ed.). *Webster's Third New International Dictionary of the English Language*, *Unabridged*. Springfield: Merriam-Webster Incorporated Publishers, 1993: 1632.
② 王颖冲. 从"父与子"谈《狼图腾》中的拟亲属称谓及其英译. 中国翻译,2009(1): 68-70.
③ 姜戎. 狼图腾. 武汉:长江文艺出版社,2004:321.
④ Jiang, R. *Wolf Totem*: *A Novel*. Goldblatt, H. (trans.). New York: The Penguin Press, 2008: 458.

译为"tame",根据《韦氏大词典》的解释,这个词作动词时有"以武力使……驯服或屈服"的意思。但是作者认为"tame"这个词不够有力,无法表现出狼的犟,如果用"pull"(拉、拽、牵)会更合适。但在译者看来,"tame"一词诠释的就是狼的桀骜不驯,传递的信息很清楚,而且,对英文读者来说,"pull"会把一个原本严肃的场景变成一个滑稽的画面。[1] 应当说,用"tame"一词更能反映出原文中的内涵意义,单纯地用"pull"在这一语境中并不能很好地表现出草原狼的反抗精神。

对于作者的质疑,葛浩文表示,除非出现解释错误,否则,译者不必听命于作者,他有权利选择自己认为最恰当的译法:"我要让我的读者读到这里时,可以想象蒙古草原狼不屈的形象,而不是看到一个人拉虎、熊或狼的古怪的描述。"[2]由此我们可以看出,译者更关注的是译文读者对于作品的理解和接受,而且译者在翻译过程中也希望能获得一定的阐释自由。

从以上几个翻译案例我们可以看出,在翻译一些重要的文化信息词时,如果读者缺乏相关的知识或时代背景,译者又没有对这些现象做出相应解释的话,就会造成译文读者理解上的混淆不清;而如果目标语文本与源语文本在价值取向上存在偏差的话,也容易造成译者与作者在理解上的冲突。

4.《狼图腾》英译本中的价值取向呈现

陈德鸿(Leo Tak-hung Chan)认为,成功的译作总是希望尽量做到透明,并力求将作品中不协调的因素降到最低,从而造成一种假象,让读者以为这一作品不仅非常有意义,而且可以进行解释,从而达到"欺骗"读者的目的。[3] 从《狼图腾》的英译本中我们可以看出,译者葛浩文非常重视读者立场,为了让英译本更适合读者的阅读习惯,他大幅度地减少了作品中的不协调因素,也因此造成了译作与原作在价值取向上的疏离。同时,国外出版社的立场也在很大程度上左右了葛浩文的决定,并对译作的整体

---

[1]　葛浩文. 我行我素:葛浩文与浩文葛. 史国强,译. 中国比较文学,2014(1):47.

[2]　葛浩文. 我行我素:葛浩文与浩文葛. 史国强,译. 中国比较文学,2014(1):47.

[3]　Chan,L. T. Translated fiction. *Perspectives*,2006,14(1):68.

风格造成很大的影响。葛浩文表示,英文版的编辑既不懂汉语,也不了解中国文化,他们评判一部译作优劣的标准就是英文表述是否流畅。①

(1)读者立场

先来看读者立场。按照路易丝·米歇尔·罗森布拉特(Louise Michelle Rosenblatt)的划分,读者的阅读立场可以分为两种:一是认知立场,这一立场基于事实,目的是要从文本中获取更多新信息;二是美学立场,这一立场则更加关注读者的阅读过程,要求其投入更多的情感。② 一般而言,读者在阅读的过程中不会仅仅采取一种立场,因为随着阅读过程的推进,他们常常需要面临选择,但是他们的选择往往会呈现一种倾向性,正是这种倾向性代表了他们的价值取向。下面,我们将结合这两种立场,分析读者立场对于译者价值取向的影响。

1)认知立场

先来看认知立场。在《狼图腾》英译本的“译者前言”里,葛浩文从三个方面为译文读者勾勒出了作品的背景知识与主要思想。

①姜戎的生平经历:译者强调了作者姜戎与小说主人公陈阵相似的经历:“1969 年,一个来自北京的年轻汉族知青响应毛主席‘上山下乡’的号召,和许许多多志趣相投的年轻人一起长途跋涉,来到了中国非常遥远又‘原始’的地方:内蒙古中北部。”③此外,他还提及 1979 年,姜戎被中国社会科学院录取为研究生,后来花 6 年时间将其为之沉迷了将近 20 年的故事写出,并迅速成为畅销书。这样,作者与主人公的人生就在译者介绍中重叠了起来,不仅明确了这是一部半自传体小说,也很容易吸引读者的好奇心和阅读兴趣。

②相关的历史政治背景:译者对“文革”进行了较为具体的介绍,还介

---

① 葛浩文. 中国文学如何走出去?. 林丽君,译. 文学报,2014-07-03(18,20).

② Rosenblatt,E. L. M. *The Reader*,*the Text*,*the Poem*:*The Transactional Theory of the Literary Work*. Carbondale,IL:Southern Illinois University Press,1978:184.

③ Goldblatt,H. Translator's note. In Jiang,R. *Wolf Totem*:*A Novel*. Goldblatt,H. (trans.). New York:The Penguin Press,2008:1.

绍了其中涉及的"四旧""上山下乡"、红卫兵等,帮助读者对中国的"文革"时期形成更加直观的印象。

③作者强调的狼性精神:译者指出成吉思汗成功的原因就在于狼性精神,既勇敢又残忍,既对团队忠诚,又尊重自己生活的环境。葛浩文对于小说的评价是:"这是一部发人深思的作品,不仅包括小说家亲身经历的一系列充满激情的故事,还记录了一个富有同情心的外来者对这一民族睿智的观察。"①可见,译者十分关注读者的认知立场,特意补充了与小说相关的事实性信息。此外,译者在前言中还提及了一些与小说相关的重要元素,例如作者强调的狼性精神、国民性格、生态平衡关系,小说的惊人销量引发的激烈争论,等等,这些后来被证明同样是评论者和译文读者非常感兴趣的地方,这体现出译者对作品透彻的理解和对读者阅读兴趣的了然于心。

让我们来看看国外评论者对于《狼图腾》英译本的评价。整体而言,评论者从知识立场充分肯定了译作的可读性,承认了作品的独特价值。国外评论者往往更关注译作的风格和语言②,可读性是他们尤为关心的部分。《科克斯书评》(*Kirkus Reviews*)指出,姜戎谨慎而平静地讲述了一个文化冲突的故事,译者葛浩文用朴素的英语译文将其再现了出来。③《多伦多星报》(*Toronto Star*)上的书评认为,葛浩文将《狼图腾》转换成了可读性很高的英译本:"从故事开始时的"文革"时期,一直到 20 世纪 90 年代时的悲剧结局,整整 524 页都牢牢地抓住了读者的心。"④莱斯利·胡克

---

① Goldblatt，H. Translator's note. In Jiang，R. *Wolf Totem*：*A Novel*. Goldblatt，H.（trans.）. New York：The Penguin Press，2008：2.

② D'Egidio，A. How readers perceive translated literary works：An analysis of reader reception. *Lingue e Linguaggi*，2015(14)：69-82.

③ *Wolf Totem*.（2008-01-15）[2021-10-22]. https://www. kirkusreviews. com/ book-reviews/jiang-rong/wolf-totem/.

④ Stoffman，J. Publication of hit Chinese novel could start trend：Penguin has opened a Beijing office，HarperCollins to launch Chinese series. *Toronto Star*，2008-04-08(L1).

(Leslie Hook)称赞葛浩文为原作提供了味道极佳的英文翻译。① 澳大利亚前外交官罗杰·尤伦(Roger Uren)的评价则相对比较中立,在他看来,英译本中的叙事整体上很流畅,基本上也忠于原作,但葛浩文将一些词语译成了便于普通读者理解的英文,例如"狼王"(wolf kings)被译为"alpha males"(大男子主义者/雄性领袖),这样的表达与原汁原味的中文还是有差异的。②

2)美学立场

再来看美学立场。葛浩文认为,由于姜戎学院派的身份,这本书不像其他小说那么文学化,而是采用了写实的手法,在故事叙述中突出了一些人类共同关心的问题:"在故事的叙述方面,他常常毫不含糊,一定会交代清楚前因后果,所以有的时候故事讲着讲着,突然就来了一段理论,还长篇大论的。这种现象以往是比较少见的。"③因此,他认为这本书最大的特色在于作者表达的精神和情感,而非语言。安波舜也表达过类似的观点,他认为优秀的作者应当只服从于自己内心的需求和冲动,完全按照个人意志和兴趣去写,"作家只有进入这样的创作境界,才能写出个性化的作品"④。

在接触和阅读了大量的中国文学作品后,葛浩文对自己理解中国小说的能力很有自信,也常常带着批判性的态度去看待这些作品。他认为,由于出版、销量、剧本改编等方面的压力,一些作者不够用心,而且有些作品写得也不够好,因此译者需要进行一定的改写。⑤ 与以往先读完作品不同的是,在翻译这部作品时,他坚持边看边译,更加注重翻译出作者的情

① Hook,L. A lupine tale from China. *The Wall Street Journal*,2008-04-18(14).

② Uren,R. Lessons for the sheepish. *Weekend Australian*,2008-04-26(11).

③ 木叶,谢秋.《狼图腾》行销 110 个国家,中国书正在走出国门——访《狼图腾》译者葛浩文.(2008-04-01)[2021-10-21]. http://zqb. cyol. com/content/2008-04/01/content_2125921. htm.

④ 舒晋瑜. 安波舜:解密《狼图腾》版权输出神话.(2009-09-07)[2021-11-21]. https://www.chinanews. com. cn/cul/news/2009/09-07/1853885. shtml.

⑤ Stalling,J. The voice of the translator:An interview with Howard Goldblatt. *Translation Review*,2014,88(1):10.

感,希望能将自己在阅读过程中的感动或者惊讶的情绪在译文中表现出来,让译文读者也能体会到。① 与作品中丰富的信息相比,他更关注作者要表达的精神,更注重译文的流畅性与可读性,希望能以更加直接、清晰的方式将这部作品呈现在译文读者面前。

值得关注的是,评论者对译作的批评主要集中于美学立场。马来西亚华裔作家欧大旭(Tash Aw)在《每日电讯报》(*The Daily Telegraph*)上指出,葛浩文的翻译技巧总体称得上灵活,但也有发挥失常的时候:"他力图保留小说写作风格中的中国味道(和神秘冒险的元素),应当说有些表述确实很不错,例如'white-hair blizzards'(白毛风肆虐)和'sweat-frost'(汗霜),但其他一些短语就让人觉得平淡无奇,例如'frigid'(空气经常是冰冷的)和'prideful'(狼总是高傲的),甚至还有些表达读起来真是令人困惑不解,例如'the tensions of war preparedness'(战备紧张)。"②

(2)出版社立场

对比《狼图腾》的原作与其英译本,我们会发现,葛浩文对不少信息内容进行了大幅度的删减、重组和改编。应当说,采用缩减策略可以体现出译者的自信:他在翻译中毫不避讳地现身,选择让自己的声音和作者的声音同时出现在文本中。芒迪指出,译者在文学翻译中采取较为大胆的行为,例如选取更加自然的搭配方式、重组信息、增加连贯性等,往往表明其知名度更高、更有经验、更有能力,也更有信心可以在目标语中展现自己的创造力。③

德国伯恩大学汉学系教授顾彬(Wolfgang Kubin)表示,葛浩文用自己的英文总结了中国小说家可能想要表达的意思,并消除了原作中的瑕

① 刘婷. 葛浩文:带着情绪去翻译. (2008-03-14)[2021-11-22]. http://ent. sina. com. cn/x/2008-03-14/01111947497. shtml.

② Aw,T. A blockbuster of Orient excess Tash Aw is alternately dazed and dazzled by an epic Chinese novel set in Inner Mongolia during the "Cultural Revolution". *The Daily Telegraph*,2008-03-29(24).

③ Munday,J. *Style and Ideology in Translation*:*Latin American Writing in English*. New York:Routledge,2008.

疵。"有时候他放弃了好几段不译,有时又删除了一些与中国文化相关的信息,目的在于使文本更容易为西方读者所接受。因此,他最后译出的作品与原作相比存在着相当大的差别。"在他看来,中国的小说家驾驭不了长篇小说,姜戎的《狼图腾》之所以能在国际舞台上取得成功,就是因为译者的介入和改写:"正是译者对于原作的改写让这些作品得以优美地呈现在西方读者面前。"①

对此,葛浩文解释说他是应出版社的要求,经作者同意后删除了书中一些有争议的部分,以使作品更加小说化。他说:"我很乐于将顾彬的评论看作一种赞美,可是,作者姜戎很可能不会同意。而他(顾彬)把太多的功劳都算在我头上,其实企鹅出版集团编辑担当的角色才是既重要又权威的,因为是她让我进行删减的。"②在编辑看来,英文读者更爱阅读连贯的故事,而非论文;而且,"结尾处一大篇都是议论的对话,很难让美国人已经读了五六百页的书,再去看两百页的讲道理"③。可以看出,国外出版社和译者最关心的始终是译文读者的阅读感受,为了增强作品的可读性,他们往往不惜牺牲原作中的信息内容。

对于翻译中的缩减策略,曾经翻译过韩东、虹影等中国作家作品的英国翻译家妮基·哈曼(Nicky Harman)也表示,不管译者是否喜欢,由于出版社都会安排编辑来审校译文,"如果你遇到一篇译文中遗失了原作中很重要的部分,先不要着急去否定译者,因为这很可能是编辑要求的"④。诚然,须看到,删减策略其实已经渐渐成为一种出版社标准,出于对市场的考虑,出版社常常会要求文学作品的译作不能超过特定的页数,因此译者

---

① Basu,C. Right to rewrite?. (2011-08-19)［2021-10-22］. https://usa. chinadaily. com. cn/epaper/2011-08/19/content_13149498. htm.

② Basu,C. Right to rewrite?. (2011-08-19)［2021-10-22］. https://usa. chinadaily. com. cn/epaper/2011-08/19/content_13149498. htm.

③ 顾湘.《狼图腾》译者葛浩文:中国文学欠缺个人化.(2008-03-25)［2021-10-22］. https://cul. sohu. com/20080325/n255905547. shtml.

④ Basu,C. Right to rewrite?. (2011-08-19)［2021-10-22］. https://usa. chinadaily. com. cn/epaper/2011-08/19/content_13149498. htm.

常常会被要求认真权衡哪些信息可以被"牺牲"。① 而且,为了吸引更多的译文读者,国外出版社最关注中国文学的译作是否可读,是否流畅,是否能以目标语文化为中心,因而对于译者而言,既要忠实于作者及其创作意图,又要满足译文读者的阅读期待,这几乎是不可能实现的。②

由于一些编辑外语并不流利,他们更关心的是译作是否"易读"。③ 韦努蒂的研究同样表明,英国和美国的出版商更愿意选择容易被目标语同化的作品,评论者也更加偏爱"流畅"的译文,由此导致译者越来越不受重视,逐渐走向"隐形",这实质上是一种文化霸权。④ 对于交际翻译策略中的删减方法,哈曼表示,自己在翻译的时候"非常不愿意整段不译",因为尽管有时译者这样做是有正当理由的,或许读者会对原作中的一些文化因素非常敏感,但是"删除与文化相关的参考信息会把原文变得平淡无奇,失去原来的味道"。⑤ 同样,译者陶健(Eric Abrahamsen)也希望编辑尽量"遵照作者的意思",不要去修改原作,因为国外读者需要学习欣赏中文的一些独特之处:"我不会因为英语读者可能为来自不同文化的背景信息感到困惑,就删除原作的内容——我觉得读者有责任去学习,而且我认为出版社低估了读者。事实上,只要故事引人入胜,读者会对一些不太理解的细节抱有足够的包容心。"⑥

(3)译者策略选择中的价值取向

总体而言,葛浩文在《狼图腾》英译本中的大幅度删减还是最受争议的地方。哈曼认为,译者在翻译的过程中更多地介入文本并进行一定程度的改写,通常是出于以下几个方面的动机:为了让文本读起来更加流

---

① Dimitriu,R. Omission in translation. *Perspectives*,2004,12(3):169-170.

② Harman,N. Foreign culture,foreign style. *Perspectives*,2006,14(1):28.

③ 芒迪. 翻译学导论——理论与实践. 李德凤,等译. 北京:商务印书馆,2007:218.

④ Venuti,L. *The Scandals of Translation:Towards an Ethics of Difference*. London:Routledge,1998:48.

⑤ Basu,C. Right to rewrite?. (2011-08-19)[2021-10-22]. https://usa.chinadaily.com.cn/epaper/2011-08/19/content_13149498.htm.

⑥ Basu,C. Right to rewrite?. (2011-08-19)[2021-10-22]. https://usa.chinadaily.com.cn/epaper/2011-08/19/content_13149498.htm.

畅；使原作更容易为目标语读者所理解，或对其更具吸引力；为了将源语文本中的一些价值观或元素前景化。① 在翻译这部作品的过程中，译者一方面应出版社的要求，出于对小说篇幅的考虑进行删减；另一方面也是为了让作品更加符合读者的阅读心理，避免读者因为篇幅过长失去耐心。而且，译者流畅、生动、富于变化的英文表达对于译文读者而言也非常具有吸引力。一些国家在进行译介时甚至会选择绕过汉语原作，转而由一种欧洲语言转译成另一种语言。② 不过，能够深深喜爱中国文学作品，并且全身心地投入这一译介工作的外国译者并不多见。

葛浩文认为，中国的小说创作的确存在着一些问题，例如：小说中的人物往往缺乏深度，且小说缺乏对人物心灵的探索；小说过于冗长，没有说服力，不必要的细节太多，叙述仅以故事和行动来推动，不够流畅；中国作家过于关注国内的状况，而忽略了文学作品应当具有普遍性，他们不仅缺乏技巧或经验，写作过程也过于"浮躁"，具体表现在写作的速度过快，缺乏纪律，作品中常出现前后不一致、与事实不合等错误；同时又没有好的编辑帮作家把关，帮助解决创作技巧或艺术层面的问题，等等。③ 因此，译者葛浩文在翻译的过程中主要采用了交际翻译策略，对原作进行了一定程度的改写，目的是让更多的读者理解和接受《狼图腾》这一作品。对于这一点我们是应当充分予以肯定的。

从整体上看，葛浩文选择的交际翻译策略呈现出了较为明显的读者立场。所谓采取读者立场，是指能够反映读者的阅读目的，既能清晰地理解读者在阅读这一文本时的阅读期待，又能充分调动读者的阅读积极性，让其在阅读过程中与作者进行有效的互动和交流。④ 图里曾试图用科学

---

① Harman，N. Foreign culture，foreign style. *Perspectives*，2006，14(1)：26.

② Ma，K. Slowly，Chinese authors entice the West culture. *International Herald Tribune*，2006-11-17(9).

③ 葛浩文. 中国文学如何走出去?. 林丽君，译. 文学报，2014-07-03(18，20).

④ Paulson，E. J. & Armstrong，S. L. Situating reader stance within and beyond the efferent-aesthetic continuum. *Literacy Research and Instruction*，2009，49(1)：86-97.

的描述模式构建"价值中立"的翻译规范,但韦努蒂驳斥了这一观点,指出规范首先应当与语言或文学相关,还要涵盖一些本民族文化的价值观、信仰和社会表现方式,这样才能带有意识形态的力量,并为特定团体的利益服务。① 葛浩文认为,作家在创作的时候要忘记译者,才能写出具有自己风格和自己国家特色的小说;然而,一部小说要走出国境,还要注意国外的小说创作要求和评价标准,"小说要好看,才有人买!"不仅要做到作品的结构严谨,还要使其具有国际性,这样才能让作品在译介之后得到广大读者的认可。②

葛浩文曾表示,他一贯的翻译哲学就是"翻出作者想说的,而不是一定要一个字一个字地翻译作者说的"③。他认为,既然出版社购买了英文版权,译者就必须遵照出版社的要求。这一选择行为同样显示出,与忠实于作者的原意相比,他更重视读者的阅读习惯和感受:因为译文展现给读者的是译者诠释后的作品,"即使与原文相关,也是一个新文本",他希望自己的译作能够方便译文读者理解作品,并产生"对等程度的愉悦或敬畏或愤怒"。④ 他认为,"读者有'权利'读到流畅易懂的英译,才能体会为何中国人会说这是一本了不起的作品",而这同样有利于在国外培育和扩大中国文学和文化的接受群体。⑤

陈德鸿指出,如果译者在翻译的过程中添加很多的注释,例如脚注、尾注或附加说明,就会形成"文本噪声",影响读者的阅读感受。⑥ 然而,从《狼图腾》这一翻译案例中我们可以看出,译者在翻译中的改写,尤其是删减,同样会突显自己的声音,并在一定程度上改变作者的声音,由此改变作品原本的风格。例如,译者删除了原作中的引文和后记,删减了正文中

---

① Venuti,L. *The Scandals of Translation*:*Towards an Ethics of Difference*. London:Routledge,1998:29.

② 葛浩文. 中国文学如何走出去?. 林丽君,译. 文学报,2014-07-03(18,20).

③ 葛浩文. 中国文学如何走出去?. 林丽君,译. 文学报,2014-07-03(18,20).

④ 葛浩文. 我行我素:葛浩文与浩文葛. 史国强,译. 中国比较文学,2014(1):43.

⑤ 葛浩文. 我行我素:葛浩文与浩文葛. 史国强,译. 中国比较文学,2014(1):37-49.

⑥ Chan,L. T. Translated fiction. *Perspectives*,2006,14(1):68.

的人物心理描写和议论性文字,并重组了原作中的段落和信息内容,这些都改变了作者的叙述声音。李永东和李雅博指出,《狼图腾》采取的是双线并行的意义结构:一条主线是每章开首的文献引用,它具有相对独立性,构成了小说文本的历史和人类学意义序列;另一条主线是小说的正文部分。作者在小说的结尾部分将这两条主线融合了,从而构成了"纪实与虚构、历史与现实的对照关系"。因此,葛浩文删除每章开首处历史资料的做法不仅改变了小说的意义结构,也影响了文本意义的表达。[①] 文献引用部分意在让读者从另一个时间和空间去了解狼,通过有关狼的记载展现自古以来狼与人类之间的关系,尤其是与游牧民族之间的渊源,这样可以加深读者对草原文化、游牧精神、国民性等的理解。而在正文之后添加《理性探掘——关于狼图腾的讲座与对话》一文,尽管与作者的学者身份相关,但作者在此重点阐述了狼性精神,并鼓励读者学习狼自由强悍的进取精神。另外,从译者大篇幅删除作品中的细节描写、人物对话、心理描写等的行为中,我们也可以看出作者与译者在价值取向上的偏离:作者希望通过这些内容细化并丰富作品的叙事,让其呈现出更加细腻、多元和复调的风格,加深读者的理解,给其留下深刻的印象;但在译者看来,与小说的正文部分相比,这些内容仅属于次要信息,将其删除影响不大,更不会破坏小说内容的完整性。

毋庸置疑,过多的删减难免会造成信息缺失,破坏作品原有的连续性。有一些读者就指出了这个问题,认为这是翻译造成的缺失:"尽管作品读起来既有趣又很有启发性,我还是觉得故事中缺少了一些东西,也许是因为有些东西在翻译中失去了。"也有译文读者表示,这本书在中国如此受欢迎不仅仅是因为其激人奋进的冒险故事,也在于它传递了一定的政治主张,但是"在英译本中将其完全删除,就导致我们只能接触到一部客观叙述的冒险小说,而读不到作者的政治主张。我在读英译本的时候的感觉是作者在努力讲述一些我无法理解的事情,但是现在我明白

---

① 李永东,李雅博. 论中国新时期文学的西方接受——以英语视界中的《狼图腾》为例. 中国现代文学研究丛刊,2011(4):79-89.

了——那是因为这本书的很多部分都被删掉了"。① 安波舜也曾表示,大幅度的删除是《狼图腾》英译本中"唯一的遗憾",许多专家和读者也认为这是英译本中最大的缺陷。② 顾彬对葛浩文英译本的评价是:"葛浩文为世界市场创造出一个中国作者,将人们不了解的中国作品变成了'世界文学'。"③从这一评价中,我们很难断定他到底是在赞扬还是批评译者。但可以确定的是,他眼中的译作与原作相去甚远。可见,信息缺失不利于读者从整体上去理解和欣赏作品内容,而且也不利于展现作品的价值取向和作者的思想与情感。

从以上分析中我们可以看出,葛浩文认同《狼图腾》的知识价值和审美价值,但他在翻译过程中遵从编辑的意见,对于作品进行了大幅度的删减和改写。这当然有现实层面的考虑,但也体现出他更关注译文读者的阅读习惯和感受,采取的也是国外的文学评价标准。对比《狼图腾》的原作及其英译本,我们能够从译者的缩减和成就策略中看出其价值取向:在对原作忠实和为读者服务之间,葛浩文明显选择了后者。在翻译的过程中,出于篇幅的考虑和出版社的要求,他略去了许多他认为非关键性的信息,尤其是一些对话、细节、心理等方面的描写;为了迎合译文读者的阅读习惯,他将原作中的不少段落都进行了信息重组;而为数不多的补充添加也是出于帮助读者更好地理解作品的翻译目的。

应当说,译者在英译本中的调整还是相当有效的,这一点从作品广受好评的情况可以看出,尤其是他删除了小说中不少充满说教和议论的对话,从读者的评论中也可以看出他的这一判断还是相当准确的。然而,不可否认的是,译者大幅度的删减和改写在一定程度上改变了作者希望传达的情感和判断,隐藏或改变了原作中的价值取向,难免会导致读者在作品理解上的偏差。韦努蒂指出,只有当译作读起来流畅时,大多数的出版

---

① 以上两处评论参考了知名在线读书社区 Goodreads 网站上的用户评论。

② 舒晋瑜. 安波舜:解密《狼图腾》版权输出神话. (2009-09-07)[2021-10-22]. https://www.chinanews.com.cn/cul/news/2009/09-07/1853885.shtml.

③ Basu, C. Right to rewrite?. (2011-08-19)[2021-10-22]. https://usa. chinadaily.com.cn/epaper/2011-08/19/content_13149498.htm.

社、评论家和读者才会认为它可以接受;因此,译者在翻译过程中往往会舍弃一些原作中语言和风格上的独特之处,但正是这些地方反映了外国作家的个性和意图,显示出外国文本的关键意义。① 在中国文学外译的过程中,若要更加清晰地呈现作品的价值取向,出版社也需要给予译者更大的阐释自由,让其能更加完整地再现作品的原貌;同时,译文读者也需要以更加宽容的心态对待来自异域的文学作品,接受不同的创作方式和叙事模式。

第四节　从《狼图腾》在英语世界的接受看文学外译的价值取向

　　不同于国内不断涌现的对《狼图腾》原作的批评浪潮,其英译本在国外引起了较大反响,受到了很高的评价。知名在线读书社区 Goodreads 上的读者评分数据显示,这本小说的综合得分为 4.06,93% 的读者表示喜爱这本书,其中给予这本书五星评价的有 1709 人(占 40%),四星的有 1468 人(占 35%),三星的有 761 人(18%),二星的有 216 人(5%),一星的有 84 人(2%)。根据亚马逊网上书店的购买者评分,这本小说总体获得 4.5 分,其中给予五星评价的占 73%,四星的占 13%,三星的占 7%,二星的占 5%,一星的占 2%。② 从这些数据整体来看,英译本在读者中还是很受欢迎的。译者葛浩文也表示,国外的书评普遍对这部小说持赞赏态度,甚至有人评价说它是当年最好的中文小说,就连美国的《国家地理》(*National Graphic*)也发表了关于它的书评,这无疑会提高小说的销量。"到目前为止,《狼图腾》也许可以说是一本突破性的中文作品。"③

　　下面,让我们分别从国外出版社、国外专业型读者和大众读者的角度,分析译文读者对于《狼图腾》的理解和接受情况,从而进一步探究中国

①　Venuti, L. *The Translator's Invisibility : A History of Translation*. London : Routledge, 1995 : 1.

②　以上两组数据截至 2022 年 8 月 25 日。

③　季进. 我译故我在——葛浩文访谈录. 当代作家评论,2009(6):46.

文学外译中的价值取向问题。

1. 国外出版社的介入与推介模式

在《狼图腾》英译本的封底,出版商引用了曼氏亚洲文学奖评委会主席、前任加拿大总督伍冰枝(Adrienne Clarkson)对本书的评价:"作者用高超的手法,充满激情地论证了游牧民族和农耕民族、动物和人类、自然和文化之间的复杂关系。小说的叙事缓缓推进,细节描写非常生动,渐渐累积出强大的影响力。这是一本无与伦比、令人难忘的书。"①可以说,伍冰枝不仅高度评价了这部小说,还概括提炼出书中发人深思的主题,同时该作品的获奖信息虽未刻意被强调,却清晰地呈现在读者面前,这一营销策略可谓相当巧妙。评论下方是作者姜戎的简介,分三个段落介绍了作者的人生经历,突出了作者曾到内蒙古插队10余年的经历,与小说人物的经历有很多重合之处,并特别强调了故事的真实性,这样不仅可以增强作品的感染力,还会对想要了解中国历史文化的潜在读者构成巨大的吸引力。这与小说中文版封底介绍的风格迥然不同。《狼图腾》的中文版采取的是明显的商业推销策略,封底引用了当时海尔集团董事局主席张瑞敏、作家兼评论家周涛、蒙古族歌唱家腾格尔、文学批评家孟繁华对于这本书的评价,意在用名人效应引起更多读者的购买欲望。相比之下,英译本并没有明确的目标读者设定,这反而会给读者一种亲切的感觉,并使读者对作品形成直观的大致印象。

让我们来看一下国外出版社和媒体为了推广《狼图腾》英译本所采取的干预策略。

其一,在对《狼图腾》进行推介的过程中,出版社和媒体特意突出了本书在中国的惊人销量、轰动效应和获奖信息,意在以其影响力和受欢迎程度影响国外读者,吸引他们对作品产生兴趣,产生购买和阅读的意愿。例如:《科克斯书评》在一开始就指出这是一部有关时代精神的小说,其销量

① Jiang, R. *Wolf Totem*: *A Novel*. Goldblatt, H. (trans.). New York: The Penguin Press, 2008: back cover.

在中国创造了历史。①《出版人周刊》(*Publishers Weekly*)强调这本书在中国一经出版就引起了轰动。②《华盛顿邮报》在介绍这本书时,也感叹这是中国出版界的一大现象级图书。③《金融时报》(*The Financial Times*)④和《纽约时报书评》⑤在介绍时,都特意提及它在中国是一本畅销书,而且曾经荣获首届曼氏亚洲文学奖。

其二,这部小说的地域特色和时代背景本身就对读者具有吸引力,因此,这两点经常被摆在突出的位置。例如,在《图书馆杂志》(*Library Journal*)的介绍中,评论者首先选择重现了小说开篇的场景:"在遥远的内蒙古,在'大跃进'时期,汉族学者陈阵和他的良师益友毕利格老人为了准备一次对狼的袭击花了好几个小时的时间,耐心地等待,仔细地观察。"⑥《中国日报(北美版)》[*China Daily*(*North American ed.*)]在介绍这本书时,评论者用小标题的形式突显出了几个关键词:狼性精神、叙事者和慷慨激昂的作者。此外,文章还列出了一些读者对于本书的赞赏或批评,立场相对中立,表示姜戎首次为读者披露了许多历史事实,指出他对自古就生活在大草原上的游牧民族和他们的狼图腾精神做了大量的学术研究,并将它们交织在故事的叙事进程中。⑦

其三,国外出版社倾向于用与西方相关或类似题材的作品引起潜在读者的注意。例如,《科克斯书评》从一开始就提到两部同样以野外冒险为题材的作品——《荒野的呼唤》(*The Call of the Wild*)和《德尔苏·乌扎拉》(*Dersu Uzala*),在文章的结尾还提及同样因描写狼的作品而闻名的

① *Wolf Totem*.(2008-01-15)[2021-06-22]. https://www.kirkusreviews.com/book-reviews/jiang-rong/wolf-totem/.

② *Wolf Totem*. *Publishers Weekly*,2008-01-21:152.

③ Treuer,D. Last of the Mongolians. *The Washington Post*,2008-06-11(C9).

④ McClements,M. Imagination takes flight:Melissa McClements takes us around the world with the best books of the year so far. *The Financial Times*,2008-07-05(18).

⑤ Dixler,E. Paperback row. *The New York Times Book Review*,2009-04-26(24).

⑥ Hoffert,B. *Wolf Totem*. *Library Journal*,2008,133(5):59.

⑦ Wolf spirit leads book to best-seller list. *China Daily*(*North American ed.*),2004-12-14(13).

加拿大作家法利·莫厄特（Farley Mowat）①。《出版人周刊》也提到了莫厄特的《狼踪》（*Never Cry Wolf*）一书，认为姜戎虔诚地描写草原生活的方式很容易让人联想起莫厄特。② 戴维·特罗埃尔（David Treuer）认为，这部小说成功的原因与 20 世纪上半叶詹姆斯·费尼莫尔·库珀（James Fenimore Cooper）所著的《皮裹腿故事集》（*The Leatherstocking Tales*）颇为相似，因为回顾已经被毁掉的风景和生命不仅是安全的，还颇能够取悦读者。③ 美国科幻、奇幻、女性主义与青少年儿童文学作家厄休拉·勒吉恩（Ursula K. Le Guin）这样评论道，这本书的风格让人回想起在中国同样备受推崇的杰克·伦敦（Jack London），因为作品中包含了"大量的行为描写、直截了当的价值判断，以及故事人物富有教育意义的训话——其叙事的主要目的是传递信息"④。印度作家维克拉姆·乔哈里（Vikram Johri）在评论中提到了列夫·托尔斯泰（Leo Tolstoy）的《战争与和平》（*War and Peace*）和赫尔曼·梅尔维尔（Herman Melvill）的《白鲸》（*Moby Dick*）。⑤ 保罗·沃特金斯（Paul Watkins）则认为它会让西方读者联想起迈克尔·布莱克（Michael Blake）的《与狼共舞》（*Dances with Wolves*）。⑥

其四，在对这部小说进行推介和宣传的过程中，还有一种倾向是：国外出版社突显了一些与作品相关的外部因素，并特别强调了原作的神秘色彩、作者的政治背景、外界评论的矛盾性等。在《纽约时报书评》简短的书评介绍中，评论者对作者的介绍很引人注目："姜戎（这是一位最近刚刚退休的政治学家在写作时使用的笔名）。"⑦事实上，政治学家与作者原本

---

① *Wolf Totem*. （2008-01-15）［2021-10-22］. https://www. kirkusreviews. com/book-reviews/jiang-rong/wolf-totem/.

② *Wolf Totem*. *Publishers Weekly*，2008-01-21：152.

③ Treuer，D. Last of the Mongolians. *The Washington Post*，2008-06-11（C9）.

④ Le Guin，U. K. Keep off the grass：Ursula K. Le Guin goes hunting on the Mongolian plains. *The Guardian*，2008-03-22（17）.

⑤ Johri，V. Much can be learned from a simple life. *St. Petersburg Times*，2008-04-20（L10）.

⑥ Watkins，P. The cultural resolution. *The Times*，2008-03-15（13）.

⑦ Dixler，E. Paperback row. *The New York Times Book Review*，2009-04-26（24）.

的专业政治经济学之间并不能画上等号,但却足以吸引读者的目光。《每日电讯报》则盛赞姜戎写作技巧高超,这部小说既感人肺腑又充满了神秘感,建议所有人都应该读一读。① 加拿大《温尼伯自由报》(*Winnipeg Free Press*)这样介绍《狼图腾》:"这部小说在国际上既广受赞扬,也饱受批评,因为它描绘了汉族与少数民族的关系、人类与动物的关系以及现代中国的生态问题。"②加拿大的《全国邮报》(*National Post*)则表示,这本书对于中国在全球的命运提出了一个非常值得关注的观点,因此,西方的政界人士、华尔街的从业人员如果想要了解中国发展方向的话,最好读读这本书。③

此外,出版社还运用多种渠道和方法对小说进行宣传和推广。谈及与企鹅出版集团的这次合作,葛浩文表示随着自己翻译的作品越来越多,他非常希望大部分甚至所有的作品都能由好的出版社出版,而且"与大学出版社相比,商业型的出版机构可以帮助作品获得更多的关注"④。的确,企鹅出版集团的图书发行模式非常具有信息时代"高科技"的特色:《狼图腾》的精装本推出一年后,他们很快推出了简装本,同时在网上为读者提供了多种不同的阅读方式,例如在线阅读、有声书、电子书等。⑤ 各种新颖的阅读和销售渠道让读者可以通过更加多元的方式接触到作品,这无疑大大提高了小说和作者的知名度,从长期来看,这也可以有效地促进中国文学作品在海外的传播。

从以上一系列与《狼图腾》相关的宣传和推广策略中,我们可以看出,国外出版社非常注重从不同的角度吸引读者的注意力,力图引起其阅读

① Womack,P. Pick of the paperbacks:*Wolf Totem* by Jiang Rong,trans. by Howard Goldblatt. *The Daily Telegraph*,2009-03-28(25).

② Top 10 books by Chinese authors. *Winnipeg Free Press*,2012-07-28(J11).

③ Walden,G. Spring books:Fiction. *National Post*,2008-04-05(WP4).

④ Stoffman,J. Publication of hit Chinese novel could start trend:Penguin has opened a Beijing office,HarperCollins to launch Chinese series. *Toronto Star*,2008-04-08(L1).

⑤ 舒晋瑜. 安波舜:解密《狼图腾》版权输出神话. (2009-09-07)[2021-10-22]. https://www.chinanews.com.cn/cul/news/2009/09-07/1853885.shtml.

兴趣:他们首先强化了作品本身的知识价值,因为在他们看来,与这部作品相关的时代背景、政治语境、神秘的蒙古族文化、东方色彩等,都构成了吸引读者的关键元素,因此,出版社在推广过程中不断强化这些层面的作品特色和价值;而小说涉及的狼文化及其与西方文明的相通之处,也是出版社着意向译文读者强调的部分,它们不仅可以唤起读者相关的记忆和联想,更有利于国外读者理解和接受作品。

2.专业型读者的评价

应当说,在不少国外专业型读者的眼中,《狼图腾》是一部非常有魅力的文学作品。芭芭拉·霍费尔特(Barbara Hoffert)强烈推荐《狼图腾》一书,称赞它是"一部自然主义、扣人心弦、富有感染力的小说,提醒我们铭记人类曾以多么糟糕的方式统治着世界"①。艾伦·马西(Allan Massie)表示:"我承认刚刚拿起这本书时,是没有多少阅读热情的,甚至还带着点疑虑,但很快就被它迷住了。所以我强烈建议你读一读它。这是一本相当睿智而且能深深打动人心的小说。"②詹姆斯·厄克特(James Urquhart)认为,姜戎的这部作品充满了各种出人意料的小插曲,让人时而心潮澎湃,时而发自肺腑地大笑,最后又陷入深深的哀思;作者对游牧民族古老又勇敢的生活方式的描写,充分体现出他的博学多闻,让人读起来既兴奋又着迷。③

这部小说为何能引起如此众多专业型读者的关注和阅读兴趣?

首先,一部分评论者肯定了作品的知识价值,认为这主要是因为小说的主题非常吸引人。胡克在《一匹中国狼的传奇》("A Lupine Tale from China")一文中指出,《狼图腾》的畅销和成功不足为奇,因为它不仅挖掘到人们长久以来对狼的世界的痴迷,还有更加深层次的现代意义:它帮助我们认识到在文明蚕食荒野的同时,有一些珍贵的东西也正在渐渐离我

---

① Hoffert,B. *Wolf Totem*. *Library Journal*,2008,133(5):59.
② Massie,A. *Wolf Totem*:Wolves at the gate. *The Scotsman*,2008-03-22(16).
③ Urquhart,J. *Wolf Totem*:Paperbacks. *Financial Times*,2009-03-28(15).

们而去。① 杰罗姆·德格鲁特(Jerome de Groot)指出,《狼图腾》让人怀念已经消逝的牧民生活,警惕工业化压倒一切和人类无可遁逃,以及随之而来的对大自然的毒害。② 詹姆斯·布拉德利(James Bradley)提到这本书在中国出版业引起了不小的轰动:不仅销量达到了几百万册,还催生出一大批模仿和伪造的续集,它"让我们得以了解一些中国的现状,看一看他们与自身历史的冲突,这既让人着迷,也常常让我们思绪难平"③。

其次,一些评论者赞扬了小说中有关蒙古草原和蒙古狼的细节描写和场景刻画,肯定了作品的审美价值。欧大旭称赞小说中有许多令人着迷的细节描写:"这些细节交织在一起,构成了一幅织锦,不仅描绘出一个地域及其文化,还写出了整个国家在剧烈变化中的痛苦挣扎。"④同样是小说家的迈克尔·斯坦达特(Michael Standaert)表示,"小说生动地描绘了内蒙古牧民的文化、精神、伦理和生活方式"⑤。马西指出,这本书中包含了相当强烈的自传体因素,因而草原生活读起来不仅真实,也很有说服力。"尽管这部小说里有不少暴力,或者说相当残忍的场景,但它读起来还是像一封写给一个我们已经失去的世界的情书。"⑥布拉德利表示,作者生动描绘了牧民的生活,不仅为我们展现了大片草原美景,还揭示了不断蔓延、充满激情又撕心裂肺的痛苦和哀伤,让我们看到游牧民族如何小心翼翼地维持草原上的平衡,最终却因为外来人的到来和目光短浅而遭到了破坏。⑦厄克特指出,这部作品是一部自传体色彩浓烈的史诗,其中典型的叙述方式就是对一系列事件长长的描写,例如故事的一开头就描写

---

① Hook,L. A lupine tale from China. *The Wall Street Journal*,2008-04-18(14).

② De Groot,J. Howling to the moon. (2008-05-03)[2021-11-23]. https://www.spectator.co.uk/article/howling-to-the-moon.

③ Bradley,J. Hungry like the wolf. *Sydney Morning Herald*,2008-04-12(30).

④ Aw,T. A blockbuster of Orient excess Tash Aw is alternately dazed and dazzled by an epic Chinese novel set in Inner Mongolia during the "Cultural Revolution". *The Daily Telegraph*,2008-03-29(24).

⑤ Standaert,M. Preaching sidetracks story of China's last herders. *Los Angeles Times*,2008-03-24(E6).

⑥ Massie,A. *Wolf Totem*:Wolves at the gate. *The Scotsman*,2008-03-22(16).

⑦ Bradley,J. Hungry like the wolf. *Sydney Morning Herald*,2008-04-12(30).

了狼群围攻和杀戮一群羚羊的场景；作者刻画出纯粹天然却已在慢慢消失的草原美景，以及在这片草原上生活的人与狼之间的共生关系。①

再次，从整体上来看，国外评论者非常重视小说中蕴含的深层次意义，并对此进行了个性化的解读，其中有不少评论者赞扬了小说的现实意义，由此认同了其道德价值。加拿大作家托德·霍夫曼（Tod Hoffman）认为，这部小说总结了中国大致的发展轨迹：这个国家在快速进入现代化、走向富足，但没有充分尊重自然环境或传统的生活方式，因此与原来的发展方向曾有所偏离。② 布拉德利指出，《狼图腾》这部小说中一部分是沉思，一部分是环境和政治宣言。③ J. 杰拉德·多拉尔（J. Gerard Dollar）在《比较文学和世界文学评论》（*Neohelicon*）上发表的论文也表明，《狼图腾》揭示了中国在精神、文化和自然方面存在的问题。④ 潘卡吉·米舍尔（Pankaj Mishra）更富洞见地指出，这部小说试图诊断当代中国的精神疾患。因为，中国在物质飞速发展的同时也出现了一些人的道德问题，人们在追求中产阶级的生活方式时，难以维持环境的可持续发展，作者正是捕捉到了中国人对这一现象的普遍焦虑，因此努力引导读者认识到自身的不足。⑤

让我们再来看国外专业评论者对这部小说的批评。

首先，大部分批评的声音指向了作品中的辩论部分，认为作者在创作中有很明显的说教倾向，而且过多表述自己的观点，却忽略了读者的阅读感受。布拉德利表示，这部小说中很多章节让人读起来更像是论文而非小说，故事中的角色只是在传达或赞同姜戎关于社会和自然的观点，而且这些观点都比较粗糙，不够成熟。⑥ 欧大旭认为这本书中的象征、情节和

① Urquhart，J. *Wolf Totem*：Paperbacks. *Financial Times*，2009-03-28(15).

② Hoffman，T. Upsetting nature's balance：In Inner Mongolia，Chinese officials target the wolf. *The Gazette*，2008-04-12(I4).

③ Bradley，J. Hungry like the wolf. *Sydney Morning Herald*，2008-04-12(30).

④ Dollar，J. G. In wildness is the preservation of China. *Neohelicon*，2009(36)：411-419.

⑤ 米舍尔. 荒野的呼唤——评《狼图腾》. 林源，译. 当代作家评论，2008(6)：155.

⑥ Bradley，J. Hungry like the wolf. *Sydney Morning Herald*，2008-04-12(30).

人物塑造都缺乏模糊性；作者的立场表述得相当清晰，很有冒险性，但这不仅过于简单化，还带有某种偏见。① 米舍尔认为，姜戎从未真正公开地在小说中讲述自己的个人经历，因此《狼图腾》中缺少许多重要的情感经历和政治细节，读起来更像是一场冗长的争论，②目的是让读者接受他的观点，最终实现其改进"国民性格"的主张。而且，即便葛浩文的英译本整体上还算流畅，但由于作者心中只有中国读者，国外读者读起来难免会有受挫感。③ 斯坦达特在《洛杉矶时报》（ *Los Angeles Times* ）上发表的书评也指出，小说涉及的主题非常丰富，例如"文革"、生态破坏、人与自然、文化、传统与当代生活方式的冲突等，但是作者偏离了这些摆在他面前的生动题材，而在充满说教的哲学思辨中迷失了方向，"如果姜戎能避开他漫无边际的哲学冥想和关于汉族人性格的探讨，更专注于讲故事的话，它本可以成为一部相当引人入胜的小说"④。

其次，不少国外评论者并不认同这部小说的文学性。这主要表现在专业型读者批评了作者采用的叙事手法。德格鲁特认为，这部小说有时是极为平静的静态描写，有时又倾向于让故事的主人公做长时间、格言式的演讲，这经常显得过于热切了。⑤ 米舍尔认为，作者的叙事手法缺乏技巧，而且说教意图过于明显，主人公陈阵这一角色的描写缺少复杂性，人物性格不够突出，还省略了"文革"中的一些重要情感和政治细节描写，所以，小说让人印象深刻的主要是作者过目不忘的记忆力，而非具有能让读者产生共鸣的叙事天赋⑥，到最后，国外读者只能试着对当代中国人"萎

① Aw，T. A blockbuster of Orient excess Tash Aw is alternately dazed and dazzled by an epic Chinese novel set in Inner Mongolia during the "Cultural Revolution". *The Daily Telegraph* ，2008-03-29（24）.
② 米舍尔. 荒野的呼唤——评《狼图腾》. 林源，译. 当代作家评论，2008（6）：155.
③ 米舍尔. 荒野的呼唤——评《狼图腾》. 林源，译. 当代作家评论，2008（6）：155.
④ Standaert，M. Preaching sidetracks story of China's last herders. *Los Angeles Times* ，2008-03-24（E6）.
⑤ De Groot，J. Howling to the moon. （2008-05-03）[2021-11-23]. https://www.spectator.co.uk/article/howling-to-the-moon.
⑥ 米舍尔. 荒野的呼唤——评《狼图腾》. 林源，译. 当代作家评论，2008（6）：155.

靡的精神"做出判断。① 还有一些评论者意识到这是由于中西方文学评价标准的不一致,例如,布拉德利就表示,评论者有时的确不容易分辨一些问题到底是因为小说本身不够成熟,还是由于翻译造成的,而且,"即使我们知道中国文学的评价标准与我们的有着很大的差异,我们也很难不用自己的标准去衡量中国小说的好坏"②。

再次,还有一部分评论者对小说的一些故事内容表示不满。美国哈佛大学比较文学系唐丽园(Karen Thornber)教授认为,《狼图腾》"描绘了人类态度和人类行为之间的断裂":主人公陈阵崇拜、敬畏并热爱狼,但是其行为却构成了对狼的伤害;为了达到自己观察、了解狼的习性的目的,他囚禁了小狼,剥夺了它的自由,并最终导致了小狼的死亡。③ 欧大旭亦认为,书中的一些场景过于残暴血腥,例如,成千上万的羚羊被狼群残杀,战马被狼群杀害,以及最后狼群被人类猎杀,"坚持看完这些令人透不过气来的场景需要极大的勇气和毅力"④。

值得关注的是,评论者尤为关注小说中的政治元素,这突出体现在他们格外关注作者的身份和生活经历。因为《狼图腾》是一部半自传体小说,出版的时候作者吕嘉民使用的是笔名姜戎。姜戎本人十分低调,加之他曾经亲历"文革",在内蒙古的额仑草原牧场插过队,其人生经历与主人公陈阵有着许多相似之处,因此作者的真实身份以及这部小说中的政治元素对于国外评论者而言颇具吸引力。傅好文(Howard W. French)在对姜戎的访谈中,从一开始就强调了作者的身份问题,指出姜戎不仅没有名片,而且他的大部分信息,就连他的真名都是一个谜。⑤ 胡克在书评中

① 米舍尔. 荒野的呼唤——评《狼图腾》. 林源,译. 当代作家评论,2008(6):156.

② Bradley, J. Hungry like the wolf. *Sydney Morning Herald*, 2008-04-12(30).

③ 唐丽园. 中国文学与环境危机——以阿城与姜戎为例. 上海师范大学学报(哲学社会科学版),2012(4):100-107.

④ Aw, T. A blockbuster of Orient excess Tash Aw is alternately dazed and dazzled by an epic Chinese novel set in Inner Mongolia during the "Cultural Revolution". *The Daily Telegraph*, 2008-03-29(24).

⑤ French, H. W. A novel, by someone, takes China by storm. *The New York Times*, 2005-11-03(E1).

也提到在"文革"前后,姜戎曾经在内蒙古住了十几年,并略显兴奋地表示,这一"非同寻常的事实"让他对这本书有了新的看法:"在完全了解了作者的身份后,再去阅读《狼图腾》,就能看出这是一部令人振奋且正在发挥作用的政治寓言。"①2015 年,《纽约时报》在报道中国准备拍摄《狼图腾》这一新闻时,也加上了一句对姜戎的介绍,称他是中国劳动关系学院的一位退休教授,"文革"前后曾经在内蒙古渡过了十几年光阴。② 从中我们不难看出国外评论者非常关注作者的生活经历。而且,他们习惯于将中国文学作品看作政治或历史文本,约翰·厄普代克(John Updike)即认为小说只是历史或政治的记录,除此以外,读者不要期待能从小说家那里获得更多别的东西。③

由上述分析可见,国外的专业型读者对于这部作品的理解和评价呈现出多元化的特点,整体而言,他们注重小说传递的有关中国生活的背景知识,更加认同小说的知识价值和道德价值,但对小说的审美价值则存有争议,这主要体现在他们对小说叙事方式的质疑上,认为作者的观点铺陈过多,对读者的感受则关注不够。评论者尤为关注作者的身份,并刻意放大了作品中的政治元素。由此可见,评论者更加关心的是透过这部小说看到的中国形象,并对这一形象进行了个性化解读,以使其更加符合他们对于中国的固有印象。

3.大众读者的评价

让我们来看看大众读者对于《狼图腾》英译本的评价。不少大众读者表示愿意向朋友推荐这本书,认为如果有人对蒙古族和汉族文化感兴趣的话,这部小说非常值得一读,因为它"扣人心弦,生动地描绘了作为汉族人的作者如何渐渐理解蒙古族牧民的世界观。作者对于生态系统的叙述

①　Hook,L. A lupine tale from China. *The Wall Street Journal*,2008-04-18(14).

②　Qin,A. China looks west to bring *Wolf Totem* to screen. (2015-02-24)[2017-02-11]. http://www. nytimes. com/2015/02/24/arts/international/china-looks-west-to-bring-wolf-totem-to-screen. html? partner = bloomberg.

③　葛浩文. 作者与译者:一种不安、互惠又偶尔脆弱的关系. 王敬慧,译. 中国社会科学报,2013-11-04(B2).

也可以让读者更深刻地理解各种生命之间相互依存的关系"①。

(1)作者与大众读者在价值取向上的契合

总体而言,大众读者认同《狼图腾》是一部优秀的文学作品,这主要是因为该作品与译文读者在价值取向上存在契合性:无论是小说中描绘的草原生活,游牧精神,环境保护、生态平衡的理念,还是对独立、自由价值观的向往和追求,都很容易让译文读者在内心深处产生认同和共鸣。这首先体现在作品的知识价值上:《狼图腾》生动地描绘了中国丰富的历史、传统与现代的矛盾、不同民族的风格特色等,给予了国外读者全新的阅读感受和文化体验。从知识立场上来看,作者非常擅长运用比喻,描述细腻且动人心魄,可以帮助译文读者深入了解中国的大草原和游牧文化,很容易让他们产生身临其境的阅读感受,并从中获得启发。不少读者表示,这部小说带给了他们耳目一新的阅读感受,体验到从未看过的草原风景和从未经历过的牧民生活:"在读这本书的时候,我也好像骑在马背上,躲避着狼群,为了生活飞奔,与暴风雪作战,或是烤着篝火。""你几乎能够感觉到雪花把脸颊打得生疼,听到受惊马群的嘶鸣声。"有读者表示,这是他读过的最好的小说之一:首先,小说描述了狼和蒙古族牧民之间的关系,故事情节激动人心;其次,故事中充满了矛盾和冲突,牧民的宗教信仰要求他们尊重狼,但是为了保护自身和家畜的安全,他们又不得不与狼进行斗争;再次,小说非常具有启发性,因为作者通过狼性,深入剖析了中国的历史、文明和文化,这"为我们认识中国文明提供了一种独特且富有启发性的观点"。还有读者表示,这本书激起了他对中国的兴趣,他开始仔细研究中国,以及书中那些自己几乎完全不了解的重大历史事件。

从美学立场上看,小说的半自传体形式吸引了读者,他们认为这就像是一部贴近现实、有关冒险的纪录片,充满了讽喻意义,非常值得一读。葛浩文曾经指出,现在有不少西方读者很想了解中国的现状,特别是文学

---

① 本章中的读者评论均摘自亚马逊网上书店、Goodreads 网站。

和艺术,因而很喜欢读自传体式的文学作品。① 有读者在 Goodreads 网站上表示,作者用悲伤却又有趣的语调探讨了大自然与生物之间的关系,"结尾的几章提醒读者这是根据真实事件改编的小说,这一点让人很难过,但这的确是一本可以让读者完全沉醉其中,并对其产生深远影响的书"。小说还涉及了生态平衡和环境保护问题,这是一个世界人民普遍关注的问题。正如姜戎在访谈中所说的那样,"当我看到已有千年之久的生态系统在短短十年间就被毁于一旦时,是极为恐惧的。这部小说讲述的是一个全世界都应当吸取的教训"②。整个故事笼罩在一层悲剧的色彩之下,结局读起来令人心碎,有读者表示,尽管这是一部小说,却详细地描述了人类在走向文明时也大大破坏了自然,"人类的贪婪和目光短浅最终会导致自身的灭亡","当你意识到这是一个真实的故事时,就会愈发难过。尽管书中一些部分有些说教和絮叨,但这的确是每一个关心地球的人都应该读的书,它给那些不理解、不尊重万物间的相互依存关系,而且还去破坏大自然脆弱的平衡链的人敲响了警钟"。

此外,无论是由于译者在前言中的引导,还是出版社的后期宣传,作者独特的个人经历和相关的政治背景同样引起了大众读者的关注。毕竟,在读者接受小说的过程中,"作者,更准确地说是读者心中的作者图式,是读者构建叙述者形象的一个核心要素",尽管由于读者心中的图式各不相同,它们却不是完全主观性的,而是主要建立在作者的公众形象基础之上的。③ 因此,出于对作品的喜爱,读者难免会对作者及其身份产生兴趣。

哈曼指出,在很长的一段历史时期里,中国大量的文学创作和翻译都

---

① Goldblatt, H. Fictional China. In Jensen, L. M. & Weston, T. B. (eds.). *China's Transformations: The Stories Beyond the Headlines*. Lanham: Rowman & Littlefield Publishers, 2007: 164.

② Hill, J. The hour of the wolf. *The Independent*, 2008-03-21(20).

③ Klinger, S. Translating the narrator. In Boase-Beier, J., Fawcett, A. & Wilson, P. (eds.). *Literary Translation: Redrawing the Boundaries*. New York: Palgrave Macmillan, 2014: 174.

是受到国家资助的,因此,中国小说的英译本往往带有强烈的宣传倾向,很难被西方的主流出版社接受,而且对于那些将文学作品作为消遣读物的西方读者而言,也不具有吸引力。① 其他对于这类译作感兴趣的,通常只有汉学家和文学评论家,他们将这些文学作品作为研究中国的社会科学文献。② 《狼图腾》的英译本之所以引起了不少读者的关注,有一部分原因是作者并没有站在官方的立场进行宣传,作品中的意识形态是非主流化的,而且译者和出版社渲染了作者独特的个人经历,强调了作品中带有叛逆色彩的话语表述,这就使得这部作品在国外读者心中更具独特性和神秘感。

从上述分析可见,国外大众读者之所以会对这部小说产生认同,主要是因为作者传递的价值取向与译文读者有不少契合之处。首先表现在知识价值方面,读者可以从作品中获取有关中国历史和文化方面的相关信息,草原生活和游牧文明带给了他们一种全新的阅读感受;在美学价值方面,小说的半自传体形式吸引了译文读者,使读者更加相信这部小说是基于现实的创作,也更愿意通过小说形成或验证对于中国的印象;而在道德价值方面,小说希望唤起人们对环境保护和生态平衡的关注,这是一个全世界人民普遍关心的命题,因而容易引起读者的共鸣。

(2)作者意图与大众读者在价值取向上的冲突

莫琳 · 麦克劳林(Maureen McLaughlin)和格伦 · 迪沃格(Glenn DeVoogd)指出,读者在阅读过程中有时也会持批判立场,这时的读者不仅仅作为信息的解码者和意义的理解者,更是成了文本的评论者,他会对信息来源进行分析和评价,质疑其出处和目的,并提出其他的理解角度。③ 读者持批判立场通常是因为在某些价值取向上他们与作者存在距离甚至冲突。

---

① Harman, N. Foreign culture, foreign style. *Perspectives*, 2006, 14(1): 13-31.

② McDougal, B. S. *Fictional Authors, Imaginary Audiences: Modern Chinese Literature in the Twentieth Century*. Hong Kong: The Chinese University of Hong Kong Press, 2003: 30.

③ McLaughlin, M. & DeVoogd, G. Critical literacy as comprehension: Expanding reader response. *Journal of Adolescent & Adult Literacy*, 2004, 48(1): 52-82.

需要注意的是,英国和美国的读者普遍对外国文学译作抱有一种抵制心理。尼尔森图书调查公司(Nielsen BookScan)是一家专门从事图书跟踪和分析服务的公司,其统计数据显示,英国市场上 1998 年至 2006 年间的 5000 本畅销书中,仅有 167 本是译作,美国和其他欧洲图书市场的情况也是如此。[1] 企鹅出版集团旗下的阿尔法图书出版社(Alpha Books)的版权经理表示:"如果你把书中与性、宗教和政治相关的内容去掉,那这部作品能让读者感兴趣的部分就不多了。"[2]可见,国外读者对于文学译作的接受度有限,而且他们的阅读兴趣可能会与作者意图传递的价值取向存在冲突。

在中国文学外译的过程中,作者与大众读者在价值取向上的距离主要表现在以下几个方面。

其一,译文读者对中国文学作品中的教育倾向容易产生排斥心理。中国的作家往往肩负一定的社会和历史责任,因此在小说创作过程中,他们对读者的引导和教育一般都是显化的,还常常伴有对主流意识形态的支持和颂扬;但是,国外尤其是西方文化更加注重批判思维,读者更愿意读到有趣的作品,而不是受到教育或是得到提升,因此二者之间容易产生矛盾。[3]《狼图腾》英译本的不少大众读者都对作品中充满议论的对话深感不适,有些甚至出现了抵触情绪。有些读者认为这部小说的说教意味过于明显,作者常常将自己的思想和观点用人物对话的形式表达出来,使得小说中的对话读起来很僵硬,"里面塞满了各种信息和事实,以至于读起来不像是真正的谈话"。有读者表示,这些对话就像是为了各种话题而精心设计好的一样,例如汉族的民族性、蒙古狼的优越性等。姜戎的叙述

---

① Ma,K. Slowly,Chinese authors entice the west culture. *International Herald Tribune*,2006-11-17(9).

② Ma,K. Slowly,Chinese authors entice the west culture. *International Herald Tribune*,2006-11-17(9).

③ Goldblatt,H. Fictional China. In Jensen,L. M. & Weston,T. B.(eds.). *China's Transformations:The Stories Beyond the Headlines*. Lanham:Rowman & Littlefield Publishers,2007:168.

被批评为显得笨拙、学究式,而且不够细致,书中的蒙古族故事很一般,堆砌着矫揉造作的寓言。"有些单调乏味,其中很多对话会让人觉得作者在强迫他人接受自己的观点,充满了演讲的感觉。""听起来就像是作者从一些生态学或是社会学的书上摘录了长长的段落,然后再让角色们将这些段落复述出来。"但也有读者表示,这部小说的写作方式是典型的中国式叙事,"宏伟壮阔,如史诗一般,充满哲理并带些教诲性:一半是要人们从历史中吸取教训,另一半则是从生活中汲取教训。全书带有学术性,是一部以小说作为伪装的寓言"。

　　这实际上也主要源于东西方小说对于人物对话的要求和处理方式不同:西方小说要求作品中的对话强劲有力,"对话需要使用短句,单词的使用比一般的叙述部分少,这样可以加速小说的进程。好的对话应当是切题、简洁、清晰、容易理解的"①。因此,在创作过程中,作者需要注意对话是否有助于展现人物的特点、意图和欲望,是否能以一种比一般叙事更生动的方式来陈述事实和传达信息,是否有助于强化人物的情感,例如快乐、痛苦、仇恨、热爱、遗憾等,是否能为小说营造出特别的风情、氛围或地域特色,从而使小说显得更加有趣。② 与西方小说注重对话的简洁性和生动性不同的是,《狼图腾》中的对话更多的是富于教育意义的,这也是中国作家在创作过程中通常采取的一种价值取向:作者希望通过书中人物的讲话阐述自己的观点和主张,从而达到引导和教化读者的目的。因此,尽管译者删减了一些书中的对话,在译文读者看来,这些对话还是显得不够自然,也不够生动,这其实也是东西方在小说创作意图上的差异导致的。

　　其二,在中文小说中,作者习惯用重复来表示强调,但这样的表达方式译成英文后却很难产生同样流畅的效果,因此译者常常需要将它们转换为不同的表述形式,即便如此,这样的重复对于译文读者而言,仍然是无法忍受的。③ 安吉拉·德吉迪欧(Angela D'Egidio)的研究表明,英美

---

① Rockwell, F. A. *Modern Fiction Techniques*. Boston: The Writer, 1962: 59.

② Rockwell, F. A. *Modern Fiction Techniques*. Boston: The Writer, 1962: 59-69.

③ Harman, N. Foreign culture, foreign style. *Perspectives*, 2006, 14(1): 20.

读者对于信息负荷很敏感,他们更欣赏综合表达法,且偏爱简洁的文风。[1]在《狼图腾》的英译本中,葛浩文删减了不少原文中重复性的表述,但受作品宏大叙事的影响,仍有不少读者认为小说的欠缺之处就在于其叙事拖沓冗长,情节的推进过程非常缓慢,而且"重复得令人难以忍受"。甚至有读者直言,"这本书从历史和主题的角度来看都很有趣,但是它过于重复了,可能编辑修改得不够,读起来不像一部文学作品"。之所以会产生这样的阅读效果和影响,有读者认为有翻译的关系,但主要还在于中国小说叙事传统的影响。

其三,一些译文读者不满意小说中的人物塑造。有读者认为,作者对主人公陈阵的刻画缺乏深度,导致读者无法真正地对其产生移情心理。也有人指出,作品过于强调观点和思想而忽略了人物刻画,小说中描写得最充分的"人物"其实是狼群和草原,读者也难以从深层次上理解主人公陈阵的思想感情,这一方面是因为小说人物的功能性对于一般读者而言不是很好理解,因为英文小说最重要的一项要求就是人物要逼真,要让读者能够辨别出他们不同的特点,"为他们的痛苦而悲伤,为他们的胜利而狂喜,也更加深入地了解他们"[2]。要达到这一目的,作者会对人物的背景和情感进行细致的描述,对相关的场景进行精心的设置,要详细阐述人物的思想理念,通过描述其讲话方式、行为、外貌等来展现人物的性格特征。[3] 但作者在这部小说中并没有采取线性的叙事模式,因为他并非要塑造有血有肉的人物,而是想要唤起读者对狼群和草原的热爱,表达自己对汉族人性格和生态失衡的担忧,因此,《狼图腾》的文本构成模式是把自然生态看作一个独立有序的自足体,它描述的是狼的自然背景、社会现实、作家的心理过程。[4] 作者表达这些思想的一个重要途径就是在小说中包含大量人物对话,这与英文小说中对于小说人物的多方面塑造相去甚远,

① D'Egidio,A. How readers perceive translated literary works:An analysis of reader reception. *Lingue e Linguaggi*,2015(14):69-82.

② Rockwell,F. A. *Modern Fiction Techniques*. Boston:The Writer,1962:31.

③ Rockwell,F. A. *Modern Fiction Techniques*. Boston:The Writer,1962:32-38.

④ 程义伟,邓丽. 散议《狼图腾》小说文本的构成模式. 小说评论,2011(5):20.

因此译文读者难以接受。另一方面则是由于英译本中略去了很多对人物内心感受和细节的刻画，其中的主要原因应该是出于对作品篇幅的考虑，但这无疑也会影响读者对于人物性格特点的解读。

其四，一些大众读者表示难以接受小说中的一些暴力场景，例如蒙古族人用狼崽献祭腾格里的场景。"更加糟糕的是这本书主要讲述的是捕捉狼崽，还用铁链把它囚禁了很多年的故事。读起来就像是一本教人如何折磨小狼到死的手册。书中甚至还不辞劳苦地解释了如何夹掉狼崽的牙尖，避免它咬伤人，结果导致小狼无法正常进食。更别提小狼长大生病后，作者杀了它，甚至还剥了狼皮。"由于中西文化的差异以及个人视角的不同，国外读者更倾向于将狼放在与自己平等的地位，加上强烈的尊重和保护动物的意识，因此无法接受书中的一些场景，更不能理解陈阵最后送小狼去腾格里的行为。

其五，对于书中强调的汉族和游牧民族的差异，一些读者觉得这种简单的二元对立不足以说明民族性格的复杂性，不够深入，也不具有说服力。"对外而言，这种结论有些不够成熟，还有点老套。"还有读者认为作者对汉族文化持有偏见，因此将其描述为温顺的羊性性格，实际上民族性格由多个维度构成，作者的看法过于简单化。这一点显示出译文读者的批判立场，他们并不是简单地接受作者的意见，而是站在更客观的立场去思考其观点是否合理。

综合以上国外大众读者对《狼图腾》的评价，我们可以看出，这些读者对作品的知识价值更感兴趣，因为他们更希望通过作品看到一个真实的中国，了解大草原上的美丽风景和游牧文明；但他们对作品审美价值不甚满意，而且中国作家在创作意图、创作手法、观点展现方式上往往与国外的评价标准存在一定的距离，这会造成国外读者难以理解和接受中国的文学作品。同时也可以看出，国外的专业型读者与大众读者在文本接受上的差异：前者非常关注作品中的政治因素，后者则更倾向于通过文学作品体验不同的文化、情感和生活。此外，国外读者对译作存在的抵制心理同样也会影响中国文学作品在海外的传播和接受。

这部小说之所以在国外非常受欢迎，主要是因为小说中强调的生态平衡、独立自主等理念非常契合国外读者的价值取向。从专业型读者和大众读者对这部作品的评价可见,国外读者更加关注这部小说的知识价值,希望从这部半自传体的作品中获取有关草原生活和游牧文化方面的信息,以印证或加深自己对于中国的印象;而他们对小说的审美价值则颇有争议,因为东西方叙事手法的差异影响了译作的传播接受,不少读者对小说中大段的议论和说教表示不满。此外,国外评论者非常关注小说作者的身份以及笼罩在他身上的政治色彩。

在本章中,我们结合评价理论对葛浩文在《狼图腾》英译本中采用的交际翻译策略及其翻译效果进行了分析。从中我们可以发现,葛浩文整体上认同这一作品的知识和审美价值,但是在出版社的要求下,他在翻译的过程中较大幅度地采取了缩减策略,放弃和回避了部分源语信息,以增强作品的简洁性和可读性;而为了弥补读者相关背景知识的空缺,他同样也运用了成就策略,添加了部分相关信息,并按照国外小说的评价标准,重组和调整了作品中的一些信息内容。译者在目标语文本中进行的改变和调整,一方面是因为与作者相比,译者更受限于出版社,另一方面则是因为译者比作者更加关注译文读者的阅读习惯和感受,而这些均与东西方文学作品在创作模式和出版方式上的差异相关。整体而言,译者对于译文读者阅读心理和习惯的把握是准确的,他在翻译过程中采取的交际翻译策略也是有效的;但由于删减了原作中一些彰显人物态度立场的表达,其英译本在一定程度上改变了作品原有的价值取向,也因此引发了较大的争议。

综合本章分析可见,我们在选择译介的文学作品时,往往更加重视小说的道德价值,希望能用作品传递的精神力量感染译文读者,这与我们关注作品的教育功能是密不可分的。然而,译文读者更加重视的却是作品的知识价值和审美价值,因此,如何通过作品构建良好的中国形象,尊重读者的阅读习惯和感受,并契合人类对于真、善、美的精神价值的共同追求,是我们在作品选择与译介中需要关注的问题。同时,中国文学作品"走出去"还需要出版社和读者提供相对自由宽容的空间,让译者可以更加真实完整地再现原作,从而既能传达作者的创作风格和价值取向,又能更加准确地塑造其中的中国形象。

第五章　认同焦虑:立场问题的突显[*]

读者在面对不同性质的文本时,其阅读目的是不同的;而即便是同样类型的文本材料,不同的读者由于采取了不同的立场,其理解和接受的效果也往往存在着很大的差异。在本章中,我们将要探讨的是,在当前的中国文学外译过程中,我们面临着哪些现实的困难? 如何应对和解决相关问题? 主体的文化身份结构是否会影响其立场,此外又将如何影响中国文学作品在海外的传播和接受?

第一节　认同中的立场问题

认同(identity),又译为"身份""同一性",是"主体在特定社会—文化关系中的一种关系定位和自我确认"①。认同过程是可以共享的,"拥有相同认同过程的个体为了保护或提高其共有的认同,会倾向于行为一致"②。在跨文化交流的语境中,文化身份能够赋予主体一种深层次的归属感,帮助其获取、处理和分享相关的文化信息,也可以帮助主体比

---

*　本章主要内容发表于:周晓梅. 试论中国文学外译中的认同焦虑问题. 外语与外语教学,2017(3):12-19.收入本书时有修改。

① 周宪. 文学与认同. 文学评论,2006(6):9.

② Bloom, W. *Personal Identity*, *National Identity and International Relations*. Cambridge:Cambridge University Press,1990:53.

较和认识自身与他者,确立一定的文化价值取向①,并在寻找自身优于其他群体的文化特点的过程中,提升自信心,树立更好的自我形象。②认同是中国文学外译的重要目标,而且是由文本到文化再到国家形象三个层面上的传播与接受。中国政府一直致力于推进中国文学外译和海外传播,并通过一系列相应的政策进行优秀文学作品的推介和传播,就是意在获得深层次的文化认同,塑造良好的国家形象,增强国家软实力。

但是,我们在中国文学外译的过程中,切不可忽视认同与立场的关系,不仅要成功有效地传播文学著作,还应当坚守中华文化的立场。何为立场? 按照约翰·杜布瓦(John W. Du Bois)的定义,立场是由社会行为者以对话的方式,通过外在交际手段发出的一种公开行为,由此在社会文化领域中的任意显著维度上既对客体进行评价,又对主体(包括自我和他者)进行定位,并与其他主体建立关联。③ 在这一定义中,同一立场涵盖了三个不同的方面,即:评价、定位和关联。具体而言,立场可分为三种:事实性立场(如确定性)、人际性立场(如友好性或强烈度)、社会行为性立场(如歉意)。④

罗伯特·恩格布雷森(Robert Englebretson)提出了定义立场的五项原则:1)立场表达发生在身体行为、个人态度/信仰/评价和社会道德三个层面;2)立场是公开性的,可以被感知、被解释,也可以接受他人的检查;3)立场是互动的,可以由持有不同立场的主体通过协商的方式共同构建;

---

① Wan, C., Chiu, C., Peng, S. et al. Measuring cultures through intersubjective cultural norms: Implications for predicting relative identification with two or more cultures. *Journal of Cross-Cultural Psychology*, 2007, 38(2): 213-226.

② Tajfel, H. & Turner, J. C. The social identity theory of intergroup behavior. In Worchel, S. & Austin, W. G. (eds.). *Psychology of Intergroup Relations*. 2nd ed. Chicago: Nelson-Hall, 1985: 7-24.

③ Du Bois, J. W. The stance triangle. In Englebretson, R. (ed.). *Stancetaking in Discourse: Subjectivity, Evaluation, Interaction*. Amsterdam: John Benjamins, 2007: 163.

④ Ochs, E. Indexing gender. In Duranti, A. & Goodwin, C. (eds.). *Rethinking Context: Language as an Interactive Phenomenon*. New York: Cambridge University Press, 1992: 335-358.

4)立场是可索引的,能唤起更加广阔的社会文化框架或物理背景;5)立场是能够产生结果的,对参与其中的个人或团体会产生一定的结果。[①] 可见,立场决定主体的态度和评价标准,受到社会、历史、文化等因素的影响,持有不同立场的主体还会相互影响。杜布瓦等人提出的"立场三角论"更呈现了一种动态的立场交际语用观,它表明主体的立场表述需要通过不同参与者的互动共同完成,因此,确立交际中任何一方的立场,都需要先考察另一方的立场态度及其选用的语言形式。[②] 由此,立场表述具有了主体间性(intersubjectivity),我们判断一个主体的立场不能仅仅依靠其个体表述,还要关注其参与的交际与沟通活动。

在对外译介中国文学的过程中,只有坚持中华文化的立场,才能坚守我们的文化本源,真实地展现中国图像,最终获得深层次的文化认同。然而,在当前中国文学外译的过程中,由于作品传播和文化交流的效果不甚理想,我们出现了一定程度的认同焦虑。笔者认为,认同焦虑主要是源于主体文化身份结构的失衡。那么,如何坚守立场、重建自信? 如何塑造我们的文化身份? 如何获得国际社会的认同? 这些问题与我们当前的中国文学外译密切相关,无法回避。分析中国文学外译中的文化身份问题,了解中外读者在阅读兴趣和理解方式上的差异,对推介和传播的文学作品进行及时而恰当的评估,有助于我们选择更加适合在异域文化语境中进行传播的作品,以及选取更加有效的翻译策略、立场和传播模式。

[①] Englebretson, R. Stancetaking in discourse: An introduction. In Englebretson, R.(ed.). *Stancetaking in Discourse: Subjectivity, Evaluation, Interaction*. Amsterdam: John Benjamins, 2007: 1-25.

[②] Du Bois, J. W. The stance triangle. In Englebretson, R.(ed.). *Stancetaking in Discourse: Subjectivity, Evaluation, Interaction*. Amsterdam: John Benjamins, 2007: 139-182.

第二节　译介与传播的困境:文化认同焦虑问题的突显

　　身份一方面关乎主体自身的特征,通过主体与其所在群体之间的关联使其更加深刻地理解自身;另一方面又将主体与他者区分开来,突出了主体的异在感和对于归属感的诉求。按照心理学家爱利克·埃里克森(Erik H. Erikson)的界定,身份是一种熟悉自身的感觉,是从他信赖的人那里获得所期待的认可的内在自信。①换言之,一个人通过发现自身与一个群体、种族、国家的人共有某些相对一致或类似的特质和气质,能够获得归属感和认同感,并将自己与其他社会群体区分开来。文学作品是理解主体的文化身份,进而了解某一个国家文化的重要途径,因为文化身份问题与语言交流密切相关,人们在用语言交流思想的过程中,总是通过赋予语言一定的意义来界定自身的文化身份。② 因此,要深入解读一部文学作品,我们需要厘清主体的文化身份问题,并了解其中关涉的国家或地域的文化特征。

　　应当说,当一个国家和群体对于自己的文化充满自信、感到自豪的时候,是非常希望能与其他民族和国家进行交流,促使后者更加理解前者的观点、主张和立场的;而也只有当其他民族和国家能够充分认识到前者文化的重要性,重视和尊重其文化特征,并愿意以平等交流的形式去理解其文化时,才能更好地了解前者的文化立场。但是,认同问题往往在差异中突显,在危机中被唤起。因为主体在与他者进行交流与比较的过程中会渐渐发现各种差异,这些差异会直接影响文化交流的效果,同时也会让主体认识到自身的不足,进而出现认同焦虑。

　　中国的文学作品在外译中为什么会出现认同焦虑呢? 这主要是因为

---

① Erikson, E. H. Growth and crises of the healthy personality. In Chiang, H. & Maslow, A. (eds.). *The Healthy Personality*. New York: Van Nostrand Reinhold, 1968: 30-34.

② Hall, S. Who needs "identity"?. In Hall, S. & Gay, P. D. (eds.). *Questions of Cultural Identity*. London: SAGE, 1996: 6.

我们目前的文学作品传播力和影响力较为有限：一方面，我们希望坚持中华文化的立场，并且有着迫切译出作品的心态，因此急需扩大本国文学作品在海外的影响力，提升作品的传播数量和质量；另一方面，中国文学作品的海外影响力却主要限于学术圈，普通的国外读者的接受度实际上非常有限，甚至有一定的忽视、抵触和误读现象。在"中国文学海外传播"学术座谈会上，《文艺报》总编辑阎晶明指出，"中国文学海外传播"这一命题实质上指的是"中国当代文学海外传播"，因为我国经典作品传播的成果还是值得骄傲的，但是当代文学海外传播则始终存在着焦虑问题。因为仅仅把作品翻译成外文，并不代表作品已被受众接受，更称不上得到了传播。诗评家唐晓渡也结合自己参加第八届柏林文学节的经历，指出尽管他者对中国诗歌作品充满了好奇和期待，但中国诗歌在其他国家的传播效果并不理想。①

　　让我们来看一下为什么中国文学作品会出现传播力受限的问题。这首先是由于传播语境不够完善。中国当代诗人西川认为，当前传播中的主要问题并不是翻译质量，而是如何选择作品的问题，因为现在我们译介的作品很难进入国外的主流媒体，在海外也缺乏真正意义上的中国文化社区。曹顺庆也指出，我们国内的学问受汉学家影响很大，但实际上不少汉学家对于中国文化和中国文学的理解存在问题，而且中国文学也缺乏与国外直接沟通的平台。其次是本土经验的问题，尽管作家认为他们的创作源于本土经验，但在美国《当代世界文学》(*World Literature Today*)杂志社社长罗伯特·肯·戴维斯-昂蒂亚诺(Robert Con Davis-Undiano)看来，本土经验的问题是不仅译者翻译起来很困难，而且读者理解也存在问题。诗人王家新也指出，本土经验必须和个人经验结合起来，作品才真正具有文学价值。再次是国外读者的口味和接受度问题。荷兰汉学家柯雷(Maghiel van Crevel)认为，关于中国文学传播的问题，我们

---

① 西川,曹顺庆,阎连科,等."中国文学海外传播"学术座谈会纪要.红岩,2010(5)：174-188.

还应当开展对翻译家、出版社、评论家和作家的研究。① 因为当前的中国文学外译更多的是一种"送出去"的传播活动,这与我们当初主动地去选择和接受外国文学不同:那时我们自身有学习外国文明的需要,而现在的文学传播则是我国主动向外推介文学作品,因而读者的接受度、阅读兴趣、倾向性等因素都会直接影响中国文学作品的传播效果,很有研究的必要。

为了应对这种认同焦虑,目前的一种倾向是,主体产生了对于自我文化合法化的诉求,为了寻求平等的文化交流机会,难免会产生与他者的冲突和认同危机。在关于当代中国文化的认同和传播的讨论中,认同危机作为一种普遍存在的问题引起了学者们的广泛关注。罗岗认为,现代文学认同应有两个方向:一个是认同者与认同对象之间在情感上的联系;另一个则是在理智现实层面,将现代文学与现代中国联系起来,强调现代文学在启蒙救国方面的作用。② 王晓明等人指出,还有一种较深的文学认同,它"强调文学对于促进国民性进步、在国民精神的领域里建立现代意识的作用"③。因此,如何更准确地了解读者的心理和需求,更好地引导读者,加深大众读者对于作品的理解和认同,从而更加有效地促进译作传播是我们需要解决的重要问题。值得注意的是,另一种倾向是,与研究者普遍关注认同焦虑问题相比,一些作家则表现出了相当程度的冷静。当代著名作家阎连科就表示,焦虑并非中国作家的。他认为,与其关心作品的传播,作家还不如努力创作好的作品,更加准确地表达直抵灵魂的内心体验。④ 池莉也曾经说过:"我认为一个作家,如果他的母语读者在相当长的时期内喜欢他、被他深深影响,就算这个作家一个字都没有在外国翻译出

---

① 西川,曹顺庆,阎连科,等."中国文学海外传播"学术座谈会纪要.红岩,2010(5):174-188.
② 王晓明,杨扬,薛毅,等.当代中国的文化和文学认同.雨花,1995(10):24.
③ 王晓明,杨扬,薛毅,等.当代中国的文化和文学认同.雨花,1995(10):26.
④ 西川,曹顺庆,阎连科,等."中国文学海外传播"学术座谈会纪要.红岩,2010(5):174-188.

版,他也是最好的作家。"①作家更关注本国的读者当然可以理解,但是这实际上也透露出一丝无奈,毕竟能得到更多读者的欢迎和认可无疑是令人欢欣鼓舞的。而要理解并促进作品在不同的文化语境中的接受与传播,我们需要进一步分析主体的文化身份结构。

第三节 认同焦虑的根源:文化身份结构的失衡

如何界定和理解中国文学外译中主体的文化身份呢? 一般而言,我们可以通过分析主体的文化身份构建(identity configuration)来解读其文化立场。因为翻译是在不同文化语境中的语言交流,其中关涉的主体,即作者、译者和读者均具有双重的文化身份:一种是其对于本族语文化的认同(home-identity);另一种则是其对于目标语文化的认同(host-identity)。这两种文化身份对于我们理解文化交流中主体的态度、立场和价值取向而言起着极其重要的作用,并直接影响着作品传播和文化交流的效果。

相比较而言,文化身份结构趋于平衡的主体更能以宽容的心态进行文化交流,这分为两种情况:若主体对于本族语文化和目标语文化均持较高的认同感,就能够更有效地按照要求进行语码转换,也能够更好地融入这一文化交流环境;②若主体对于这两种文化的认同感均较低,则通常具有较高的文化敏感性,拥有四海一家的情怀和全球化思维,因而也可以从两种文化的束缚中解脱出来。③ 对于中国文学外译活动而言,最为理想的目标语读者是前者,因为他们能以积极的心态了解中国文学,并以宽容的

---

① 高方,池莉. "更加纯粹地从文学出发"——池莉谈中国文学译介与传播. 中国翻译,2014(6):51.

② Molinski,A. Cross-cultural code-switching:The psychological challenges of adapting behavior in foreign cultural interactions. *Academy of Management Review*,2007,32(2):622-640.

③ Levy,O.,Beechler,S.,Taylor,S. et al. What we talk about when we talk about "Global Mindset":Managerial cognition in multinational corporations. *Journal of International Business Studies*,2007,38(2):231-258.

心态接受中国文化。

1. 对本族语文化的认同感偏高

研究表明,文化身份结构的失衡会导致主体在文化交流过程中的效果不够理想。若主体对本族语文化持较高的认同感,而对目标语文化的认同感较低的话,则较易产生相对于其他群体的优越感,从而出现民族中心主义的倾向。① 在现阶段中国文学外译的过程中,尽管我们意在通过小说更加真实具体地展现中国社会的现状,让读者理解和接纳中国文化,然而,我们希望塑造的国家形象与国外读者实际上对中国文化的印象往往相去甚远。这在一定意义上是因为中文小说的译入以英语世界国家为主导,在译文读者的心里,中国更多的是一种作为"他者"的存在;其中相当一部分读者对于作品中神秘、黑暗、丑陋、古怪的元素更感兴趣,因而出版商也倾向于引进揭露社会阴暗面和不和谐层面的作品。②

美国著名的华裔小说家汤亭亭(Maxine Hong Kingston)的成名作《女勇士》(*The Woman Warrior*: *Memoirs of a Girlhood among Ghosts*)面世后,获得了美国主流文学界和媒体的一致好评。"可以毫不夸张地说,华裔文学近年来在美国声誉日隆,与汤亭亭取得的文学成就密不可分。"③然而,与汤亭亭的文学造诣相比,外国学者、评论家和读者似乎更加关注其种族和性别,因此其作品始终处于经典的边缘地位。在《女勇士》中译本的译序中,屈夫(Jeff Twitcher)指出,美国读者之所以会对该书抱有浓厚的阅读兴趣,主要是出于一种猎奇的心理,因为这是一本描写中国的书,书中充满了动人、神秘的异国情调。在诺普夫出版社(Alfred A. Knopf)介绍汤亭亭另一部代表作《中国佬》(*China Men*)的文章中,作者

---

① Lee,Y. Home versus host-identifying with either,both,or neither? The relationship between dual cultural identities and intercultural effectiveness. *International Journal of Cross Cultural Management*,2010,10(1):55-76.

② 王颖冲,王克非. 现当代中文小说译入、译出的考察与比较. 中国翻译,2014(2):33-38.

③ 张子清. 美国华裔文学(总序)//汤亭亭. 女勇士. 李剑波,陆承毅,译. 桂林:漓江出版社,1998:4.

的华人身份被着意强调,该书甚至被描绘为"充斥着恐怖和迷信的元素,偶尔还有些猥亵"①。对此,汤亭亭一再声明自己的身份是美国人,她的书并非描写自身家世的非小说,而是具有普遍意义的美国小说。她认为,一些美国评论家对其作品的夸奖实质上是一种文化误读,源于其刻板的东方式幻想、西方中心主义的解读模式以及华裔美国作家的美国人身份合法性的缺失。她说:"我怀疑他们(美国白人评论家)中的大多数人使用了某种下意识的方式来感受它(《女勇士》)的特质;我怀疑他们夸奖错了东西。"②

以上一章中对《狼图腾》的原作及其英译本的分析为例,译者葛浩文在翻译的过程中,删减了不少原作中有关人物情感、判断和鉴赏的表达,由此在一定程度上改变了作者的态度立场;而他基于英文小说的创作规范,对于原作信息进行重组和调整,也表现出他更加认同英文小说的评价标准。译者为了使作品更加符合译文读者的阅读习惯,对小说中的对话、心理描写、议论尤其是说教部分进行了大幅度的删减,这样的确有利于作品的传播,但是也偏离了作者的创作意图。原文作者姜戎就是希望通过小说教育和感化读者,渲染并传播狼性精神、游牧文明和生态平衡的理念,这些删减和调整不仅降低了作品的力度,还改变了作者的风格。因为构成作者风格的元素不仅仅包括其措辞或修辞,还体现在句子节奏、比喻、时态、标点、斜体等的运用上,"作者所有的特性、偏好、优点和不足,实际上都构成了其风格"③。对于相关内容的大幅度删减和调整同样显示出译者和国外出版社更加认同其本族语文化,选择了西方文化的立场。

而且,从这部小说的接受情况来看,译文读者和评论者的批评声音较为一致地指向了小说的审美价值,尤其是对于小说中的说教、重复、议论

---

① Buckmaster,H. China men portrayed with magic:*China Men*,by Maxine Hong Kingston. *The Christian Science Monitor*,1980-08-11(B4).

② 杨春. 汤亭亭拒绝美国的文化误读. (2015-06-07)[2021-06-28]. https://cul.qq.com/a/20150607/017343.htm.

③ Hall,O. *The Art & Craft of Novel Writing*. Cincinnati:Writer's Digest Books,1989:81.

等无法接受,可见他们用于评价这部中文小说的标准仍然是国外的。而且,与小说的文学价值相比,译文读者明显更加关心其知识价值,他们更希望透过小说丰富或加深自己对于中国社会的理解;而译文读者对于小说背后的政治因素、小说作者身份的关注更加显示出中国的文学作品对于他们而言,仍然是一种作为"他者"的存在,他们仍然希望通过这部小说印证自己对于中国的固有印象。

2. 对目标语文化的认同感偏高

如果主体对于本族语文化的认同感较低,但对于目标语文化的认同感较高,则容易产生焦虑、压力和被边缘化的感觉,而且会因为过于遵从异文化而丧失了自身的文化根基。① 这种文化身份结构的不平衡性导致了我们当前文学外译中的认同焦虑问题。汤亭亭曾经谈及在小说的创作过程中,她混合运用了东西方神话故事,因而读者可以从其作品中看到两种文化的交织:龙既是祥瑞的象征,也弥漫着恐怖的气息;兔子自我牺牲、跳入火中的故事,既与东方佛教相关,又暗合了西方的《爱丽丝漫游奇境记》;而花木兰和岳飞故事的合并,则意在"用男子的力量去增加女子的力量"。这一方面是由于其童年时的记忆混淆,另一方面则是出于创作的需要,因此她将这些元素进行了移植和合并。② 但是对于她篡改中国神话的批评,汤亭亭回应道:"我们需要做的远不止于记录历史……我保持中国古老神话生命力的方式就是用全新的美国方式将它们讲出来。"③这其实还是源于作者深受两种文化的影响,并对美国文化持较高的认同感。有研究者即指出,在汤亭亭的笔下,中国文化与西方文化并不平等,而是处于一种卑微的地位,《女勇士》中的一些文化差异就是为了迎合英语读者

---

① Lee,Y. Home versus host-identifying with either,both,or neither? The relationship between dual cultural identities and intercultural effectiveness. *International Journal of Cross Cultural Management*,2010,10(1):55-76.

② 张子清. 东西方神话的移植和变形——美国当代著名华裔小说家汤亭亭谈创作//汤亭亭. 女勇士. 李剑波,陆承毅,译. 桂林:漓江出版社,1998:194.

③ Pfaff,T. Talk with Mrs. Kingston. *The New York Times*,1980-06-15(A1).

而有意营造出来的。①

对于这一问题的理解,我们可以参考张子清在《女勇士》中译本前面的总序中关于华侨文学和华裔文学的区分。在他看来,华侨文学是由移居美国的第一代华侨用英语或汉语创作的;华裔文学则专指出生在美国的华裔作家创作的文学作品,这些作家接受了良好的西方教育,习惯于用地道的英文进行创作,并"从美国人的视角观照中国文化,对中国文化和美国现实进行了深沉的反思"②。华裔作家难免会遭遇认同焦虑:这一方面是因为他们在很大程度上远离了中国文化,对于中国的想象更多是留在他们记忆深处的一个个故事,这些故事或许不够真实,却以碎片的形式构成了其最基本的文化根基;但另一方面,他们又面临着无法融入美国主流文化的身份困境,需要用写作为中国人和中国文化正名。相比于中国文化,华裔作家往往对美国文化的认同感更高,这在一定程度上也决定了其在创作中会更倾向于持美国人的价值观,采取美国文化的立场。

第四节　认同焦虑的消除与中国文学"走出去"

我们目前的中国文学外译已经取得了哪些进展,又有哪些宝贵的经验呢? 值得肯定的是,得益于我国官方渠道的积极推动和中外译者、媒体、出版商等的共同努力,目前中国文学外译成效颇为显著。根据"中国文化海外传播动态数据库"的统计,截至"十一五"的最后一年(2010年),全国出版物进出口经营单位累计出口图书、报纸、期刊、音像制品、电子出版物等达3690.5万美元,出版物已推广至世界190多个国家和地区。图书版权输出的结构相对优化,对美国、加拿大、英国、法国、德国等发达国家的输出总量增长迅速,与"十五"时期末相比,图书版权输出总量增长了近14倍。自2002年中国图书加快"走出去"的步伐以来,中国出版界除

---

① 王光林. 翻译与华裔作家文化身份的塑造. 外国文学评论,2002(4):151.
② 张子清. 美国华裔文学(总序)//汤亭亭. 女勇士. 李剑波,陆承毅,译. 桂林:漓江出版社,1998:3.

利用传统方式之外,还逐步在海外设立了海外出版分社、海外办事处、海外分公司等分支机构;"走出去"的产品形式也渐趋多元,除传统的实物出口和版权输出之外,还增加了数据库、网络出版、电子书等的出口。中国外文局一直坚持采取中外合作的方式,请外国人润色、把关或者共同翻译,同一部书稿必须经过中外双方的合作才能出版,由此保证了译作的质量,同时这也体现了一种对读者认真负责的工作态度。译者通过有效沟通,根据国外读者的特点对译文进行相应的调整和修改,这样更有利于译作的海外传播。外文局原副局长兼总编辑黄友义指出,我们必须正视自己的文化地位处于弱势的现实,既要主动出击推介相关的作品,也要争取合作,因为中外合作是最好的传播途径。国内出版社可以通过联合出版、版权转让、寻找文学代理人等形式,与国外出版社建立更好的合作关系。①

下面,让我们来看一个中国文学"走出去"的成功案例。2014 年,麦家的长篇小说《解密》英译本在 35 个国家上市,上市首日即刷新了中国作家在海外销售的最好成绩,《纽约时报》《金融时报》《经济学人》(*The Economist*)和英国广播公司(BBC)等 30 多家海外主流媒体都对麦家及其小说创作进行了报道,并给予了较高评价。《解密》的成功首先源于作品世界性的写作题材和作家卓越的写作才华、丰富多元的形式和严密的叙事逻辑,这些要素使得作品无论对于本土读者还是国外读者而言都具有极大的吸引力。《纽约时报》曾援引哈佛大学王德威教授的评价,称麦家的小说艺术风格"混合了革命历史传奇和间谍小说,又有西方间谍小说和心理惊悚文学的影响"②。其次是海外著名出版机构的推动。《解密》的英国译者翻译的部分章节后来被转到了企鹅出版集团的编辑手中,引起了对方的浓厚兴趣。《解密》和《暗算》同时被列入该出版社的"企鹅经典"丛书,这一书系早在 1935 年就已诞生,早已成为国际文学界最著名的品

---

① 鲍晓英. 中国文化"走出去"之译介模式探索——中国外文局副局长兼总编辑黄友义访谈录. 中国翻译,2013(5):63-64.

② Tatlow, D. K. A Chinese spy novelist's world of dark secrets. (2014-02-20) [2021-10-28]. https://sinosphere.blogs.nytimes.com/2014/02/20/a-chinese-spy-novelists-world-of-dark-secrets/.

牌之一。企鹅出版集团对麦家的青睐，很快引起了其他国外出版社的关注，它们纷纷签下了《解密》和《暗算》的版权，其中包括美国的出版业巨头FSG 出版集团、西班牙语国家第一大出版集团"环球"（又译"行星"）、"法国出版界教父"罗伯特·拉丰的出版社等。① 再次，《解密》的主题与当时国际热点"棱镜门"事件不谋而合，具有较强的巧合性、时效性与针对性。② 在这一文学传播的成功案例中，我们不难发现，作品本身的题材、作家的叙事手法、批评家的积极推介、海外主流媒体的宣传和出版机构的推动均对作品的传播起到了积极而有效的促进作用，这非常值得我们学习和借鉴。

可见，要消除文化认同焦虑，更好地促进中国文学作品的海外传播，我们需要厘清与文学认同相关的主体的文化身份。与文学作品相关的文学认同大致可以分为作者、机构、读者、社会语境和文本本身五个范畴，因而出版商、评论者、书商、教师、研究者、图书馆管理员、译者和官员的相关活动对于某一区域文化认同的形成而言，起着重要的作用。③ 不难看出，与文学认同相关的主体贯穿了作品的选择、翻译和推介过程，我们大致可以将其分为精英读者（评论者、教师、研究者等）、译者和大众读者，并制定不同的策略。

其一，对于精英读者而言，我们更需要重视作品的选择。澳大利亚作家休·安德森（Hugh Anderson）曾组织编译过当代中国女作家的短篇小说集《吹过草原的风》（*A Wind Across the Grass*）。在他看来，当代中国文学作品的文学标准、艺术表现力以及对于世界的看法都值得肯定，但与历史和思想斗争关系紧密，且"说教性过强，缺乏洞见和深刻的人物性格"④。作品本身的文学性和人文意义才是精英读者真正关注的，也正是这一点

---

① 饶翔. 中国文学：从"走出去"到"走进去". 光明日报，2014-04-30(1).

② 饶翔. 中国文学：从"走出去"到"走进去". 光明日报，2014-04-30(1).

③ Segers，R. T. Inventing a future for literary studies：Research and teaching on cultural identity. *Journal of Literary Studies*，1997，13(3-4)：279.

④ 欧阳昱. 澳大利亚出版的中国文学英译作品. 四川大学学报（哲学社会科学版），2008(4)：115.

将文学作品与畅销书区别开来,让我们不至于以销量作为衡量文学作品价值的标准。正如莫言所说的,"翻译过来或翻译出去,仅仅是第一步,要感动不同国家的读者,最终还依赖文学自身所具备的本质,也就是关于人的本质"①。可见,对于真善美的追求,对于人类感情的尊重,对于作品创作方法的关注,是成功的文学创作需要具备的重要元素,唯其如此,作品才能焕发出无可比拟的魅力,获得各国读者的青睐。埃兹拉·庞德(Ezra Pound)所译的《神州集》(*Cathay*)就是一个很好的例证。这部由庞德半翻译半创作出来的作品,得到了评论者压倒性的赞叹与好评,就连最恨他的英国学院派都不敢菲薄。例如,福特·马多克斯·福特(Ford Madox Ford)就称赞书中的诗歌拥有至高无上的美,其中的意象和技法更是为诗歌创作带来了新鲜的气息,认为该书"是英语写成的最美的书……如果这些诗是原著而非译诗,那么庞德便是当今最伟大的诗人"②。一部作品可以令人如此折服,足可见原作和译作的文学性才是真正能打动评论家,并让读者敞开胸怀的重要元素。

其二,我们应当重视和肯定译者的作用,鼓励其提高翻译质量,并协助拓宽各种宣传渠道进行推广。以莫言作品的传播为例,其作品之所以会在海外大受欢迎,当然离不开作者高超的文学创作手法和对历史人物的巧妙处理,此外还因为他遇到了才华出众的翻译家葛浩文。M. 托马斯·英奇(M. Thomas Inge)教授曾盛赞葛浩文的译文是大师手笔。刘绍铭也曾直言:"如果《红高粱》的英译落在泛泛辈之手,莫言是否仍得世界级作家美誉,实难预料。"③此外,《红高粱》被改编为电影并获得了柏林国际电影节金熊奖,在国外大放异彩,也让莫言的作品拥有了更大的知名度,并获得了广泛的认可。④ 需要注意的是,当两种文化存在明显的强弱

① 许钧,莫言. 关于文学与文学翻译——莫言访谈录. 外语教学与研究,2015(4):614.
② 赵毅衡. 诗神远游——中国如何改变了美国现代诗. 上海:上海译文出版社,2003:18.
③ 刘绍铭. 入了世界文学的版图——莫言著作、葛浩文译文印象及其他//杨扬. 莫言研究资料. 天津:天津人民出版社,2005:508.
④ 姜智芹. 中国新时期文学在国外的传播与研究. 济南:齐鲁书社,2011:105-110.

对比时,译者和大众读者往往会选择去了解和学习强势文化。美国人林乐知(Young John Allen)与光绪进士任廷旭合译了日本教育家森有礼的英文著作《文学兴国策》(*Education in Japan*)一书,就是因为当时中国教育以科举为中心,不重视教育的普及;严复在翻译赫胥黎(T. H. Huxley)的《天演论》(*Evolution and Ethics*)时,加入了许多与作者观点相左的赫伯特·斯宾塞(Herbert Spencer)的观点,就是要使这一译作迎合当时中国时代环境的需要,让读者真正产生危机意识;而乔治·戈登·拜伦(George Gordon Byron)的《哀希腊》("The Isles of Greece")一诗被梁启超、苏曼殊、马君武、胡适等一再译介,在中国近代风靡一时,"除了这首诗本身感人至深外,更重要的是它出现在一个汉族知识分子和革命者立志要推翻清王朝统治的历史时刻"①。要让更多的国外大众读者了解我们的文学作品,我们在确保作品翻译质量的同时,还要努力促进主体身份结构趋于平衡,帮助读者以更加平和宽容的心态看待中国的文学作品,接受中国文化。

其三,我们要充分考虑到大众读者的阅读兴趣和理解方式,多选择更受国外读者欢迎的文学作品。毕竟,受众对于文学作品在异域文化中的传播和推广而言的确起着非常重要的作用。一般而言,国外读者更倾向于选择与自身的立场和价值取向较为相近或类似的作品,毕竟,他们对于作品的理解更多的是始于一种文化想象,因为按照贝内迪克特·安德森(Benedict Anderson)的界定,民族是"一种想象的共同体,——并且,它是被想象为本质上有限的,同时也享有主权的共同体"②。国外读者心目中的中国和中国文化,主要是基于各种媒介渠道获得的阅读经验而想象出来的。正如谢天振所指出的,"西方人对中国开始有比较全面深入的了解,也就是短短的二三十年的时间罢了"③。所以,我们需要充分考虑这些读者的背景知识和阅读习惯。由于文学作品总是存续于一定的历史阶

---

① 邹振环. 影响中国近代社会的一百种译作. 北京:中国对外翻译出版公司,1994:155.

② 安德森. 想象的共同体. 吴叡人,译. 上海:上海人民出版社,2011:6.

③ 谢天振. 中国文化"走出去"不是简单的翻译问题. 社会科学报,2013-12-05(6).

段,因而总会带有一定的历史、民族和时代特点,读者在阅读过程中可以了解相关的历史特征、风土人情、意志情感等,这也是吸引读者的重要元素。"熊猫丛书"的出版效果不太理想,有一部分原因就是译者遵循了严格的直译,一味强调遵循原作和尊重作者的通识,却没有细致地考虑国外读者的阅读习惯和中外读者在作品理解和接受方面的差异,有些译文在国外读者读来甚至是荒唐可笑的,这无疑阻碍了作品的传播。① 基于此,我们需要尽量多考虑国外读者的阅读感受,先尽力让他们对作品中的文化元素产生兴趣,觉得作品新鲜有趣,产生阅读意愿,然后清晰地解释并展示这些元素,促使读者接受和认同作品。

当前的中国文学外译中存在的一个问题是:长期以来,我们都将目标语的主要读者群设定为以英语为母语的读者群,不断地向其推介优秀的文学作品,然而,这些读者却大都对外国文学作品尤其是译作存在抵触情绪,有些读者甚至刻意避开文学译作,因为他们认为译作是再创造出来的作品,并非文学作品本身。② 池莉也曾指出,迄今为止,国外出版社在翻译出版图书方面,最积极活跃的是法国,因为法国在民族性、历史性、革命性、文化性等方面与中华民族文化颇具相似之处。③ 因此,我们需要关注与我们有着相似文化背景或是经历的读者群;其中,我们还要特别关注海外华人,因为这些读者虽远离故土,却对中华文化耳濡目染,渴望追寻和探究自己的文化根基,也会格外留意与中国文化相关的文学作品。总体而言,在现阶段的中国文学作品外译和传播过程中,我们既需要依赖精英读者的深入研究,促进读者对于中国文学作品的理解,通过优秀的译者帮助读者接触优秀的文学作品,还要通过拓宽多种渠道对于作品进行宣传和介绍,从而促进文学作品在大众读者层面得到认同。

---

① 姜智芹. 中国新时期文学在国外的传播与研究. 济南:齐鲁书社,2011:6.
② McDougall,B. S. World literature,global culture and contemporary Chinese literature in translation. *International Communication of Chinese Culture*,2014,1(1-2):53-54.
③ 高方,池莉. "更加纯粹地从文学出发"——池莉谈中国文学译介与传播. 中国翻译,2014(6):50.

由本章分析可见,在现阶段的中国文学外译中,由于作品的传播力相对受限,我们期待建立的国家形象与国外读者心目中的形象又存在一定的距离,这导致了文学作品在海外传播的受限,也引起了主体文化身份结构的失衡,从而造成了现阶段的认同焦虑问题。这一焦虑主要源于主体文化身份结构的失衡,而要消除焦虑,我们首先需要平衡自身的文化身份结构,选择和译介国外读者更感兴趣和欢迎的作品;同时,在确保作品的翻译质量的前提下,多关注国外读者的文化认同,了解他们的需求和兴趣,并通过各种渠道扩大作品的知名度,促使我们的文学作品获得更大程度的认同。

第六章　中国文学外译中的文化立场问题[*]

在本章中,我们将从中国文学外译中需要展现什么样的文化认同这一问题出发,分析译者自身文化认同的构建过程及其在文化冲突中的选择。从中我们可以看出,译者的文化认同不仅与其采取的翻译策略密切相关,还会深刻地影响译文读者对于异域文化的接受和认可。

第一节　文学外译中的文化立场

文化代表了一个社会群体对于世界共有的知识或理论体系,包括信念、价值观、态度以及其他可以解释和帮助其适应不同环境的观点。^①盖尔·内梅茨·罗宾逊(Gail L. Nemetz Robinson)将文化分为两个层级:1)外部文化,指与语言、手势、风俗、传统、习惯等相关的行为,由此我们拥有了文学、民俗、艺术、音乐、手工艺品等;2)内部文化,指与信仰、价值观、

---

* 本章主要内容发表于:周晓梅. 文学外译中译者的文化认同问题. 小说评论,2016(1):65-72. 收入本书时有修改。

① Hong, Y.-Y., Morris, M. W., Chiu, C.-Y. et al. Multicultural minds: A dynamic constructivist approach to culture and cognition. *American Psychologist*, 2000(55): 709-720.

体系等相关的观点。① 外部文化与内部文化是密切相关、相互影响的。文化因素往往会对一个人的评价、推理、态度、个体倾向性等产生重要的影响,因而与其最终的抉择关系密切。② 换言之,文化以多元化的形式深刻影响着个人的成长与发展,塑造了其信仰和价值观,并逐渐体现于其态度、评价等行为上,最终形成了其文化立场。

1. 文化立场

文化立场指生活在同样社会环境中的人往往持有一些相同的观点和看法,它反映出主体一些稳定的特点,这些特点决定了他们会更倾向于采取一些行为,遵守一些准则,并做出几乎是自动的反应。③ 一个人的文化立场往往能够反映出其文化上的倾向性,一般而言,一个人在移居国外后,往往会选择新的国家的文化立场,这是一种文化适应;④与之不同的是,由于全球化的影响,现代社会的人很容易经历两种不同的文化,而当个体所持的文化价值观与国外的文化价值观产生冲突时,其文化立场可以从其对这两种文化的认同方式中体现出来。

如何判断主体的文化立场呢? 立场表达是指社会主体采取一定的言语行为,以承担立场表述的责任,并引起关于某一社会文化价值的讨论。⑤ 在中国文学外译这一跨文化的沟通交流活动中,译者的文化立场代表了其价值取向,会直接决定他对于两种文化的态度,并影响其对作品的解读

① Robinson,G. *Cross Cultural Understanding*. Hemel Hempstead:Prentice Hall International,1988.

② Chen,C. C.,Meindl,J. R. & Hunt,R. G. Testing the effects of vertical and horizontal collectivism:A study of reward allocation preferences in China. *Journal of Cross-Cultural Psychology*,1997(28):44-70.

③ Hofstede,G. The cultural relativity of the quality of life concept. *Academy of Management Review*,1984(9):389-398.

④ Wang,S.,Newman,I. M. & Duane,F. S. Cultural orientation and its associations with alcohol use by university students in China. *PLOS ONE*,2016,11(11):2.

⑤ Du Bois,J. W. The stance triangle. In Englebretson,R.(ed.). *Stancetaking in Discourse:Subjectivity,Evaluation,Interaction*. Amsterdam:John Benjamins,2007:143.

和传播方式,而读者对于作品的评价同样也会显示或暗示其采取的立场和态度。值得注意的是,主体的文化立场是一个动态发展的过程,我们需要关注其中的不同变化。李扬认为,"文化立场"是指作家对文化传统的态度,现代中国文学史上的很多作家,例如鲁迅、郭沫若、茅盾、巴金、老舍、曹禺、丁玲等,在前期创作中,都反对以儒家学说为核心的价值理念,尊崇个性、崇尚自由;但在后期的创作中,却逐渐向传统文化靠近,最终完成了由"现代"向"传统"的转型,"而正是这种文化姿态的调整,最终导致了作家的价值观念、创作目的与动机、文学理想的转向"①。可见,文化立场代表了主体的价值取向,二者互相影响、紧密相连,且与历史、时代、社会、文化等外部因素息息相关,不仅是主体的个人选择,还彰显了其发展或转变过程。

那么,我们应当如何从中国文学外译中判断译者的文化立场? 须看到,不同的语篇类型应当参照不同的评价标度,而不同的评价标度也反映了不同文化群体的价值观也有所有不同;译者与作者评价标度的一致或偏离同样反映了译者自身的价值取向。② 芒迪曾经尝试运用评价理论研究译者在翻译过程中的评价和介入行为。③ 在《翻译中的评价:译者决策关键之处》(*Evaluation in Translation*: *Critical Points of Translator Decision-making*)一书中,他运用评价理论详细讨论并解释了译者决策中的评价性语言。④ 他指出,译者作为翻译这一交流过程中的积极参与者,并非作为透明的意义传递管道"介入"这一活动,而是会受到一些文本外因素的制约和引导,例如代理机构,翻译目的,读者期待,目标语文本功能,译者自身的社会文化和教育背景、意识形态、措辞、个人风格偏好等都

①　李扬. 文化立场与曹禺的创作转向. 广东社会科学,2011(5):168.

②　张美芳. 语言的评价意义与译者的价值取向. 外语与外语教学,2002(7):15-18.

③　Munday, J. Evaluation and intervention in translation. In Baker, M., Olohan, M. & Calzada, M. (eds.). *Text and Context*. Manchester: St. Jerome Publishing, 2010: 77-94.

④　侯林平,李燕妮. "评价理论"框架下译者主体性研究的新探索——《翻译中的评价:译者决策关键之处》评析. 中国翻译,2013(4):53-56.

会对翻译活动产成一定的影响。①

　　具体到文学译介方面,芒迪的研究表明,翻译中的主要障碍是经典著作的原文丢失、文化特色词的翻译和文体风格的把握等。译者在版本选择上的差异以及对评价性词汇的不同阐释,集中体现在不同的评价基调和阅读取向上;在处理含有间接、联想评价意义和词义空缺的文本时,译文存在态度的明晰化和级差转换,这有时是译者和作者商讨的结果,有时最终决定权落在编辑手中;选择强势、非核心的词很可能是翻译高手的惯常做法,因为此类译者对他们自己在翻译中的创造力充满信心。② 这些都是我们在研究中需要重点关注的地方,因为译者选择的不同版本和评价性词汇由其文化立场决定,并彰显了其价值取向。

2.文化立场与价值取向

　　那么,文化立场与价值取向有什么关联呢? 王晓明、陈思和指出,文化立场的形成可以分为两个方面:一方面,知识分子需要拥有个人立场;另一方面,个人立场其实源自对某种精神价值的明确认定。因而我们需要梳理精神价值背后的文化传统。③ 可见,主体的文化立场既是个人选择,也深受价值取向的影响;文化立场和价值取向关系密切,且都源于主体身处其中的文化传统。

　　1980 年,荷兰社会心理学家吉尔特·霍夫斯泰德(Geert Hofstede)出版了《文化的影响力:价值、行为、体制和组织的跨国比较》(*Culture's Consequences: Comparing Values, Behaviors, Institutions, and Organizations Across Nations*)一书,由此奠定了其文化比较研究创始人的地位。霍氏在书中提出,不同的文化和社会背景会影响个人的思维模式,导致其在行为方式上的不同。他在第三章和第七章中详细列举出了衡量价值观的五个维度,即:

---

① Munday, J. *Evaluation in Translation: Critical Points of Translator Decision-making*. London: Routledge, 2012: 2.

② Munday, J. *Evaluation in Translation: Critical Points of Translator Decision-making*. London: Routledge, 2012: 110-126.

③ 王晓明,陈思和. 知识分子的新文化传统与当代立场. 文艺争鸣,1997(2):36.

1）权力距离（power distance）：指在一个国家的组织和机构中，掌握较少权力的人对于权力分配不平衡现象的接受程度。在权力距离小的国家，人们认同个人权力的平等，更加注重个人的能力；而在权力距离较大的国家，人们则更能接受社会中的不平等现象，注重权力的约束力。

2）不确定性的回避（uncertainty avoidance）：指文化成员对于不确定或是未知的情况所感觉到的恐慌程度。在不确定性回避程度低的国家和地区，人们能够宽容对待差异性、变化和革新，也可以坦然地接受不确定性；而在不确定性回避程度高的国家和地区，人们认为差异代表危险，常常因循守旧。

3）个人主义与集体主义（individualism and collectivism）：衡量某一社会总体倾向于关注个人的利益还是集体的利益。个人主义社会的人们采取低语境文化的交流方式，更关注个体的独创性和成就，注重自主性、多样性、快乐和个体的经济安全；集体主义社会的人们采取高语境文化的交流方式，更注重集体的归属感，重视专业知识、秩序、责任和团体组织给予的安全感。

4）男性化与女性化（masculinity and femininity）：指某一社会中不同性别的情感角色的分配。男性化社会中工作压力大，相信个人的决定，对男女价值的判断存在明显差异；女性化社会中工作压力小，相信集体的决定，对男女价值的判断基本一致。

5）长期取向与短期取向（long-term versus short-term orientation）：指的是某一文化中的成员对延迟获得物质、社会、情感需求方面的满足所能接受的程度。长期取向的社会注重恒心和毅力，人们认为传统应当适应新的环境；短期取向的社会则期望快速看到结果，人们更尊重传统。①

可以看出，霍氏的研究将价值体系视作文化的核心要素，由此将文化与主体的价值观联系起来；一些国家的人明显比其他国家的人更重视某

---

① 转引自：De Mooij，M. & Hofstede，G. The Hofstede model. *International Journal of Advertising*，2010，29（1）：88-90.

些价值观,可见价值观就是文化最深层的表现形式。① 施瓦茨的研究同样表明了文化与价值取向是密切相关的,他指出,文化的内涵意义丰富且复杂,包括一个社会里人们的意义、信念、实践、象征、标准和价值观;主流价值观代表了社会中最主要的文化特征,说明人们已经认同在一种文化和文化观念中哪些是好的、哪些是可取的。②

韦努蒂指出,翻译常常会被人们质疑,因为它使外语文本本地化,赋予其新的语言和文化价值,由此使其为本地读者所理解,这一过程必然会导致一个结果——文化认同的形成,因为在重现外语文化的过程中,翻译起了极其重要的影响。③ 译者往往会设定特定的读者群,因此选择一定的翻译策略,就意味着他同时选择了相应的意识形态立场。而且,适当选择外语文本和翻译策略可以改变或是加强本地文化中的文学经典、理论范式、研究方法、医疗技术、商业活动等,④所以这一选择过程本身非常重要。翻译不仅可以带来技术方面的革新,也可以带来人们思想观念上的变化。

我们当前的中国文学外译活动,并不是简单的两种语言文字层面上的转换,更重要的是要实现文化层面的理解、交流和互动。正如谢天振所指出的,"我们要关注在翻译过程中表现出的两种文化与文学的相互理解、误解和排斥,以及相互误释而导致的文化扭曲与变形,要深入考察和分析文学交流、影响、接受和传播等问题"⑤。在这一过程中,我们需要了解译入语国家的社会因素、意识形态、道德标准等,因为这些因素对于我们译介的作品能否被读者接受、能否产生更大的影响力起着非常重要的

---

① Lillian, Y. F., Dinah, M. P. & Christy, M. C. Cultural values, utilitarian orientation, and ethical decision making: A comparison of U. S. and Puerto Rican professionals. *J . Bus . Ethics*, 2016(134): 266.

② Schwartz, S. H. A theory of cultural value orientations: Explication and applications. *Comparative Sociology*, 2006, 5(2-3): 138-139.

③ Venuti, L. *The Scandals of Translation: Towards an Ethics of Difference*. London: Routledge, 1998: 67.

④ Venuti, L. *The Scandals of Translation: Towards an Ethics of Difference*. London: Routledge, 1998: 68.

⑤ 王志勤,谢天振. 中国文学文化"走出去":问题与反思. 学术月刊,2013(2):21-22.

作用。许钧认为："一个译者,面对不同的文化,面对不同的作品,具有不同的态度和不同的立场。而因态度与立场的不同,所采取的翻译方法必然有别。"①所以,我们要认真考察译者在翻译过程中的策略选择,从中了解其文化立场。须知,译者的文化立场一方面代表了其个人的倾向性,另一方面源于其文化身份,与其生活的文化背景密切相关,因此,我们在对文本做对比分析时,需要透过对译者文化认同过程的分析去了解其文化价值观,理解其所持或意在强化的文化立场,从而更加深入地理解目标语文化。

第二节　文化认同与译者的文化立场

文化认同对于中国文学外译而言是一个复杂且无法回避的重要问题,因为它直接关涉"我是谁"这一主题,代表了主体对于自身归属感的界定。按照文化人类学的观点,在异域文化交流中,译者对于自身的看法同样决定了其对于他者的观点,不同的文化认同会直接影响其对于作品的认知、态度和翻译策略,译者的解读和传达会帮助译文读者构建关于异域文化的认同,读者则会在想象性认同中形成对作品及其价值的认识和态度。正如我们在上一章中提及的,译者的文化认同结构不仅与其价值取向密切相关,也是我们解读其文化立场和态度的重要依据,并会直接影响文学外译和文化交流的效果。因此,在本章中,我们将通过译者文化认同的分析探讨译者的文化立场问题。

认同是"一个人本质的、延续性的自我,是作为个体自我内在的、主体性的概念,诸如性别认同、族群认同或群体认同"②,而文化认同则是指个体对其所属民族起源的主观倾向性。③ 在文化人类学家曼宁·纳什(Manning Nash)看来,文化认同不仅涵盖语言、行为、规范、信仰、神话、价

---

① 许钧. 尊重、交流与沟通——多元语境下的翻译. 中国比较文学,2001(3):81.
② 周宪. 文学与认同. 文学评论,2006(6):6.
③ Alba,R. D. *Cultural Identity：The Transformation of White America*. New Haven：Yale University Press,1990：25.

值观等要素,还关涉社会制度的形成和实施。[1] 乔治·德沃斯(George De Vos)则更加清晰地指出,文化认同会让主体有一种同根同源的感觉,因为主体间享有共同的信仰和价值观,这也可以成为其将自我界定为圈内人的基础。[2]

在文学外译这一关涉多语境的跨文化交流活动中,译者时常要面对各种差异性和异质性,体验迥异的价值体系、生活方式、伦理范式、心理结构等带来的冲击感,因此会产生对于自我文化认同的追问。译者不仅需要在强势文化与弱势文化之间进行选择,还要经历混合身份认同的过程(hybrid identification),这对其而言不啻一种强烈的思想震撼甚至精神磨难。从这一焦虑与希冀、痛苦与愉悦并存的主体体验中,译者不仅丰富了自己对于作品的理解,还可以更加准确地为读者进行多元化的阐释。

第三节 我是谁:译者自身文化认同的构建

20世纪80年代以来,认同问题随着文化研究的升温进入了研究者的视野。90年代以后,它取代了意识形态和霸权问题,成为焦点问题,并延展至社会理论、哲学、政治学、教育学等诸多领域。文化认同表征了主体对自己所处群体的认可、对自我与他者差异性的认知,并对所属群体的价值取向和文化立场持积极支持的态度,对本民族怀有强烈的归属感和荣誉感,从而对未来充满期望和信心。对于译者的文化认同问题的探究有助于厘清"我是谁"这一命题,有助于我们分析译者的文本选择、目的意图、意向性、翻译策略等,因为译者的文化认同渗透于文学外译这一真实语境的话语实践活动中,影响着其一系列的选择与取舍;而且在与他者文化认同的冲突中,译者的文化认同也会不断受到挑战,得以重塑和发展。

---

[1] Nash, M. *The Cauldron of Ethnicity in the Modern World*. Chicago: The University of Chicago Press, 1989.

[2] De Vos, G. Conflict and accommodation in ethnic interactions. In De Vos, G. & Suarez-Orozco, M. (eds.). *Status Inequality: The Self in Culture*. Newbury Park: SAGE, 1990: 204-245.

那么,译者的文化身份是如何得以构建的呢?

一方面,认同首先关乎自身存在的同一性,译者的文化认同主要来自其自身的民族情结,因为文学外译是译者表征或重现自身民族性的一种形式。根据斯黛拉·汀-图梅(Stella Ting-Toomey)的认同有效性模型,认同不仅是关系性的,还需要经由一种协商过程得以建构,因为主体间的交流是通过"自我和相关的他者认同协商过程"实现的。① 译者在阅读作品之前,其文化认同的一部分特征,例如其民族情结,就已经具备且难以改变;另一部分则是在翻译的过程中,尤其是在遇到冲突时通过协商的方式进行构建甚至是重塑的。译者的民族性主要来自传统的影响和塑造,因为传统可以连接"语言和思想,过去的知识和当前的认识,社会群体中个体间的差异",因而能够跨越时间的长河,保留群体的民族特征,并使包括移民在内的本族人群和非本族的人群区别开来。② 传统通过节日庆祝、博物馆、纪念碑等形式或载体强化主体的集体记忆,通过戏曲、影视、广播等形式记录并重现历史,并通过文学作品等形式加深主体的归属感、家园感和荣誉感,在这一过程中译者和读者的文化认同也得以塑造。1997 年,江苏人民出版社和江苏教育出版社联合出版了《拉贝日记》的中译本,将侵华日军制造南京大屠杀的真相公布于众。这本书基于约翰·拉贝(John Rabe)本人的所见所闻,记载具体而翔实,具有很高的史料价值,其翻译和出版就是为了揭露侵华日军的残暴罪行,控诉这一惨绝人寰的行径。译者之一刘海宁表示,了解了许多大屠杀的细节之后,译者难免会情绪化,因此必须先控制好个人情感。③ 但由于译者和中国读者有着相同的民族情结,双方维护世界和平与正义的政治立场一致,很容易形成相似的

---

① Ting-Toomey, S. Interpersonalities in intergroup communication. In Gudykunst, W. B. (ed.). *Intergroup Communication*. Baltimore: Edward Arnol, 1986: 123.

② Gracia, J. J. E. *Old Wine in New Skins: The Role of Tradition in Communication, Knowledge, and Group Identity*. Milwaukee: Marquette University Press, 2003: 26-28.

③ 陈曦.《拉贝日记》这样被发现、出版、传播. 现代快报,2021-08-15(B02).

文化认同,并产生共鸣。而对比一下日本译者平野卿子翻译的日译本《南京的真实》,我们会发现原著被删减了一半以上,有关日军暴行的记载也被着意删除了,这与日本政府企图掩盖、隐瞒甚至否认事实真相的政策是分不开的。1998 年,由孙英春等人翻译的美国华裔作家张纯如的《南京暴行:被遗忘的大屠杀》的中译本由东方出版社出版发行,书中详细记载了日军的种种罪行;但由于日本右翼势力的阻挠,日本的出版社未能与作者达成一致意见,最终取消了该书日译本的出版计划。①

另一方面,文化认同也突显了差异性,毕竟,"认同是自身的特质或特性,这种特性乃是与不同于'我们'的'他者'比较的事实"②。李安之所以广受欢迎,除了其艺术上的造诣和才华,还在于他虽身处文化冲击的夹缝中,却一直在努力寻求两种文化的平衡点:他并没有将自身的文化认同异化为符合外国人想象的东方情调,而是将民族性上升为对普遍人性的诉求,这样既让国外观众能够理解,又考虑到了中国观众的感受。在中国文学外译活动中,当译者自身的文化认同与作者的存在差异时,文本所展现的文化认同会对译者形成一定的限制和约束;而当两种文化认同出现明显冲突时,译者通常会通过文化认同协调(identity negotiation)的方式,避免与他者的文化身份相抵触。③ 在两种文化存在明显强弱对比的情况下,比较容易出现的一种错误倾向就是对自身的文化认同极端自信,拒斥外来文学作品,由此导致文化上的孤立和封闭。而要促进本国文学不断进步与发展,译者和读者都需要尽力对外来文学作品保持一种宽容接受和积极学习的态度。

一般而言,译者在翻译过程中会充分尊重作者的民族情感和文化立场,因为通常二者之间的冲突并非不可调和,文学作品彰显的人文情怀才是吸引译者和译文读者的前提。莫言小说的瑞典语译者陈安娜(Anna Gustafsson Chen)在 20 世纪 90 年代初首次阅读了《红高粱》,即被小说中

---

① 马祖毅. 中国翻译通史(现当代部分第四卷). 武汉:湖北教育出版社,2006:18-19.

② 周宪. 认同建构的宽容差异逻辑. 社会科学战线,2008(1):129.

③ Jackson, R. L. Cultural contracts theory: Toward an understanding of identity negotiation. *Communication Quarterly*, 2002, 50(3-4): 359-367.

的异国风情深深吸引,她非常喜欢莫言的叙事手法和讲故事的能力,于是
开始着手翻译他的作品。她表示,翻译中最大的困难并非理解内容,而在
于需要找出作家自己的声音,因为看懂比表达要容易得多,"但你要找出
作家自己的声音,他那个故事的气氛,要让瑞典读者有同样的感觉,这不
容易"①。这里的"作家自己的声音",既包括了莫言的叙事风格和技巧,又
涵盖了其作品的民族特色,因为这些是能带给国外读者最直接而深刻的
阅读体验的部分,也最能吸引他们的关注。谈及瑞典读者对于莫言作品
的评价,她说几乎自己看到的评价都是正面的,因为瑞典读者很欣赏莫言
的叙事手法,例如以幽默的手法描述佛教传统里的轮回让他们觉得新鲜
而有趣。"瑞典读者读莫言的作品可能也不会觉得很遥远。虽然他是写
中国,但我觉得我们都是人,人的感情、人的爱和恨我们都能理解。"②我们
知道,一部文学作品在创作过程中,作者所运用的技巧并不仅仅源于美学
意图,更包含着其特定的"政治、宗教、性别等立场的伦理态度和写作意
向"③,因而,译者在译介这一作品的过程中,不仅需要创造性地解读出作
品的隐含意义,更要充分尊重作者的伦理态度和价值立场,并以其道德标
准和民族情感打动读者。文学作品的民族性往往能引起国外读者的阅读
兴趣,如果翻译得当,并不会构成很大的理解障碍,因为相似的生活经历
和情感体验会让读者在心中产生共鸣,从而更有利于作品的接受和传播。

第四节　我们与他者:冲突中译者的文化认同选择

"文学作为一种最重要的表意实践,通过故事、人物、情节、场景和历
史的塑造,对特定社会文化语境中的个体和群体具有深刻的认同建构功

---

① 李乃清. 莫言的强项就是他的故事——专访莫言小说瑞典语译者陈安娜.(2013-
01-16)[2021-06-29]. http://www.infzm.com/contents/85227.
② 李乃清. 莫言的强项就是他的故事——专访莫言小说瑞典语译者陈安娜.(2013-
01-16)[2021-06-29]. http://www.infzm.com/contents/85227.
③ 李建军. 小说伦理与"去作者化"问题. 中国社会科学,2012(8):183.

能。"①应该说,译者在阅读文本的过程中,很容易感受到文化认同上的差异性,因为小到家族、性别、地域、社会地位等,大到国家民族的差异,译者与作者之间的文化认同上的差异有着复杂的起源、层级和影响。

译者在译介中国的文学作品之前,来自传统的先入之见构成了其理解文本的基础;而在翻译的过程中,他也无法抹去自己的民族性,自我的民族性决定了其更多考虑的是译文读者的接受度和需求。莫言作品的英译者葛浩文坦言自己更多的是遵循国外读者的阅读习惯进行翻译:"我看一个作品,哪怕中国人特喜欢,如果我觉得国外没有市场,我也不翻,我基本上还是以一个'洋人'的眼光来看。"②中国作家偏爱长篇幅的地域场景描写,因为基于对地域区别的了解,中国读者比较容易理解小说中人物的文化认同,并对其性格有一个基本的概括性的印象;而在葛浩文看来,这种叙事方式欠缺精练,不仅造成了非本国译者理解上的困难,更让国外读者觉得难以理解。基于对西方叙事手法和读者阅读习惯的了解,他认为应当采用省略和删减的策略,但是这并不是任意为之的,他选择精简的部分只是叙述的线索,而非叙述的展开:

> 尽管葛浩文比任何人都更清楚,莫言的写作在踩下刹车和最终停稳之间有漫长的惯性等待时间,单独摘取莫言原文本的章节在原则上很难成立;最终,他还是果断地作出了非常规的选择,打破平衡,坚持保留了莫言叙述中累述、叠加与延宕的部分,精简至唯一的一条叙述线索。③

有关译者改写的一个反面例子是 1945 年,伊文·金(Evan King)在将老舍的《骆驼祥子》翻译成英译本 *Rickshaw Boy* 时,为了迎合美国读者的阅读心理,在事先未经老舍同意的情况下,擅自给作品换了一个皆大欢喜的结局:祥子把小福子从白房子中抢了出来,两人终获自由。这一改动

---

① 周宪.认同建构的宽容差异逻辑.社会科学战线,2008(1):130.

② 高峰.葛浩文,把中国作家推向世界.羊城晚报,2012-10-27(B7).

③ 叶子.猪头哪儿去了?——《纽约客》华语小说译介中的葛浩文.当代作家评论,2013(5):179.

虽然让译作成了畅销书,却完全违背了作者的初衷和小说的本意。如此,作品就失去了鞭笞现实的力量,不再具有批判和控诉人吃人的旧社会的意义,甚至还在一定程度上肯定了被奴役的生活。直至1950年晨光出版公司推出校正本,老舍在自序中仍然深感遗憾。

需要注意的是,当异质文化相遇时,主体未必都会选择顺应自身的文化认同,遵从自己所处的社会政治文化语境——主体不同的目的和意图同样可以决定文学作品的传播形式及其影响。贝尔托·布莱希特(Bert Brecht)的戏剧在中国的传播即是一例:一方面,由于中国的社会实践要求戏剧必须发挥教育功能,戏剧在中国比其他任何一种文学形式都更加富有战斗性,布莱希特作为左派革命戏剧家的身份无疑是他在中国学界受到高度关注的一个因素;然而另一方面,分析其戏剧在中国产生的影响,我们会发现,他的这一文化身份和作品的政治批判性已经被淡化甚至抹去了,中国戏剧界更关注的是他的"陌生化效果"等创新性戏剧形式,这其实也反映了特定政治语境中中国知识分子的刻意选择,可以说,"布莱希特在从政治到艺术的转型期,充当了一个复杂的去政治化和形式创新的关键角色"①。

那么,中国文学作品在国外是否受欢迎呢? 我们不妨先来看一下有关文学作品译介的两组数据对比:2004年,中国共购买了美国出版的3932种书的版权,但美国出版机构只购买了16种中国出版的书的版权;2009年,美国共翻译出版了348种文学新书,其中译自中文的文学作品只有7部。② 作家王安忆表示,"去国外旅行的时候,我经常会逛书店,很少能看到中国文学作品的踪影,即使有也是被摺在一个不起眼的地方。由此我了解到中国文学的真实处境:尽管有那么多年的力推,但西方读者对中国文学的兴趣仍然是少而又少"③。时任新西兰惠灵顿维多利亚大学孔

---

① 周宪. 布莱希特的中国镜像. 外国文学研究,2011(5):150.
② 高方,许钧. 现状、问题与建议——关于中国文学"走出去"的思考. 中国翻译,2010(6):5-9.
③ 转引自:石剑峰. 华师大昨举办"镜中之镜:中国当代文学及其译介研讨会". (2014-04-22)[2021-07-08]. http://sh.eastday.com/m/20140422/u1a8045610.html.

子学院院长的罗辉也指出,西方的读者对于中国的文学作品了解很少,在西方主流书店的书架上,中国的文学作品大多伴随着热点事件和话题而来,往往只是昙花一现;而日本文学的译介从二战后的五六十年代就开始了,读者相对比较熟悉日本文学,例如村上春树的作品在英语国家的发行几乎与原作的发行同步,而且会在《纽约时报》等大的媒体有重要的评论出现。① 葛浩文更是直言尽管西方越来越关注中国,但是中国文学在西方的地位还不及日本、印度甚至越南,"近十多年来,中国小说在英语世界不是特别受欢迎,出版社都不太愿意出版中文小说译本,即使出版了也甚少做促销活动"②。

如果我们分析一下中国文学外译的这一稍显尴尬的现状,则会发现大致有以下几方面的原因:

1)作品创作方式的问题。中国的文学创作着重故事情节和行为的展开,叙事要精彩,写得要好看,与国外相比缺少对于内心体验的深度描写,因而人物缺乏深度,而这正是国外读者评价小说好坏的一个重要标准。德国汉学家顾彬指出,国外读者要求现代性的作家能够聚焦一个人,集中分析他的灵魂和思想,从中表达作家对于世界的认识和看法,而如果中国作家仍然采用例如章回体的传统叙事手法来讲故事,就会被认为是很落后的。葛浩文也说过,中国当代作家缺乏国际视野,写作时几乎不考虑不同文化读者的欣赏口味,这是造成中国小说"走不出去"的重要原因。作家陈希我表示,这是因为中国小说发展的历史较短,还没有消除讲故事的传统;作家谢宏指出,这是源于中国文化总是强调"事件"的重要性,与西方文化突出个体作用有所不同;法国文学翻译家胡小跃则认为中国当代的文学作品可以传世的并不多,"关键是作品本身要站得住,要有世界级的目光和思想深度。民族的虽然并不一定就是世界的,但人文关怀却永

---

① 受众小收益少 中国文学作品在西方国家处境尴尬. (2014-09-14)[2016-09-13]. http://china.cnr.cn/xwwgf/201409/t20140914_516432257.shtml.

② 尹维颖. 在国际上,中国文学地位真不如越南?. (2014-05-08)[2016-09-13]. http://jb.sznews.com/html/2014-05/08/content_2865984.htm.

远具有普适的价值"。①

2)价值观认同的困难。主体间由于社会地位的尊卑、生存环境的优劣、历史风情的雅俗、社会演进的快慢等方面的不同,很容易产生价值观上的差异,而且不同的价值与信仰是不可通约的,其差异也无法通过沟通消除。②《收获》杂志的副编审叶开认为,中国当代文学的边缘化,与文学作品中的价值观无法得到国外读者的认同有关。③

3)国外读者的窥视欲望。陈希我认为,中国小说在西方只被赋予了一个标准,即能否满足西方人窥视中国的欲望。④ 译文读者选择阅读文学作品,并不仅仅是希望了解中国社会,更是希望透过文学家的视角更加真实地了解中国人和中国文化,突破他们平时通过新闻报刊所看到的中国镜像的局限。那么,什么样的文学作品对于国外读者更具吸引力呢? 葛浩文认为,美国读者并不喜欢知识分子小说,而是偏爱性描写较多的、政治元素较多的作品,喜欢描写暴露社会黑暗和国人价值信仰缺失的作品,"对讽刺的、批判政府的、唱反调的作品特别感兴趣。就比如,一个家庭小说,一团和气的他们不喜欢,但家里乱糟糟的,他们肯定爱看"⑤。这一方面是由于这一类文学作品更加符合国外读者对于中国和中国人的想象认同,基于对东方文化脸谱化的理解,他们更倾向于将中国的文学作品视为一种地区性、局部性的文学,是无法与西方文学作品相媲美的;另一方面也是由于后现代主义的影响,既定的文学评价标准被颠覆,使得揭露人性丑恶一面的作品更受读者的欢迎,作家开始用虚无主义看待一切,用感官

---

① 尹维颖. 在国际上,中国文学地位真不如越南?. (2014-05-08)[2016-09-13]. http://jb.sznews.com/html/2014-05/08/content_2865984.htm.

② 何玉兴. 价值差异与价值共识. 河北师范大学学报(哲学社会科学版),2000(4): 25-31.

③ 尹维颖. 在国际上,中国文学地位真不如越南?. (2014-05-08)[2016-09-13]. http://jb.sznews.com/html/2014-05/08/content_2865984.htm.

④ 尹维颖. 在国际上,中国文学地位真不如越南?. (2014-05-08)[2016-09-13]. http://jb.sznews.com/html/2014-05/08/content_2865984.htm.

⑤ 姜玉琴,乔国强. 葛浩文的东方主义文学翻译观:作品要以揭露黑暗为主. (2014-03-17)[2021-08-03]. http://culture.ifeng.com/wenxue/detail_2014_03/17/34833407_0.shtml.

主义把握世界,文学创作成为沉溺于语言之中的自由嬉戏,这使得精英文化与商业操作并行,不朽著作和文字游戏共存。

第五节　我们可以成为谁:译者需要展现的文化认同

英国文化研究的代表人物斯图尔特·霍尔(Stuart Hall)指出,认同问题的核心即主体问题,而主体问题只有在话语实践中才可以形成,换言之,认同并非自然形成或一成不变的,而是具有开放性和可塑性的,因此他主张将认同研究的焦点由"我们是谁"转向"我们会成为谁"[1]。由此,原来固定而完整的认同观被颠覆,身份的塑造和发展也拥有了多种可能性。[2] 那么,在文化认同有了发展与改变的空间,文学交流的语境变得更加多元和开放的现阶段,我们应当如何看待和解决中国文学外译中的文化认同问题呢?

其一,在文化输出的过程中,我们需要充分尊重国外读者的感受和文化认同,这是许多成功的文化外译案例给我们的启示。需要注意的是,国外读者对我们的文化认同的理解也是建立在阅读经验、个人经历、媒体宣传等之上的,由于获取的知识和信息不够全面,加之经济、历史等方面的原因,很容易形成对某一民族或者群体的刻板印象。其实,这种刻板印象是可以改变甚至消除的,文学外译便是一种行之有效的方式。例如,美国在战后就集中译介了一大批描写日本人民追忆亲人、怀念过去美好生活、带着淡淡伤感情绪的文学作品,将日本塑造为柔弱顺从的形象,重建美国人民对日本的同情和尊重,淡化了其对日本在战争中所犯下罪恶的记忆和仇恨。因此,到战争结束20多年后的1967年,美国组织的民意调查显示,美国人对日本人的印象由战争时期的"奸诈""极端民族主义"等已恢复为战前的"勤奋""聪明"和"进取心强"等正面评价。[3] 基于人性本

---

① 周宪. 文学与认同. 文学评论,2006(6):5-13.

② 周宪."合法化"论争与认同焦虑——以文论"失语症"和新诗"西化"说为个案. 南京大学学报(哲学·人文科学·社会科学版),2006(5):98-107.

③ 高一虹."文化定型"与"跨文化交际悖论". 外语教学与研究,1995(2):35-42.

身的趋同性,选择让读者更易接受的翻译方式会让读者产生对文学作品的亲密感,更受欢迎的作品也会吸引更广泛的读者群体;但是,如果完全不考虑译文读者的文化认同,就会演变为拒斥和敌视,因为我们和他者本应当是平等共存的,如果刻意压制其中的一极,必然会导致对于他者的宰制,沉溺于自我欣赏和赞美中,这无疑会极大地阻碍中国文学作品"走出去"。

其二,不要拒绝我们自己的文化传统,要对我们自身的文化认同有一个清晰而准确的认知。传统往往是本体安全的依据,也会增强译者和读者对于自身文化认同的依赖和自信;而如果两种文化存在明显的强弱对比,在异质文化的碰撞过程中,译者难免会产生对于自我身份的不确定感和忧虑,即认同焦虑。"一种文化,或者一种文学,无论其内容、形式、风格如何,当它们被生产出来后,或会被社会或文化共同体认可、接纳,或被拒斥、批判。这其实就是判定它们合法或不合法的文化'诉讼'。"① 中国文学外译同样也是一个为本国的文学作品争取"国际合法化"的过程,在此,尊重传统并不意味着要单向度地回归过去,一味地遵循固有的文化认同,而是要基于更加多元的认识对传统进行重建,在去粗取精、去伪存真的基础上,锐意进取、推陈出新。应当看到,随着我国综合国力的提升和国家扶植奖励"走出去"政策的出台,文学外译已经取得了相当显著的进步。不仅译者队伍渐趋多元化和社会化,外译语种更加侧重"一带一路"国家的非通用语种,文学外译的资助方式也更加多样化。② 关于文学作品的译介策略,图里指出,外国著作中的文化因素在翻译时往往会被重新选择和整合。③ 韦努蒂也认为,大部分外国文本的英译本都采用了相同的文化处理

---

① 周宪."合法化"论争与认同焦虑——以文论"失语症"和新诗"西化"说为个案. 南京大学学报(哲学·人文科学·社会科学版),2006(5):98.

② 何明星. 中国文学外译书写历史新篇. (2017-09-29)[2021-09-30]. http://www.chinawriter.com.cn/n1/2017/0929/c403994-29566683.html.

③ Toury, G. *Descriptive Translation Studies—and Beyond*. Rev. ed. Amsterdam: John Benjamins, 2012.

策略,即:使用归化的翻译方法,让原作适应占优势的目标语文化。① 与之不同的是,在我国,潘文国在《译入与译出——谈中国译者从事汉籍英译的意义》一文中,有理有据地驳斥了以英国汉学家葛瑞汉(Angus Charles Graham)为代表的一些国内外学者所持的"汉籍英译只能由英语译者译入,而不能由汉语学者译出"的观点,呼吁中国译者理直气壮地从事汉籍的外译工作。② 霍跃红也认为,中国译者有资格、有义务从事外译工作,而且在翻译时应当采用异化的策略。③ 只有我们对于自身的文化传统充满眷恋和自豪感,才能在文学外译中坚持本民族的文化特色,自觉地捍卫本民族的价值观,不至于造成与本土文化的疏离和断裂。须知,"中华优秀传统文化是二十一世纪新文艺创造的源头之一,它的博大精深,它的绚丽多姿,它的民族自信,至今仍然是我们坚守中华文化立场的唯一理由"④。因此,发扬中华文化是文学外译中作者和译者需要坚守的文化立场,坚守中国身份和中国立场是我们无论何时何地也不可忘却的初心。

其三,在文学作品外译和交流的过程中,译者的任务由简单地传递信息、表达情感、展现自己的文化认同转变为对读者进行积极而适度的引导,从而帮助其更加深入而全面地理解作品及其文化内蕴。因为文化认同是一个不断发展丰富的过程,通过政府、出版社、作者、译者等共同的努力,外国人心目中的中国镜像是可以不断得到修正和完善的。文化认同具有历史性、可塑性和开放性,而阅读是认同建构的重要认知形式,我们可以通过翻译这一话语实践活动不断地丰富和完善自己的文化认同和民族形象。这里,我们可以参考一下别的国家进行作品推广和文化传播的做法:韩国设立了文化产业振兴基金、出版基金;法国在中国设立了"傅雷计划",资助翻译出版;俄罗斯在莫斯科设立了翻译学院,专门负责对外文

① Venuti,L. *The Translator's Invisibility*:*A History of Translation*. London:Routledge,1995.
② 潘文国. 译入与译出——谈中国译者从事汉籍英译的意义. 中国翻译,2004(2):40-43.
③ 霍跃红. 典籍英译:意义、主体和策略. 外语与外语教学,2005(9):52-55.
④ 邹平. 只有坚守中华文化立场才能写出精彩中国故事. 解放日报,2017-10-26(14).

学翻译和出版,并向国外出版机构翻译、出版俄罗斯图书提供翻译出版经费补贴。应当说,这些措施还是颇有成效的:与 2012 年相比,在 2013 年的 12 个引进地中,韩国的图书版权贸易增加了 263 种,俄罗斯增加了 36 种;而在 2013 年的 12 个输出地中,韩国(增加 374 种)、法国(增加 54 种)、俄罗斯(增加 20 种)也都是增幅较大的输出地。① 为了更好地推进中国文学作品"走出去",我国也采取了一系列措施:2014 年 7 月,中国外文局成立了中国翻译研究院,旨在组建翻译国家队,提升我国对外话语能力和翻译能力。目前中国文学"走出去"的形式趋于多元化,不仅政府加大了支持力度,还开始注重市场化运作,并将"走出去"的形式扩展到版权输出、合作出版、收购海外书店和出版传媒机构等领域,这在很大程度上提高了中国文学作品在国际上的传播力和影响力。② 不难看出,在中国文学外译中,语言的作用已经远不只是一种工具,更是译者塑造和展现文化认同的手段,因为如果仅仅接触有限的几部文学作品,国外读者很可能抱着一种看看作品是否符合自己认知和想象的验证心理去阅读,或者持有一种猎奇的心态;只有让读者更加全面地接触丰富多样的文学作品,才能深化其对于中国文化的认识,更多地带着获取新知的目的去阅读作品。

综上所述,译者所采取的翻译策略与其文化身份密切相关:一方面,译者的文化身份在很大程度上决定了其翻译策略,这是决定"我是谁"的关键因素;另一方面,译者的文化身份也会在翻译这一话语实践过程中不断得以构建并持续发展,这会让读者更加明确"我们可以成为谁"。在文学外译中,我们应当坚守这样的文化立场:一方面,要有文化自主意识,坚守中华文化的立场,坚持真善美的价值取向,努力扩大中国文学作品的世界影响力,传播优秀的传统文化和民族精神;另一方面,在促进文化融合与认同的同时,要不断丰富和强大自身,并保持包容开放的心态,共同追求人类的文化价值与精神家园。

---

① 2013 年全国图书版权贸易分析报告.(2014-08-27)[2021-08-03]. http://www.bkpcn.com/Web/ArticleShow.aspx? artid = 121307&cateid = A07.
② 2013 年全国图书版权贸易分析报告.(2014-08-27)[2021-08-03]. http://www.bkpcn.com/Web/ArticleShow.aspx? artid = 121307&cateid = A07.

第七章　中国文学外译中的显化、隐化策略与译者的文化认同[*]

——以《无风之树》英译本为例

在本章中,我们将以李锐《无风之树》的原文和英译本为例,分析译者在翻译过程中对显化策略与隐化策略的运用,从而了解译者的策略选择对翻译效果的影响,以及译者的价值取向和文化立场如何在文本中得以呈现。

第一节　翻译研究中的显化策略与隐化策略

研究者常常将显化策略与隐化策略同增词减词策略放在一起,用以讨论译作中的得与失。①荷兰学者凯蒂·范·路文-兹瓦特(Kitty M. van Leuven-Zwart)基于微观结构和宏观结构两个层面上的比较,发现显化策略与隐化策略的运用会带来译作在句法和文体上的变化,因此尽管目标语文本并不会传递更多或更少的信息,其中包含的成分与原作相比却有

---

*　本章部分内容发表于:周晓梅. 显化隐化策略与译者的价值取向呈现——基于《狼图腾》与《无风之树》英译本的对比研究. 中国翻译,2017(4):87-94. 收入本书时有修改。

① 　Klaudy,K. Explicitation. In Baker,M.(ed.). *Routledge Encyclopedia of Translation Studies*. London:Routledge,2001:80.

所增减。① 基于此,本章我们将重点分析《无风之树》英译本中显化策略与隐化策略的运用,以解决以下问题:译者在什么样的情况下会使用这两种策略? 选择这些翻译策略通常是出于什么样的翻译目的? 具体的翻译效果又如何?

1.显化策略

显化策略(explicitation)是指译者根据上下文或相关语境推断出源语中隐含的信息,并在目标语中进行明确的说明。② 匈牙利学者金加·克劳迪(Kinga Klaudy)将显化策略具体划分为强制性显化、选择性显化、语用学显化和翻译本身固有显化四种类型:

1)强制性显化:指由于两种语言在语义、形态和句法方面存在差异,译者在翻译的时候不得不添加相关的信息,或对某些信息进行具体化处理。

2)选择性显化:指由于两种语言在文本构成策略和文体特征方面的差异,为了使译文更加准确流畅且自然地道,译者适当地增加连接成分、关系从句、强化词等。

3)语用学显化:指由于两种文化之间的差异,目标语文化区域的读者无法理解源语文化中的一些普遍性知识,因此译者需要在翻译中添加必要的解释,使文化信息显化。

4)翻译本身固有显化:指由于翻译过程本身的性质,译者在对源语中的思想进行加工时会影响译文的长度。③

---

① Van Leuven-Zwart,K. M. Translation and original:Similarities and dissimilarities,I. *Target:International Journal of Translation Studies*,1989,1 (2):151-181;Van Leuven-Zwart,K. M. Translation and original:Similarities and dissimilarities,II. *Target:International Journal of Translation Studies*,1990,2(1):69-95.

② Vinay,J. P. & Darbelnet,J. *Comparative Stylistics of French and English:A Methodology for Translation*. Sager,J. C. & Hamel,M. J. (trans. & ed.). Amsterdam:John Benjamins,1995:342-343.

③ Klaudy,K. Explicitation. In Baker,M. (ed.). *Routledge Encyclopedia of Translation Studies*. London:Routledge,2001:82-83.

译者运用显化策略时通常采取的翻译方法包括：

1）将源语中较普遍的意义替换为目标语中较具体的意义；

2）将源语中的一个意义单元拆分为目标语中的几个意义单元；

3）在目标语文本中使用新的意义成分；

4）将源语中的一个句子分解为目标语文本中的两个或更多的句子；

5）将源语中的短语延展或提升至目标语中的从句层面。①

一般而言，在文本层面上，显化策略通常表现为两种形式：其一是增加，即添加一些新的成分；其二是具体化，即在译文中提供更多细节性信息。② 具体而言，相关翻译方法主要包括：词汇具体化、词汇划分、词汇增加、语法具体化、语法升级、语法增加。③

2. 隐化策略

与显化策略相对应的是隐化策略（implicitation），即译者依据上下文或语境的要求，隐藏了部分源语中的显在信息，可分为强制性隐化和选择性隐化两类。④ 它与译文读者的阅读期待密切相关，是指专业译者出于对语言、语用、文化、意识形态等方面的考虑，为了让译作文本符合目标语读者的需求，在翻译的过程中删除了一些源语文本中的单词、短语、句子甚至段落。⑤

与隐化策略相关的翻译方法主要包括：

---

① Klaudy，K. & Károly，K. Implicitation in translation：Empirical evidence for operational asymmetry in translation. *Across Languages and Cultures*，2005，6 (1)：15.

② Perego，E. Evidence of explicitation in subtitling：Towards a categorisation. *Across Languages and Cultures*，2003，4(1)：63-88.

③ Klaudy，K. & Károly，K. Implicitation in translation：Empirical evidence for operational asymmetry in translation. *Across Languages and Cultures*，2005，6 (1)：15.

④ Vinay，J. P. & Darbelnet，J. *Comparative Stylistics of French and English：A Methodology for Translation*. Sager，J. C. & Hamel，M. J. (trans. & ed.). Amsterdam：John Benjamins，1995：342-343.

⑤ Dimitriu，R. Omission in translation. *Perspectives*，2004，12(3)：163-175.

1)将源语中具体的意义替换为目标语中较普遍的意义；

2)将源语中的几个单词在目标语中进行意义合并；

3)源语文本中有意义的词汇成分在目标语中不再出现；

4)将源语中的两个或更多的句子合并为目标语文本中的一个句子；

5)将源语中的从句精简为目标语中的短语。①

有关翻译方法主要包括：词汇泛化、词汇压缩、词汇省略、语法泛化、语法降级、语法省略。②

3.显化策略与隐化策略的相关研究

相比较而言，研究者普遍更加重视显化策略，认为这一策略更能显示文本内和文本外两种语言之间的差异，而对隐化策略的关注则明显不足。这一方面是因为隐化本身似乎不符合译者的翻译伦理，隐化往往被视为破坏了原作的完整性，有悖于翻译中的忠实性原则；另一方面则是因为在翻译研究中，原作一直享有高高在上的权威地位。尼古拉斯·冯·维尔（Niclas von Wyle）即认为，"即便是错误也应当被记录并翻译出来，因为它们是原作不可或缺的一部分"③。

（1）国外显化策略与隐化策略的研究

国外翻译研究者一般认为，显化策略是翻译普遍性中的一种，也是译作文本的一个普遍特征。④ 根据以色列翻译研究学者肖莎娜·布卢姆-库

---

① Klaudy，K. & Károly，K. Implicitation in translation：Empirical evidence for operational asymmetry in translation. *Across Languages and Cultures*，2005，6（1）：15.

② Klaudy，K. & Károly，K. Implicitation in translation：Empirical evidence for operational asymmetry in translation. *Across Languages and Cultures*，2005，6（1）：15.

③ 转引自：Steiner，G. *After Babel*. Oxford：Oxford University Press，1977：262.

④ Baker，M. Corpus-based translation studies：The challenges that lie ahead. In Somers，H.（ed.）. *Terminology，LSP and Translation：Studies in Language Engineering in Honour of Juan C. Sager*. Amsterdam：John Benjamins，1996：176.

尔卡(Shoshana Blum-Kulka)在 1986 年提出的显化假说,由于译者在翻译过程中需要对原作进行阐释,这可能会导致译作在篇幅上比原作要长。① 但是,并非译作中所有信息都需要进一步的解释,因为显化策略总是与一定的沟通目的相关,译者需要明确哪些信息需要被显化。② 在丹尼尔·吉尔(Daniel Gile)看来,翻译中的信息显化主要是由原作中的次要信息造成的,因为次要信息往往引发译者是否忠实的争论。这些次要信息主要包括:

1)框架信息:指信息的发出者发出的有助于接受者理解的相关信息。

2)语言/文化诱导信息:指与原作语言或文化相关的信息内容,其中有一部分信息是冗余或不相关的,译者不加甄别地进行再现反而会让译作显得不自然,甚至会导致译作读者曲解原作信息。

3)个人信息:指能够反映信息发出者的个性或其他个体特征的信息(例如方言或一定的地域文化特色),这通常与交际目的无关,却容易让信息接受者转而关注相关的社会环境。③

显化策略的积极意义在于,运用这一策略后,同样的信息在译作中能够以比原作中更加清晰的方式呈现出来。④ 安东尼·皮姆(Anthony Pym)指出,与其他人相比,译者通常更加具有合作精神,也愿意提供更多的交际线索;而且源语文本越难以理解,译者的工作就越困难,他们也就越倾向于采用显化策略。论及原因,他认为,出于翻译伦理的要求,译者往往将自己放在从属的位置,不愿意承担相应的风险,因此在翻译中会谨

---

① Blum-Kulka, S. Shifts of cohesion and coherence in translation. In Venuti, L. (ed.). *The Translation Studies Reader*. London: Routledge, 2001: 298-313.

② Dimitrova, B. E. *Expertise and Explicitation in the Translation Process*. Amsterdam: John Benjamins, 2005: 40.

③ 转引自: Perego, E. Evidence of explicitation in subtitling: Towards a categorisation. *Across Languages and Cultures*, 2003, 4(1): 63-88.

④ Shuttleworth, M. & Cowie, M. *Dictionary of Translation Studies*. Manchester: St. Jerome Publishing, 1997: 55.

慎地采取显化这一能够规避风险的对策。① 与显化策略相比,隐化策略未能引起研究者足够的重视,这是因为隐化往往被视为破坏了原作的完整性,因而有违忠实性原则。而且,在关于翻译的定义中,研究者往往会讨论重新编码的操作、传递、复制和替代,却唯独不愿提及省略。②

然而,在翻译中一味采取显化策略的效果却未必理想:一方面,由于衔接连贯的需要,译者会在目标语文本中加入很多显化信息,这就会造成译作比原作冗长③;另一方面,如果在译作中添加过多的信息线索,就会造成过度翻译,也会剥夺读者的理解和阐释自由④。正如让-保罗·维纳(Jean-Paul Vinay)和让·达贝尔纳(Jean Darbelnet)所指出的,这样做的结果是"译者谨慎地同样也无知地将文本拉长了"⑤。克劳迪也认为,这说明译者未能恰当地运用隐化策略。⑥

(2)国内显化策略与隐化策略的研究

国内译学研究同样显示出对显化策略的关注。贺显斌对张经浩所译的欧·亨利(O. Henry)的短篇小说《最后一片叶子》("The Last Leaf")进行了个案分析,发现在英译汉的过程中,译者采取了增加词量、改用具体词、转换人称、重组句段、语言变体标准化、转换形象和辞格等方法,导致译文中显化程度的提高。⑦ 刘泽权和侯宇主张从词汇、语法、语篇等角

① Pym,A. Explaining explicitation. In Károly, K. & Fóris, Á. (eds.). *New Trends in Translation Studies:In Honour of Kinga Klaudy*. Budapest: Akadémiai Kiadó,2005:29-43.

② Dimitriu, R. Omission in translation. *Perspectives*,2004,12(3):164.

③ Blum-Kulka,S. Shifts of cohesion and coherence in translation. In Venuti, L. (ed.). *The Translation Studies Reader*. London:Routledge, 2001:300.

④ Gutt,E. A. *Translation and Relevance:Cognition and Context*. Oxford:Basil Blackwell,1991.

⑤ Vinay,J.-P. & Darbelnet,J. *Comparative Stylistics of French and English:A Methodology for Translation*. Sager, J. C. & Hamel, M. J. (trans. & ed.). Amsterdam:John Benjamins,1995:193.

⑥ Klaudy, K. & Károly, K. Implicitation in translation:Empirical evidence for operational asymmetry in translation. *Across Languages and Cultures*,2005,6 (1):14.

⑦ 贺显斌. 英汉翻译过程中的明晰化现象. 解放军外国语学院学报,2003(4):63-66.

度进行译文比较,从而判断译者是否使用了相同的显化技巧,并分析其显化效果。① 姜菲和董洪学认为,显化翻译思维有助于消除原作中心论,可以帮助译者更好地处理译出语与译入语之间的语码转换。② 戴光荣和肖忠华基于汉语母语语料库、与之对应的汉语译文语料库和句对齐英汉平行语料库对显化翻译进行了研究,发现与汉语原文相比,汉语译文更多地呈现了"指示代词+数词+范畴词/属性词"的结构、在抽象词后面添加范畴词或属性词、人名后面添加解释的特点,而且其语法形态标记也更加清晰。③ 韩孟奇认为,在典籍英译的过程中,应当使用显化方式进行语境补缺,从而使译文更加适合目标语读者的阅读习惯。④ 柯飞结合英汉互译的实例,分析了翻译中的显化和隐化现象,认为这一现象是由语言、译者、社会文化、文本等多种因素导致的,显化可以将原文中隐含或文化上不言自明的信息显示出来,使译作读起来更加清晰易懂,而一定的隐化处理则会使译文更加简洁地道。⑤

芒迪认为,在译文分析中,研究者需要重点关注能够影响译者决定的关键之处,例如:目标语文本中需要保留的因素,尤其是译者需要解释或干预的部分;独特的文本或文化特征;与历史、意识形态相关的关键词等。⑥ 基于此,本章将从译者对文本内的语言特色、叙事手法、风格特征,文本外的文化、历史信息等的处理方式入手,分析《无风之树》英译本中译者采用的显化策略和隐化策略,并探讨译者意图和翻译效果。

---

① 刘泽权,侯宇. 国内外显化研究现状概述. 中国翻译,2008(5):57.
② 姜菲,董洪学. 翻译中的显化思维和方法. 外语学刊,2009(4):106-109.
③ 戴光荣,肖忠华. 基于自建英汉翻译语料库的翻译明晰化研究. 中国翻译,2010(1):76-80.
④ 韩孟奇. 汉语典籍英译的语境补缺与明晰化. 上海翻译,2016(4):73-76.
⑤ 柯飞. 翻译中的隐和显. 外语教学与研究,2005(7):303-307.
⑥ Munday, J. *Evaluation in Translation: Critical Points of Translator Decision-making*. London: Routledge, 2012: 2-4.

第二节 《无风之树》的作品特色与译者简介

《无风之树》源于作家李锐短篇小说集《厚土》中的《送葬》一文,他将原本 4000 多字的短篇扩展至 11 万字左右,希望读者可以从一个重新讲述的故事中得到"一个完全不同的世界"①。该书讲述的是公社革委会刘主任(刘长胜)和烈士后代苦根儿(赵卫国)到矮人坪传达中央文件,清理阶级队伍,不仅打乱了那里原有的生活方式,更是酿成了拐叔上吊自杀的悲剧。作者将"矮人"放入"文革"的背景中,用简洁紧凑的叙述方式描绘出人们对拐叔自杀事件的不同心理,生动地展现了人在面临苦难和死亡时的处境。无论是对于日本鬼子屠杀的回忆,还是阶级斗争中的相互残杀,"贫困,劳苦,死亡,人的麻木、隔膜、无法沟通,人和自然之间的相互剥夺,善与恶的相互纠缠"②,共同构成了人在精神层面上的痛苦体验,造成了人无法逃脱的困境。这也是李锐自认为写得最好的一部长篇小说,因为作品中有很强的"具备文学意味的丰富性"③。

这部作品的一大特色是故事中的主要人物性格鲜明且兼具复杂性:暖玉承受了极大的苦难,目睹二弟被活活撑死、出生仅 10 个月的孩子夭折,承受了矮人坪光棍们 10 年之久的性折磨,但她却是小说中一个最温暖的人物,在关键时候敢于站出来维护富农拐叔;拐叔看似懦弱,无法逃避成为阶级斗争目标的命运,但在被逼承认与暖玉有作风问题时,却用自杀保护了暖玉;苦根儿看似一心为公、锐意进取,实则与人民群众存在深层次的隔膜,他本人为了实现目标既无情又冷酷;刘主任作为权力的象征,一面义正词严地进行革命,另一面却为了达到长期占有暖玉的目的,与发妻离婚,最终因为苦根儿的揭发而锒铛入狱。这些生动复杂的人物在作者的笔下,通过叙述声音和内心独白彰显着自己的存在,又从不同的

---

① 李锐. 重新叙述的故事. 文学评论,1995(5):42.
② 李锐. 重新叙述的故事. 文学评论,1995(5):43.
③ 李锐,王尧. 本土中国与当代汉语写作. 当代作家评论,2002(2):23.

角度推动着故事情节的发展,使得整部作品展现出多角度和流动性的叙事特点。

《无风之树》的译者美国著名汉学家、翻译家陶忘机是中国文学与比较文学博士,毕业于美国圣路易斯华盛顿大学,曾师从葛浩文,曾任美国文学翻译家协会主席,现为明德大学蒙特雷国际研究学院教授,长期致力于中国文学作品的英文译介,曾翻译曹乃谦的《到黑夜想你没办法》、张系国的"城三部曲"、徐小斌的《敦煌遗梦》等小说作品,尤其以诗歌翻译见长。2012 年,他凭借翻译黄凡的科幻作品集《零》获得"科幻奇幻翻译奖"。2016 年,笔者在明德大学蒙特雷国际研究学院访学之际,有幸结识了陶忘机教授,并就这部小说翻译中的一些细节问题与其进行了讨论,深受启发。

陶忘机对《无风之树》一书的评价很高,认为它彰显了政治和社会变革掩盖下的个人利益冲突。[1] 在一次访谈中,陶忘机曾谈及翻译《无风之树》的初衷,说是马悦然(Göran Malmqvist)给他推荐了这本书,他当即就被故事深深打动,认为这是中国 20 世纪 80 年代以来最好的小说之一,因此一读完就下定决心要翻译它。当时他的朋友兼导师葛浩文本来也打算翻译这部小说,但由于手上的事情太多,就非常大方地把机会让给了他,并敦促他尽快着手翻译,这让他非常感激。[2]

陶忘机认为,李锐在文学创作上天赋异禀、才华横溢,其作品总是与暴力、犯罪、死亡等主题相关,可惜没有得到广泛译介。[3] 这也可能是因为与那些冗长松散的写作方式不同,李锐的小说往往简短精悍且极讲究写

---

① Balcom,J. *Trees Without Wind*:Anatomy of a revolution(translator's preface). In Li,R. *Trees Without Wind*:*A Novel*. Balcom,J.(trans.). New York:Columbia University Press,2013:xii.

② Morefield,L. Interview with John Balcom.(2013-03-19)[2017-01-26]. http://www. washingtonindependentreviewofbooks. com/features/interview-with-john-balcom.

③ Balcom,J. Translating modern Chinese literature. In Bassnett,S. & Bush,P.(eds.). *The Translator as Writer*. London:Continuum,2006:120-130.

作技巧,吸引的也往往是比较严肃认真的读者。① 也正因为如此,陶忘机在翻译过程中不仅努力再现原作简洁、清晰、直接的风格,还非常注重译作对读者的影响,并适度改变了原作的表述形式,体现出较为明显的读者意识。

第三节 《无风之树》英译本中的显化策略与隐化策略

克劳迪的研究发现,只要可以选择,译者倾向于使用显化策略,而且无法用隐化策略进行适度的平衡。② 然而,与其研究结果不一致的是,对比《无风之树》的原文和英译文,我们发现,译者在翻译时主要采用了强制性显化/隐化、选择性显化/隐化和语用学显化的翻译策略,显化策略和隐化策略的并用较为有效地弥合了两种语言和文化的差异,并在叙事结构和语言特色方面生动再现了作者的叙事风格,因而英译本呈现出更加简洁直接的风格特征,而且译者适度的调整和改变也使译作更加符合读者的阅读习惯。

下面,我们将聚焦英译本中的文化信息、语言特色、叙事特色等方面,对这些译者翻译过程中需要做出选择的关键之处进行分析,从而解读译者采用的翻译策略和方法。

1. 文化信息的补充

案例一

【源语文本】二奶奶扑了粉,描了眉,一身的大红绸子,绣了满身的卍字金边,金耳坠,金手镯,小脚上一双绣花鞋。活活是把一个戏台上的娘

---

① Morefield，L. Interview with John Balcom. (2013-03-19)[2017-01-26]. http://www. washingtonindependentreviewofbooks. com/features/interview-with-john-balcom.

② Morefield，L. Interview with John Balcom. (2013-03-19)[2017-01-26]. http://www. washingtonindependentreviewofbooks. com/features/interview-with-john-balcom.

娘给钉进棺材里去了!①

【目标语文本】Her face was powdered，her eyebrows painted，and she was dressed entirely in red silk embroidered with auspicious Buddhist symbols. She wore gold earrings，gold bracelets，and a pair of embroidered shoes for her bound feet. It was as if a living actress from the stage had been placed in the coffin. ②

【评析】这是传灯爷在给拐叔做棺材的时候,回想起老邸家二奶奶在棺材里的模样。前文中已经提及"二奶奶"(the Second Grandma of the Di family),所以译者在此并未再次译出,而是首先使用了强制性语法显化的策略,增加了几个人称代词"she"和"her",以更好地进行语义衔接。对于相关的文化信息,译者采用了语用学显化的策略,对一些文化负载词进行了词汇具体化处理。例如:译者将"卍字金边"译为"auspicious Buddhist symbols"(吉祥的佛教符号),因为卍字花纹源于佛教,"卍"是释迦牟尼的三十二相之一,在梵文中是致福的意思,是吉祥的标志,古人多用这种花纹进行装饰,将其雕刻在窗户上或织在锦缎上,希望富贵永驻、福寿绵长。但陶忘机表示,大部分国外读者并不了解佛教,而且这个图案很容易让他们联想起纳粹党的标志,因此他选择用释义法来翻译。接着,他对"小脚"进行了语用学显化处理,将其译为"bound feet"(缠足),突显了中国古代妇女缠足的这一独特的历史现象,避免读者因为缺乏相关文化背景知识而产生误解。而对于"钉进棺材"的"钉"这一动词,译者则采用了选择性隐化的翻译策略,将这一动词进行了泛化处理,译为"place"(放入)。

案例二

【源语文本】"组织群众忆苦思甜,吃忆苦饭、演忆苦戏、唱忆苦歌;……"③

---

① 李锐. 无风之树. 南京:江苏文艺出版社,1996:134.

② Li，R. *Trees Without Wind*：*A Novel*. Balcom，J. (trans.). New York：Columbia University Press，2013：123-124.

③ 李锐. 无风之树. 南京:江苏文艺出版社,1996:38.

【目标语文本】"Organize the masses to recall past suffering and think over the source of present happiness，eat a poor meal to recall past suffering，perform operas to recall past suffering，sing songs to recall past suffering…"①

【评析】这一部分是苦根儿在村里的会上念中央文件。"忆苦思甜"是中国历史上一种特有的教育形式,指通过回忆在旧社会中被压迫、被剥削的痛苦经历,来体会新社会幸福生活的来之不易,从而提高人们的思想觉悟。"忆苦饭""忆苦戏"和"忆苦歌"都是"文革"时期忆苦思甜教育中的重要形式和组成部分。这一文化历史信息对于译文读者而言是陌生的,因此译者在翻译的时候采取了语用学显化策略,用释义的方式详细解释了"忆苦思甜"的内涵意义,将其译为"recall past suffering and think over the source of present happiness"(回忆过去所受的苦,并思考为何现在能过上幸福的生活),使得这一文化现象更加形象具体,弥补了译文读者这一方面的信息空缺。而"忆苦饭"中的"饭"也具体化为"a poor meal"(一顿难吃的饭),增加"poor"这一形容词,是因为忆苦饭往往是很难吃的,而且通常人们认为越难吃就越能起到激励和教育人的作用,这一信息具体化的方式同样有助于译文读者的解读。

案例三

【源语文本】暖玉常常一面说一面哭。暖玉说这都是闹跃进闹的,哪有一亩地打一万斤粮食的呀。②

【目标语文本】She usually wept as she spoke. Nuanyu said this was all the result of the Great Leap Forward—there was no way that a single *mu* of land could produce ten thousand *jin* of grain. ③

【评析】在这一翻译案例中,译者采用了语用学显化的策略,在翻译

---

① Li，R. *Trees Without Wind*：*A Novel*. Balcom，J.（trans.）. New York：Columbia University Press，2013：35.

② 李锐. 无风之树. 南京:江苏文艺出版社,1996:40.

③ Li，R. *Trees Without Wind*：*A Novel*. Balcom，J.（trans.）. New York：Columbia University Press，2013：37.

"亩"和"斤"时,采用了音译法,并用斜体标出,表明这些是中国独有的计量单位。陶忘机认为,大部分译文读者都对中国文化有一定的了解,而且相关知识很容易就能查阅到,因此译者不需要在此多做解释。在翻译"闹跃进闹的"时,译者则采取了选择性隐化的策略,将动词"闹"进行泛化处理,在译文中用置换的方法将其用名词词组"the result of"(是……的结果)译出,更符合英语倾向于静态的表达习惯。然而,需要注意的是,源语文本中的两个"闹"[一情感:满足感]字突出表现了暖玉对"大跃进"的不满情绪,以态度铭刻的形式表达了一种负面的情感,而目标语文本则只是一种客观结果的事实性描述,因此未能再现暖玉原有的态度立场。

案例四

【**源语文本**】师傅就骂,二牛! 线! 看看墨线! 不看看歪成啥啦? 你狗日的还要锯回南柳去呢你! 叫你锯板呢。 叫你扭秧歌呢? 挂两盏灯也看不见? 瞎啦?①

【**目标语文本**】My master just swore at me,Erniu! The line! Watch the line, or everything will end up crook and such. Are you fucking sawing your way back to Nanliu Village? I told you to saw the boards. Did I tell you to sway to a rice sprout song? Can't you see with two lanterns hanging there? Are you blind?②

【**评析**】这是二牛和师傅传灯爷在戏台上给拐叔做棺材时的情景。译者多次使用强制性显化策略。例如将"师傅就骂"译为"My master just swore at me"(我的师傅就骂我),增加了两个人称代词;如目标语文本中下画线部分所示,译者还增加了两个 "I"(我)和两个"you"(你),以使译文更符合英语的表述习惯,保证目标语文本中信息的连贯顺畅。源语文本中有两处文化信息,译者均采用了语用学显化策略,即:将"南柳"译为"Nanliu Village"(南柳村),标记出这是一个地名;将"扭秧歌"译为"sway

---

① 李锐. 无风之树. 南京:江苏文艺出版社,1996:137.
② Li,R. *Trees Without Wind*:*A Novel*. Balcom,J. (trans.). New York:Columbia University Press,2013:126.

to a rice sprout song"（随着秧歌摇摆），生动描绘出二牛摇摆身体的样子，也让读者明白了为何前文会提及他画的墨线歪歪扭扭。而对于"墨线"一词，译者则采取了选择性隐化策略，将其泛化为"the line"（那条线）。

从以上翻译案例可以看出，陶忘机非常重视原作信息内容的传达，他表示自己在翻译的过程中力求不遗漏信息，尽量选用具有同样表现力度，同时又不会引起读者误解的词语。他主张，译者可以运用显化策略，补充和解释有些源语文化中很常见、目标语文化中却不存在的词语或现象。他认为，译者可以在研究文本相关内容的基础上，运用释义、信息内嵌、添加尾注或做详细说明等翻译策略[①]，对这些信息进行显化处理。

在翻译《无风之树》时，为了帮助读者熟悉和理解故事背景和人物特征，陶忘机在译者前言中补充了很多与作品相关的信息，不仅介绍了背景知识、历史时期、创作意义，作家的生平、特点、叙事风格，还分析了书名的含义和主要人物（例如张卫国、拐叔、暖玉等）的特征，从而有助于读者在阅读前大致了解作品内容。而为了解决文化差异问题，陶忘机努力将情景融入上下文中，并通过解释性方法提醒读者，例如做出评注或注释，以提升读者的阅读经验。[②]

《无风之树》中有一些富有文化内涵的词语，例如作品中多次出现的"炕"，这是中国北方人民为了抵御寒冷，用砖或坯砌成的可以烧火取暖的床。这一中国北方农村独有的生活设施在英语中并没有对应的单词，因此译者将其音译为"*kang*"，并用斜体标记出来，但并未增加解释。同样，原作第六章中出现的暖玉院子里的"水洞"一词，直译出来就是"a water hole"，但是英语国家中并不存在类似的事物，因此译者采用了语用学显化策略，用释义的方法将其译为"the drainage hole at the foot of the

① Balcom，J. Translating modern Chinese literature. In Bassnett，S. & Bush，P. (eds.). *The Translator as Writer*. London：Continuum，2006：123-127.
② Balcom，J. Translating modern Chinese literature. In Bassnett，S. & Bush，P. (eds.). *The Translator as Writer*. London：Continuum，2006：120-123.

courtyard wall"(院墙脚的排水孔),①以加深读者的理解。

2.叙事风格的再现

《无风之树》是一部叙述语言和叙事方法都颇具特色的作品。李锐表示,他在《无风之树》中采用第一人称变换视角的叙述方法借鉴了威廉·福克纳(William Faulkner)。② 我们知道,福克纳的《喧哗与骚动》(*The Sound and the Fury*)就是采用多角度叙事方式的经典范例。但形式本身并不是最重要的,李锐的独到之处在于其通过不同叙述人物的视角深刻地展现了个体遭受的苦难,展现了人类沉闷的生存状态,并将饥饿、性、政治的残酷性和极端性在小说中体现得淋漓尽致。③ 这一叙事手法不仅可以对不同人物进行深层次的内心剖白,让读者看到一个轮廓更加清晰的故事,还可以让不同的叙述声音围绕同一事件形成对话,"除了取得空间上的并列效果外,还使各个部分之间可以形成一种众声喧哗的'复调'效果"④。

《无风之树》在叙述方式上的创新特色主要体现在作品中的民间口语和官方语言的并存、内心独白、重复结构等几个方面。下面,我们将结合具体的翻译案例,分析译者在处理这些具有特色的叙述方式时采用的策略与方法。

(1)民间口语与官方语言的区分

案例五

【源语文本】我说,二黑,我知道你信不过我啦。可我得跟你说清楚。我跟那个狗日的不一样。我跟他也不一样。他举着那几张材料跟我说,咱们现在是"为了一个共同的革命目标走到一起来了"。我说,不是,不一

---

① Morefield,L. Interview with John Balcom. (2013-03-19)[2017-01-26]. http://www. washingtonindependentreviewofbooks. com/features/interview-with-john-balcom.

② 李锐. 重新叙述的故事. 文学评论,1995(5):43.

③ 李国涛,成一. 一部大小说——关于李锐长篇新著《无风之树》的交谈. 当代作家评论,1995(3):12.

④ 管建明. 福克纳叙事艺术中的时间和空间形式. 外语教学,2003(4):75.

样。<u>你是非想弄出个成绩来</u>。我是怕暖玉叫那个狗日的给带走了。①

【目标语文本】I said，Erhei，I know you don't believe me. But I have to tell you. I'm different from that <u>fucker</u>. I'm different from <u>him</u> too. Holding up those documents，he said，"<u>We have come together for a common revolutionary goal</u>." I said，No，we're different. <u>I said</u>，<u>You are determined to get credit for some accomplishments</u>. I'm afraid that that fucker will take Nuanyu away.②

【评析】这一部分是天柱对驴子二黑说的一段话，源语文本中"狗日的"[一判断：正当性]指的是刘主任，从这个选词我们可以很明显地看出天柱对刘主任的不满情绪，这标记了一种强烈的负面判断，传递出叙述者的态度。"他"是指苦根儿，这里讲述的是苦根儿准备去举报刘主任的事情，叙述者将自己放在与苦根儿对立的立场上，同样表明了对于苦根儿的强烈负面判断。从源语文本中我们可以看出二人的语言风格明显不同：天柱使用的是典型的民间口语（例如"狗日的"），而苦根儿则用的是官方语言（例如"为了一个共同的革命目标走到一起来了"）。作者希望用语言上的隔膜体现思想意识上的隔离，所以苦根儿这一人物有一定的讽刺意义。译者注意到了作者的这一创作特色，他在译者前言中就提到除了代表权力的官方语言以外，李锐还同时使用了山西农民的语言，而这一民间语言的运用也使其塑造的人物形象更加真实生动，进而他在目标语文本中进行了忠实的再现。他不仅同样使用了较为粗俗的口语表达和正式的官方语言，还采用了强制性显化策略，更加清晰地呈现了源语文本，例如添加了一个"I said"，这样可以使叙述者的变化更加清楚，并采用选择性显化策略，将"你是非想弄出个成绩来"译为"You are determined to get credit for some accomplishments"（你决心要取得成绩，受人称赞），把文

---

① 李锐. 无风之树. 南京：江苏文艺出版社，1996：187.
② Li，R. *Trees Without Wind*：*A Novel*. Balcom，J.（trans.）. New York：Columbia University Press，2013：172.

本的深层含义展现出来，由此将苦根儿的目的更加清晰地展现给读者。

案例六

【源语文本】他说，曹永福，你这样抗拒到底，我们就要对你实行群众专政，就要召开群众斗争大会斗争你！

天柱说，好我的拐叔啦，快说吧，还得让我求你呀，啊？①

【目标语文本】He said，Cao Yongfu，on account of this stubborn resistance of yours，we'll have to mobilize the dictatorship of the proletariat against you and convene a mass struggle meeting to struggle against you！

Tianzhu said，Good Uncle Gimpy，hurry up and speak and let me help you，okay？②

【评析】这部分是苦根儿和天柱试图逼迫拐叔承认和暖玉存在作风问题。这里译者用正式和口语两种文体，标记出源语文本内两种不同的"声音"。第一句是苦根儿的话，属于官方语言体系，译者在翻译的时候同样采取了正式的文体，用强制性语法显化的策略，添加了"on account of"（由于）来进行语义衔接，并用选择性显化的策略，将"实行"具体化为"mobilize"（组织群众进行），解释了这一行为的方式；将"群众专政"译为"the dictatorship of the proletariat"（无产阶级专政），细化了这一短语所包含的历史意义。第二句是天柱的话，是明显的民间口语，译者将"还得让我求你呀，啊？"译为"let me help you，okay？"（让我帮帮你吧，好吗？），这是译者从上下文解读出的天柱这句话的内涵意义。源语文本中的"抗拒"［一判断：韧性］标记出负面的态度，译者使用了标记同样态度立场的"stubborn resistance"（顽固不化、坚持抵抗），渲染出拐叔的坚决态度。

这部作品的另一个鲜明特色是民间口语与官方语言在作品中的共存和相得益彰。民间口语的运用，更加贴近小说中人物的身份和特征；而官

① 李锐. 无风之树. 南京：江苏文艺出版社，1996：69.
② Li，R. *Trees Without Wind*：*A Novel*. Balcom，J.（trans.）. New York：Columbia University Press，2013：64.

方语言的运用,也可以更好地展现故事中的隔阂、矛盾与冲突,让读者获得多样化的阅读体验。由此,"读者可以站在不同叙述者的立场上对生活作出尽可能全面的理解和把握,同时也极大地丰富了小说文本本身的文体风格,使作品产生了一种万花筒式的艺术效果"①。李锐表示,民间口语的运用是他在创作方式上的一种超越,"我这样试验、这样去写恰恰是一种丰富,是我对书面语的一种反抗,就是对被分成等级化的书面语的反抗"②。当官方语言与民间口语不可避免地产生冲突时,读者可以透过二者的差异意识到两种力量之间的隔膜。韩文淑认为,21 世纪的作家在创作时会有意识地运用方言进行写作,其中一部分原因是普通话无法承载个人经验和自我情感方面的诉求,相比之下,方言"更有利于激发作家的原乡记忆和创作灵感"③。

陶忘机认为,"一种语言就是一种世界观。任何翻译中都包含着妥协",因此,译作永远不可能与原作完全相同,它只能是以另一种语言对原作进行再创造。④ 如何将原作中的语言特色呈现出来,并表现出不同人物的叙述声音和特点,这无疑是对译者的一大挑战。例如,陶忘机在翻译张系国的科幻小说"城三部曲"时,特别注意使用带有古语风格的英文表达,意在通过再现作品独有的风格特征来更好地传达作者的声音。⑤ 关于这一问题,纽马克曾提出,在小说或戏剧翻译中,最好能用目标语中的一种方言去翻译源语中的方言表述。⑥ 芒迪则认为,译者在翻译方言的时候,可以采取归化的方式,用目标语中的一种方言替代源语文本中的方言表

---

① 王春林. 苍凉的生命诗篇——评李锐长篇小说《无风之树》. 小说评论,1996(1):60.
② 李锐,王尧. 本土中国与当代汉语写作. 当代作家评论,2002(2):23.
③ 韩文淑. 新世纪中国作家的母语自觉. 当代作家评论,2014(5):85.
④ Morefield,L. Interview with John Balcom. (2013-03-19)[2017-01-26]. http://www. washingtonindependentreviewofbooks. com/features/interview-with-john-balcom.
⑤ Balcom,J. Translating modern Chinese literature. In Bassnett,S. & Bush,P. (eds.). *The Translator as Writer*. London:Continuum,2006:120-130.
⑥ Newmark,P. *A Textbook of Translation*. New York:Prentice-Hall International,1988:195.

达,也可以采取隐藏方言的策略,既不提供任何副文本信息,也不进行任何解释。但无论采取哪种方法,读者获得的都是对这一文本的模仿,听到的是与原作不同的声音,体验到的也是不同的风格。① 陶忘机曾坦言在《无风之树》的翻译过程中,"方言是最大也是最具有抵抗性的问题","这几乎不可能进行传达"。② 他解决这一翻译难题的方法是用两种不同的文体形式进行区分,并采取释义的方法,呈现出人物对话的具体含义。

(2)内心独白的调整

案例七

【源语文本】你再复杂,也不能复杂到领导身上吧你? 你以为你比我多认了几个字儿,你就了不起啦? 你就啥都行啦? 你就想干啥就干啥? 你认的字比我多,你经过的枪子儿有我多吗,啊? 我干革命的时候还是枪子儿满天飞呢,你知道吗你?③

【目标语文本】*No matter how complicated this matter is, do you think you can just put this on the leader? By making it more complicated? Do you think you're something special because you have more education than I do? You think it's fine, that you can do anything you want? You might know more words than I do, but have you faced the number of bullets I have? When I was engaged in the revolution, bullets flew everywhere. Are you aware of that?* ④

【评析】这一部分是刘主任(刘长胜)在拐叔自杀后跟苦根儿谈话时的内心独白。在案例之前的一句中,苦根儿谈到矮人坪的阶级斗争复杂。

---

① Munday, J. *Style and Ideology in Translation: Latin American Writing in English*. New York: Routledge, 2008: 201.

② Morefield, L. Interview with John Balcom. (2013-03-19)[2017-01-26]. http://www.washingtonindependentreviewofbooks.com/features/interview-with-john-balcom.

③ 李锐. 无风之树. 南京:江苏文艺出版社,1996:127-128.

④ Li, R. *Trees Without Wind: A Novel*. Balcom, J. (trans.). New York: Columbia University Press, 2013: 117.

在翻译案例中刘主任的心理活动时,译者用了选择性显化策略,不仅用斜体突出标记这是他的内心独白,还对一部分内容的内涵意义进行了选择性显化处理。首先,译者将原句中的"你再复杂"中的"你"替换为 this matter(这件事),从而使"复杂"一词与前一句中的阶级斗争相对应,其含义更加明确,以免读者在阅读时产生理解上的偏差;对于"也不能复杂到领导身上吧你",则译为"do you think you can just put this on the leader? By making it more complicated?"(你觉得你可以把责任推给领导? 让事情更加复杂化吗?),显化了让事情复杂化的方式。因为译者陶忘机认为,刘主任代表了某些骄傲自满的党员,他们很满意自己掌握的权力,不愿改变;而苦根儿则代表了自以为是的那部分人,他们由于斗争胜利而愈发自负,最终遭受苦难的还是人民群众。① 显化人物的内心活动,可以帮助读者理解两人的性格特点和矛盾冲突。源语文本中有两句都包含"比我认字多"的内容,译者在翻译第一句时选择将这句话的内涵意义表达出来,译为"you have more education than I do"(你受过的教育比我多),第二次则依照原意译为"You might know more words than I do"(你可能比我认的字多),避免了重复。

案例八

【源语文本】你说要是大伙就这么都睡过去,都不醒了,明天太阳也不出来了,这世界是个啥世界啊? 大概就像现在这样吧,黑咕隆咚的,黑得没边没沿儿的。真黑呀,眼前只剩下这推不走也散不开的黑。②

【目标语文本】Tell me, if they all went off to sleep and didn't wake up and the sun didn't rise, what sort of world would it be? Probably just like this one. Dark, utterly dark, so black you can't see the outline of anything, really dark, the only thing in front of you is blackness that

---

① Morefield, L. Interview with John Balcom. (2013-03-19)[2017-01-26]. http://www. washingtonindependentreviewofbooks. com/features/interview-with-john-balcom.

② 李锐. 无风之树. 南京:江苏文艺出版社,1996:59-60.

can't be moved or dispersed.①

【评析】这一部分是拐叔的内心独白。源语文本中作者强调的"黑"这一意象既象征了拐叔无法逃离的苦难处境,也表达了拐叔面对即将到来的阶级斗争时的绝望,因此这个词实际上是有情感标记的,表达了拐叔在现实生活面前的挣扎和无力感,标记了一种负面的态度[-情感:幸福感]。译者在翻译这一段内心独白时,同样采用了选择性显化的策略,用斜体将其突出,对于"黑"也用"dark""utterly dark""black""really dark""blackness"等反复强调,并将两句短句连成一个长句,更加渲染了"黑"的无边无际、难以逃脱。而且,译者还采用了强制性语法显化的策略,两次添加了人称代词"you"(你),将源语文本中的短语扩展为目标语中的从句,这一方面是因为英文表述中需要添加主语,另一方面也能将读者带入这种悲凉绝望的心境中,加深读者对于拐叔那种痛苦无奈心情的体会。

在这部小说中,作者选取了多人称的叙事角度,运用意识流的叙事手法,用大段的内心独白展现不同人物的内心世界。作者通过第一人称变换视角的方法,将叙事场景前景化,不仅自己获得了更大的叙述自由,也赋予了小说中的人物独立的话语权,让刘主任、苦根儿、拐叔、暖玉、天柱、二狗兄弟甚至驴子二黑都获得了表达的机会,体现了其对生命个体平等地位的认可和尊重。"当每一个人都从自己的视角出发讲述世界的时候,我们就会看到一个千差万别的世界。不要说世界,就是每一个微小的事件和细节都会判然不同。"②

第一人称的视角有利于再现不同人物的内心独白,并实现文中人物与读者的直接对话与交流;而多声部的共存更丰富了作品的叙述层次和叙述声音,作品也因此更显张力。但由于李锐在创作的过程中并未标记这些叙述声音,读者理解起来还是有一定的困难的。陶忘机认为,李锐是一个要求很高的作者,他要求读者在阅读中能够多思考,并积极参与到文

---

① Li,R. *Trees Without Wind*:*A Novel*. Balcom,J.(trans.). New York:Columbia University Press,2013:55-56.

② 李锐. 重新叙述的故事. 文学评论,1995(5):44.

本的构建中来;与之不同的是,他在翻译的时候,采取了选择性显化的策略,按照福克纳的方式,将人物的内心独白用斜体的方式标记出来①,其目的在于提升英译本的可读性,并让译文读者产生亲切熟悉的阅读感受。

(3)重复结构的再现

案例九

【源语文本】干黄干黄的树叶子躺在黄土上。没有一丝丝风,没有一丝丝云,没有一丝丝声音,没有一丝丝影子,拐爷他是从哪儿来的呀? 拐爷到底死没死呀他?②

【目标语文本】*Dry yellow leaves littered the ground. There wasn't a breath of wind, there wasn't a patch of cloud, there wasn't a sound or shadow. Where did Uncle Gimpy come from? Was he really dead or not?* ③

【评析】源语文本中的这一部分是大狗的内心独白,作者采用了意识流的叙事手法,用"没有一丝丝"这一平行结构突出了周围环境的安静、沉闷和压抑,同样也标记了一种负面的态度[－情感:幸福感]。译者在目标语文本中保留了原文中整体的叙述结构,用"there be"句型译出了静止沉闷的状态,但在句式上有了一定的变化,即:采用强制性语法显化策略,增加了用于描述"风"和"云"的量词——一丝丝风(a breath of wind)、一丝丝云(a patch of cloud)。而对于"没有一丝丝声音"和"没有一丝丝影子"则采用了选择性语法结构隐化的策略,合并起来译为"there wasn't a sound or shadow"(没有一丝丝声音或影子),将源语文本中的短语扩展为从句,并避免了结构上的重复。

案例十

【源语文本】天天有人过,年年有人过,几千几万年过来过去,怎么就

---

① Morefield,L. Interview with John Balcom. (2013-03-19)[2017-01-26]. http://www. washingtonindependentreviewofbooks. com/features/interview-with-john-balcom.

② 李锐. 无风之树. 南京:江苏文艺出版社,1996:96.

③ Li,R. *Trees Without Wind*:*A Novel*. Balcom,J. (trans.). New York:Columbia University Press,2013:89.

住不满,住不够呢?啊? 天天有人死,年年有人死,几千几万年死来死去,河这边怎么就死不完,怎么就还有这么多村子呢?啊? 是活着的都死了呢? 还是死了的又活了呢? 活活死死,死死活活,几千几万年活活死死,几千几万年死死活活。到底是活还是死呢,到底是死还活是呢? 啊?①

【目标语文本】*People cross every day,every year,and have crossed for thousands of years. Why isn't it full? How can there still be space? People die every day,every year,and they've done so for thousands of years. Is there no end to death on this side? Why so many villages on this side? Is it because all the living have died and all the dead have returned to life? Living and dying,living and dying,living and dying for thousands of years,dying and living for thousands of years. Is it life or death? Death or life?* ②

【评析】在源语文本中,作者用追问的语气叙述了拐叔的死带给糊米的震撼,用大量口语化的叙述表达了人在苦难生活状态中的无奈、绝望和痛苦,这一痛苦的内心剖白直指人的生存价值,传递出一种痛心切骨的悲凉。③ 作者在这一段中运用了意识流的叙事手法,意在让读者能够深入糊米深层的内心世界。对比目标语文本,我们可以发现,译者大致保留了原文中的重复结构,同样用大量的重复结构放大了糊米对于无法逃避的苦难生活的体验,表达了他对于个体生命价值的拷问。但我们可以看到译者对源语文本中的句式进行了一定的改变:他采取选择性显化的策略,用斜体标示出这一部分属于糊米的内心独白,更有利于读者辨识;同时,源语文本中前置的叙述时间被后置,人(people)这一概念则被前置,突出了人物苦难的生存境况。此外,译者还采取选择性隐化策略,删去了源语文本中的几个"啊"。

---

① 李锐. 无风之树. 南京:江苏文艺出版社,1996:172-173.
② Li,R. *Trees Without Wind*:*A Novel*. Balcom,J. (trans.). New York: Columbia University Press,2013:158-159.
③ 高小弘,翟永明. 穿透生命表象的价值追问与诗意表达——评李锐的《无风之树》. 河北师范大学学报(哲学社会科学版),2004(6):85.

这部小说的叙事中有不少重复结构,这不仅仅是技巧上的转变,还包含了作者对于历史的反思和批评①,展现了他对于生命的苦难、人性的扭曲和心灵的复杂的洞察和理解,更体现出作者创作时所持的价值立场:"这一立场,便是作家对个体生命意识的捍卫。从这样的价值立场出发,李锐试图依靠叙事的力量,去对抗一切戕害个体生命感觉的外部压力。"②陶忘机表示,重复结构是这部小说中一种非常独特的叙事方式,所以他尽力将其保留,希望能够帮助读者体会到作者的创作意图;但由于英文小说创作要求避免结构上的重复,他也对源语文本进行了一定的调整和改变,以适应译文读者的阅读习惯。

3.简洁风格的保留

案例十一

【源语文本】二黑呀二黑,你哪知道呀你,一个人要是他不想活了,你叫他天天当皇上,天天坐轿子、穿龙袍,天天喝香油、吃烙饼,那也是受罪,那也是白搭。一个人要是他还想活呀,天天当牛做马,天天吃苦受罪,那也是享福,那他也愿意。③

【目标语文本】*Erhei，Erhei，you have no idea that when a person doesn't want to go on living，even spending every day as the emperor，riding in a sedan chair，wearing an emperor's robes，and eating skillet cakes and oil，all become torture．It's pointless．But if a person wants to go on living，regardless of how much suffering and hardship，then，even if he's a horse or an ox，it's still a blessing，and he'll be willing．*④

【评析】这是拐叔在上吊自杀前,在心里对他心爱的驴子二黑说的一段话,译者在翻译时运用了显化策略,用斜体将其标记出来。源语文本中

---

① Gupta，S. Li Rui，Mo Yan，Yan Lianke and Lin Bai：Four contemporary Chinese writers interviewed. *Wasafiri*，2008，23(3)：31.

② 叶立文. 他的叙述维护了谁? ——李锐小说的价值立场. 小说评论,2003(2):38.

③ 李锐. 无风之树. 南京:江苏文艺出版社,1996:79-80.

④ Li，R. *Trees Without Wind：A Novel*. Balcom，J.（trans.）. New York：Columbia University Press，2013：74.

有几处标记态度的表述:"天天当皇上,天天坐轿子、穿龙袍,天天喝香油、吃烙饼"表达的是过着优越富足的生活,译者采用显化策略,将相关信息全部译出,但并未对其中涉及的文化信息词多做解释,更没有添加态度标记,例如"轿子"(a sedan chair)、"龙袍"(an emperor's robes)、"香油"(oil)、"烙饼"(skillet cakes)等,但由于表意清晰,并不会给读者造成理解上的困扰。译者将"受罪"[-情感:幸福感]译为"torture"(折磨),"白搭"[-鉴赏:价值]译为"pointless"(无意义),准确地传达了态度立场。"天天当牛做马,天天吃苦受罪"一句,"当牛做马"强调的是劳累辛苦,英文读者却不容易体会,因此译者采取倒置的方法,即调整词或短语在句子或段落中的位置,使其更加符合目标语中的表述习惯①:将后面的短语"吃苦[-情感:幸福感]受罪[-情感:幸福感]"前置,用同样标记负面情感的"suffering and hardship"(受苦和艰辛)译出,这样就有助于读者理解源语文本。此外,译者将"享福"[+情感:幸福感]译为名词性短语"a blessing"(一种幸福),并将"愿意"[+情感:倾向性]译为"be willing"(甘愿,乐意),准确地传递了源语文本中的价值取向。

案例十二

【源语文本】他说,咱们得有<u>愚公</u>移山的精神,不能一遇到困难就后退。②

【目标语文本】He said, We must possess the spirit of <u>the Foolish Old Man</u> who moved the mountains. We mustn't retreat the moment we encounter difficulty. ③

【评析】这一翻译案例中,译者采用语用学显化的策略,将原文中的"愚公"译为"the Foolish Old Man",用增加语言标记的方式,将每个单词的首字母大写,强调这一人物背后的历史故事。然而,两个文本所处的历

---

① Molina, L. & Albir, A. H. Translation techniques revisited: A dynamic and functionalist approach. *Meta: Translators' Journal*, 2002, 47(4): 500.

② 李锐. 无风之树. 南京:江苏文艺出版社,1996:105.

③ Li, R. *Trees Without Wind: A Novel*. Balcom, J. (trans.). New York: Columbia University Press, 2013: 97.

史文化语境是不同的:"愚公移山"[＋判断:韧性]这个成语本身就含有对相关人物韧性的正面判断,它源自《列子·汤问》,大多数中国读者看到这个成语,都会很自然地联想起"不畏艰难""坚忍不拔""坚持不懈"等精神,因此它是含有态度标记的。但这一态度在英文表述中却并不存在,因此尽管译者在目标语文本中重现了这一人物形象,译文读者还是不容易理解人物代表的态度立场。

陶忘机认为,李锐的小说往往简短精悍且极讲究写作技巧,因此他希望能从叙事、内容、风格上向读者展现小说的审美价值。他表示,自己在翻译中并没有详细解释一些文化信息,也没有添加态度标记,主要是因为:一方面,他认为译文读者的知识背景足以帮助其理解相关文化现象,而且即便不了解,也很容易从其他渠道获取有关知识,因此译者没有必要拉长文本;另一方面,他也不想让译文读者产生误解,以为这里是作者停顿下来做了额外的解释。

4.人物情感态度的呈现

案例十三

【源语文本】窑洞里的气氛有些<u>活跃</u>起来。大家没想到刘主任还会唱,没想到刘主任的嗓门儿还挺<u>嘹亮</u>。天柱说,嘿嘿,刘主任,再给唱一段吧,<u>怪好听的</u>,你再唱一段,我就给咱唱一段<u>蒲剧《窦娥冤》</u>,也是挺苦、挺<u>凄惶的</u>。①

【目标语文本】The atmosphere in the cave became more <u>animated</u>. No one knew that Commune Head Liu could sing or that he <u>had such a ringing voice</u>. Tianzhu said,Sing some more,Commune Head Liu. That was <u>pretty good</u>. If you sing some more for us,I'll sing a passage from the drama <u>*Injustice to Dou E*</u>,which is also <u>pretty bitter and tragic</u>.②

---

① 李锐. 无风之树. 南京:江苏文艺出版社,1996:38.
② Li,R. *Trees Without Wind*:*A Novel*. Balcom,J. (trans.). New York:Columbia University Press,2013:35-36.

【评析】这一部分讲述的是公社开会传达中央文件精神时,为了活跃气氛,刘主任唱了两句忆苦歌。源语文本中标记态度的词,在目标语文本中均得以传达。例如译者将"活跃"[＋情感:幸福感]译为"animated"(活泼的,愉快的),将嗓门儿"豁亮"[＋鉴赏:构成]用短语的形式译成"had such a ringing voice"(拥有洪亮的嗓音),将"挺苦"[－情感:幸福感]和"挺凄惶"[－情感:幸福感]译为"pretty bitter and tragic"(非常痛苦和不幸),无论是词语选择还是态度选取都很准确。在翻译天柱的话时,一方面,译者用选择性显化的方式将原来的一句话分成了三句,这样可以使意义显得更加清晰;另一方面,源语文本中的"嘿嘿"一词,原本是天柱跟刘主任说话的开场,译者视其为次要信息,进行了选择性隐化处理,没有译出。而"蒲剧《窦娥冤》"则是典型的文化信息词:"蒲剧"是山西省的传统剧种之一,其特点是唱腔高昂、朴实奔放,与刘主任的演唱风格颇有相似之处,译者采取了隐化策略,将其泛化处理为"the drama"(戏剧)。《窦娥冤》也是中国读者非常熟悉的作品,下文中的"也是挺苦、挺凄惶的"点出了这个剧目的特点,译者同样采用了选择性隐化,直接译出了这一戏剧的标题 *Injustice to Dou E*,并未另做解释。

案例十四

【源语文本】初冬的太阳像个刚做了祖母的女人,<u>慈祥温和地把群山和人们拥在自己的膝下</u>,轻轻地伸出手来,轻轻地抚摸着山顶<u>荒凉</u>的枯棘和头顶上被风吹乱的头发,轻轻地拥抱起苦根儿心里像山岚一样<u>深远而又迷离</u>的怅惘。①

【目标语文本】The early winter sun was like a woman who had just become a grandmother, <u>kindly and warmly</u> placing the mountains and the people at her feet, gently reaching out and caressing the <u>withered</u> brambles on the bleak mountaintops and the hair on people's heads mussed by the wind, gently embracing the <u>frustration that rose like a</u>

---

① 李锐. 无风之树. 南京:江苏文艺出版社,1996:116-117.

<u>blurred mountain mist</u> in Kugen'r's heart. ①

【评析】源语文本中描写了苦根儿的怅惘和孤独,与初冬的太阳形成了鲜明的对照。源语文本包含了一些标记态度的词语,其中正面判断如"慈祥[＋判断：正当性]温和[＋判断：正当性]地"被译为同样带有正面态度标记的"kindly and warmly",标记负面鉴赏的"荒凉的"[－鉴赏：反应]被译为"withered"(枯萎的),同样表达了负面的态度立场,对于短语"深远而又迷离的怅惘[－情感：幸福感]",译者先译出了中心词"frustration"(挫败感),再将修饰语"blurred"[－鉴赏：构成]与"山岚"放在一起,传递出苦根儿迷茫而苦闷的心理感受。

葛浩文曾经评论说,李锐和莫言一样,都不采用官方的宏大叙事手法,而是坚持透过自己最熟悉地方的日常生活去发掘中国现代历史的不同层面,并通过呈现有关无知、残忍、骄傲、腐败、压迫等的故事来恢复历史的本来面貌。② 李锐自己也表示,他的价值判断和情感选择当然会受到政治、阶级、性别、城乡差异、经济差别等因素的影响,但是他反对将叙事变成纯粹的技巧演示,而是希望自己能够从现实的人类世界发现故事,并将其升华为文学想象,在他看来,"文学是一种用文字记录生活中的经历和想象的人类本能"③。

陶忘机在翻译过程中,显然也注意到了小说中的价值判断和态度立场,因此采用了显化策略,努力在英译本中呈现出源语文本中的价值取向,并以多种方式呈现出小说人物的情感和态度。同时,他没有拘泥于源语文本的表述形式,在必要的时候也省略了部分信息内容,以保持原作简洁直接的叙事风格,并再现了源语文本的"力度"。

---

① Li，R. *Trees Without Wind*：*A Novel*. Balcom，J.（trans.）. New York：Columbia University Press，2013：107.

② Goldblatt，H. Fictional China. In Jensen，L. M. & Weston，T. B.（eds.）. *China's Transformations*：*The Stories Beyond the Headlines*. Lanham：Rowman & Littlefield Publishers，2007：166-167.

③ Gupta，S. Li Rui，Mo Yan，Yan Lianke and Lin Bai：Four contemporary Chinese writers interviewed. *Wasafiri*，2008，23(3)：30.

5.对西方小说创作方式的遵从

案例十五

【源语文本】他忽然觉得眼泪要掉下来,他就在心里骂自己,你他妈哭个啥呀你! 你怎么这么不坚强呀你! 可还是没忍住,眼泪还是流了下来,嘴角上咸咸的。他死命地咬着在嘴里流来流去的咸水,对那个根本已经看不见的背影在心里叫喊,你这样做根本就是丧失立场,我是来改天换地来的,我爸爸是烈士,我是党的儿子,我跟你怎么能一样? 根本就不可同日而语。①

【目标语文本】Suddenly he felt the urge to cry and cursed himself inwardly. *Damn! Damn! What are you crying about? Why are you so weak?* But he was unable to control himself, and tears rolled down his face to the corners of his mouth, salty. He clenched his jaw for all he was worth on that taste of salt in his mouth. He yelled inwardly at the departing figure that had just disappeared from sight. *By doing what you've done, you're departing from the correct stand. I'm here to change the world; my father was a martyr; I am a child of the Party. How can I be the same as you? We can't be mentioned in the same breath.*②

【评析】这一段是刘主任离开之后的苦根儿的心理描写。对比原文和译文,我们可以看到译者将苦根儿的内心独白用斜体标注了出来,这样不仅可以区分原作中的现实描写和心理描写,也为读者的解读提供了方便。译文中的标点使用也有了很大变化:原文中作者使用了意识流的叙事手法,主要使用的是逗号、句号和感叹号,以表达苦根儿内心独白的连续性;而译文中译者突出了句号,并用分号将内心独白进行了分层处理,这让苦根儿的各个动作和心理活动都有了清晰的起点和终点,同时也符合英文

---

① 李锐. 无风之树. 南京:江苏文艺出版社,1996:4.

② Li, R. *Trees Without Wind*: *A Novel*. Balcom, J. (trans.). New York: Columbia University Press, 2013: 2.

小说对于规范性的要求,更加适合译文读者的阅读习惯。在这一段中,译者运用了强制性显化策略,在翻译"可还是没忍住,眼泪还是流了下来,嘴角上咸咸的"一句时,添加了一个主语"he"(他)和两个"his"(他的),使动作的发起者更加明确,而且"tears rolled down his face to the corners of his mouth,salty"(眼泪从他的脸颊流到他的嘴角,咸咸的),这一表述不仅更加符合英语的表述习惯,也更加准确地再现了当时的场景。接着,译者将"他死命地咬着在嘴里流来流去的咸水"一句译为"He clenched his jaw for all he was worth on that taste of salt in his mouth",不仅加入了"jaw"(下颚)一词,将"死命地咬着"具体化为"咬紧牙关"(clenched his jaw),略去了原句中的"流来流去",动作描述也显得更为准确。

案例十六

【源语文本】我拍拍手上的渣子,我说,行了,吃吧,快吃吧。他们就又一齐把头伸进槽里,咯嘣咯嘣的嚼起来。我说,香吧? 他们就都摇摇耳朵,都答应我。我倚在马槽边上看他们吃,我就爱听他们咯嘣咯嘣的嚼,听着比唱戏还好听。①

【目标语文本】I patted the remnants from my hands and said, Okay,eat,hurry and eat. Once again they thrust their mouths into the manger and began eating,*crunch*,*crunch*,*crunch*. Taste good? I asked. They flicked their ears in response. I leaned against the manger,watching them eat. I love to listen to them chewing,*crunch*,*crunch*,*crunch*,more than listening to opera. ②

【评析】在这一段中,拐叔以第一人称的口吻描述了喂驴的情景,从中我们不难看出拐叔对这几头驴的精心呵护和发自内心的喜爱。译者采用了强制性语法显化策略,将"手上的"译为"from my hands"(从我的手上),添加了"my"(我的),同样将"耳朵"译为"their ears"(它们的耳朵),

---

① 李锐. 无风之树. 南京:江苏文艺出版社,1996:29.

② Li,R. *Trees Without Wind*:*A Novel*. Balcom,J. (trans.). New York:Columbia University Press,2013:26.

增加了"their",更加符合英语的表述习惯。源语文本中,拐叔不仅直接与驴对话,而且使用的象声词"咯嘣咯嘣"都给人以愉悦感;译者选用的象声词"crunch"非常贴切,尤其适用于描述咀嚼酥脆食物时发出的清脆声响,不仅与周围静谧的深夜形成了对照,更传递出拐叔轻松愉悦的心情,所以他"听着比唱戏还好听"。译者还采用了选择性显化策略,不仅特意调整了语序,两次翻译的时候都将"crunch"放在动词后面,还用斜体将其突显出来,加深了读者的阅读体验。而在翻译驴回应拐叔的"摇摇"耳朵的动作时,译者选用的是"flick",指迅速而轻快地弹动,配合"in response"(作为回应)这一状态,我们仿佛可以看到驴一边专心吃饲料,一边还回应着拐叔,非常生动地再现了当时的场景。而对于中国的"戏",译者则采用了选择性隐化策略,并未过多解释中国的戏剧文化,而是简单替换为"opera"(歌剧)这一西方的艺术形式。

陶忘机指出,对于作者的风格变化甚至是作品的缺乏风格,中国读者比美国读者更加宽容,中国作家也不习惯美国盛行的编辑文化;但在美国,如果一部译作在风格方面显得有些生硬的话,是不会被编辑接受的,①而且评论者还会质疑译者的翻译能力。出于对读者的要求和期望的考虑,他强调译作语言的地道性,认为必要的时候可以抹去原作中的风格特征,使译作更加符合译作读者的口味。对比源语文本和目标语文本,我们也可以看出,译者一方面尊重和理解作者的创作风格,尽量在译作中忠实再现,另一方面,他也遵循了西方小说的写作要求,在一定程度上改变了源语文本的表述方式,使之更加符合译文读者的阅读习惯。

第四节　英译本中读者意识的显现

正如我们在第三章中所提及的,读者意识源于出版界的革新。出版界强调尽量满足读者的需求,为后者提供无懈可击的服务,推出实用性

---

① Balcom，J. Translating modern Chinese literature. In Bassnett，S. & Bush，P. (eds.). *The Translator as Writer*. London：Continuum，2006：120-130.

强、与读者相关,并能为其所理解的作品。① 在翻译研究中,读者意识要求译者在翻译中进行策略和细节选择时要对读者负责,关心信息的接受者,并尽力遵循读者的阅读感受和习惯。② 作者在创作的过程中或许无法预估作品的读者群,译者却需要具备读者意识,要对译文读者的阅读习惯、兴趣和需求做出合理的预测。正如西奥·赫曼斯(Theo Hermans)所言,只有在读者对文本做出回应之后,作为美学客体的文本才焕发出生命力。③

丹尼尔·葛岱克(Daniel Gouadec)曾提出,译者必须遵循以下三个方面的准则:1)客户的目的和目标;2)使用者的要求;3)相关地区的标准和习俗、价值体系、推理模式、术语等。在此基础上,他提出了高质量翻译的几项特征和要求:

1)准确性,指真实地传达原作的内容;

2)意义性,指所传递的信息在目标语及其文化中应当是有意义的;

3)可读性,指译文读者应当能够理解译者通过翻译所传递的相关信息和知识;

4)有效性,指译作应当满足读者的需求。④

不难看出,这些评价标准都是以译文读者的需求为中心展开的,可见读者对于译作接受度和评价效果的重要意义。

应当说,陶忘机的翻译策略体现了较为明显的读者意识,这首先体现在他的主要翻译目的是让译文读者理解和接受作品。李锐曾坦言他最初并不确定他的小说会吸引什么样的读者,也不知道他们有什么阅读期待,只是希望能为热爱文学的读者创作,并希望他们能被自己的文字所感动。在他看来,"文革"后的新时期文学很特别,因为那时社会各阶层都强烈希

---

① Bagby, M. A. Transforming newspapers for readers. *Presstime*, *The Journal of the American Newspaper Publishers Association*, 1991(13): 22.

② Newmark, P. *Approaches to Translation*. Oxford: Pergamon Press, 1986: 43.

③ Hermans, T. *Translation in Systems: Descriptive and System-oriented Approaches Explained*. Manchester: St. Jerome Publishing, 1999: 63.

④ Gouadec, D. *Translation as a Profession*. Amsterdam: John Benjamins, 2007: 5-7.

望能表达被压抑的痛苦,所以那个时期的中国文学作品拥有相当大的读者群,一部小说常常能激起全社会的关注。但是,随着严肃文学作品的读者大幅度减少,人们的阅读兴趣已经转向了时尚、购物、休闲、旅游、运动或纪实性故事,现在他的读者主要是大学生、刚刚离开大学的年轻人和一些文学爱好者。[①]

陶忘机也认为,李锐并不会特别考虑读者的接受度,但他更希望读者能够积极参与文本解读,因此他的作品并不仅仅局限于一种解释。[②] 作为一名译者,陶忘机希望能将好的中国文学作品介绍给更多的国外读者[③],因而读者对作品的接受度一直是陶忘机非常关注的。在他看来,作为翻译中国文学作品的译者,能否预估潜在读者的理解能力是很关键的。[④] 然而,由于生活经验的差异,译文读者通常很难理解中国文学作品中描述的社会和政治背景;而且,即便对于中国读者,如果没有同时代的生活经历,也很难对原作中不断呈现的政治语言产生共鸣。[⑤]

陶忘机表示,出版社编辑会极大地影响译者所做的决定,因为编辑最关心的就是作品的可读性,译者常常被要求对译作进行删减。美国的文化市场非常商业化,为了迎合美国读者的阅读习惯,编辑甚至会基于自己的经验和市场判断直接对译作进行删节,"有时甚至改写原著"[⑥]。而且,

---

① Gupta,S. Li Rui,Mo Yan,Yan Lianke and Lin Bai:Four contemporary Chinese writers interviewed. *Wasafiri*,2008,23(3):28-29.

② Morefield,L. Interview with John Balcom. (2013-03-19)[2017-01-26]. http://www. washingtonindependentreviewofbooks. com/features/interview-with-john-balcom.

③ Balcom,J. Bridging the gap:Contemporary Chinese literature from a translator's perspective. *Wasafiri*,2008,23(3):22.

④ Balcom,J. Bridging the gap:Contemporary Chinese literature from a translator's perspective. *Wasafiri*,2008,23(3):19.

⑤ Morefield,L. Interview with John Balcom. (2013-03-19)[2017-01-26]. http://www. washingtonindependentreviewofbooks. com/features/interview-with-john-balcom.

⑥ 李涛.“中国文学是我此生之选”:资深汉学家、翻译家陶忘机访谈录//李涛. 抒情中国文学的现代美国之旅:汉学家视角. 上海:复旦大学出版社,2015:335.

"中国小说被要求进行删减的次数远远高于用其他西方语言写成的小说"①。与葛浩文相似的是,陶忘机也认为中国作家的作品通常太过冗长,"他们不缺好故事,但缺乏好的写作技巧"②。在国外出版社编辑看来,太长的译作往往得不到好评,因此译者尤其需要注意篇幅问题。而且,现在愿意阅读译作的读者减少了,大部分读者没有时间,或者说也不愿意通过翻译去熟悉中国文学作品中的传统和风俗。③ 所以他认为,要推动中国文学作品的海外传播和接受,译者首先应当选择情节和人物描写出色,且能够引起读者阅读兴趣的作品。

那么,什么样的中国文学作品会受到国外读者的欢迎呢? 陶忘机认为有三种:一是对社会进行批判的作品;二是情节新鲜有趣、吸引人的;三是当代的文学作品,最好是近五年的。以前的作品例如老舍的《四世同堂》和路翎的《财主底儿女们》,尽管都非常优秀,但由于年代久远,译文读者很难产生兴趣,因此也没有出版社愿意出版。与评论者不同的是,普通的译文读者最关心的还是故事本身,因此,在具体的译介过程中,一方面,由于严肃的文学作品不同于休闲类读物,译者应当尽量保留作品的美学特征;另一方面,国外尤其是西方的出版社和评论家仍然会以英文小说创作的标准评价中国的文学作品,因此译者在翻译中也应当进行一定程度的妥协,尽量流畅生动地再现原作。

其次,陶忘机的读者意识体现于他在翻译过程中,努力吸引更多的译文读者。例如,在介绍《无风之树》时,他在英译本的封底强调李锐"在中国和欧洲获奖无数,被普遍认为是中国当代文坛一位非常重要的作家"④,由此突出了作者的文学成就尤其是获奖信息,这也是读者关心的部分。

① Balcom, J. Bridging the gap: Contemporary Chinese literature from a translator's perspective. *Wasafiri*, 2008, 23(3): 23.

② 李涛. "中国文学是我此生之选":资深汉学家、翻译家陶忘机访谈录//李涛. 抒情中国文学的现代美国之旅:汉学家视角. 上海:复旦大学出版社,2015:336.

③ Balcom, J. Translating modern Chinese literature. In Bassnett, S. & Bush, P. (eds.). *The Translator as Writer*. London: Continuum, 2006: 122.

④ Li, R. *Trees Without Wind: A Novel*. Balcom, J. (trans.). New York: Columbia University Press, 2013: back cover.

在细节选择上,他充分考虑并尊重译文读者的阅读习惯。从上文中我们对《无风之树》原作和英译本的分析可以发现,为了帮助读者深入理解这一作品,陶忘机在英译本中运用了强制性显化、选择性显化和语用学显化的策略,不仅对作品中的一些文化信息补充了解释和说明,将原作中的一些内涵意义进行了选择性显化处理,还增加了一些有助于衔接连贯的短语和词语。他对于原作中明显带有态度立场的词语的把握和传达都比较准确,并尽力使英译本更加符合目标语文化的表述习惯。同时,他也采用了隐化策略对译文的篇幅进行平衡,选择了回避一部分细节信息。在此过程中,他没有添加太多的态度标记,而是倾向于客观化地再现,意在让译文读者更加积极主动地参与解读作品。总体而言,英译本再现了原作直接、简洁和清晰的风格,并呈现出以译文读者为中心的倾向。

再次,陶忘机注重引导译文读者关注作品中的历史元素和叙事风格。以译者序为例,其中有一个关键词是"文革"。这一点实际上与作者的创作初衷有一定的差异。作者选择在"文革"的大背景下讲述故事,是因为他希望通过叙事的力量对抗外部压力,以此突出人在现实生存中遭遇的苦难,表达人面对命运时的无力和悲哀,并且他更希望读者透过小说看到作品的创造性,更深刻地理解人对于自由的追求,看到"最可宝贵的人的尊严"①。因此,相对于"文革"的大背景而言,他突显的其实是个体的生命、尊严和价值。但在译者看来,"文革"无疑是一个非常关键且需要突出标记的命题,因此,他将序言的题目定为"*Trees Without Wind*: Anatomy of a Revolution"(《无风之树》:对于一场革命的剖析),直接点明小说的时代背景。接着,通过对相关词语的介绍,译者勾勒出这一历史时期的概况。在对作者李锐的介绍中,他也特别强调其"经历了'文革'",在山西农村做了六年的农民,并指出,这一经历对于他后来成为作家产生了重大影响。而且,在接下来对作者叙事风格的分析和对小说人物的介绍中,"文革""阶级斗争"等词语频繁被提及,体现了译者对这一主题的关注。此外,他充分考虑到读者的知识背景,在序言中特别介绍了这一特殊的历史

---

① 李锐. 被克隆的眼睛. 当代作家评论,2002(2):4-7.

时期。在他看来,中国文学创作有一个倾向:文学与历史是不可分割的,因此作品偏重于写实,常常保留有时代的印记。但在国外读者眼中,这些文学作品就像是历史文献,因此,了解这段历史对于他们深刻地理解作品而言是至关重要的,①这也解释了他为何会在序言中详细介绍"文革"这一特殊的历史时期。他表示,自己所做的相关解释主要是为了帮助国外读者对这一时期形成大致的印象。

第二个关键词是"叙事风格"。陶忘机不仅注意到作品中使用了多重视角、意识流叙事、倒叙、反讽等,发现李锐和赵树理一样运用了方言,还比较了李锐和福克纳的创作方式,指出作者没有遵循线性的叙事模式和非黑即白的纯粹价值观,"生活变得模糊不清,人类的动机既虚伪又自私,价值观不再单纯,而且好人也未必有好报"②。在他看来,如果评论者因为李锐的作品关注农村生活就将其归为"寻根作家",这种归类就过于简化了。③ 可见,译者对于小说的叙事、内容、风格等都进行了较为深入的研究。陶忘机表示,自己在翻译中力求不遗漏任何信息,希望能够保留作者的叙事特色,并引导读者积极思考和深入了解,这也体现出译者对小说审美价值的认同。在笔者与陶忘机的讨论中,他将李锐称为"东方的福克纳",认为两位作家的创作方式存在相似之处,因此他在翻译过程中也尽量将译文显化,由此让译文读者产生亲切熟悉的阅读感受,从而更容易理解和接受这部作品。

陶忘机指出,中国文学作品的译者通常要面临两个基本问题。第一是译作的实际接受度问题。中国文化与西方文化的巨大差异会构成读者在阅读过程中的理解困难,而译者在翻译中国文学作品时,为了弥合两种

---

① Balcom, J. Bridging the gap: Contemporary Chinese literature from a translator's perspective. *Wasafiri*, 2008, 23(3): 19.

② Balcom, J. *Trees Without Wind*: Anatomy of a revolution (translator's preface). In Li, R. *Trees Without Wind*: *A Novel*. Balcom, J. (trans.). New York: Columbia University Press, 2013: vi.

③ Balcom, J. *Trees Without Wind*: Anatomy of a revolution (translator's preface). In Li, R. *Trees Without Wind*: *A Novel*. Balcom, J. (trans.). New York: Columbia University Press, 2013: vi.

文化的差异,难免会遇到翻译西方语言作品的译者无法想象的问题。他指出,如果译文读者缺乏相关的文化背景和词语意义方面的语境知识,如文本的互文性、典故、与作品内容相关的专业知识、传统的诗歌形式与结构、汉语独特的双关语等,一旦这些知识被前景化,就会构成读者理解的关键因素,直接影响读者理解和欣赏一部作品。第二是译介本身的问题,关涉译者的创造性和翻译技巧。因为译者既要创作出在许多层面(如创造性、风格、遣词造句)都可以与原作相媲美的艺术品,又要满足译文读者和出版界的需求和期望。① 在作品风格方面,尽管译者努力要忠实于作者的风格和意图,但在实际翻译过程中,对于美国译者来说往往还需要用"标准的美式英语"对中国文学作品进行一定程度的改写,有时甚至还要抹去原作的风格,使其更适合美国读者的口味,②这同样显示出陶忘机在翻译过程中强烈的读者意识。

此外,陶忘机一直非常关注翻译中的文化认同问题。他曾详细地分析过中国台湾地区文学的文化认同。在他看来,台湾地区的作家更加注重美学主题,表达了对于自身文化身份的焦虑,但也希望能回归传统的中国文学。③ 他指出,这类文学作品的译者面临两种困难:一种是文学作品由多种语言创作而成,例如普通话、日语、闽南话和其他方言,这对于译者而言是不易掌控的;另一种是如何界定这类文学。

从陶忘机的文化认同研究中,我们不难看出他非常关注少数群体,从他的文学作品选择中我们也能看出这一点,而这也与李锐有着一定程度的契合。在《无风之树》中,李锐展现了其对处于边缘地位的矮人坪的人们的深切同情:他们被压迫,被宰割,被"'正义'地剥夺生命和一切做人的尊严";而他们将自杀的拐叔埋在他自己的田地里,就是要进行一场绝望

---

① Balcom, J. Translating modern Chinese literature. In Bassnett, S. & Bush, P. (eds.). *The Translator as Writer*. London: Continuum, 2006: 119-120.

② Balcom, J. Translating modern Chinese literature. In Bassnett, S. & Bush, P. (eds.). *The Translator as Writer*. London: Continuum, 2006: 128.

③ Balcom, J. Cultural identity, translation, and the anthology. *Translation Review*, 1999, 57(1): 15-21.

的反抗,维护自己死的尊严。① 这一倾向性同样决定了陶忘机在译介过程中所持的文化立场,并影响了其翻译策略:他在翻译过程中注意运用显化策略,以保留原作的特色,并突显异文化的独特之处,力图将其较为完整清晰地呈现在译文读者的面前。

第五节　英译本评论中的文化立场

欧内斯特·盖尔纳(Ernest Gellner)曾经指出,无论喜欢与否,我们都要正视文化认同问题,因为我们需要理解其根源,并承受其结果。② 威廉·布鲁姆(William Bloom)将认同的根源归为个体对于心理安全感的需求,在他看来,主体会想方设法去维持、保护并支持这一认同,以维护其心理安全感。③ 在翻译这类跨文化沟通活动中,文化认同是"一种肯定的文化价值判断。指文化群体或文化成员承认群内新文化或群外异文化因素的价值效用符合传统文化价值标准的认可态度与方式。经过认同后的新文化或异文化因素将被接受、传播"④。正是由于不同文化之间的沟通与认同,文化才具有了动态发展的性质。⑤

研究者对于文化认同一般持两种观点。一种观点是,文化认同与某一特定的文化相关,是指这一文化中人们固有的一系列特征。施瓦茨指出,文化认同彰显了某一文化群体中人们团结一致的观念,这一观念同样体现在他们对圈内人和圈外人采取不同的态度、信念和行为上。⑥ 个体的

---

① 李锐,邵燕君. 用方块字深刻地表达自己——李锐访谈. 上海文学,2011(11):94.

② Gellner,E. *Encounters with Nationalism*. Oxford:Blackwell,1994:45.

③ Bloom,W. *Personal Identity,National Identity and International Relations*. Cambridge:Cambridge University Press,1990:53.

④ 冯天瑜. 中华文化辞典. 武汉:武汉大学出版社,2001:20.

⑤ Tong,H. K. & Cheung,L. H. Cultural identity and language:A proposed framework for cultural globalisation and glocalisation. *Journal of Multilingual and Multicultural Development*,2011,32(1):58.

⑥ Schwartz,S. J.,Montgomery,M. J. & Briones,E. The role of identity in acculturation among immigrant people:Theoretical propositions,empirical questions,and applied recommendations. *Human Development*,2006,49(1):5.

身份或认同指标主要包括以下几个层面：国家层面、地域/民族/宗教/语言学上的归属层面、性别层面、年代层面、社会阶级层面、从业者的组织或公司层面。① 作者、译者和读者在这些层面上的差异必然导致他们面对同样的现象或信息时，会产生不同的理解方式和感受，甚至会发生冲突。另一种观点则认为，认同会影响个体看待自我和社会的方式，并处于不断的构建和重建之中。② 当主体的两种文化认同方式，即对本族语文化的认同和对目标语文化的认同交织在一起时，就容易对自己的根基或归属产生困惑，甚至陷入重新寻求认同的混乱之中。里恩·赛格斯（Rien T. Segers）的研究表明，要了解某一群体文化认同的全貌是不可能的，我们最多可以选择并研究其中的一些关键因素。研究文学作品及其接受情况就是一种重要途径，因为文学可以展现某一特定群体的重要方面，是构成某一国家或群体文化认同的基本元素。③ 具体而言，文学作品对于文化认同的影响主要体现在以下三个方面：

1）形式特征方面，主要是指我们可以从某一国家或群体在某一历史特定时期的相关事实和数据材料中判断这一社会中人们的心理状态。例如通过其文学作品的印刷数量、小说的销售量、图书馆借阅量、外国文学作品译介数据、直接或间接影响文学交流的社会环境等（如语言培训、文学教育、文学方面的媒体报道、审查机构等）来判断。

2）特定群体的心理编码，指某一国家或群体中民族文学作品的创作和接受，以及他们接受外国文学作品的情况，圈内人在此基础上构建了其文化认同。

3）圈外人对圈内人文化认同的外部印象，主要指其他国家或群体对于文学文本的选择、解释、评价和接受，在此，"接受"泛指解读、翻译、经典

---

① Segers，R. T. Inventing a future for literary studies：Research and teaching on cultural identity. *Journal of Literary Studies*，1997，13(3-4)：269.

② Erikson，E. H. *Childhood and Society*. New York：W. W. Norton，1950.

③ Segers，R. T. Inventing a future for literary studies：Research and teaching on cultural identity. *Journal of Literary Studies*，1997，13(3-4)：263-283.

化、教学等。①

　　既然文学作品及其接受情况是构成文化认同的重要元素，我们就可以从这些方面入手，从文本分析中探知译者的文化认同方式，从作品的评价和接受中了解译文读者的认同方式，并分析这一作品的跨文化传播效果。那么，国外的评论者是如何评价《无风之树》的呢？

　　该书的出版商哥伦比亚大学出版社提供了艾丽斯·斯蒂芬斯(Alice Stephens)撰写的书评。从中可以看出，斯蒂芬斯非常关注小说的知识价值和审美价值，希望作者能够还原有关中国的真实历史场景。在她看来，小说既遵循了传统的线性叙事手法，又创新性地采用了意识流和多角度叙事方法，因而故事中的人物既各有特色，又具有一定的复杂性。②

　　在一次对陶忘机的访谈中，琳达·莫菲尔德(Linda Morefield)表示自己对这部小说的多视角转换也很感兴趣，并将其与福克纳的《我弥留之际》(As I Lay Dying)进行比较，讨论了诸如两部小说中都曾出现的做棺材场景、每章标题只包含序号、中国读者对于现代主义的看法等内容。由此可见她对中国文学作品的创作方法和审美价值颇感兴趣。③

　　而在这部小说英译本的封底评论里，瑞典文学院成员马悦然称赞这是一部中国最伟大作家之一的代表作：李锐悲天悯人的情怀和独特的叙事技巧，在陶忘机的译文中都得以再现。白睿文(Michael Berry)指出，李锐是一位勇于创新的作家，这部作品"使得他从同辈人中脱颖而出，创作出中国现代文学界最引人入胜且独一无二的文学作品"。罗鹏(Carlos

---

① Segers，R. T. Inventing a future for literary studies：Research and teaching on cultural identity. *Journal of Literary Studies*，1997，13(3-4)：272-275.

② Stephens，A. Book review in historical fiction：*Trees Without Wind*. (2013-03-19)［2017-01-31］. http：//www. washingtonindependentreviewofbooks. com/bookreview/trees-without-wind.

③ Morefield，L. Interview with John Balcom. (2013-03-19)［2017-01-26］. http：//www. washingtonindependentreviewofbooks. com/features/interview-with-john-balcom.

Rojas)同样盛赞李锐是一位非常具有影响力和创新性的中国当代作家。①

由此可以看出,一方面,译者和评论者非常注重小说的知识价值,并对小说中的政治与历史因素表现出高度一致的关注;另一方面,这部小说独特而具有创新性的叙事手法也是译者和评论者关注的部分,作品的审美价值得到了普遍认可。但相对而言,他们都忽略了小说作者希望传递的道德价值,即用悲天悯人的情怀唤起读者的同情与共鸣。

第六节　《无风之树》与《狼图腾》英译本的对比分析

在第四章中,我们曾对《狼图腾》的原作和英译本进行了对比分析。在此,我们准备再对比一下这两部小说英译本中的翻译策略和文化认同,因为首先,我们发现两位作者都是以"文革"为故事的背景,译者和评论者也都敏锐地捕捉到了这一点,并在介绍和评论的时候特别做出了强调。读者也明显关注到了这一政治因素,他们对于小说的知识价值颇为关注,希望更深层次地了解中国社会和相关的历史背景。同时,作者的创作风格和叙事模式会直接影响读者对于作品的理解和接受,因此小说的审美价值同样引起了译文读者的关注。其次,两家出版社都非常关注读者的感受和反应。尽管出版《狼图腾》的企鹅出版集团是商业性质的,而出版《无风之树》的哥伦比亚大学出版社更偏学术型,但它们都非常重视作品的可读性,而且对译者的要求都很高。再次,由于出版社对于翻译的要求,两位译者均表现出了对译文读者阅读习惯的尊重,他们在翻译过程中采用的显化策略和隐化策略,不仅有篇幅方面的考虑,更是出于对译文读者的重视。

1. 译者翻译策略运用的比较

相比之下,在《狼图腾》的英译本中,整体而言,译者葛浩文更多地运用了隐化策略,放弃和回避了较多的源语信息,并删减了不少细节、心理、

---

① Li, R. *Trees Without Wind*: *A Novel*. Balcom, J. (trans.). New York: Columbia University Press, 2013.

对话等,隐藏了作者思想感情的态度标记,并在级差上弱化了源语文本中的情感语势,因此英译本尽管呈现了更加简洁的风格,却也较为明显地偏离了原作中的价值取向,更加符合译文读者的阅读需求和兴趣。此外,译者也对一些文化信息进行了显化处理,增加了一些态度标记,并重组和调整了一些源语信息,从而在一定程度上引导了译文读者。陶忘机则认为,国外读者非常重视文学作品中的情节和人物,因而译者应当努力呈现作品不同层次的价值,毕竟,"作品的接受要重要得多"①。他在《无风之树》的英译本中主要运用了显化策略,对作品中的文化和历史信息进行了解释说明;同时也采用了隐化策略对于作品的篇幅进行平衡,以保证作品能够更加简洁地呈现。

　　两位译者在翻译策略选择上的差别,首先有小说本身篇幅的原因:《狼图腾》是长篇小说,长达 50 多万字,重点在于传达作者的精神理念,书中有大段的心理、对话和细节描写;而《无风之树》仅 11 万字左右,文风简洁,特色在于采用了多视角转换的叙事手法。总体而言,译者运用选择性显化策略主要是针对作品中的文化因素,强制性显化策略则有助于调整源语文本中的信息,让译作更加符合英文小说的表述习惯;而隐化策略的运用则是为了避免信息的冗余,防止拉长原作,从而使译作更加容易被读者接受。其次,陶忘机表示,这也与出版社的性质有关:与他合作的出版社是学术型的,他们很关心这本书会不会被用于教学,因此出版合同上只要求译者不要添加原作中没有的部分,给了译者相当大的自由度;而商业出版社则非常重视销量和利润,因此更关注译作能否吸引更多的读者。再次,这也体现了译者文化认同上的区别:显化策略运用较多,体现了译者对异文化的包容性更大,接受程度也更高,更倾向于展示作品中的文化因素和创作特色;而以隐化策略为主,则体现出译者更加重视本民族文化中读者的阅读心理和感受,更加注重作品能否被接受和理解。

---

① Morefield,L. Interview with John Balcom. (2013-03-19)[2017-01-26]. http://www. washingtonindependentreviewofbooks. com/features/interview-with-john-balcom.

从这两个翻译案例中我们也可以看出：在翻译理论研究中，研究者往往更加重视显化翻译策略，因为这一策略能够突显文化差异，让作品中的信息更加清晰地呈现；但在中国文学外译的实际操作层面，由于篇幅的限制，译者在翻译的过程中更倾向于运用隐化策略，以保持作品风格的简洁性和易读性。由此，作品中的一些价值判断被略去，作者的部分态度标记被隐藏，这实际上也造成了译作与原作之间距离的加大。而且，即便是对相关文化信息进行显化，译者也没有添加很多自己的态度标记，而是倾向于客观描述，并充分尊重译文读者的阅读习惯。

2. 文化认同呈现方式的对比

人们寻找文化认同主要是为了发现自我与他者的相似之处。① 而要了解主体的文化认同，我们需要了解其生活方式、制度体系和精神价值观。②

罗伯特·雷德菲尔德(Robert Redfield)等在 1936 年首先提出了文化适应策略。作为一种群体层面的文化认同策略，它主要指两个不同的文化群体由于持续直接的接触所引起的文化上的变化。③ 西奥多·格雷夫斯(Theodore D. Graves)从个体层面对其进行了补充，认为文化适应同样可以指文化群体中个人心理层面上发生的改变。④ 在此基础上，约翰·贝利(John W. Berry)将文化适应界定为来自不同文化背景的个体或群体之间的交往，以及为此进行的相互调整。⑤ 之后，他又将其细分为

---

① Wade，P. *Cultural Identity*：*Solution or Problem?*. London：The Institute for Cultural Research，1999：5.

② Tong，H. K. & Cheung，L. H. Cultural identity and language：A proposed framework for cultural globalisation and glocalisation. *Journal of Multilingual and Multicultural Development*，2011，32(1)：58.

③ Redfield，R.，Linton，R. & Herskovits，M. J. Memorandum for the study of acculturation. *American Anthropologist*，1936(38)：149-152.

④ Graves，T. D. Psychological acculturation in a tri-ethnic community. *South-Western Journal of Anthropology*，1967(23)：337-350.

⑤ Berry，J. W. Acculturation as varieties of adaptation. In Padilla，A. M.(ed.). *Acculturation*：*Theory，Models，and Some New Findings*. Boulder：Westview，1980：9-25.

四种不同的策略,即:1)同化策略,指从根本上放弃自己原有的文化根基,从而采取新文化的文化认同;2)整合策略,指既愿意保留自己原有的文化传统,同时也能够采取新的文化认同;3)隔离策略,指完全保留自己原有文化的特征,并拒绝与新文化中的成员产生联系;4)边缘化策略,指既远离自己原有的文化,又拒绝接受新的文化形式。① 贝利认为,整合策略是其中最成功的,它要求两种文化群体相互适应(彼此都持积极的态度,不存在偏见和歧视),进行交流,而且在个性上也较为灵活;边缘化策略的效果最不好,因为它不仅意味着被异文化社会排斥,而且还丧失了自己原有的文化,很容易陷入敌意之中,还缺乏社会支持。其他两种策略居中:同化策略会放弃本族文化,隔离策略则会拒斥异文化。②

在第五章中我们曾经提及,主体的文化立场可以由其文化身份结构进行判定,即主要由其对本族语文化和对目标语文化的认同感的高低决定。相关研究表明:文化身份结构较为平衡的主体能够更好地融入新环境,也能更加有效地参与文化交流;而当两种文化产生冲突时,内在的失衡则会导致主体情感上出现强烈的不确定、困惑和焦虑。③ 主要体现为:如果对本族语文化的认同感更高,则容易有种族优越感,倾向于用自己的标准去解释和评价异文化中的行为;而如果对目标语文化的认同感更高,则较容易屈从于异文化,而放弃自己原有的文化根基。④ 在中国文学外译活动中,译者主要采取的是第一种文化立场,即整合的策略,因为译者通常对中外两种文化均持较高的文化认同感,这可以从他们对于中国文化的热爱和对于本族文化的深情中看出,他们译介的主要目的就是要将优

---

① Berry, J. W. Acculturation and adaptation in a new society. *International Migration*, 1992(30): 69-85.

② Berry, J. W. Immigration, acculturation, and adaptation. *Applied Psychology: An International Review*, 1997, 46(1): 24.

③ Kim, Y. Y. *Communication and Cross-cultural Adaptation: An Integrative Theory*. Clevedon: Multilingual Matters, 1988: 88.

④ Lee, Y. Home versus host-identifying with either, both, or neither? The relationship between dual cultural identities and intercultural effectiveness. *International Journal of Cross Cultural Management*, 2010, 10(1): 55-76.

秀的中国文学作品介绍给更多的读者。尽管他们采取的翻译策略不尽相同，但是自身所持的平衡的文化认同结构有助于他们更加深刻地理解两种文化不同的思维方式、价值观和行为方式，这也让他们在译介的过程中更有信心。

由于文化认同始终处于不断的构建和重建之中，因此译者自身的文化认同与文本中呈现的文化认同未必一致。更准确地说，个体的文化认同需要与社会语境相适应，因而个体需要积极地选择、改变和修改其文化认同。[①] 在前文涉及的两个翻译案例中，我们可以设定两位译者持有平衡的文化认同结构，他们对本族语文化和目标语文化均有较高的认同感，因此他们既能深刻理解中国的文学作品，又能较为准确地预估译文读者的阅读心理和习惯，并在翻译的过程中尽力弥合两种语言和文化的差异，让作品能够为更多的译文读者所接受和喜爱。

须注意，出版社作为图书项目的发起方，通常要考虑出版地的规章制度，以及译文读者的阅读习惯，因而常常建议译者修改译文，但这在一定程度上亦会加深读者在文化认同上的失衡。威廉·古迪昆斯特（William B. Gudykunst）认为，只有当主体减少焦虑，转而寻求信息沟通时，才是成功的文化适应，才能有效实现跨文化交际的目标。[②] 以《狼图腾》的英译本为例，由于译者的母语是英语，其自身的文化身份，即对于本族语文化的认同方式赋予了他足够的安全感。他熟悉译文读者的阅读习惯和理解方式，了解读者在哪些文化历史信息方面存在空缺，也明白作品中的哪些描写方式和叙事模式会造成读者理解上的困难，因此英译本呈现出译者对于本族语文化的认同感更高。这一认同倾向影响了译者的策略选择：身处外语文化中，他对译文读者更加熟悉，在运用显化策略时更有自信，也知道如何更好地运用隐化策略，因而他的译本也更受目标语读者的欢迎。

---

① Baumeister，R. F. & Muraven，M. Identity as adaptation to social，cultural，and historical context. *Journal of Adolescence*，1996(19)：405.

② Gudykunst，W. B. An anxiety/uncertainty management（AUM）theory of effective communication：Making the mesh of the net finer. In Gudykunst，W. B.（ed.）. *Theorizing about intercultural communication*. Thousand Oaks：SAGE，2005：281-323.

个体的文化认同结构不能保持平衡的话,往往会影响其实际的文化交流效果。因此,如果译文读者对于本族语文化持有较高的认同感,又没有同样的目标语文化认同进行调节,就容易产生文化优越心理,无法对其他文化群体持积极的认知态度。① 这一点我们也可以从译文读者对《狼图腾》的接受和评价中看到。尽管小说的印量、销量、译介版本数、媒体报道量等都显示这部小说受到了读者的广泛关注,但是译文读者接受小说的方式与中国读者仍有着较大差异。作者反复批判的"国民性格"在中国读者中引起了较大争议,但译文读者更关注小说中的文化、地理和历史信息,他们更希望从小说中领略额仑草原的美景,了解牧民独特的传统生活方式,以及故事的历史背景。

同样,对于目标语文化持较低认同感在一定程度上会阻碍译文读者进行有效的文化交流,因为这些读者习惯于将这一作品与国外内容相似的小说进行比较,并用外文小说的写作和评价标准去衡量其优劣。瓦尼亚·柳基奇(Vanja Ljujic)等强调,目标语文化的包容度对于文化适应非常重要,目标语文化社会首先要愿意欢迎和接纳新的文化。② 因为中国文学在国外读者和评论家的心中终究是外来者,按照彼得·范德威(Peter van der Veer)的观点,它们与本民族的作品不属于也不根植于同一片土壤。③ 由于译文读者对于本族语文化持更高的认同感,因此会采用外文作品的评价标准去衡量中国的文学作品,而译者也不得不对作品进行调整,将其删减、调整为更容易为读者所接受的方式。安德烈·勒菲弗尔(André Lefevere)就曾指出,出于一种自我优越感,西方译者在翻译亚洲

① Lee, Y. Home versus host-identifying with either, both, or neither? The relationship between dual cultural identities and intercultural effectiveness. *International Journal of Cross Cultural Management*, 2010, 10(1): 55-76.

② Ljujic, V., Vedder, P., Dekker, H. et al. Serbian adolescents' Romaphobia and their acculturation orientations towards the Roma minority. *International Journal of Intercultural Relations*, 2012(36): 53-61.

③ Van der Veer, P. Introduction: The diasporic imagination. In Van der Veer, P. (ed.). *Nation and Migration: The Politics of Space in the South Asian Diaspora*. Philadelphia: University of Pennsylvania Press, 1995: 6.

经典文学作品的时候,常常会对作品进行修正。① 这样做的结果会加深译文读者认同结构的片面性,使其无法对异文化的文学作品采取积极正面的接纳态度,从长远来看,也无法促进有效的文化沟通。

由以上分析可以看出,平衡运用显化策略和隐化策略,不仅有助于译文读者从作品中看到一个完整的中国图像,真实地再现作品的价值,也有利于中国文学作品的海外传播和接受。要推进中国文学外译的进行,更好地传播中华文明,一方面,我们要帮助译文读者建立整合型的文化立场,积极推进社会向多元文化的方向发展。这样的社会需要具备一定的先决条件,例如人们可以普遍接受社会文化多元化的价值观,社会偏见程度保持在较低水平,不同的文化群体均对彼此持积极的态度,不同的群体都对所属社会具有归属感和认同感。② 这就要求译文读者对中国的文学作品持较高的宽容度,愿意走进并深入了解中国文化,了解中国文学作品的评价标准,从而加深对于译介作品的认同感。另一方面,正如我们在上一章中所强调的,文化认同既表现为个体对所属群体的认可和归属感,又突显了自我与他者的差异性。这一差异性可以将个体与他者区别开来,更好地展现自我存在的价值。因此,在中国文学外译的过程中,译者需要理解并认同作品的价值取向,坚守中国文化的立场,不仅要运用显化策略帮助译文读者理解相关的文化和历史信息,也要适当采用隐化策略以避免文本信息的冗余。在此需要注意的是,如果过多地运用隐化策略,会造成译文与原文中审美价值的偏离,也不利于译文读者理解作品传递的道德价值。同时,我们也不能一味地迎合译文读者的需要,而是应当用人类共同情感与精神打动译文读者,激起其内心深处的回响,与作品产生共鸣。此外我们也要对译文读者进行适度的引导,努力彰显中国文化的独特魅力,避免并消除其抵触情绪,帮助其实现文化身份结构的平衡。

在本章中,我们分析了《无风之树》的原作及其英译本,发现译者的读

---

① Lefevere,A. Translation and comparative literature:The search for the center. *TTR*:*traduction*,*terminologie*,*rédaction*,1991,4(1):140.

② Berry,J. W. Immigration,acculturation,and adaptation. *Applied Psychology*:*An International Review*,1997,46 (1):11.

者意识贯穿于整个翻译过程。译者不仅按照英语的表述习惯,对于一些词语、句子结构等进行了调整,还运用了显化策略,让作品中的文化信息、内涵意义,以及人物的内心活动、思想感情,都以更加直接和清晰的方式呈现出来。同时,译者也采用了隐化策略,对于一些文化信息和人物情感未进行态度标记,并隐藏了作者的部分态度立场,从而保持作品原有的简洁风格,并引导译文读者参与文本解读。

第八章 汉学家视角下中国文学外译的价值与认同

在前面几章里,我们主要关注的是中国文学外译中的译者和读者,尝试以文本对比的方式,通过翻译策略选择和细节选择分析译者的价值取向,并透过作品的评价和接受了解读者的文化立场。本章我们将聚焦海外汉学家这一特别的受众群体,因为不同于一般的译者或大众读者,他们对于中外两种文化都有足够的洞察力和感知度,我们希望通过案例分析的方式,探知他们在中国文学外译中的价值取向和文化认同。

第一节 海外汉学研究概述

一般认为,中国文化的海外传播主要依靠两部分人完成:一是职业汉学家,他们主要从事翻译和介绍中国文化的工作;二是海外学者和思想家,他们将中国文化作为研究对象,在研究过程中提升了中国文化在海外的影响力。[①] 因此,这两部分人的成果是我们在研究海外汉学时需要特别关注的。而在有关汉学研究的专题讨论中,吴兆路指出,汉学这一概念源于清代乾嘉学派,由吴派学者惠栋提出,是训诂之学,因此"严禀师承,笃守家法"。他将汉学研究历史划分为三个阶段:第一阶段是晚清到辛亥革命时期,特点是倡导经世之学、保存国粹;第二阶段是辛亥革命至 1949 年新中国成立前,这是汉学的发展时期;第三阶段是新中国成立至今,尤其

---

① 张西平. "海外汉学研究现状及其对策研讨会"综述. 中国史研究动态,1997(4):26.

在 80 年代之后呈复兴之势。① 那么,汉学究竟是西学还是中学? 王振复提出,"汉学"属于西学范畴,与中国历史上的汉代经学无关,但不仅指国外学者的相关研究。② 既然中国文化是世界文化不可或缺的一部分,汉学就应当包括中国人和华裔的相关研究。

本章重点关注海外汉学,即国外对于中国的经济、文化、思想、历史、文学、政治、宗教等的一系列研究,③该研究涉及的范围较广,甚至还有针对中国人心理特征、行为举止等的描述概括。④ 总体而言,汉学的发展历史"就是一个交流、对话的过程,是个宽容、理解的过程,是在不同的表象中寻求统一的价值追求的过程"⑤。海外汉学之所以重要,一方面是因为它传播了中华文明,许多国外学者都是基于相关研究来了解中国的文化、历史和社会的;另一方面,国外研究者的研究角度、方法和成果也拓展了我们的视野,深化了我们对自身的认识。这实质上是一个他者发现、认识自我的形象,并将这一形象投射于自我的过程,从中我们可以勾勒出外国专家学者心中的中国形象,了解他们更加关注中国的哪些方面。对于中国文学外译活动而言,这些研究不仅有助于我们选取合适的文学作品进行译介,更能让我们洞悉国外读者对于译介作品的价值判断。关于海外汉学研究的起点有以下几种不同的观点:若以形成于 14 至 15 世纪的日本汉学为起点,海外汉学已有六七百年的历史;若以利玛窦(Matteo Ricci)入华为标志,已有 400 多年的历史;而若以 1814 年雷慕沙(Jean-Pierre Abel-Rémusat)被任命为法兰西学院第一位汉学教授开始算,则有 200 多年的历史。⑥ 海外汉学研究大致可以分为三种模式:其一,比较文学和比较文学研究模式,基于比较文学的理论和方法,将文学研究扩展至文化研究,

① 吴兆路. 中国学研究视域. 学术月刊,2013(6):111.
② 王振复. 中国学研究人文主题的转换. 学术月刊,2013(6):119.
③ 季进. 论海外汉学与学术共同体的建构——以海外中国现代文学研究为例. 文艺研究,2015(1):59-65.
④ 仇华飞. 论美国早期汉学研究. 史学月刊,2000(1):94.
⑤ 方鸣. 中国学研究视角的意义. 学术月刊,2013(6):115.
⑥ 吴兆路. 中国学研究视域. 学术月刊,2013(6):112.

考察中国文化在海外的传播、变异和影响;其二,历史学的研究模式,用线性研究方式梳理海外汉学的学术谱系、重要时段、代表人物等;其三,基于不同专业学科背景的研究,以学科内部视点考察具体的研究领域。① 相关汉学研究有助于展示中华民族的优秀文化学术成果,增强我们的民族凝聚力,提升我们的自信心和自豪感,②可以让我们认识到中国文化和其他国家文化追求的价值趋向一致。③ 更重要的是,国外学者的研究方法为我们提供了新的视角,例如瑞典高本汉(K. B. J. Karlgren)的中国音韵学研究、英国李约瑟的现代科技思想、美国费正清(John K. Fairbank)的社会科学研究方法等,④有助于汉学研究的进一步深化和发展。

海外汉学的不足之处在于其研究往往依靠汉学家的翻译和介绍,但他们在政治、文学、文化等领域构建的中国形象难免包含"套话"和偏见,这主要体现在:1)注重中国的历史、地理、制度、文字等,相比之下,对哲学、思想、理论、文学等领域关注不足;2)在研究中国文学时,往往采取对象化和器物化的视角;3)倾向于用国外的理论解读中国的文学作品,忽视了中国文学理论的价值。而且,不少汉学家存在理论上的优越感,往往将时代和立场作为评价中国文学的重要依据,呈现出"厚古薄今"的倾向,并且掺杂了不少政治偏见。⑤ 以文学研究为例,海外汉学整体呈现由文学批评向文化研究转向的趋势⑥,但并未形成一致的研究思路和特点。

第二节　中国外译现状:海外汉学研究的启示

那么,在国外普通读者的心目中,哪些有关中国的图书更有趣、更有价

---

① 孟庆波. 海外汉学研究的主要模式——兼论历史学模式的难点. 中国地方志, 2013(6):26-27.
② 吴兆路. 中国学研究视域. 学术月刊,2013(6):113.
③ 方鸣. 中国学研究视角的意义. 学术月刊,2013(6):116.
④ 吴兆路. 中国学研究视域. 学术月刊,2013(6):113.
⑤ 胡森森. 西方汉学家笔下中国文学形象的套话问题. 文学评论,2012(1):24-32.
⑥ 谭永利. 海外中国现代文学研究在国内的讨论初探. 当代文坛,2016(5):57.

值呢？为了弄清这一问题,2017年,笔者利用在美国明德大学蒙特雷国际研究学院访学的机会,在学校威廉·泰尔·科尔曼图书馆(William Tell Coleman Library)工作人员的帮助下,调查了有关中国的各类馆藏图书借阅情况,记录了截至该年6月20日,该校借阅次数排名前10位的相关图书情况。

由于存在借阅次数相同的情况,因此实际前10位涉及的图书共计17种,其中与语言相关的有6种,约占35%,这与该校以语言教学为特色相关,而且相关图书多为教学或教辅类。可以看出,有关中国经济方面的书很受欢迎,共有4种,约占24%,且排名很靠前。此外,中国的政治、环境、军事、文学等方面的书也颇受学生的青睐。这一数据涵盖的对象有限,当然不能代表所有国外普通读者的整体倾向,但也有助于我们了解其大致的阅读兴趣。下面,让我们再来对比一下海外汉学家关注的领域,以及我国对外译介的重点。

1. 海外汉学研究的重心

图8.1是"中国文化海外传播动态数据库"的相关统计数据,从中我们可以看出,海外汉学家的研究主要覆盖了政治学(占31.07%)、历史学(22.15%)和文学(12.11%)等领域,此外,经济学、语言学、哲学、社会学、

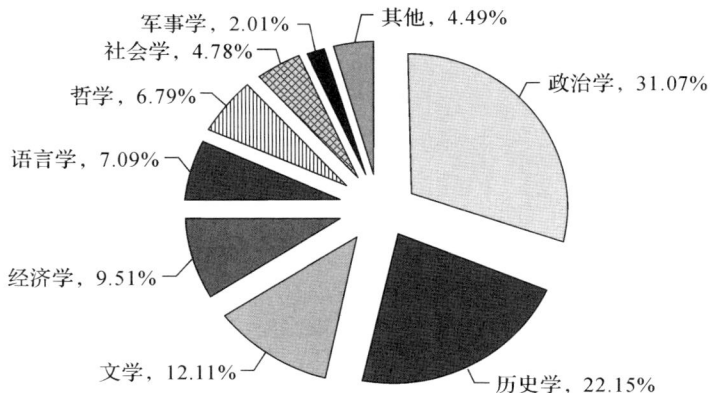

图 8.1　海外汉学家的主要研究领域①

① 图改编自:北京外国语大学. 中国文化海外传播动态数据库:国外中国学家.
[2017-07-01]. http://xsc.bfsu.edu.cn/staticLs/look003/look003_TjLingyu.do.

军事学等也是汉学家关注的重心所在。其中,经济、语言、政治、文学、军事等领域与上文我们提及的普通读者的阅读兴趣是重合的。

再来看一下图 8.2,截至 2017 年 6 月,全球范围内出版的汉学研究外文书目主要集中于以下几个方面:历史、地理类(10848 种,约占 29.8%),政治、法律类(7711 种,约占 21.2%),文学类(5658 种,约占 15.5%),经济类(4543 种,约占 12.5%)和哲学、宗教类(2535 种,约占 7%),显然这些是汉学家很关心的领域。此外,汉学研究涉及的军事类图书有 333 种,环境科学和安全科学方面的图书有 4 种,所占比例均小于 1%,相比于其他研究领域而言略显不足。

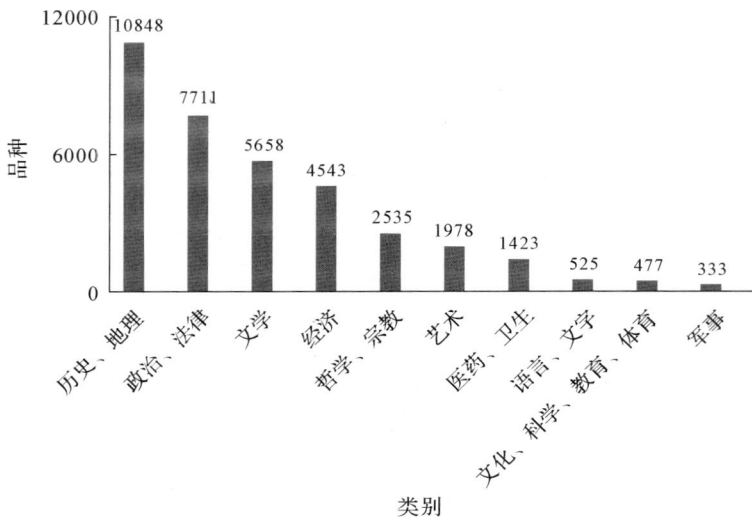

图 8.2　海外汉学研究主要书目分类①

同样,"中国社科院海外中国学研究数据库"的统计数据也显示,海外学者的研究兴趣并非集中于中国的传统文化,而是更关心当代中国的经济、政治、社会等方面。②可见,政治、经济类书籍的确是国外读者最为

①　图改编自:北京外国语大学. 中国文化海外传播动态数据库:中国学研究外文书目. [2017-07-01]. http://xsc. bfsu. edu. cn/staticLs/look001/look001_TjFenlei. do.
②　吴兆路. 中国学研究视域. 学术月刊,2013(6):111.

关心的部分，这无疑与中国近年来的经济飞速发展有密切联系。此外，国外研究者认为我国经济发展可能会带来相关问题，也是这两个方面受重视的重要原因。

2.中国外译作品聚焦的领域

那么，我国对外译介的图书主要集中于哪些方面呢？根据"中国文化海外传播动态数据库"的统计结果(如图 8.3 所示)，以我国译介的典籍作品为例，其在类别上与汉学研究是大体保持一致的，但是主要集中于文学，哲学、宗教，历史、地理类，对于国外读者关注的经济，语言、文字，政治、法律等方面译介不够充分。一方面，正如第一章中所指出的，经典著作本身具有历史性、延续性、可复读性等特点，一部著作要成为经典需要经受岁月的洗礼和沉淀，因此相关的译介活动也会受限于此；另一方面，在以后的译介活动中，我们也需要适量增加相关书目的数量，尽可能以多种渠道和方式对其进行宣传推广。

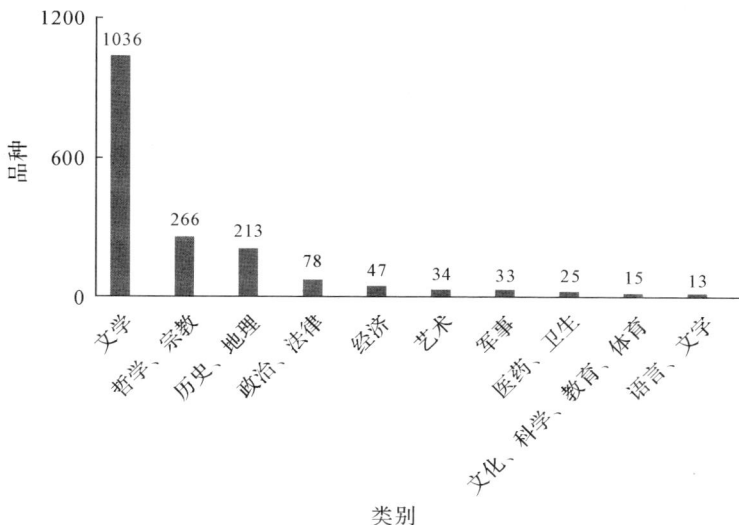

图 8.3　中国典籍外译主要书目分类①

① 图改编自:北京外国语大学. 中国文化海外传播动态数据库:中国典籍外译书目. [2017-07-01]. http://xsc. bfsu. edu. cn/staticLs/look002/look002_TjFenlei. do.

第三节　美国汉学研究概况

相比于欧洲汉学研究,美国汉学虽起步较晚,却发展迅速,并已构成了汉学研究中一股不可忽视的重要力量。美国汉学一方面源于来华传教士和外交官的汉学研究,另一方面源自美国本土的自发研究①,其最大特色在于它与美国的现实政治和国家利益密切相关,这一点也将其与欧洲汉学区别开来②。

"中国文化海外传播动态数据库"的统计数据表明,美国汉学在海外汉学研究中的优势地位明显,无论在汉学家人数(共计 481 人,占海外汉学家总数的 32.22%)还是在外文研究成果数量(共 2794 篇,占汉学研究外文文献总数的 35.33%)方面均居于首位,且远超第二位的日本(汉学家共 270 人,占 18.08%;外文文献共 1334 篇,占 16.87%)。③ 这一方面显示了美国对于汉学研究相当重视,另一方面也说明其汉学研究整体处于较高水平,这也是我们关注美国汉学的重要原因。此外,俄罗斯、德国、英国、法国等的汉学家和外文研究成果数量也居于前列。

按照陈建国的划分,美国汉学的发展大致有三个时期。第一个时期以 19 世纪初期到中国的传教士为主,以欧洲模式为主导,代表人物有裨治文(Elijah Coleman Bridgman)、卫三畏等。④ 裨治文于 1832 年 5 月创办了英文刊物《中国丛报》(*Chinese Repository*,亦称《澳门月报》),这是海

---

① 孟庆波. 海外汉学研究的主要模式——兼论历史学模式的难点. 中国地方志, 2013(6):28.
② 仇华飞. 当代美国中国学研究述论. 学术月刊,2003(2):76.
③ 北京外国语大学. 中国文化海外传播动态数据库:国外中国学家. [2017-07-01]. http://xsc.bfsu.edu.cn/staticLs/look003/look003_TjGuojia.do;北京外国语大学. 中国文化海外传播动态数据库:中国学研究外文文献. [2017-07-01]. http://xsc.bfsu.edu.cn/staticLs/look007/look007_TjGuojia.do.
④ 曹立新,张志谦. 厦大新闻学茶座(4):陈建国教授谈美国汉学研究中的意识形态. 国际新闻界,2015(1):166-168.

外汉学研究者的重要参考资料。① 卫三畏是美国最有成就的汉学家之一，不仅出版了 10 多部有关中国的书，其中的《中国总论》(*The Middle Kingdom*，1884)是当时美国研究中国"最早最具权威的著作"②，1877 年，他还在耶鲁大学创立了汉学系这一美国首个研究中国的机构。此后，加州大学、哈佛大学、哥伦比亚大学等院校纷纷效仿，美国汉学研究由此逐步走上了专业化的道路。③ 第二个时期自二战结束后开始，以费正清为领军人物，特点是具有很强的社会政治功能。费正清指出，不了解中国的实际情况会让美国陷入更加危险的境地④，并声称，美国东方学会(American Oriental Society)的使命是"为美国政府政治、经济扩张服务"⑤。这一时期的汉学研究大多由美国政府和非营利性机构资助，致力于对社会公众和政府决策产生影响。⑥ 第三个时期从 20 世纪 80 年代开始，在批判理论和后现代思潮的影响下，美国汉学研究逐渐开始自我反思。以费正清的学生柯文(Paul A. Cohen)为代表，强调应当从中国角度去研究中国问题，由此带动了儒家学说在美国的兴起及其价值重估。

美国汉学的主要特色在于"见识的通达和体制的阔大"⑦，其研究角度和方法新颖且多元，为我们提供了许多独特且富有启发性的视角。以文学作品研究为例，美籍华人学者高友工和梅祖麟⑧不囿于传统的文学批评方法，以杜甫的《秋兴八首》为个案，用读者的直觉感受和诗的文字结构作为评价标准，分析了其中的音型和节奏变化、句法的模拟、语法的歧义、意象的复杂性和措辞的不和谐，"令人耳目一新，可谓开了唐诗批评和研究

---

① 仇华飞. 论美国早期汉学研究. 史学月刊,2000(1):95-97.

② 仇华飞. 论美国早期汉学研究. 史学月刊,2000(1):98.

③ 仇华飞. 论美国早期汉学研究. 史学月刊,2000(1):100.

④ Fairbank，J. K. Assignment for the 70's. *The American Historical Review*，1969，74(3): 861-879.

⑤ 仇华飞. 论美国早期汉学研究. 史学月刊,2000(1):95.

⑥ 曹立新,张志谦. 厦大新闻学茶座(4):陈建国教授谈美国汉学研究中的意识形态. 国际新闻界,2015(1):166-168.

⑦ 傅璇琮. 序//欧文. 初唐诗. 贾晋华,译. 南宁:广西人民出版社,1987:2.

⑧ 高友工,梅祖麟. 唐诗的魅力——诗语的结构主义批评. 李世耀,译. 上海:上海古籍出版社,1989.

的新生面"①。美国华人学者刘若愚将中国诗词中的意象细分为五类,即:单纯意象、复合意象、联觉意象、俗套意象和意象组合,更有助于我们"由表及里、由此及彼"地对诗歌进行鉴赏分析。② 那么,应当如何看待美国汉学的研究成果? 吴原元认为,我们应当学习民国学者对待美国汉学的态度,既要保持开放的心态,又要有批评研究的精神,既要肯定其公开合作的精神、新颖的研究视角和方法、严密的组织结构和系统性、关注冷僻的领域和材料等,也要认识到一些汉学研究者由于中文修养不足,不仅在解释和译注史料时存在误读和误译,而且在材料搜集和审别方面也暴露出了局限性,甚至还出现了一般史实知识的错误。③

第四节　美国汉学家的文化立场:以宇文所安为例

下面,我们将以美国汉学家宇文所安④在其唐诗研究中的文化选择为例,尝试解读汉学家在中国文学外译中所持的文化立场。

1. 宇文所安的唐诗研究特色

1972 年,宇文所安获得耶鲁大学博士学位,到 1982 年为止,他一直在耶鲁任教。1982 年,他转至哈佛大学,任东亚语言与文明系的中国文学教授。自 1997 年起,为了表彰其在跨学科研究方面的卓越贡献,哈佛大学聘请他担任"詹姆斯·布赖恩特·科南特大学教授"(James Bryant Conant University Professor)。

宇文的研究兴趣主要是中国古代文学,他认为其中充满了对人的尊重和关注,"深刻地体现了生活和写作的完美结合",希望能"从中发现某

---

① 徐志啸. 海外汉学对国学研究的启示——以日本、美国汉学研究个案为例. 中国文化研究,2012(冬之卷):210.

② 徐志啸. 海外汉学对国学研究的启示——以日本、美国汉学研究个案为例. 中国文化研究,2012(冬之卷):211-212.

③ 吴原元. 民国学者视野中的美国汉学研究. 华南农业大学学报(社会科学版),2014(3):146-156.

④ 原名 Stephen Owen(斯蒂芬·欧文),宇文所安为其常用的中文名。

种理想的感情形态的东西",并将这种精神融入美国文化。① 宇文的博士论文题为《孟郊和韩愈的诗》("The Poetry of Meng Chiao and Han Yu"),是对中唐时期诗歌的研究,1972 年由耶鲁大学出版社出版。之所以选择研究这两位诗人,他表示一方面是因为他们为中国诗歌的发展开创了一种新的传统,自己非常喜爱孟郊诗歌中的"力度",也很欣赏韩愈"在当时独树一帜,对传统加以再创造,而又并不使过去的传统失真"的态度,这非常契合宇文自己的愿望②;另一方面则是因为两位诗人在中国诗歌史上的地位被低估了,他希望可以重新定位他们的价值。③ 正是在这项研究中,宇文认识到重新梳理唐诗发展脉络的重要性,并进行了后续研究,写出了一系列唐诗研究的代表作,例如《初唐诗》(*The Poetry of Early T'ang*, 1977)、《盛唐诗》(*The Great Age of Chinese Poetry*:*The High T'ang*, 1981)、《晚唐:九世纪中叶的中国诗歌(827—860)》[*The Late Tang*:*Chinese Poetry of the Mid-Ninth Century* (827—860), 2009]等,非常有价值且发人深思。④

　　宇文的研究带有鲜明的个人特色,这首先体现在他不囿于传统方法,选择通过细读的方式研究文本,并结合前人的成果进行对比分析。季进认为,宇文著作的魅力就在于他"在文本细读的基础上,建立起一些具有普遍意义的命题,看起来很琐碎的解读,却一步步引向一个命题"⑤。宇文在《初唐诗》里的"致中国读者"部分表示深知自己研究的局限,尤其是未能读到中国出版的有关初唐诗的相关著作,但是这种局限性却也让他获

---

① 张宏生."对传统加以再创造,同时又不让它失真"——访哈佛大学东亚语言与文明系斯蒂芬·欧文教授. 文学遗产,1998(1):118.

② 张宏生."对传统加以再创造,同时又不让它失真"——访哈佛大学东亚语言与文明系斯蒂芬·欧文教授. 文学遗产,1998(1):118.

③ 钱锡生,季进. 探寻中国文学的"迷楼"——宇文所安教授访谈录. 文艺研究,2010(9):63-70.

④ Herbert,P. A. *The End of the Chinese "Middle Ages"*:*Essays in Mid-Tang Literary Culture* by Stephen Owen. *China Review International*,1998,5(1):224.

⑤ 钱锡生,季进. 探寻中国文学的"迷楼"——宇文所安教授访谈录. 文艺研究,2010(9):64.

得了学术上的自由,让他能够以崭新的视角去重新认识和理解这一时期。① 邱晓和李浩认为,宇文的唐诗研究深受新批评理论的影响,主要表现在他对语言复义、反讽、结构等的关注,也体现于其运用的文本细读法。② 但是宇文并不赞同在文本细读与新批评之间画上等号,而是主张将细读作为一种手段或阅读方式,因为它"是启发所有理论的动因和灵感"③。

其次,宇文尊重中国的研究方法和传统,认为中国学者和外国学者的区别并不在研究方法上,而仅在于对研究对象的不同出发点上,因而二者非常有必要进行交流和合作。他认为,中国文学批评倾向于用不同的方法解决不同的问题,强调个别性和多样性,而外国文学批评则形成了较为完整的概念系统。在他看来,中国学者为中国文学研究提供了很好的途径,系统性并不能说明外国的文学批评是优于中国的,因为理论可以通过不同的方式呈现和表述出来,没有形成理论体系并不能说明中国文学批评理论不够完备。但是,仍有一些中国学者的观念比较静止、局限甚至保守。④ 正如乐黛云所指出的,中西文论间的互动需要来自不同文化的视点,更需要文化间的互动和激荡,从而找到"一个'山外之点'来重新观察这层峦叠嶂、深邃莫测的中国文论之'山'"⑤。

再次,宇文倾向于在更大的语境中展现作品的价值,并采用历史叙述的方法,以"同情的了解"为基本立场,尝试在重现历史风貌的过程中深化自己的认识。⑥ 他不仅擅长发掘重要的"非经典"作品,更善于将他者的眼

---

① 欧文. 致中国读者//欧文. 初唐诗. 贾晋华,译. 南宁:广西人民出版社,1987:6-8.
② 邱晓,李浩. 论"新批评"文学理论对宇文所安唐诗研究的影响. 陕西师范大学学报(哲学社会科学版),2011(6):156-161.
③ 钱锡生,季进. 探寻中国文学的"迷楼"——宇文所安教授访谈录. 文艺研究,2010(9):64.
④ 钱锡生,季进. 探寻中国文学的"迷楼"——宇文所安教授访谈录. 文艺研究,2010(9):69.
⑤ 乐黛云. 序言//宇文所安. 中国文论:英译与评论. 王柏华,陶庆梅,译. 上海:上海社会科学院出版社,2002:1.
⑥ 张宏生. "对传统加以再创造,同时又不让它失真"——访哈佛大学东亚语言与文明系斯蒂芬·欧文教授. 文学遗产,1998(1):112.

光投射于经典作品,用新的角度和方法读解出新的意义,"除非不断地重估和变更经典,否则,中国文学就没有生机了"①。此外,他还对许多被遗忘的非经典作品和诗人做出了新的价值判断。② 例如在他的《中国文论:英译与评论》(*Readings in Chinese Literary Thought*)一书中,不仅收入了一些经典作家的非经典作品,还有与经典作品相关的部分非经典作品,向读者展现出文本间的互文性和关联性,还有《文赋》《文心雕龙》《沧浪诗话》等文论作品,较为完整地呈现了中国传统文学的面貌。③

最后,宇文非常重视译文读者的理解和反应,他力求避免庞杂,以更容易接受的方式帮助译文读者从不同方面了解中国文学。他认为,美国读者未必了解中国历史,难以对中国诗歌拥有源于传统的默契,因此要通过细读的方式呈现作品的感召力,"让文本自己说话"④,让读者在与作者的交流中逐渐体会到作品的魅力。况且,仅仅重复一些套话,强调唐诗的重要性根本无法引起学生的兴趣,"所以我必须教一些真正有价值的东西,必须让学生认识到这是中国的文化的一部分,为什么这些东西是好的,为什么值得研究,为什么唐诗这么有价值?"⑤与其他研究者执着于追寻作者的意图不同的是,他给予了读者更多的宽容和理解。例如,论及李商隐的诗,他认为理解并不是阅读的最终目的,因为很可能"难懂"正是李商隐的创作目的,"我认为李商隐的读者也不能完全理解他的诗,我想李商隐也知道读者理解不了他的诗"⑥。关键在于要让读者对这些诗形成大致的印象,或是感受到其重要性。宇文认为,艺术研究有两个目的:其一

---

① 张宏生."对传统加以再创造,同时又不让它失真"——访哈佛大学东亚语言与文明系斯蒂芬·欧文教授.文学遗产,1998(1):115.

② 刘永亮.论宇文所安《诺顿中国文选》的编译和传播.出版史话,2016(5):60-63.

③ 刘永亮.论宇文所安《诺顿中国文选》的编译和传播.出版史话,2016(5):60-63.

④ 张宏生."对传统加以再创造,同时又不让它失真"——访哈佛大学东亚语言与文明系斯蒂芬·欧文教授.文学遗产,1998(1):112.

⑤ 钱锡生,季进.探寻中国文学的"迷楼"——宇文所安教授访谈录.文艺研究,2010(9):69.

⑥ 钱锡生,季进.探寻中国文学的"迷楼"——宇文所安教授访谈录.文艺研究,2010(9):67.

是要保持艺术中传统的美感;其二是要保持艺术鲜活的生命力,"后者意味着必须不断地和读者保持一定的联系"①,从而让读者体会到阅读的愉悦,在享受其审美价值的过程中对中国文学和文化形成深层次的理解。宇文坦言,在美国研究中国文化最终还是为了促进美国文化的发展,而非传播中国文化②,所以他的目标读者就是"普通的知识分子、西方的知识分子"③,如何让更多的美国读者对中国文学产生兴趣是他最关心的问题。正因为如此,他将作为标准教材的《中国文学选集:从初始到1911》(*An Anthology of Chinese Literature*:*Beginnings to 1991*)一书视为自己最重要的一部作品,因为其受众面最广,其影响力远超其他的著作,④可见,作品的价值是他最为关注的。不断发掘中国古代文学作品的价值,帮助美国读者认识这些价值,并最终促进美国文化的发展,才是宇文基本的文化立场。

2.聆听译者的声音:宇文所安与路易·艾黎的杜诗英译对比⑤

前几章中我们选取的翻译案例多与现当代文学作品相关,因此,本章我们将以杜甫的诗歌英译为例,将视线移至中国古代经典文学作品的外译活动。下面,我们将以宇文所安和路易·艾黎(Rewi Alley)的杜甫诗歌译介为例,探讨诗歌翻译中不同的译者声音。翻译批评常常强调译诗中失去的直觉、美感或意图,然而,随着译者的介入,他们的声音无可避免地会参与其中,为原作注入生机勃勃的活力。译者的声音不仅值得我们关注,更能彰显其文化立场。我们希望了解身为汉学家、译者、美国读者

① 张宏生."对传统加以再创造,同时又不让它失真"——访哈佛大学东亚语言与文明系斯蒂芬·欧文教授.文学遗产,1998(1):113.

② 张宏生."对传统加以再创造,同时又不让它失真"——访哈佛大学东亚语言与文明系斯蒂芬·欧文教授.文学遗产,1998(1):114.

③ 钱锡生,季进.探寻中国文学的"迷楼"——宇文所安教授访谈录.文艺研究,2010(9):65.

④ 张宏生."对传统加以再创造,同时又不让它失真"——访哈佛大学东亚语言与文明系斯蒂芬·欧文教授.文学遗产,1998(1):114.

⑤ 本部分主要内容发表于:周晓梅.译者的声音与文化身份认同——路易·艾黎与宇文所安的杜诗英译对比.外语与外语教学,2019(6):80-89.收入本书时有修改。

的宇文,在翻译中究竟会展现还是隐藏起自己的声音？多重的文化身份是否会为他带来新的视角,是否会影响其翻译方法的选择？

(1)译者的声音及其相关研究

在受邀为《今日中国文学》(*Chinese Literature Today*)杂志的读者介绍莫言之际,葛浩文曾坦言自己的困惑:"究竟想让我介绍哪个莫言？是那个被诺贝尔奖评委称为魔幻现实主义、有着十几部作品的中国作家？是那个生活中大多被称作陈安娜的瑞典莫言？还是那个充满魅力的日本莫言吉田富夫？……"①的确,评委们听到的其实是来自不同译者的声音,他们需要依赖"不那么出名的莫言们"(less-famous Mo Yans)的选择来认识作品的价值。那么,在文本层面,译者的声音是否包含着文化间协调？这一声音的介入是否会影响原作的叙述效果？

声音是话语中主体用以代表或表述自身存在的方式②,表征了其个人和社会身份③。叙事学中的"声音"通常是指叙述声音,主要关乎作者的声音或存在,包括主体反映、讲述、创作、解释、描述、翻译、传递、模糊某一事件的过程。④ 例如,新闻报道中通常有三种声音:1)报道声音,使用直接引语,一般不加入态度标记,倾向于报道重大事件;2)作者—通讯记者声音,包括一些直接的价值判断,但是不涉及伦理,倾向于报道国际或当地的重要事件;3)作者—时事评论员声音,大量运用判断、情感和欣赏标记,倾向于报道主观的文本类型,例如个人观点、评论、社论等。⑤ 区分文本中不同声音的构成,有助于我们识别其中的客观陈述和主观评价,从而更加明确

① Goldblatt，H. Mo Yan in translation：One voice among many. *Chinese Literature Today*，2013，3(1-2)：8.

② Narayan，K. *Alive in the Writing*：*Crafting Ethnography in the Company of Chekhov*. Chicago：The University of Chicago Press，2012：85.

③ Dressen-Hammouda，D. Measuring the voice of disciplinarity in scientific writing：A longitudinal exploration of experienced writers in geology. *English for Specific Purposes*，2014，34(4)：14-25.

④ Peden，M. S. Telling others' tales. *Translation Review*，1987，24-25(1)：9.

⑤ Munday，J. *Evaluation in Translation*：*Critical Points of Translator Decision-making*. London：Routledge，2012：36.

主体的态度、情感和意图。

"译者的声音"这一概念由韦努蒂在《译者的隐形——翻译史论》(*The Translator's Invisibility*：*A History of Translation*)一书中首次提出。他指出,读者总是期望译文流畅地道,认为当译者与作者志趣相投,认同彼此的身份,并拥有潜在的同感时,译作会更加成功;而当读者读到这样的译作时,往往认为此时译作是透明的,译者是隐身的,自己听到的声音来自作者,而非译者,或二者的某种混合声。① 但这实际上是一种源于文化自恋的幻觉:"只有当从外语文本中识别出自己的声音时,译者才会意识到自己与异域作者建立了亲密的情感认同。"② 为了实现这一情感认同,译者需要承担起文化间协调的责任,不仅需要传递意义,更要促进读者理解。约翰·费尔斯蒂纳(John Felstiner)曾表示,译者有责任将原作者的声音用另一种语言表述出来,将其转化为自己的声音。③ 美国著名的西班牙语翻译家玛格丽特·塞耶斯·佩登(Margaret Sayers Peden)也指出,译者的首要任务就是翻译出原作叙述者的声音。④ 这些研究均印证了译者声音的存在。应当说,译者的声音无论是和谐的还是冲突的,都会赋予文本新的意义;而关注译者的声音,则能够帮助我们发现译者的创造性,了解其在翻译过程中起到的积极作用。⑤

让我们来看一下译者声音的分类。布莱恩·莫索普(Brian Mossop)曾将译者的声音类型细分为三种:1)中和型声音,指译者用自己的风格去再现源语文本,这样尽管源语文本类型不同,译文的风格却可能很相似;2)腹语型声音,指译者使译文的措辞尽可能符合源语文本所属的文体特

---

① Venuti，L. *The Translator's Invisibility*：*A History of Translation*. London：Routledge，1995：273-274.

② Venuti，L. *The Translator's Invisibility*：*A History of Translation*. London：Routledge，1995：306.

③ Felstiner，J. *Translating Neruda*：*The Way to Macchu Picchu*. Stanford：Stanford University Press，1980：151.

④ Peden，M. S. Telling others' tales. *Translation Review*，1987，24-25(1)：10.

⑤ Millán-Varela，C. Hearing voices：James Joyce，narrative voice and minority translation. *Language and Literature*，2004，13(1)：38.

征,由此更容易为目标读者群所接受;3)距离型声音,译者使译文从原有的语境中脱离出来,与译者和读者均保持一定的距离。①

而按照芒迪的划分,译者的声音有两种。一种是潜藏的声音,这种声音充满了神秘性,不可捉摸,只有少数人能听到,尽管有些"倨傲、专横,却非常受欢迎"②,此时译者虽然承担了至关重要的职责,却未能构成一种积极的力量,只是一个被动的接受者,重复着他所听到的作者的思想。③ 另一种是创造性的声音,此时译者积极地调整自己的声音,使之与作者的声音保持一致。需要注意的是,创造性并不意味着不受限制,相反,"限制性越强,对于译者创新潜力的要求就越高"④。

须注意,译者的声音有别于作者的声音:作者的声音是一种操控存在(manipulating presence)⑤,它是一种显性存在,代表了作者在各个层面上的价值判断;译者的声音则是一种话语存在(discursive presence)⑥或协调存在(mediating presence)⑦,一般表现为添加的脚注或序言,表达了译者对文本的认识和理解。译者、普通读者和批评者在阅读作品的过程中,都会听到文本的内在声音,然而,译者的特别之处在于,他需要对文本进行重组和再创作,这时他的声音就起着决定作用,决定了译者将如何讲述他人的故事,也影响着其节奏、音调、词汇、句法等一系列选择。⑧ 但是,

---

① Mossop,B. The translator's intervention through voice selection. In Munday J. (ed.). *Translation as Intervention*. New York:Continuum International Publishing Group,2007:19-22.

② Peden,M. S. Telling others' tales. *Translation Review*,1987,24-25(1):9.

③ Munday,J. The creative voice of the translator of Latin American literature. *Romance Studies*,2009,27(4):249.

④ Munday,J. The creative voice of the translator of Latin American literature. *Romance Studies*,2009,27(4):250.

⑤ Booth,W. C. *The Rhetoric of Fiction*. Chicago:The University of Chicago Press,1961:19.

⑥ Hermans,T. The translator's voice in translated narrative. *Target:International Journal of Translation Studies*,1996,8(1):23-48.

⑦ Malmkjaer,K. Translational stylistics:Dulcken's translations of Hans Christian Andersen. *Language and Literature*,2004,13(1):13-24.

⑧ Peden,M. S. Telling others' tales. *Translation Review*,1987,24-25(1):9.

在大多数情况下,源语文本中声音的改变、消除、夸张、模糊化,甚至歪曲都是隐藏着的,除非研究者对源语文本和目标语文本进行细致的对比研究,否则我们将难以察觉出译者进行的协调。①

国内一些研究者也已开始关注译者的声音,主要用以探究译者的主体性及其风格特征。郑光宜认为,任何一部译作中始终都存在译者声音,"无论这种声音多么模糊或被淹没",这源于社会、历史、文化等因素对译者的影响。② 张群星基于对比《夏洛的网》一书的三个译本,认为儿童文学译者由于偏好、读者假定、翻译理念等方面的差异,往往会采取夸大或简化叙事、改变读者对象、取代叙述者声音等方法,创作出有别于原文的译作。③ 庄柔玉通过比较辛波丝卡两部汉译诗集,研究原文和译本之间的关系,分析译者的声音对于原文的意义,认为译作的可读性会塑造或者侵损原作的经典性。④ 陈梅和文军认为,研究者可以通过分析译者的语言使用、文本选择、前言后记、体例安排、译评等来辨别译者的声音,他们进而将译者声音的评价要素分为两类。一是质量,包括:1)响度,分为文本内和超文本两种,体现为译者声音的公开、隐性或缺失;2)音调,分为词汇、意象、隐喻、用典、句法、篇章、叙事,体现为译文中语言形式变化的多少;3)音色,分为有规律的乐音和无规律的噪声,体现为译文中的改变是否有规律。二是数量,包括一致性和持续性。⑤

那么,如何才能较为准确地识别译者的声音? 热拉尔·热奈特(Gérard Genette)指出,译者的声音会出现在副文本中,即评论性介绍、评

① Munday, J. *Style and Ideology in Translation*: *Latin American Writing in English*. New York: Routledge, 2008: 14.

② 郑光宜. 论译者的声音. 福建外语,2002(1):44-48.

③ 张群星. 儿童文学翻译中的译者声音——《夏洛的网》三译本比较. 吉林师范大学学报(人文社会科学版),2014(6):106-110.

④ 庄柔玉. 辛波丝卡"后起"的诗歌——中文译者的介入与声音. 中国比较文学,2015(3):126-138.

⑤ 陈梅,文军. 译者声音评价模式研究——以白居易诗歌英译为例. 外语教学,2015(5):94-100.

论性脚注、图书封面等文本外的材料。①

赫曼斯认为,译者在以下三种情况下,会迫于压力走出阴影,直接干预文本,表露自己的声音:

1)源语文本倾向于靠近隐含读者,而译入语文本作为交际媒介,二者发生冲突;

2)源语文本涉及交际媒介本身的自我反射和自我指称;

3)源语文本过于依赖上下文语境。②

芒迪指出,这些情况就是译者声音最大的时刻,也是译者本人现身的时候,它们与副文本,即内容介绍、脚注、图书封面等文本以外的材料共同构成了翻译中的叙事框架。③ 此外,研究者也可以通过分析译者的公开介入、文本选择、翻译策略、语言特色等判断其风格。④ 卡门·米兰-瓦雷拉(Carmen Millán-Varela)的研究表明,聆听文本中的声音可以帮助我们发现译者的存在,这包括以下几点:显形存在,例如译者在序言、封面、脚注等中提供的信息;声音存在,例如译者的语法错误、编校方面的失误等,会产生翻译中的噪声;隐形存在,包括对于文化因素的陌生化呈现和运用文学手段造成的奇异化效果。⑤ 亦有研究者尝试运用言语行为理论(Speech Act Theory),区分译者的言外意图(illocutionary intention)和言后效果(perlocutionary effect),以识别文本中呈现的译者声音。⑥

---

① Genette, G. *Narrative Discourse*: *An Essay in Method*. Elwin, J. (trans.). Ithaca: Cornell University Press, 1980.

② Hermans, T. The translator's voice in translated narrative. *Target*: *International Journal of Translation Studies*, 1996, 8(1): 27-28.

③ Munday, J. *Style and Ideology in Translation*: *Latin American Writing in English*. New York: Routledge, 2008: 15.

④ Baker, M. Towards a methodology for investigating the style of a literary translator. *Target*: *International Journal of Translation Studies*, 2000, 12(2): 241-266.

⑤ Millán-Varela, C. Hearing voices: James Joyce, narrative voice and minority translation. *Language and Literature*, 2004, 13(1): 37-54.

⑥ Jiang, C. Rethinking the translator's voice. *Neohelicon*, 2012, 39(2): 374.

下面,我们将以宇文所安和艾黎翻译的杜甫诗歌为主要研究对象,主要从三个维度分析文本内的声音显现:1)观点的鲜明度和独特性,体现为中心思想阐述和引证;2)表达观点的语气方式和行文特色,例如模糊限制语、语气加强词、态度标记词等;3)作者和读者在文中的显性存在和互动,包括自我提及和作者/读者显现,这些要素相互关联,共同构建了文本中译者的声音。① 一方面,我们将聚焦译者的声音对于源语文本的影响,采取文本分析的方法,对比源语文本和目标语文本之间的差别以探知译者的主体性;另一方面,我们将分析译者对于文本叙述的介入、意图及其对读者的影响,主要采用副文本分析的研究方法,以译者撰写的序言、做出的注释、接受的采访等为参照,寻找译者的话语存在。②

(2)杜诗英译中的译者声音

本部分选取的翻译案例来自首版于 1981 年的宇文所安《盛唐诗》和首版于 1962 年的艾黎《杜甫诗选》(*Du Fu Selected Poems*)的 2001 年国内版,笔者选取了两本书中来自相同源语文本的杜甫译诗。

之所以选择这两位译者的译诗进行研究,主要是因为两位译者颇有一些相似之处。一方面,二者的母语均为英语,对中英两种语言都有很高的造诣,他们非常熟悉中国文化,并终其一生致力于中国文学作品的研究和传播。宇文是著名的汉学家,他对杜甫的诗歌褒奖有加,曾在《盛唐诗》一书中称赞道:"杜甫是最伟大的中国诗人。他的伟大基于一千多年来读者的公认,以及中国和西方文学标准的罕见巧合。"③宇文的杜诗研究颇有特色:大部分现代中国评论家习惯于将杜甫的人生历程大致划分为几个阶段,试图从诗人对各种社会主题或自然景物的处理方式中挖掘其诗歌

---

① Zhao,C. G. Measuring authorial voice strength in L2 argumentative writing:The development and validation of an analytic rubric. *Language Testing*,2012,30(2):201-230.

② Jiang,C. Rethinking the translator's voice. *Neohelicon*,2012,39(2):374.

③ 宇文所安. 盛唐诗. 贾晋华,译. 北京:生活·读书·新知三联书店,2004:209.

创作中的现实主义,①宇文则突破了文学史研究的局限性,更加关注杜甫个性化的语言表达,驳斥了其诗中"无一字无来处"的批评滥调。他注意到诗作的社会性和历史性,指出杜甫沿袭了传统的诗歌创作方式,但并不受限于诗歌题材的规则:或转换风格,或描写战争叛乱,或抒写生活经历,或刻画个人情感,种种自由随意的创作更显出人性的宽容。② 他认为,杜甫的天才正体现于其多样化和多面性,③而批评家之所以会回避一些相关的历史资料,是因为它们不能印证我们对杜甫及其诗歌的现有理解,相反还可能将其复杂化。④ 宇文不仅注意到杜甫在文体创造上的杰出贡献,认同其诗作中的道德价值,更难能可贵的是他并未止步于此,而是进一步发掘出了杜甫诗歌的复杂性:"杜甫是律诗的文体大师,社会批评的诗人,自我表现的诗人,幽默随便的智者,帝国秩序的颂扬者,日常生活的诗人,及虚幻想象的诗人。"⑤这种复杂性不仅体现在单篇诗作的创作上,也表现在其主题和风格的转换上;不仅体现于句法、所指的模糊多义,也导致了态度、意旨上的矛盾性。例如,杜甫可以用谐趣的笔触描绘出严肃的现实,融汇叙述、体验、评说、象征、抒情等,将个人价值观与民众价值观交织在一起。⑥ 论及李白与杜甫的差异,宇文认为,两位诗人之间的差异并未构成基本对立,他们的创作属于同一传统,代表了唐代诗歌的最高水平,一起形成了与以王维为代表的京城诗歌传统之间的差别。⑦ 在他看来,杜甫非常注重声望和自我形象的塑造,其诗歌创作更多地面向后代读者,而非同代人,因而呈现出丰满多元的诗人形象,这与我国学者关于杜甫诗歌是

---

① Yu,A. C. The golden age of Chinese poetry——A review article. *The Journal of Asian Studies*,1983,42(3):603.

② 宇文所安. 盛唐诗. 贾晋华,译. 北京:生活·读书·新知三联书店,2004:220-228.

③ Yu,A. C. The golden age of Chinese poetry——A review article. *The Journal of Asian Studies*,1983,42(3):603.

④ Owen,S. A Tang version of Du Fu:*The Tangshi Leixuan*. *Tang Studies*,2007(25):58.

⑤ 宇文所安. 盛唐诗. 贾晋华,译. 北京:生活·读书·新知三联书店,2004:210.

⑥ 宇文所安. 盛唐诗. 贾晋华,译. 北京:生活·读书·新知三联书店,2004:224.

⑦ 宇文所安. 盛唐诗. 贾晋华,译. 北京:生活·读书·新知三联书店,2004:216.

"集大成之成就"的论断是一致的。

当然也有一些批评宇文杜诗研究的声音。有人指出,宇文忽略了文学以外的力量对于作品的影响,也没有考虑它们在更大的同时代文化背景中的位置,因此,读者无法更深入地理解诗人的思想、价值观、动机和愿望等,而正是这些因素让 8 世纪这一中国的黄金时代焕发出无限生机。[1]同样,也有一部分中国学者并不认同宇文的论点,认为杜诗并非总是"模糊多义"的,诗中多有历史的清晰呈现;宇文的评价仅仅停留在浅层的诗歌艺术剖析,未能深入价值核心,没有认识到杜甫是人格道德方面的典范;而且,即便宇文高度评价杜甫的历史地位,也只是文化他者基于国外的文学批评模式做出的错误认同:"他眼中的杜诗,已经是一部变异的符合西方审美价值观的经典,远非中国人所体认的经典。"[2]其实,我们不必强求文化认同的一致性,因为即便是身处同一种文化视域中的批评者,对于作品的认识和理解同样存在多种可能性。毋庸置疑,宇文为我们提供了一种缜密细腻的解读方式,也让我们了解到国外读者和评论者对于唐诗的阅读感受,从这一角度而言,其研究价值不容忽视。

新西兰人艾黎深受中国人民的敬仰,他一生颇具传奇色彩。1927 年,艾黎来到中国,自此开始了对中国语言、文学和文化的研究,并永远留在了中国。战争时期,他不仅在四五个地区建立产业实习基地,鼓励各层员工参加培训,提高合作、销售和技术能力[3],创办培黎工艺学校(the Baillie Schools),用西方的实业教育思想影响了中国教育,还积极支持红军的地下活动,投身抗日战争。艾黎的一生都在追求一种和平而有尊严的生活,这一信念帮助他战胜了战火、疾病、威胁和绝望。[4] 此外,艾黎还是优秀的

---

[1] Lynn, R. J. *The Great Age of Chinese Poetry* by Stephen Owen. *Pacific Affairs*, 1982, 55(2): 287-288.

[2] 杨经华. 文化过滤与经典变异——论宇文所安对杜诗的解读与误读. 中国文学研究, 2011(3):116.

[3] Herman, T. *A Learner in China*, *A Life of Rewi Alley* by Willis Airey. *The Journal of Asian Studies*, 1972, 31(4): 941-942.

[4] Herman, T. *A Learner in China*, *A Life of Rewi Alley* by Willis Airey. *The Journal of Asian Studies*, 1972, 31(4): 941-942.

作家和翻译家,著述颇丰,积极向国外民众介绍中国文学作品,传播中国文化。在《中国见闻论》(*China*：*The Quality of Life*，1976)一书中,他与威尔弗雷德·贝却敌(Wilfred Burchett)为读者提供了对中国生活较为深刻的理解①,不仅勾画了他自己的人生经历,还详细描绘了他们游历过的地方,"书中提及的信息非常有用,整体风格让人很愉悦且可读性强"②。艾黎对瓷器很感兴趣且造诣颇深,收藏了不少稀有的陶瓷碎片,这引起了澳大利亚知名陶艺家、作家旺达·加恩西(Wanda Garnsey)的关注,二人后来合作了一部《中国的古代窑炉与现代陶艺：陶器指南》(*China*，*Ancient Kilns and Modern Ceramics*：*A Guide to the Potteries*，1983),较为细致地介绍了中国的陶瓷历史。③

另一方面,两位译者都非常热爱杜甫的诗歌,并进行了深入的研究。自 20 世纪 70 年代起,宇文就奠定了自己在唐诗发展、唐代诗人及其作品分析方面的领军权威地位④,其杜诗研究具有渐进性和深入性。他以诗人研究为起点,涉及诗歌史和诗歌理论,又延伸至文学史和文学理论,不仅拓展了研究的广度,更是逐渐深入中国文学的深层结构。⑤ 宇文指出,可以采用历史考实法来评价经典作家,正是经典作家的名作成就了文学在历史上的价值,而且,"文学作品的经典地位常常(但并不总是)在回顾的过程中得以确立"⑥。而根据他的考证,公元 900 年,杜甫的诗歌被收入唐代诗人韦庄的《又玄集》,并与李白的诗作一起排列在最前面,这是杜甫诗

---

① Vohra，R. *China*：*The Quality of Life* by Wilfred Burchett and Rewi Alley. *Journal of the American Oriental Society*，1977，97(3)：402-403.

② Willmott，W. E. *China*：*The Quality of Life* by Wilfred Burchett and Rewi Alley. *Pacific Affairs*，1977，50(3)：503.

③ Hepburn，M. *China*，*Ancient Kilns and Modern Ceramics*：*A Guide to the Potteries* by Wanda Garnsey and Rewi Alley. *The Australian Journal of Chinese Affairs*，1984(11)：204-205.

④ Herbert，P. A. *The End of the Chinese "Middle Ages"*：*Essays in Mid-Tang Literary Culture* by Stephen Owen. *China Review International*，1998，5(1)：221.

⑤ 蒋寅. 在宇文所安之后,如何写唐诗史?. 读书,2005(4):67.

⑥ Owen，S. A Tang version of Du Fu：*The Tangshi Leixuan*. *Tang Studies*，2007(25)：57.

歌传播中的重要时刻,标志着其文学经典地位的确立。①

艾黎也非常热爱杜甫的诗歌,欣赏诗人的崇高情怀和伟大人格。1957 年,他在参观杜甫草堂后留言道:"这里有太多关于最伟大的诗人之一——杜甫一生的记忆,其价值在将来会愈发突显。杜甫的诗歌让我们理解了中国的民族精神,这一精神足以感动全世界。"②可见艾黎对杜甫的诗歌评价之高。韩江洪和凡晴曾以杜甫的"三吏"和"三别"为例,基于《中国文学》(1955 年第 2 期)中收录的艾黎译诗和《许渊冲经典英译古代诗歌1000 首:唐诗(下)》(2013)中的译诗,建立了小型语料库,通过检索、分析和归纳,总结出艾黎译诗的两个特点:1)在词汇层面上,艾黎更多地选用了较为复杂的词语,信息量略高,尽可能地还原了原诗中的文化负载词、历史典故事件等;2)在句子层面上,艾黎在翻译中尽力再现了原诗中的信息,"更像是一种散文式的改写"③。

可见,两位译者都熟悉国外读者的价值观、信念和阅读方式,对中国文学作品的认同感也都很高,是能够与诗人情趣相投的理想译者。那么,这两位译者是否在译文中加入了自己的声音?他们的介入会带给文本什么样的变化?又将如何影响读者的理解?下面,我们将通过文本对比的方法揭示译者的声音在作品中的显现④,并分析其翻译效果。

案例一:望岳

(首联)岱宗夫如何?齐鲁青未了。

(颔联)造化钟神秀,阴阳割昏晓。

(颈联)荡胸生曾云,决眦入归鸟。

(尾联)会当凌绝顶,一览众山小。

---

① Owen, S. A Tang version of Du Fu: *The Tangshi Leixuan*. *Tang Studies*, 2007 (25): 60.

② 刘晓凤,王祝英. 路易·艾黎与杜甫. 杜甫研究学刊,2009(4):96.

③ 韩江洪,凡晴. 基于语料库的路易·艾黎和许渊冲"三吏""三别"英译风格对比探究. 山东外语教学,2016(6):93-100.

④ 主要体现译者声音的部分在以下案例中以下画线形式表示。

宇文译： Gazing on the Great Peak	艾黎译： Looking at Taishan①
And what is T'ai Mountain like?	Why has Taishan become so
Over Ch'i and Lu a green unceasing.	sacred?
Here Creation concentrated unearthly	See how over Qi and Lu it stands
glory，	Never losing its light blue majesty!
Dark north slope，the sunlit south	Endowed in the beginnings with
divide dusk and dawn.	such
Sweeping past breast growing layered	Spirit；its sunny face and then its
cloud，	dark slopes giving
Eye pupils split，moving in with homing	Dawn and dusk in one moment；
birds.	clouds rising
The time will come when I pass up to its	In tiers ever refreshing it；not easy
very summit，	To follow the birds as they fly
And see in one encompassing vision	Back up its heights；one day I
how tiny all other mountains are. ②	shall climb
	Clear to the summit，
	Seeing how small surrounding
	Mountain tops appear as they lie
	below me. ③

　　【评析】《望岳》是 736 年,青年杜甫望东岳泰山而作,叙述距离由远及近,时间自朝至暮,字里行间无不流露出诗人的蓬勃朝气和壮志豪情。仇兆鳌评论道:"诗用四层写意:首联远望之色,次联近望之势,三联细望之景,末联极望之情。上六实叙,下二虚摹。"④施补华曾感叹本诗简洁的风格:"《望岳》一题,若入他人手,不知作多少语? 少陵只以四韵了之,弥见简劲。"⑤

　　首联中的"岱宗夫如何"一句,"岱宗"指五岳之首泰山。宇文将其译

① 　原书中的几处排印错误已修改,如将标题中的 Looing 改为 Looking,srising 改为 rising,Belowme 改为 Below me。以下类似情况不再加注。

② 　Owen，S. *The Great Age of Chinese Poetry：The High T'ang*. New Haven：Yale University Press，1981：187.

③ 　杜甫. 杜甫诗选. 艾黎,译. 北京:外文出版社,2001:3.

④ 　萧涤非. 杜甫全集校注. 北京:人民文学出版社,2014:6-7. 次联即颔联,三联即颈联,末联即尾联。

⑤ 　萧涤非. 杜甫全集校注. 北京:人民文学出版社,2014:7.

为"T'ai Mountain",更符合山脉的英文表述方式;艾黎则简单地音译为"Taishan"。"夫如何",意即"到底怎么样呢?"宇文将其直译为"what is... like?"艾黎则用添加价值判断("sacred",神圣的)一词的方式,替换了原诗中的"如何"(怎么样),将其译为"Why has Taishan become so sacred?"(为何泰山如此神圣?),由此显化了对泰山的崇敬之情。"齐鲁青未了"一句写出了诗人远望的个人体验,齐为泰山之北,鲁是泰山之南,以距离之远烘托出泰山之高,①虽未见"望""岳"二字,却尽显望岳之景。莫如忠曾用"齐鲁到今青未了,题诗谁继杜陵人?"赞叹杜甫无人可及的才情。宇文将"青未了"译为"a green unceasing",呼应了原诗中无边的青翠绵延开来,再现了其雄阔;艾黎增加了动词"see",呼唤读者欣赏这一难得的景观,又用感叹的语气将其译为"Never losing its light blue majesty!"(苍翠无边,雄浑壮观!),态度标记词"majesty"与庄严、尊严、权威等相关,极言其雄浑壮丽,带给读者庄重威严的感受,感叹号的使用增添了浓烈的情感色彩,强调了无边苍翠带给诗人的震撼。

颔联转为近观,"造化钟神秀"一句中,造化指自然之创造化育,"钟"表聚②,诗人用这个字传神地表达出大自然的情意。宇文将这句译为"Here Creation concentrated unearthly glory"(造物主在此聚集了超越凡尘的美景),主语与原诗中的保持一致,"concentrated"(聚集)意为神奇秀丽的风景都集中于此,"glory"表示极为美丽或壮丽,译者用自然呈现的方式感慨大自然神秘强大的力量;艾黎将其译为"Endowed in the beginnings with such Spirit"(受到大自然的恩惠,才得以如此灵秀),将主语替换为泰山,因为诗人赞叹大自然赋予泰山如此秀美的风景,由此抒发感激之情。"阴阳割昏晓"一句,"阴"和"阳"分别指山的北面和南面。宇文对这一文化嵌入词进行了信息显化处理,具体化为"Dark north slope, the sunlit south"(阴暗的北坡,洒满阳光的南面),清晰地标记了方位;艾黎

---

① 萧涤非. 杜甫《望岳》//萧涤非,刘学锴,袁行霈,等. 唐诗鉴赏辞典(修订版). 上海:上海辞书出版社,2004:377-378.

② 萧涤非. 杜甫全集校注. 北京:人民文学出版社,2014:5.

译为"its sunny face and then its dark slopes"（阳面和阴面的山坡），仅点明与阳光的关系，相对较为简单。这句中"割"字的动作意味很强，作者明写阴阳两面迥然的风景，暗指山高，《而庵说唐诗》（卷一）评价"割字奇险"①。宇文用动词"divide"（划分）将其译出，明确地描绘出黄昏和清晨的不同景致；艾黎则用了"giving"（给予，产生），强调两面山坡给人的不同感受。

颈联是细望，"曾云"描写了云气弥漫飘荡，如叠浪层波，说明所望之高，"曾"，同"层"。宇文按照其形态译为"layered cloud"（一层层云朵），展现出云雾弥漫的静态景致；而艾黎译为"clouds rising in tiers"（不断升起的层层云朵），则描摹了诗人眼中云雾变幻的动态景观。"决"指裂，"眦"指眼角，"决眦"形容所望之远。宇文将其直译为"Eye pupils split"；艾黎则用特别评论的方式，将其译为"not easy"，与下文相连，由此作者显现，读者似可见其极目远眺，目随鸟去。同样，"归鸟"暗指时已薄暮。宇文将其译为"homing birds"（回家的鸟），简洁清晰；艾黎译为"To follow the birds as they fly / Back up its heights"（跟随着飞鸟，和它们一起回到高处的家），则详细地描写了飞鸟还巢的过程。

尾联"会当凌绝顶"中的"会当"意即定要，表达了诗人登岳的决心，两位译者都用了作者显现的方式。宇文译为"The time will come when I pass up to its very summit"（终有一日我会登上山巅），表达出诗人的决心；艾黎译为"one day I shall climb / Clear to the summit"（有一天我会来登上山顶，一览无余），这里，"clear"表示"free from obstruction, burden, limitation, defect, or other restricting features"②，表示不受任何阻碍地（看到泰山的全貌），显示了诗人的决心、勇气和抱负，体现了其不畏艰难、坚忍不拔的气概。最后，艾黎用自我提及的方式，将诗人（me）再次推进读者的视野，突显了诗人叙述者的中心位置。

总体上比较两首译诗，可以发现二者较为明显的差异如下。在宇文

---

① 萧涤非. 杜甫全集校注. 北京：人民文学出版社，2014：5.

② Gove，P. B.（ed.）. *Webster's Third New International Dictionary of the English Language*，*Unabridged*. Springfield：Merriam-Webster Incorporated Publishers，1993：419.

译诗中,"我"是望岳这一行为的体验者,泰山才是叙述的中心,译者采取了静态的旁观视角,随着对周围景观的描述,让泰山的形象在读者面前渐渐清晰地展现出来。每句诗均以景或物为中心,例如齐鲁、造化、阴阳等,这与原诗中的叙事风格非常接近。当然,这并不表示译者的声音是隐藏的。在尾联处,宇文用自我提及的方式让诗人登场,清晰地表达了登顶的抱负和理想,此外,宇文还在副文本中用评论的方法表达了自己对于原诗的理解。在他看来,这首诗兼具古体诗和律诗的特点,而且风格出现了迅速的转换:诗人想要了解泰山的全貌,带着这一问题开始遥望,然后从不同的角度展示出泰山的青翠连绵和神奇秀丽,最终在登岳的想象中补全了自己的视野。①

而且,从译诗的篇幅上看,宇文的翻译整体更为简洁,更加符合五言律诗的特色,再现了本诗简洁有力的风格。而艾黎译诗中译者的声音则更为明显,译者对原诗进行了一定的重组和再创作:译诗中的"我"是作为叙述者存在的,泰山则成为叙述者观察的对象,译者采取了直抒胸臆的手法,让读者仿佛置身于泰山的美景中,随着其视线的前移深切体会到泰山的雄伟壮丽,从而为诗中的情感所感染。译者对原诗中的文化嵌入信息未做深化处理,而是简洁地呈现了其意义,但明显加强了原诗的情感,有力地表达出诗人的决心和勇气。不难看出,艾黎译诗中的语言带有明显的感染功能,将原诗中的情感表达得更为充分。

在本诗的翻译中,宇文采用静态的旁观视角,让泰山的形象在读者面前逐渐清晰,再现了原诗简洁有力的风格;艾黎则放大译者的声音,渲染了原诗的情感,并让作者作为叙述者,直接抒发对于泰山的热爱。

案例二:对雪

(首联)战哭多新鬼,愁吟独老翁。

(颔联)乱云低薄暮,急雪舞回风。

(颈联)瓢弃樽无绿,炉存火似红。

(尾联)数州消息断,愁坐正书空。

---

① 宇文所安. 盛唐诗. 贾晋华,译. 北京:生活·读书·新知三联书店,2004:214-215.

宇文译： Facing the Snow	艾黎译： Snow
Weeping over battle, many new ghosts,	Over the battlefields
In sorrow reciting poems, an old man all alone.	There are many new ghosts
	Who weep; and I, an old man,
A tumult of clouds sinks downward in sunset,	Sit alone, bitterly looking
	Out on the wild clouds
Hard-pressed, the snow dances in whirlwinds.	That dull the sky, and
	At the snowflakes that dance
Ladle cast down, no green lees in the cup,	In the whirling wind;
	The gourd ladle lies beside
The brazier lingers on, fire seems crimson.	An empty wine pot; I can
	But imagine that the stove
From several provinces now news has ceased—	Gives heat; no news from
	Many districts; I sit in
I sit here in sorrow tracing words in air. ①	Desperation; really, this
	Is all too impossible! ②

【评析】《对雪》是杜甫在唐军战败、自己沦陷长安时所作。宰相房琯率领的唐军在陈陶斜和青坂大败,暂时无望收复长安。本诗首联"战哭多新鬼"暗点了这一战败的事实和诗人愁苦的心情,宇文译诗采取了与诗人相同的视角:先呈现"战哭""愁吟"等动作,再交代动作的发起人"新鬼""老翁",与原诗保持一致;而在艾黎译诗中,无论是用"There … be"句型突出新鬼的存在,还是用"an old man"补充说明"I"(我)的身份,动作的发起者显然处于更重要的位置。

颔联写出了诗人烦闷和焦虑的情绪:"乱云""急雪"等景象标记了诗人沉重的心情,同时写出诗人面对由乱云欲雪到急雪回风,一直独居斗室、满怀愁绪。宇文将"乱云"译为"A tumult of clouds",在雪前面加"hard-pressed"译出"急雪",向读者展现出乱云翻滚、大雪纷飞的景象,艾黎则简单

---

① Owen, S. *The Great Age of Chinese Poetry：The High T'ang*. New Haven：Yale University Press, 1981：201.

② 杜甫. 杜甫诗选. 艾黎,译. 北京:外文出版社,2001:69.

地译为"wild clouds"和"snowflakes"。宇文认为,这首诗的风格是"沉郁严肃"[①],诗人描写了一个神秘的外部世界,因此他在译诗中保留了原来的分句形式,让新鬼与老翁、云与雪、瓢樽与炉火等均成对出现,由此再现了在战场上丧生的年轻人与幸存的老年人、人类世界与无人景象、寒冬与温暖等一系列对立关系,因为他认为,尽管各种成分表面上只是简单地呈现于景象之中,诗人希望表达的其实是意义秩序的复杂与矛盾。[②] 基于以上理解,宇文选择让这些景象在读者眼前逐渐展现,意在用静态的呈现方式暗示诗人无力挣脱困境。

颈联中瓢和樽均为盛酒的容器,宇文选择以旁观者的视角与读者一起进入诗人描绘的雪景,他将"瓢"译为"ladle",即长柄勺,译出了酒器的形状;艾黎则译为"the gourd ladle",除了形状外还补充了其材质。"樽无绿"表现诗人因生活艰苦,酒杯中没有一滴酒。宇文将其直译为"no green lees in the cup",不仅表明酒杯中无酒,还保留了绿色的酒这一文化嵌入信息;艾黎则略去了原诗中对酒的描述,简化为"empty wine pot",用酒杯空空暗指环境的寒冷和凄苦。须注意,此联中的酒、炉火等都是诗人由于内心强烈的渴求而出现的幻象。[③] "炉存火似红"一句,宇文译为"The brazier lingers on, fire seems crimson",描绘了在诗人的想象中,火炉中尚有摇曳的火苗,散发着红色的光辉,用静态的场景展现这一幻象,现实与想象形成了鲜明的对照。艾黎则将其译为"I can / But imagine that the stove / Gives heat",直接表达出诗人是在想象火炉中还有温暖的炉火,但不见其红色,这一以幻作真的场景也未再现。不难看出,在艾黎的译诗中,人与景是同时呈现的:译者改变了原诗的叙述形式,用分号增强了故事的连续性,并三次用自我提及(I)的方式突显了诗人的存在,分别

---

① Owen, S. *The Great Age of Chinese Poetry*: *The High T'ang*. New Haven: Yale University Press, 1981: 211.

② Owen, S. *The Great Age of Chinese Poetry*: *The High T'ang*. New Haven: Yale University Press, 1981: 202-203.

③ 刘逸生. 杜甫《对雪》//萧涤非,刘学锴,袁行霈,等. 唐诗鉴赏辞典(修订版). 上海:上海辞书出版社,2004:406-407.

对应(独坐的)"老翁"、(想象中的)"炉存火似红"以及"愁坐正书空";他用态度标记词"bitterly"(苦涩地)、"desperation"(绝望)、"impossible"(不可能的)渲染了诗人愁苦烦闷的心情,并用语气加强词"too"增加了表述力度,这与宇文译诗形成了强烈的反差——宇文译诗中"我"仅在尾联中出现了一次。

以尾联的翻译为例,宇文将其译为"From several provinces now news has ceased— / I sit here in sorrow tracing words in air"(现在已经与几个省都断绝了消息——我只能忧愁无聊地坐在这里,用手在空中画着字)。这里,译者用破折号表示因果关系,表达诗人因为无法获知亲人的消息而无比苦恼。"书空"的典故源于东晋中军殷浩,在被罢官贬为庶人后,终日怨愤难平,在空中比画写着"咄咄怪事"四个字。译者保留了这一历史典故,再现了诗人的积郁难平。艾黎则将尾联译为"no news from / Many districts; I sit in / Desperation; really, this / Is all too impossible!"(很多地区都未曾传来消息;我绝望地坐着;这实在是太令人难以忍受了!)艾黎将上下两句变为并列关系,略去了诗人"书空"的行为,直言诗人的绝望和无奈,由此产生的翻译效果是人与景交融在一起,无论是现实中的独坐、幻象中的炉火,还是愁苦的思绪,译者均点明它们属于叙述者,由此,诗中的感情色彩变得更加浓烈。

可见,在本诗的翻译中,宇文倾向于忠实地呈现原诗中的景象,从而展现诗中复杂的对立关系;艾黎则更加注重传达诗人的内心感受,用自我提及、态度标记词和语气加强词渲染了诗人悲愤难遣的心情。

案例三:秋雨叹三首(二)

(首联)阑风伏雨秋纷纷,四海八荒同一云。

(颔联)去马来牛不复辨,浊泾清渭何当分?

(颈联)禾头生耳黍穗黑,农夫田父无消息。

(尾联)城中斗米换衾裯,相许宁论两相值?

宇文译： A Series on the Flood Rains of 754 (2)	艾黎译： Melancholy in the Autumn Rain (Three Poems) (2)

Wind of ruin，lurking rain，
    autumn flurrying turmoil，
 Seas and wastelands circling the earth
    share a single cover of cloud.
 Horses going，oxen coming—
    can no more tell them apart.
 The muddy Ching and clear Wei，
    when again can we distinguish them？
 Fungus grows on the heads of rice，
    the wheat turns black.
 From farmers and from field workers，
    no news yet，
 While here in the city a measure of rice
    can be had for your bedroll—
 "Done！" and never a question asked
    if their values are the same.①
	Wild winds and the sound of
	 Continuous rain；it seems
	 The whole universe has come
	 Together in one vast cloud
	 So darkening the land that
	 A horse going and an ox coming
	 Cannot be distinguished
	 Which way they go；
	 The muddy Jing and the clear Wei
	 Both seem the same today！Now
	 Grain awaiting harvest will sprout，
	 Millet in head go smutty，
	 So that for our farming families
	 No hope remains；
	 I heard that in the city a measure
	 Of grain is being exchanged for bedding
	 Quilts，with buyers thinking
	 The bargain good.②

【评析】此诗作于 754 年秋天，是描写暴雨导致庄稼歉收、粮食匮乏的讽谏之作。

根据《杜甫全集校注》一书的考证，首联中的"阑"，即阑珊、阑残，因此"阑风"意指熏风即将转为凉风。③ 宇文将"阑风"译为"Wind of ruin"，指阑残的风；艾黎则译为"Wild winds"（狂风），与诗人原指的秋风渐凉存在距离。"伏雨"一词有两种解释：若从"反复"之义，即指雨落落停停、反复无常；若从"倾覆"之义，则形容大雨倾盆。④ 宇文将其译为"lurking

---

① Owen，S. *The Great Age of Chinese Poetry：The High T'ang*. New Haven：Yale University Press，1981：193-194.

② 杜甫. 杜甫诗选. 艾黎，译. 北京：外文出版社，2001：39-41.

③ 萧涤非. 杜甫全集校注. 北京：人民文学出版社，2014：467-468.

④ 萧涤非. 杜甫全集校注. 北京：人民文学出版社，2014：470.

rain","lurk"一词有潜藏之意,可以表示构成一种潜在的威胁。宇文在分析中提及,诗中的"阑风""伏雨"等均未见出处,却混杂了威胁和毁灭的言外之意,由此带来的混乱、不安的感觉贯穿着全诗。① 可见,他意在用"lurking"一词暗指潜在的危险与混乱,是基于自身理解进行翻译的结果,与原诗中秋雨不时飘洒、常见余剩之意并不相符,显示了译者观点的独特性,由此放大了译者的声音,亦体现了其创造性。在宇文看来,译作未必不如原作,"我知道有时候我能翻译得更好"②。这体现了汉学家深入理解、准确再现作品的自信。艾黎将"伏雨"译为"the sound of / Continuous rain"(断断续续的秋雨声),不仅表现出了秋雨的连绵不绝,还突显了雨声的层面,但并未表达出诗人暗指的久雨不晴。"八荒",指八方荒远之地,"同一云"指久雨不晴,因此"四海八荒同一云"意指无处不雨、无日不雨。③宇文侧重景象的客观描写,将此句直译为"Seas and wastelands circling the earth / share a single cover of cloud"(海洋和荒地围绕着这片土地,共同笼罩于同一片云朵之下)。艾黎则注重诗人的体验和感受,译为"it seems / The whole universe has come / Together in one vast cloud"(似乎整个宇宙都来到了同一片云朵之下)。相比之下,艾黎用"The whole universe"突出涉及范围之广,用"Together in one vast cloud"强调笼罩于秋雨之下,与诗人意在表达的意义和情感更接近。

颔联中"去马来牛不复辨"一句描写雨水多导致水涨岸远,因此牛马难辨。宇文将其直译为"Horses going, oxen coming— / can no more tell them apart",马和牛均用复数,给人以数量多的感觉。艾黎则译为"So darkening the land that / A horse going and an ox coming / Cannot be distinguished / Which way they go",首先补充说明无法分辨是由于下雨天黑,马和牛用了单数并说明了无法分辨它们走了哪条路。可见两位

---

① Owen, S. *The Great Age of Chinese Poetry: The High T'ang*. New Haven: Yale University Press, 1981: 193-194.

② 钱锡生,季进. 探寻中国文学的"迷楼"——宇文所安教授访谈录. 文艺研究,2010(9):66.

③ 萧涤非. 杜甫全集校注. 北京:人民文学出版社,2014:468.

译者对此句的理解是有差异的。"浊泾清渭何当分"一句,描述了原本分明的泾渭,由于多雨也无从分辨,两位译者均用了"muddy"(浑浊的)和"clear"(清澈的)来说明泾渭的特点。宇文用了问句"when again can we distinguish them?"(何时我们才能再次将它们分清?),其中"we"的添加是一处作者/读者显现,由此二者在译诗中形成了互动,读者可以更深入地体会诗人对连绵不绝的秋雨的喟叹。艾黎则译为"The muddy Jing and the clear Wei / Both seem the same today!"他用感叹号加强语气,表达了对泾渭混合,如今无法分辨清浊的感慨。

诗人在颈联中描写了两层灾难:由于秋雨持续时间太长,涝灾严重,此为天灾;无人敢言,导致下情未能上达,是为人祸。"无消息"一词,宇文直译为"no news yet",未能解释诗中隐含的意义;艾黎则译为"No hope remains",将其理解为灾情严重,农民没有任何希望,仅译出了天灾层面,也没有完全再现原诗的信息。

尾联中"衾"指被子,"裯"指帐子,以衾裯换斗米,人们也不计较是否价值相当,足见米价奇贵。宇文在译诗中再现了这一城里的交易场景:"While here in the city a measure of rice / can be had for your bedroll— / 'Done!' and never a question asked / if their values are the same"(而在城里,你用一斗米就可以换来铺盖卷——"成交!"没有人会再多问一句,就好像它们的价值相当)。此处动态的场景读起来颇为生动。这与宇文的理解分不开,他认为本诗由首联的雄伟壮阔到颔联的伦理探讨,标志着杜甫风格的迅速转换,诗人用略带谐趣的笔触点明了当时以米为重的价值观,悲喜剧在这首诗中形成了对立冲力,却并不有损情景的严肃性,反而让作品具有了复杂性。① 因此,译者同样使用轻快的语气,生动地再现了这一幕。而在艾黎的译诗中,诗人则成为农夫田父(our farming families)的代表,听说了城里米价高这件事:"I heard that in the city a measure / Of grain is being exchanged for bedding / Quilts, with buyers

① Owen, S. *The Great Age of Chinese Poetry: The High T'ang*. New Haven: Yale University Press, 1981: 193-194.

thinking / The bargain good"（我听说在城里，一斗米就能换来一套被褥，而且购买的人还觉得相当划算）。用自我提及(I)补充说明诗人亲耳听到这一消息，惊讶之情跃然纸上，足可见艾黎与宇文在原诗理解上的差异。

在本诗的翻译中，宇文不仅放大了译者的声音，还创造性地加入了自己的理解，使译诗更具丰富性和复杂性；艾黎则更加贴近原诗的意义，并强化了原诗的情感。

案例四：江汉

（首联）江汉思归客，乾坤一腐儒。

（颔联）片云天共远，永夜月同孤。

（颈联）落日心犹壮，秋风病欲苏。

（尾联）古来存老马，不必取长途。

宇文译： Yangtze and Han	艾黎译： River Bank
At the Yangtze and the Han a voyager longing to go home， Between Ch'ien above and K'un below one broken-down man of learning. A wisp of cloud， the sky shares this distance， Endless night， the moon an equal in solitude. In setting sun a heart still young， still strong， Through autumn's wind， my sickness growing better. From ancient times they've sustained old horses That they need not take to the long-faring road.①	Here sits a man by The river bank， who thinks To return home；he is an Ordinary scholar， drifting Like a piece of cloud above； At night， I am lonely As the moon， but at sunset I am still of good heart； In these autumn winds My illness gets better； In past times， they were kind To old horses， not sending Them off on tiring journeys After they had served so long.②

---

① Owen，S. *The Great Age of Chinese Poetry：The High T'ang*. New Haven：Yale University Press，1981：215-216.

② 杜甫. 杜甫诗选. 艾黎，译. 北京：外文出版社，2001：345.

【评析】《江汉》是杜甫自夔州出峡,漂泊于长江和汉水一带时的所见所感。诗中"片云""夜月""落日""秋风"等各种景物都以暗喻的方式勾勒出诗人漂泊无依的凄凉晚景。面对北归无望、生活困顿的现实处境,诗人虽以"腐儒"自嘲,却孤忠仍存、壮心犹在,读来令人动容。

首联描写了诗人客滞江汉的窘境,其间隐匿着矛盾复杂的情感:诗人将"一腐儒"置于朗朗乾坤之间,既表现出其信心与勇气,又显示出人的力量的微不足道,这刻画出诗人虽胸怀大志,却报国无门,虽对现实不满,却又无力改变的生存困境。① 宇文遵照原诗的景物出现顺序,以静态的方式还原了原诗中的场景:将"江汉"译为"Yangtze and the Han"(长江和汉水),"思归客"译为"a voyager longing to go home"(一位渴望回家的游子)。"乾坤"一词出自《易经》,本是两个卦名,后用以指天地、阴阳、日月、男女、夫妇等,此处指天地。宇文突显了译者声音,将这一文化嵌入信息译为"Between Ch'ien above and K'un below"(在乾坤之间),运用置换的方法,补充说明了乾在上、坤在下;最后出现了主人公"one broken-down man of learning"("一腐儒",即一个潦倒的学者),这里的"broken-down",意指诗人由于衰弱或疲惫正处于崩溃的边缘。可见,宇文选取的态度标记词,即"longing to"(渴望)和"broken-down"(潦倒的)的情感色彩显然更为浓烈,突显了诗人穷困潦倒的生存境遇。艾黎则采取了模糊化和消音的方法,略去了"乾坤"这一文化嵌入信息,并将主体调整到了诗的中心位置,"by the river bank"(在河岸边)只是作为思归客所在的方位出现;接着解释思归客即为"腐儒",译为"an ordinary scholar"(一个普通的学者),"ordinary"直言一介书生的微不足道,略去了其悲惨的生活境遇,关注点始终没有离开天地之间的诗人。

颔联对仗十分工整,与云共远,与月同孤,暗指诗人自身的境况,情景相融,借描写自然景物表达了深切的思归之情。远浮天边的"片

---

① 赵奎英. 悖论与复调——杜甫《江汉》诗解读及其它. 名作欣赏,2001(3):9.

云",宇文直译为"A wisp of cloud"（一小片云），"wisp"表示"a small handful"①，即一小片。艾黎则将云这一意象与前句中的人物联系了起来："drifting / Like a piece of cloud above"（像天上的一片云一样四处漂泊），由此读者看到的是一个似云漂泊、无所依靠的诗人形象。宇文则将"月同孤"译为"the moon an equal in solitude"。"solitude"意为独自一人、与世隔绝，他用态度标记词"endless"渲染长夜漫漫，用"solitude"表示诗人似孤月一般与世隔绝，尽显诗人内心的荒凉与孤寂。艾黎则多次运用了自我提及，再一次让人物介入叙述场景：第一人称代词"I"和"My"出现了三次，反复强调了诗人的显性存在，"I am lonely / As the moon"（我就如同月亮一样孤独），其中"lonely"一词着力刻画了诗人孤独的内心感受。

颈联承接"腐儒"一句，抒写了诗人积极用世的精神。"落日"并非实景，而是用于比喻暮年，有日薄西山、日暮途穷之意。② 因此，"落日心犹壮"，与曹操"烈士暮年，壮心不已"的诗句寓意相同。宇文将其译为"In setting sun a heart still young, still strong"（在落日余晖中心依然年轻，依然强壮），两次使用语气加强词"still"表现诗人积极的心态，而"growing"一词的选用更是契合了诗人内心逐渐痊愈的过程，更显现实处境的艰辛。艾黎则将该句译为"but at sunset / I am still of good heart"（但即便在夕阳中，我依然怀有一颗虔诚的心）。两位译者均表达了诗人积极的心态，却都没有看出此处落日与上句中月夜的矛盾，因此"落日"一词的翻译与作者的原意存在距离，都作为真实场景出现在译诗中。

尾联借用了《韩非子·说林上》"老马识途"的故事，诗人以"老马"自比，表达自己的悲愤之情：莫非我这腐儒，还不如一匹老马?③ 这实质上是诗人对于自我价值的追问，可见他虽没有托身之所，却不甘于随波逐流，

---

① Gove，P. B.（ed.）. *Webster's Third New International Dictionary of the English Language，Unabridged*. Springfield：Merriam-Webster Incorporated Publishers，1993：2625.

② 萧涤非. 杜甫诗选注. 北京：人民文学出版社，1979：314.

③ 萧涤非. 杜甫诗选注. 北京：人民文学出版社，1979：314.

虽流落不偶,却盼望能有所作为,因此这首诗"本身就是对人类存在状态的'隐喻',具有某种本体价值和普遍意义"①。宇文将尾联译为"From ancient times they've sustained old horses / That they need not take to the long-faring road"(自古以来,人们一直都喂养老马,让它们不必遭受旅途劳顿之苦),较为客观地呈现了这一历史典故,指出古人存养老马,并非要取其力,而是意在用其智,"long-faring"一词突显了旅途劳顿之苦,让读者联想到诗人当下处境的不易。艾黎则译为"In past times, they were kind / To old horses, not sending / Them off on tiring journeys / After they had served so long"(在过去,他们对老马都很友善,在它们为人类服务多年后就不会让它们再去长途跋涉),用态度标记词渲染了诗人的内心感受,例如"kind"一词表达了古人对待老马的友善态度,"tiring"描写出旅途的艰辛,并用语气加强词"so"强调了老马的功绩,由此表达了诗人对于自我价值的追问,袒露了诗人落寞悲愤的心声。

在本诗的翻译中,宇文倾向于客观地呈现原诗中的场景,对文化信息词(如"乾坤""腐儒"等)进行解释,并选用态度标记词和语气加强词刻画出现实的困境,突显了诗人的勇气。艾黎则略去了文化信息词,用自我提及的方式强调了诗人的显性存在,并选择"lonely""good heart""kind"等态度标记词渲染了诗人的内心感受。

案例五:秋兴八首(七)

(首联)昆明池水汉时功,武帝旌旗在眼中。

(颔联)织女机丝虚夜月,石鲸鳞甲动秋风。

(颈联)波漂菰米沉云黑,露冷莲房坠粉红。

(尾联)关塞极天惟鸟道,江湖满地一渔翁。

---

① 赵奎英. 悖论与复调——杜甫《江汉》诗解读及其它. 名作欣赏,2001(3):9.

宇文译： Autumn Meditation （7）	艾黎译： Autumn Feelings（Eight Poems） （7）

The waters of K'un-ming Pool,
    deed of the days of Han,
The banners and pennons of Emperor Wu
    here before my eyes.
Silk of the loom of the Weaving Girl
    empty in moon of night,
Scales and fins of the whale of stone
    stir in autumn wind.
The waves toss a kumi seed,
    black in sinking cloud,
And dew chills the lotus pod,
    red of falling powder.
Barrier passes stretch to the heavens,
    a road for only the birds;
Lakes and rivers fill the earth,
    one aging fisherman. ①
	Kunming Lake is a reminder
	Of the glory of Han, and one
	Conjures up the vision of
	Fluttering standards of the
	Emperor Wu; there too stands
	The image of the Weaving Maid
	Alone in the moonlight, while
	The stone whale beside seems
	To move in the autumn wind;
	Now here with me, I see wild rice
	Floating on the waves, think
	Of the dark clouds passing, seeing
	How chilly dew strips
	Red petals from lotus blooms,
	And how but birds can take the path
	Through steep gorge cliffs,
	Feeling that I am but an old fisherman
	    set amongst
	The vastness of rivers and lakes. ②

【评析】766 年秋，杜甫在夔州写出《秋兴八首》，此时国家战乱频繁，诗人已弃官七载，居无定所，有感于秋风萧瑟、今昔对比，忧国之情愈浓，于是创作出这一组七言律诗。这里选取的第七首是高潮部分，包含了组诗中全部的基本命题：诗人忆及长安的昆明池，回想起往昔的国力强盛、物产丰饶，感叹如今的衰落凋敝。③ 与他人描写秋景时常常抒发的凄苦、伤感之情不同，杜甫使用华丽绚烂的字词来反衬荒凉与寂寞，"用字之勇，出

---

① Owen, S. *The Great Age of Chinese Poetry*: *The High T'ang*. New Haven: Yale University Press, 1981: 214.

② 杜甫. 杜甫诗选. 艾黎, 译. 北京: 外文出版社, 2001: 309-311.

③ 高友工, 梅祖麟. 唐诗的魅力——诗语的结构主义批评. 李世耀, 译. 上海: 上海古籍出版社, 1989: 30.

于常情之外,而意境之深,又使人感到无处不在常情之中"①。

本诗首联写昆明池之景,"汉时"和"武帝"让读者联想起汉朝时的繁盛景象。高友工和梅祖麟指出,船这一意象带有反讽的效果,因为修建昆明池是为了训练士兵进行水战,而汉家的尚武精神到了唐朝却逐渐萎靡。② 因为昆明池为汉武帝所建,所以称"汉时功"。宇文将"昆明池水汉时功"译为"The waters of K'un-ming Pool, / deed of the days of Han"(昆明池的池水是汉朝时的功绩),沿用原诗的形式,将昆明池与汉武帝的功绩并列;艾黎则译为"Kunming Lake is a reminder / Of the glory of Han"(昆明池会让人回想起汉朝时的辉煌),补充了因果关系,点明昆明池与汉朝的关联。修建此池的目的是练习水战,下句中即出现了"旌旗"这一历史嵌入信息。宇文补充描述了军旗的形状,译为"the banners and pennons",其中"banner"是四边形带有徽章的军旗,"pennon"通常指系于长矛顶端的三角形或燕尾状的旗帜;艾黎则描绘了战旗飘扬的状态,译为"fluttering standards"(飘扬的旗帜)。此处两位译者的声音均为显现的,不同之处在于宇文加深了读者对旌旗这一历史嵌入信息的印象,而艾黎则意在展现战旗飘飘、振奋人心的场景。"在眼中"则表示犹在眼前,表现出昆明池留给诗人的印象之深,宇文将其直译为"here before my eyes"(就在我眼前);艾黎则将其与上句相连,译为"and one / Conjures up the vision of"(令人回想起……的情景),意指昆明池唤起了有关武帝旌旗的记忆。

颔联写池畔之景,此处的织女与石鲸均为石像,二者的相对而立暗示着空虚、忍耐和徒劳。"织女机丝虚夜月"是静态描写,织女并不织布,因此"虚夜月"。宇文将"织女"直译为"the Weaving Girl"(纺织女孩),首字母以大写标记出人物的名字;艾黎则解释了织女实为石像,将其译为"The image of the Weaving Maid"(纺织女仆的雕像)。宇文的译诗中"Silk of

---

① 冯钟芸. 杜甫《秋兴八首》//萧涤非,刘学锴,袁行霈,等. 唐诗鉴赏辞典(修订版). 上海:上海辞书出版社,2004:517.

② 高友工,梅祖麟. 唐诗的魅力——诗语的结构主义批评. 李世耀,译. 上海:上海古籍出版社,1989:17-18.

the loom of the Weaving Girl / empty in moon of night"(月夜里织女的织布机上空空荡荡)一句,用"empty"再现了织布机上空空如也;艾黎则略去了"机丝"这一细节,译为"there too stands / The image of the Weaving Maid / Alone in the moonlight"(那里还有一座织女的石像孤单地矗立在月光下),用"alone"这一态度标记词渲染出织女石像的孤单。"石鲸鳞甲动秋风"是动态描写,宇文保留了这一细节,译为"Scales and fins of the whale of stone / stir in autumn wind"(石鲸的鳞鳍在秋风中微微颤动),生动传神;艾黎则运用模糊化的手法,译为"while / The stone whale beside seems / To move in the autumn wind"(而旁边的石鲸似乎也随着秋风动了起来),略去了"鳞甲"的细节,石鲸"似乎"随着秋风移动,活灵活现。

颈联写池中之景,"菰"即茭白,秋天结实,黑色,因此称"菰米"。宇文将这一中国特有的物种译为"kumi seed",特有的音译效果带给读者陌生化的阅读感受;艾黎则将其模糊化为"wild rice"(野生稻米),略去了其文化地域特征。"沉云黑",形容菰米之茂盛,远远望去漆黑如云。高友工和梅祖麟认为,此联语法上的不对称给人以不和谐的阅读感受,这也是杜甫后期诗歌创作的主要特征,而且所指对象不明确也增加了窒息气氛带来的感染力。[①] 宇文将上句译为"The waves of toss a kumi seed, / black in sinking cloud"(菰米漂动形成的波浪就像沉云一样漆黑一片),较为客观地再现了菰米如云飘浮的景象;艾黎则用自我提及的方式将诗人置于这一景象之中,译为"Now here with me, I see wild rice / Floating on the waves, think / Of the dark clouds passing"(现在我在这里,看到菰米漂浮于水面,不禁联想起乌云飘去),建立了人与景之间的关联。上述译文显示出两位译者在原诗理解上的差异。宇文认为,在这首诗中,诗人追忆了色彩斑斓的往昔景象,与现实中灰暗苍白的秋景形成了对照,然而,在

① 高友工,梅祖麟. 唐诗的魅力——诗语的结构主义批评. 李世耀,译. 上海:上海古籍出版社,1989:19-21.

这些景象中"人"却是空缺的,因而尽显苍凉荒芜,①这也就解释了为何在其译诗中,"人"始终不在场;艾黎则强调了诗人的内心体验,暗示此联中的动词传递出诗人忧郁的情绪:描绘菰米随波起伏的"漂"字,暗示了诗人漂泊的命运。② 下句中的"莲房"即莲蓬,"粉"是比喻,"坠粉红"描写了秋日里红色的莲花凋落的景象。宇文将此句译为"And dew chills the lotus pod,/ red of falling powder"(冰凉的露水使得红莲花落下,犹如脂粉坠落),保留了"粉"的意象;艾黎则译为"seeing / How chilly dew strips / Red petals from lotus blooms"(看到冰凉的露水打落了盛开的莲花红红的花瓣),可见这一场景仍然在诗人的视线之中,译者强化了"冷"这一诗人的内心体验,略去了"粉"这一细节,而选择实写了莲花的花瓣飘落的景象,因为这里的"坠"与上句中的"沉"一样暗示着衰落。③

以上几联都是回忆过去,追忆长安,直到尾联才回到当下,诗人以过去的煊赫反衬出现实的凄凉。萧涤非认为,诗人前六句写的是水,最后两句写到了舟。④ "关塞极天惟鸟道"一句中,"关塞"即塞上、边关外;"极天",言其高;"鸟道",谓其险。一个"惟"字,抹去了前面几联有关繁华绚丽的一切想象,将读者拉入凄苦的现实世界。宇文将此句译为"Barrier passes stretch to the heavens,/ a road for only the birds"(关塞直入云端,只有一条可以容纳鸟儿飞越的小道),展现了鸟道高山,空无一人,极言山之高、之陡;艾黎则站在诗人的角度,思忖着如何能够穿过陡峭的山崖,将其译为"And how but birds can take the path / Through steep gorge cliffs"(想着这悬崖峭壁,唯有鸟儿可以穿过),可见两位译者在叙述视角选取上的差异。"江湖满地一渔翁"一句中,诗人以"渔翁"自比,江

---

① Owen, S. *The Great Age of Chinese Poetry: The High T'ang*. New Haven: Yale University Press, 1981: 215.
② 高友工,梅祖麟. 唐诗的魅力——诗语的结构主义批评. 李世耀,译. 上海:上海古籍出版社,1989:22.
③ 高友工,梅祖麟. 唐诗的魅力——诗语的结构主义批评. 李世耀,译. 上海:上海古籍出版社,1989:22.
④ 萧涤非. 杜甫诗选注. 北京:人民文学出版社,1979:260.

湖满地,恰似如云漂泊。按照沈德潜的观点:"身阻鸟道,迹比渔翁,见还京无期也。"①可见诗人处境的凄凉,而其忧郁的情绪源于自身的矛盾:身处夔州,却心系长安;沉溺回忆,却无法摆脱现实,而这种矛盾性也为组诗带来了无限的张力。② 宇文将该句译为"Lakes and rivers fill the earth, / one aging fisherman"(地上尽是湖泊和河流,还有一位慢慢老去的渔夫),沿用了原诗的景物出场顺序,为"渔翁"增加了"aging"(渐渐老去的)这一态度标记词,突显出诗人的伤感与无奈;艾黎的声音则更具创造性,他将其译为"Feeling that I am but an old fisherman set amongst / The vastness of rivers and lakes"(感到在这无边的河流湖泊之间,我只是一个年老的渔翁),再次运用了自我提及以突出诗人的内心感受,并将"人"摆在更加中心的位置,这也显示出译者对于人的生存境遇的终极关怀。

本诗的翻译中,宇文保留了原诗中的细节描写,力图加深读者对这些信息的印象,他更倾向于客观地呈现灰暗的秋景,在其译诗中各种景象更显苍凉荒芜,预示着无助、分崩与结束③;艾黎则将不少历史文化嵌入信息模糊化了,其译诗更加自由,他几次运用自我提及的方式,将诗人推向中心位置,强调其伤感的心情,暗示其漂泊的命运。

案例六:茅屋为秋风所破歌

八月秋高风怒号,卷我屋上三重茅。

茅飞渡江洒江郊,高者挂胃长林梢,下者飘转沉塘坳。

南村群童欺我老无力,忍能对面为盗贼,

公然抱茅入竹去。唇焦口燥呼不得,归来倚杖自叹息。

俄顷风定云墨色,秋天漠漠向昏黑。

布衾多年冷似铁,娇儿恶卧踏里裂。

---

① 萧涤非. 杜甫诗选注. 北京:人民文学出版社,1979:260.
② 高友工,梅祖麟. 唐诗的魅力——诗语的结构主义批评. 李世耀,译. 上海:上海古籍出版社,1989:29.
③ Owen, S. *The Great Age of Chinese Poetry:The High T'ang*. New Haven:Yale University Press, 1981: 215.

床头屋漏无干处,雨脚如麻未断绝。

自经丧乱少睡眠,长夜沾湿何由彻?

安得广厦千万间,大庇天下寒士俱欢颜,风雨不动安如山!

呜呼! 何时眼前突兀见此屋? 吾庐独破受冻死亦足!

宇文译: My Thatched Roof Is Ruined by the Autumn Wind	艾黎译: Song of the Autumn Wind and the Straw Hut

In the high autumn skies of September
  the wind cried out in rage,
Tearing off in whirls from my rooftop
  three plies of thatch.
The thatch <u>flew</u> across the river,
  was <u>strewn</u> on the floodplain,
The high stalks <u>tangled</u> in tips
  of tall forest trees,
The low ones <u>swirled</u> in gusts across ground
  and <u>sank</u> into mud puddles.
The children from the village to the south
  made a fool of <u>me</u>, impotent with age,
Without compunction plundered what
  was <u>mine</u>
  before <u>my</u> very eyes,
<u>Brazenly</u> took armfuls of thatch,
  ran off into the bamboo,
And <u>I</u> screamed lips dry and throat raw,
  but no use.
Then <u>I</u> made <u>my</u> way home, leaning on staff,
  sighing to <u>myself</u>.
A moment later the wind calmed down,
  clouds turned dark as ink,
The autumn sky rolling and overcast,
  blacker towards sunset,
And our cotton quilts were years old
  and cold as iron,
My little boy slept poorly,
  kicked rips in them.
	An autumn wind ripped clear
	Three layers of thatch from my hut
	Spreading it over the river,
	<u>Along</u> the banks, <u>into</u> the marsh
	Or driving it up into branches
	Of tall trees.
	Over from the south village ran
	A bunch of boys, seeing me old
	And feeble, stealing the thatch
	In front of <u>my</u> eyes; hauling it
	Off to their bamboo grove, <u>I</u>
	Shouting at them until <u>my</u> mouth
	Was dry, throat sore; then
	Going inside with a sigh, leaning
	On my stick; the gale stopped
	But black clouds gathered
	Hastening the night.
	I looked at my bedding quilt, now
	As cold as iron, all torn with
	The restless feet of my children;
	Rain streamed through the roof
	Like unbroken strings of hemp
	Drenching all, and I <u>pondered on</u>
	<u>How much sleep</u> I had lost since
	This rebellion began, <u>hoping</u>
	The night would pass swiftly,
	<u>Wondering</u> in my dream <u>whether</u>
	<u>It would be possible to</u> build
	An immense house with thousands

Above the bed the roof leaked， 　　no place was dry， And the raindrops ran down like strings， 　　without a break. I have lived through upheavals and ruin 　　and have seldom slept very well， But have no idea how I shall pass 　　this night of soaking. Oh，to own a mighty mansion 　　of a hundred thousand rooms， A great roof for the poorest gentleman 　　of all this world， 　　a place to make them smile， A building unshaken by wind or rain， 　　as solid as a mountain， Oh，when shall I see before my eyes 　　a towering roof such as this? Then I'd accept the ruin of my own little hut 　　and death by freezing. ①	Of rooms，where all who needed Could take welcome shelter；a mansion As solid as a hill，not fearing Wind or rain；then thinking how If only such could be， Would I be content to see my poor hut Demolished with I myself Frozen to death. ②

【评析】761 年 8 月,狂风暴雨,杜甫的栖身之所被毁,无处安身。当时安史之乱尚未平息,诗人推己及人,无限感慨,挥笔写下这一名篇。

　　对比两位译者的译诗,会发现二者的差异主要体现在以下几方面。首先,宇文细致完整地再现了原诗,而艾黎则略去了诸多细节。例如“八月秋高风怒号,卷我屋上三重茅”一句:“秋高”指秋日天高气清,“怒号”是对风的一种人格化写法,诗人以此形容风力之大;“重”,即层,大风来势凶猛,卷走了屋顶上的三层茅草。宇文译为“In the high autumn skies of September / the wind cried out in rage， / Tearing off in whirls from my rooftop / three plies of thatch”(九月天高,大风怒号着卷走了我屋顶的三层茅草),详细地描绘了秋日天高气清,接着以大风为主体,用拟人的手法生动地再现了旋风卷走茅草的场景。艾黎则省略了诗人对时间和秋

---

① 　Owen，S. *The Great Age of Chinese Poetry：The High T'ang*. New Haven：Yale University Press，1981：207-208.

② 　杜甫. 杜甫诗选. 艾黎,译. 北京：外文出版社,2001：221-223.

风的细节描写,译为"An autumn wind ripped clear / Three layers of thatch from my hut"(秋风将我小屋的三层茅草刮得干干净净),侧重描写秋风对茅屋的破坏力,简洁地呈现了结果。在译"茅飞渡江洒江郊,高者挂罥长林梢,下者飘转沉塘坳"一句时,宇文用"flew"(飞)、"strew"(散播)、"tangled"(缠绕)、"swirled"(盘旋)等动词,生动摹写了茅草被狂风裹挟翻转的场景;艾黎则省略了不少细节,甚至将一些动词置换为介词,如"along""into"等,行文风格极为简洁。

接着,在翻译南村群童抢夺茅草的场景时,宇文和艾黎都运用了自我提及,用"me""my""mine""I"等词将作者的存在显化,也显露了译者的声音。不同之处在于,宇文的叙述中心从群童逐渐转向作者,着重描述顽童欺侮诗人的场景;艾黎则选取了作者的叙述视角,侧重诗人的无可奈何。例如"唇焦口燥呼不得,归来倚杖自叹息"一句,宇文的译诗是"And I screamed lips dry and throat raw, / but no use. / Then I made my way home, leaning on staff, / sighing to myself"(我大声呼喊,口干舌燥却无济于事,只得艰难地走回家,倚着拐杖自顾叹息)。可以看出,宇文非常详细地再现了当时的场景,而且"归来"一词的翻译是"made my way home",生动地表现了老人步履蹒跚和被顽童欺侮时的无可奈何。艾黎译为"I / Shouting at them until my mouth / Was dry, throat sore; then / Going inside with a sigh, leaning / On my stick"(我冲着他们大声喊叫,声嘶力竭,然后叹口气进屋倚着拐杖),则是简洁地呈现了诗人几个连续性的动作——大声呼喊、口干舌燥、回屋、叹息、倚仗,同样刻画出诗人的无奈。在细节的处理上,宇文更加贴近诗人的感情表达,例如"自叹息"暗含的感慨颇深,因为要重买茅草,对于当时的杜甫而言已是很大的负担。清代浦起龙评注:"单句缩住,黯然"①。宇文将"sighing to myself"(自顾叹息)置于本句的末尾,并用进行式表现出诗人不停地叹气,更能让读者感受到诗人境遇的凄凉。艾黎的翻译给读者的印象则是诗人回来叹了口气,接着倚在拐杖上,让人看到其疲倦之态,却不觉过于无奈。

---

① 萧涤非. 杜甫诗选注. 北京:人民文学出版社,1979:181.

再看"俄顷风定云墨色,秋天漠漠向昏黑"一句,"俄顷"指不久,"漠漠"形容阴沉迷蒙。宇文将该句译为"A moment later the wind calmed down, / clouds turned dark as ink, / The autumn sky rolling and overcast, / blacker towards sunset"(不久风停了,云变成了墨黑色,秋日的天空随着日落愈加昏暗),不仅保留了每一处细节,还严格地遵照原诗的词序;艾黎则译为"the gale stopped / But black clouds gathered / Hastening the night"(狂风停下来,但是乌云聚拢起来,加速了黑夜的到来),准确地用"gale"(狂风)对应上文中的描述,略去了"俄顷""秋天"和"漠漠",将其简化为狂风停歇、乌云聚拢、暮色将至的景象。

其次,宇文尽量不让自己的声音干预诗人的叙述,保留了原诗中信息、景物等的呈现顺序,艾黎则强调了诗人的叙述者地位,并与叙述内容紧密地结合起来。例如,"自经丧乱少睡眠,长夜沾湿何由彻"一句中,"丧乱"指安史之乱,"彻"指彻晓,"何由彻"即怎样才能挨到天亮,写出了诗人在屋破后遭受夜雨侵袭的痛苦。宇文将这句诗译为"I have lived through upheavals and ruin / and have seldom slept very well, / But have no idea how I shall pass / this night of soaking"(在历经战乱、遭受磨难后,我很少能睡得安稳,不知道如何才能度过这湿透的夜晚),再现了诗人历经的战乱和房屋损坏之苦,也译出了其在长夜漫漫里痛苦难捱的内心体验。艾黎则译为"and I pondered on / How much sleep I had lost since / This rebellion began, hoping / The night would pass swiftly"(我思索着自从叛乱开始,自己究竟度过了多少不眠之夜,希望这一夜能够很快过去),将诗人的忧思(pondered on)提到重要的位置,用语气加强词(how much)强调诗人对于无法入眠的忧虑,并盼望(hoping)黑夜能够快点过去的迫切心情,由此诗人的思想和感情成为贯穿全句的核心。

同样,在翻译"安得广厦千万间"一句时,宇文译为"Oh, to own a mighty mansion / of a hundred thousand rooms"(啊! 若能拥有一座坚固的、有十万个房间的大厦),用语气加强词(oh)直抒胸臆地表达诗人内心的渴望,并在后文中用"a mighty mansion"(大厦)、"A great roof"(结实的屋顶）、"a place"（住所）和"A building"（建筑）等详细描绘了诗人的愿望。艾黎则译为"Wondering in my dream whether / It would be possible to build / An immense house with thousands / Of rooms"（我在梦里思考是否有可能建起一座有成千上万个房间的大厦），点明这是一种内心的愿望，暗示现实中难以实现。同样，"何时眼前突兀见此屋"一句，宇文译为"when shall I see before my eyes / a towering roof such as this?"（什么时候我的眼前才能出现这样一座大厦？）直接表达了强烈的愿望。艾黎则译为"then thinking how / If only such could be"（又思考着如果这能成真该有多好），用"then thinking"说明这是诗人内心想象的，并用虚拟语气"If only such could be"暗指梦想与现实之间的距离，而且，艾黎译诗中表示情感的词明显较多，如"hoping"（希望）、"fearing"（担忧）、"thinking"（思考）等，这说明他更加关注诗人的内心感受。

在本诗的翻译中，宇文尽力保留细节，并遵照原诗的词序，详细再现了原诗中的各种场景；艾黎则略去了不少细节，更加关注诗人的内在情感与感受。

须看到，宇文如此详尽地再现当时的场景，除了要生动地表现诗人的处境之外，还希望向读者展示一个有血有肉的完整的诗人形象。我们知道，中国学者对杜甫的评价多集中于其作品的雄浑沉郁、格律谨严、用典丰富，郭沫若就认为其诗作"十分突出地具有严格的格律、深刻的表现、充沛的气势、雄厚的魄力，形式与内容相合无间，而使人不得不深受感动"①。但在宇文眼中，除却严肃的忧国忧民形象，杜甫同样具备其他性格特征，并在其诗作中有所体现。颇为有趣的是，宇文并不认为这首诗意在抒发诗人内心的焦虑、无奈与感慨，反而认为它突出体现了杜甫"半幽默、半怜悯的自我形象"；诗人的情感也不再是压抑含蓄、沉郁顿挫，而是"既滑稽可笑又豪壮英勇，既富于同情心又幽默诙谐"②。

---

① 郭沫若. 诗歌史中的双子星座//中华书局. 杜甫研究论文集（第3辑）. 北京：中华书局，1963：3.

② 宇文所安. 盛唐诗. 贾晋华，译. 北京：生活·读书·新知三联书店，2004：235-236.

(3)译者的声音与文化身份认同

翻译批评要求译者隐藏起自己的声音,在文本中保持沉默。① 然而,与这一批评标准不一致的是,上文的对比分析表明,两位译者不约而同地介入了翻译活动,并在译诗中显现了自己的声音,由此赋予了文本新的意义。正如莫索普所指出的,无论是否有意为之,译者都会介入翻译活动,译者的声音就是译者进行措辞和风格选择的结果。② 这些译者的声音不仅让原诗以更加生动丰富的形式呈现在读者面前,更让其中的细节和情感描写深入人心。

1)译诗中的译者声音

两位译者的声音主要体现在以下方面。作为汉学家的宇文始终与原诗保持着一定的距离,在翻译过程中倾向于展现而非介入原诗,并通过上下文评注的方式展现诗人的历史境遇;他在译诗中对于文化历史嵌入信息的显化处理,恰恰表明其对于这些要素的关注;他常常在译诗中加入自己的理解,丰富了原诗的内涵意义;他遵循原诗的呈现方式和叙述顺序,这也体现了他要求读者主动参与阅读,更深层次地理解这些诗作。

艾黎的介入行为则较为明显,作为译者的他不仅参与了原诗的叙述,还着意放大了诗人的声音。他往往将主体置于景物的中心,突出原诗中的情感因素,以增强诗歌的感染力,意在呼唤和打动读者,引起其情感上的共鸣。他多次用自我提及将诗人的形象更加清晰地呈现在读者的面前,用语气加强词和态度标记词渲染其内在情感,彰显了较为清晰的立场、权威性和自信心。③ 其译诗中富于个性的译者声音生动刻画了诗人的生存境遇,更容易让读者产生深切的同情和共鸣。

---

① Millán-Varela,C. Hearing voices:James Joyce,narrative voice and minority translation. *Language and Literature*,2004,13(1):38.

② Mossop,B. The translator's intervention through voice selection. In Munday J. (ed.). *Translation as Intervention*. New York:Continuum International Publishing Group,2007:18-19.

③ Zhao,C. G. Measuring authorial voice strength in L2 argumentative writing:The development and validation of an analytic rubric. *Language Testing*,2012,30(2):201-230.

须看到,两位译者的文本内介入行为体现了他们对文本外现实主义元素的关注,他们都希望通过还原其中的人物、事件、景观等向国外读者展现中国当时的社会生活。这一点既有趣又发人深思:之所以会出现"诗歌不可译"的论点,就是因为诗歌中包含了太多的文化因素,例如民族文学、国家制度等,[①]而这恰恰又是译者和读者极为关心的背景资料。毕竟,从译诗读者的角度来看,他们更加关注原诗中的社会、历史、政治等因素,因此希望译者能够提供更多有关原诗的社会政治背景资料。[②]

译者声音同样与作品的特点相关。可以说,这两部作品各具特色:《盛唐诗》是宇文的第三部有关唐诗研究的学术著作,也是评论者认为其作品中最出色的一部,既呈现了唐诗独特的美学规范,也为研究者提供了不少的引导、信息和资料。[③] 与以前国外学者热衷于研究代表性诗人的不同形式和历史史实不同的是,宇文的这部著作集中于文学史上的一个重要时期,对包括一些当时并不知名的诗人进行了细致的研究,[④]书中的唐诗翻译也深受批评者的好评。有评论者指出,宇文在翻译这些中国古代诗歌时,既没有屈从于僵硬的直译,也没有进行过度补偿,而是保留了其用字精简的特色,这充分说明他是一位一丝不苟且优雅讲究的译者。[⑤] 也有人认为,在这本书中,宇文的唐诗翻译尽力保留了原诗的句法结构和言辞特色,远胜于他在前两部作品中的翻译,那时的他常常为了追求译诗的优美,宁愿牺牲翻译的准确性;但在这部著作中,他有意识地寻找句法结构对应的英文表达,基本选用了尽可能接近原诗意义的措辞,此外,他还

---

① 钱锡生,季进. 探寻中国文学的"迷楼"——宇文所安教授访谈录. 文艺研究,2010
(9):66.

② Lynn,R. J. *The Great Age of Chinese Poetry* by Stephen Owen. *Pacific Affairs*,
1982,55(2):287.

③ Lynn,R. J. *The Great Age of Chinese Poetry* by Stephen Owen. *Pacific Affairs*,
1982,55(2):286-288.

④ Yu,A. C. The golden age of Chinese poetry—A review article. *The Journal of
Asian Studies*,1983,42(3):599.

⑤ Yu,A. C. The golden age of Chinese poetry—A review article. *The Journal of
Asian Studies*,1983,42(3):604.

加入了大量同时代学者的唐诗批评,帮助读者了解唐代诗人的思想,从而使他们以更加直观的历史眼光去欣赏这些作品。①

《杜甫诗选》一书的特色则在于:首先,这是一部专门向国外读者介绍杜甫诗歌的著作;其次,译者选择的诗歌系统丰富,且具有代表性,不仅涵盖了杜甫不同时期的代表作,还涉及了其生活的方方面面,既有政治军事、社会生活,也包括其个人经历、情趣、琐事等,从中读者可以了解当时的中国社会,体会诗人的创作艺术,亦可理解其内在的思想和情感;再次,艾黎的译诗没有遵循原诗严格的格律限制,而是采用自由体的形式重新做出阐释,既体现了译者的创造性,也有利于诗歌在国外的传播;最后,译者更加重视传递原诗的精神,译诗的语言简洁流畅、明晰易懂。②

2)译者声音的不同

两位译者虽然都彰显了自己的声音,并介入了原诗的叙述过程,但仍存在一定的差异,主要体现在宇文的译者声音主要表现在他在引诗注释、引诗索引、文献介绍等副文本中为读者提供了更多的线索和信息。

首先,宇文较明显地选取了客观呈现的方式,严谨地重现了原诗中的细节,并在译诗中尽量隐藏自己的声音,以突显诗人本身的声音。他在细致深入地解读原诗的基础之上,尽量选择接近原诗的表达方式,保留并再现了原诗中的文化意象,一步步将读者带入当下的语境。如在翻译《江汉》中的"乾坤"一词时,宇文补充了"乾"与"坤"的位置,使这一文化信息词的意义得以清晰呈现。批评者认为宇文的译诗很忠实,"用清晰的英文再现了原诗的每一处细微的差别"③。相比之下,艾黎译诗的方式则较为自由,他及时地解释了原诗中的部分文化信息,消除了读者的困惑,例如,在翻译《望岳》中的"曾云"一词时,艾黎增加了 rising(升起),用以描述云

① Lynn,R. J. *The Great Age of Chinese Poetry* by Stephen Owen. *Pacific Affairs*,1982,55(2):286-287.

② 刘晓凤,王祝英. 路易·艾黎与杜甫. 杜甫研究学刊,2009(4):95-108.

③ Sanders,T. T. *The Poetry of Meng Chiao and Han Yü* by Stephen Owen. *Bulletin of the School of Oriental and African Studies*,*University of London*,1977,40(1):184.

雾缭绕的样子,让读者更加身临其境,但他同样也会删减部分信息,以免过度拉长诗歌。

其次,宇文译诗是学者型翻译,充分体现出专业汉学家的视角,不仅选择的诗歌题材很广泛,还始终与文本保持一定的距离,倾向于用旁观者的视角与读者一起进入原诗中的场景,帮助其渐渐领会诗人的情感;而艾黎则更多地参与到原诗的叙述中,用融情于景的方式渲染诗中的情感因素,以移情的方式将读者带入当时的社会生活,从而使读者体会到诗人的伟大情怀。以诗歌中的叙述者为例,宇文遵循原诗中的叙事模式,往往在呈现了原诗中的一系列景物之后,人物才最终出现;而艾黎倾向于突显诗人的显性存在,他始终将诗人置于叙述的中心,突出原诗中的情感因素,以增强叙述的真实感和感染力。

再次,尽管努力隐匿,宇文的声音仍有所显露,这一方面体现为他介绍了不少原诗中的文化历史嵌入信息,另一方面体现为他在上下文中做出了相关的注释和评论。在这部学术专著中,宇文采取了译介并行的方式将文本历史化,补充了不少与诗歌有关的时代背景信息,在他看来,这样的方式有利于巩固经典作品的地位,也有助于强调其价值。① 一方面努力不介入原诗,另一方面又在文中阐释自己的观点,这看似有些矛盾,却表现出宇文的翻译态度:既要忠实地呈现杜诗,又尤为重视相关文化信息的推介。与宇文遵照原诗的叙述顺序不同的是,艾黎倾向于将叙述者的声音明晰化,并将"人"调整到诗歌的中心位置。例如,艾黎在《望岳》译诗中表达了对自然的感激之情,契合了诗人在原诗中的情感流露;在翻译《江汉》时几次让人物介入景物描述中,建立了"人"与"景"之间的关联,表现出译者对于主体的尊重和关注。在艾黎的译诗中,"人"往往是叙述的中心,他很擅长建立人与周围景物之间的关联,并让整个叙述过程围绕着人展开,其译诗可读性很强,呈现出动态的连续性,足以引起读者情感上的共鸣。可以说,在艾黎的译诗中,译者的声音不仅清晰地呈现出来,还

---

① Owen, S. A Tang version of Du Fu: *The Tangshi Leixuan*. *Tang Studies*, 2007 (25): 57.

响亮地为作者代言,由此译诗中更多的是诗人和译者声音的混合。

最后,在对于读者的态度上,宇文力求重现原诗中的陌生性,让读者主动积极地参与解读;艾黎则倾向于将文本的内在意义显化,方便读者理解。以《秋兴八首》(七)一诗为例,在翻译"旌旗"这一历史嵌入信息词时,宇文选择描摹出旗帜的形状,让读者拥有更加直观的阅读体验;艾黎则展现了作战时旌旗迎风飘扬的景象,让读者体会振奋人心之感。宇文认为,好的译者既要体现作者创作方式上的差异,也要了解不同读者的需求,其译作应当让读者对不同的作者、背景、诗歌类型、词语等产生直观印象和感受,而不是仅仅将作品概括为中国诗歌。因此,他在翻译的过程中会对比不同的版本,力求再现作品间的差异,"要让一个美国人或英国人一看我的翻译,就立刻知道这是杜甫的,那是苏轼的,而不是其他人的诗"[1]。魏家海认为,宇文译诗的特点在于其"半透明性",既不同于典型的西方表达,也有别于中国传统的话语特征,因而展现出两种文化的特点和价值,这不仅调动了西方读者的阅读兴趣,也尊重了原诗中蕴含的文化意向。[2]艾黎则更多地参与了叙述,不仅将原诗中隐含的价值取向显化,还将原诗中作者的一部分思想感情以诗人的语气表达出来,由此更加明显地体现出译者的创造性,加强了原诗语言的感染力,强化了其情感色彩,加深了读者的阅读感受,让其直接体会到原诗中的情感,但同时也牺牲了诗人着意呈现的静态景象,省略了原诗中的部分历史文化方面的信息,这样读者虽然省去了思考体会的时间,却也失去了独立理解原诗中文化嵌入信息的机会。

综上所述,两位译者的差异主要包括以下几点:第一,宇文译诗采用了静态的旁观视角,尽量隐藏自己的声音,不介入原诗的叙述,这与其汉学家的身份是较为一致的,他倾向于对原诗中的场景进行客观地呈现;艾黎的声音则更多地加入了叙述中,建立起人与景之间的关联,营造出人景

---

① 钱锡生,季进. 探寻中国文学的"迷楼"——宇文所安教授访谈录. 文艺研究,2010(9):66.
② 魏家海. 宇文所安唐诗翻译的文化选择. 中国翻译,2016(6):81.

交融的效果,意在打动和感染读者。第二,对于原诗中的文化历史嵌入信息,宇文选择了保留意象,并进行简要解释,通过上下文的评注和解释介绍诗人所处的背景,这说明宇文的学术研究思路影响了他的翻译选择,使其尤为关注文化历史信息;艾黎则相对较为自由,他选择了解释部分文化历史信息,但也省略了部分其他信息,并未过多地受限于此类信息。第三,宇文倾向于忠实再现原诗中的场景,一步步将读者带入语境,其译诗呈现出静态的画面感;艾黎则强化了中国诗歌的抒情和感染功能,采用人景交融的模式,放大了诗人的声音,通过运用创造性的调整,丰富原诗的表达,从而充分展现原诗中的情感因素,其译诗呈现出动态的连续性。

论及译诗的不足之处,两位译者均选择了自由体,由此牺牲了原诗谨严的韵律特征。萧涤非曾在《杜诗的韵律和体裁》一文中,详细地分析了杜诗中严格的韵律及其意义,指出四声的运用有助于促进语言的和谐和思想感情的传达。我们知道,自齐梁时期起,四声便被运用于文学创作中,因此无论是唐代的律诗、律赋,还是宋词元曲,都非常讲究平仄四声。以《望岳》为例,原诗运用了随情押韵的方法,对句,即二、四、六、八句均严格押"去"声韵,由此产生的阅读效果是一方面,尽管诗中未出现"望"字,却可以让读者的视线无限延伸,带给其幽远起伏的阅读感受;另一方面,随情押韵增强了诗歌语言的音乐性,注重"诗的音韵、节奏和声调的抑扬"①,由此强化了读者在声音层面上美的感受。对于杜诗中的押韵问题,宇文认为,中国古典诗歌翻译的过程中,译者不必强求押韵,因为这样的译作在美国反而很少有人愿意去读。因为美国现代诗非但不会刻意追求押韵,还常常会用押韵达到反讽的效果,所以当国外读者读到押韵的译诗时,总是会有奇怪的感觉。② 艾黎的译诗同样没有遵循原诗谨严的韵律特征。可以看出,两位译者在翻译杜诗时,非常注重国外读者的阅读感受,因而选择了向目标语倾斜的文化立场,牺牲了原诗中的韵律,这样做的结

---

① 萧涤非. 杜诗的韵律和体裁//上海书局编辑部. 杜甫. 香港:上海书局,1963:65.

② 钱锡生,季进. 探寻中国文学的"迷楼"——宇文所安教授访谈录. 文艺研究,2010
(9):66.

果或许有利于译文读者对杜诗的接受,但同样抹去了原诗中重要的美学特征,不能不说是一种缺憾。

3)译者的声音与文化身份认同差异

译者的声音不仅代表了两位译者不同的介入选择,更彰显了其文化身份认同上的差异。我们知道,译者的文化身份并不限于民族层面,而是关涉宗教、语言、阶级、教育、职业、技能、政治观等多重因素。① 与艾黎相比,宇文的文化身份认同更为复杂。首先,汉学家的身份赋予了宇文一定的学术自信,让他可以不囿于本族的文化语境,积极地引导和影响译文读者。他充分展现了汉学家的专业视角,不仅选择的诗歌题材很广泛,还力求重现原诗中的陌生性,其译诗"似乎在呼唤读者来阅读或检视,甚至与原诗一起进行对比"②。其次,宇文尽力保留了原诗的句法结构和言辞特色,有意识地寻找对应的表达方式,同时还大量引用同时代学者的评价,帮助读者以更加直观和历史的眼光去欣赏这些作品,这显然与其学者型译者的身份相关。再次,民族身份作为一种决定性的文化身份,可以给予译者一种无法抹去的共同观念和集体记忆,因此,宇文倾向于清晰地呈现原诗中的文化差异,补充了不少与诗歌相关的背景信息,以强调其价值,较为明显地体现了一种自我对于"他者"文化形象的投射目光。最后,宇文更多地选择客观呈现原诗中的场景,其译诗呈现出更加严谨的倾向,这也显示了他远离原有的语言和文化框架,努力成为目标语语言和文化体系的"局内人"③的愿望。西方的学术素养赋予了宇文深厚的文本细读功力,也让他对时代背景、历史因素和作者意图更具洞察力,然而,在一些中国学者看来,"一些新异的见解往往会冒犯常识,让我们觉得难以接受"④。

---

① Holliday,A. Complexity in cultural identity. *Language and Intercultural Communication*,2010,10(2):165-177.

② Sanders,T. T. *The Poetry of Meng Chiao and Han Yü* by Stephen Owen. *Bulletin of the School of Oriental and African Studies*,*University of London*,1977,40(1):184.

③ Kohler,M. Interpreting as intercultural mediation:A critical moment in an overseas midwife training programme. *Perspectives*,2016,24(3):433-434.

④ 蒋寅. 在宇文所安之后,如何写唐诗史?. 读书,2005(4):70.

这种处于两种文化之间的"夹缝性"让宇文对其中的距离和差异感触颇深,他表示:"在学习和感受中国语言方面,中国文学的西方学者无论下多大功夫,也无法与最优秀的中国学者相比肩;我们唯一能够奉献给中国同事的是:我们处于学术传统之外的位置,以及我们从不同角度观察文学的能力。新问题的提出和对旧问题的新回答,这二者具有同等的价值。"①正因为如此,他更倾向于建立两种文化之间的关联,主张译者既要翻译诗中的所有意思,也要了解读者的直观感受,促进文化间的沟通和融合。

对于艾黎而言,首先是,中国政府和人民友好而亲切,一直将他视为"中国人民的老朋友",这让他对于这片土地产生了相当大的依恋和归属感,"给了他家的感觉";②长期与中国人民并肩作战、患难与共的经历让他非常熟悉和热爱中国,使他更希望能够通过自己的译介让国外读者理解杜甫的诗歌,接受中国文化。因此,他选择用移情的方式将读者带入当时的社会生活,用深沉丰富的情感打动读者。《杜甫诗选》的目的是向国外读者介绍杜甫的诗作,所选作品系统丰富且具有代表性,既涵盖了杜甫不同时期的代表作,也展现了其生活的不同侧面,例如政治、军事、社会、个人经历、情趣、琐事等,从中读者可以更好地认识当时的中国社会。其次,艾黎自身的民族身份让他熟知国外读者的阅读习惯,也了解国外的诗歌传统,因而他选择采用自由体的形式,简洁流畅、明晰易懂地再现原诗的精神。再次,艾黎倾向于显化原诗中隐含的价值取向,他的声音在译诗中尤为清晰,这同样与其个人经历相关,他亲身经历了不少动荡时期,参与了一系列历史事件,中国的语言、信仰、规范、价值观等都影响了其文化身份的构成,因此,他对于中国文化持更加宽容和接纳的态度,其译诗中充满了对中国人民生存境遇的深切关怀。

本章转向中国文学外译中的海外汉学领域,因为相关研究不仅有助

---

① 欧文. 致中国读者//欧文. 初唐诗. 贾晋华,译. 南宁:广西人民出版社,1987:6.
② Brady, A.-M. Who friend, who enemy? Rewi Alley and the friends of China. *The China Quarterly*, 1997(151): 614-632.

于中国文学作品的对外传播,还可以帮助我们深化对自身文化的认识,增强我们的文化自觉和文化自信。我们首先对海外汉学的研究状况进行了梳理和介绍,归纳了其研究内容、发展过程、研究模式及不足之处,接着,结合威廉·泰尔·科尔曼图书馆的中国相关馆藏图书的借阅量和"中国文化海外传播动态数据库"的统计数据,发现汉学家非常关注经济、政治、语言、文学等领域,而现阶段我们选择译介的图书类别也与海外汉学研究方向大体一致,但在军事、环境科学、安全科学等方面作品的译介略显不足。

然后,我们尝试以译者的声音为切入点,对比艾黎和宇文的杜甫诗歌译介,以考察译者翻译方法的异同,并分析其文化身份的构成。研究发现,尽管两位译者对源语文化和目标语文化均持有较高的认同感,他们在文本中的介入方式仍有着较大差异:宇文的译诗严谨地遵循着原诗的叙述顺序和呈现方式,在解释历史文化嵌入信息的同时,还补充了自己独特的理解,这同样也与其身处两种文化之中、兼具多重文化身份有关;艾黎译诗中的个性化声音则更加明显,他突显了诗人的显性存在,用态度标记词和语气加强词渲染了诗歌中的情感,侧重打动和感染读者,充分显示了其对于中国文化的接纳和认同。

第九章　结　语

　　本书聚焦中国文学外译中的价值取向和文化立场问题,力求透过译者的策略选择和细节选择行为,剖析其价值取向和文化立场,并从多个角度和层面理解作品的价值。我们从中国在提升文化软实力方面存在的不足入手,论证了在经济实力上升的背景下提升文化认同感的重要性,指出"中国文学"承载着中华民族的认知方式和价值观。中国文学外译则是我们讲述中国故事、彰显文化软实力的重要途径,不仅能加强我们的民族认同感和自豪感,更有助于建立和传播良好的国家形象。

　　本书主要围绕两个关键词展开。一个是"价值取向"。按照价值哲学的观点,价值彰显了主体与客体需要的关系,因此译介作品的价值评价与读者受众的目的意图关系密切。我们首先运用价值性认识与评价的方法,指出由于价值常常暗含着个人或群体特征,因而总是带有倾向性,这种倾向性即为价值取向。价值取向彰显了主体的价值观、信念和态度,影响着他对具体规范和方法的选择行为。我们认为,一部译作要获得异域读者的认同,需要具备以下一种或多重价值取向:其一,知识价值,有关"真"的命题,可以向读者展现作者的生活世界和文化背景;其二,道德价值,有关"善",能够用伦理道德影响和感化读者,对社会群体具有感召力;其三,审美价值,关乎"美",包含了打动人心的真挚情感,可以让读者获得独特的审美体验。

　　在本书中,我们主要结合评价理论、叙事学相关理论、翻译策略、译者声音等相关研究成果,对具体的翻译案例进行文本分析,并与之前的研究结果进行对比。选取的翻译案例来自文学作品,因为文学作品包含了大量文化、历史、社会、时代等嵌入信息,与主体的价值取向和文化立场密切相关;而且,相关数据亦显示,我国选择译介的文学类作品远超其他类别的图书。在进行案例分析时,我们尤为关注译者对历史、文化、对话等信息的处理方式,考察译者是遵循作者的意图还是如莱斯所言,"净化"了原作,意在发掘隐藏在文本背后的价值取向。具体而言,译者的价值取向体现于他对功利、认知、道德、审美、政治等因素的处理方式上,而对文本的价值判断也决定了他在选择作品和策略时的倾向性。读者的价值取向也是一种有目的的行为,暗含了其价值评价标准,影响着读者认识和理解作品的维度和方式。

因此,我们主要运用调查法、个案研究、文献研究、对比研究等方法,聚焦中国文学外译中目标读者和译者的作品选择过程,结合对访谈、书评、个案、数据等的分析,研究外译作品在海外的传播和接受情况,并着重分析译者翻译选择行为中的倾向性。研究发现,译者非常重视读者的阅读效果,其作品选择往往受到以下因素的影响:作品的叙事方式、故事情节、美学价值等;读者的阅读兴趣、期待、偏好、习惯等;相关书评信息、出版社编辑的意见等。因此,我们着重分析了国外读者的作品选择动机,从真实读者和隐含读者两个方面研究中国文学外译中的读者意识,强调译者既要对目标语读者负责,又要遵循文本内部的规范。

在第四章中,我们以《狼图腾》的英译本为例,结合评价理论和叙事学相关理论来分析译者的翻译策略选择,重点关注影响读者文本接受的关键之处,以探究译者和作者在传递作品价值取向上的异同。我们首先探讨了纽马克提出的交际翻译和语义翻译两种策略:前者重视文本的力量,尤为关注文本接受者的阅读体验和反应,主张译文对译文读者产生的影响应当接近原文对原文读者的影响;后者关注文本的意义,强调充分准确地传递上下文的信息。纽马克认为,不具有鲜明特色的文本比较适合采用交际策略,而原创性的表达则适合采用语义策略。按照这一划分,译者在翻译《狼图腾》时应当采取语义翻译策略。然而,对比源语文本与目标语文本中细节、心理、对话等信息,我们发现,葛浩文主要采用了交际翻译策略,较为明显地体现出读者意识:他放弃和回避了部分源语信息,增强了作品的简洁性和可读性;同时他也补充了部分背景信息,并按照英文小说的评价标准,重组和调整了作品中的一些信息内容,但由于删减了原作中一些彰显人物态度立场的表达,其英译本在一定程度上改变了作品原有的价值取向。结合专业读者和大众读者对于译作的评价可以发现:我们在选择译介作品时更加重视作品的道德价值,而译文读者则更关注其知识价值和审美价值,希望通过阅读作品丰富或加深自己对中国社会、历史和文化的理解。

本书另一个关键词是"文化立场"。"文化"代表了一定的社会群体对于知识或理论体系的看法,"立场"则指社会主体采取一定的言语行为,承担相应的责任。文化立场反映了主体较为稳定的特征,因为处于同样社会环境中的主体往往持有相似的观点,并倾向于做出一致的决定。我们运用文化人类学的文化认同理论,通过分析中国文学外译中主体的文化身份结构来解读其文化立场,因为文化立场一方面代表了个人的倾向性,另一方面来源于其文化身份,与其生活的文化背景密切相关,会对其评价、推理、态度等产生重要影响。因此,我们在进行译作评价的过程中,可以透过译者的文化认同过程去了解其文化价值观。

中国文学外译关涉不同的文化语境,身处其中的作者、译者和读者均具有双重的文化身份:一种是对于本族语文化的认同;另一种则是对于目标语文化的认同。这两种文化身份决定了主体的态度、立场和价值取向,并直接影响着作品传播和文化交流的效果。当译者自身的文化认同与作者的存在差异时,文本中的文化认同会对译者形成一定的限制和约束;而当两种文化认同出现明显冲突时,译者往往会通过文化协调的方式,避免与他者文化身份的抵触。译者的立场表述不仅会影响读者对于作品的理解,更能影响读者的价值判断;而读者对于作品的评价同样显示或暗示着他的立场和态度。

在第七章中,我们以《无风之树》的英译本为例,分析译者在翻译过程中显化策略和隐化策略的运用,从而了解译者的策略选择与文化立场之间的关联。显化策略指译者根据上下文或相关语境推断出隐含信息,在目标语中增加新的成分或提供更多的细节信息;隐化策略则指译者出于语言、文化、意识形态等方面的考虑,隐藏了源语中的部分单词、短语、句子甚至段落。由于显化策略和隐化策略常被用于讨论译作中的得与失,国内外的相关研究均更为关注显化策略,并认为只要可以选择,译者倾向于采用显化策略,而且无法用隐化策略进行适度的平衡。然而,我们在分析《无风之树》英译本的过程中却发现,译者陶忘机同时使用了显化和隐化的翻译策略对译文的篇幅进行平衡,既弥合了两种语言和文化的差异,又较为客观地再现了作品的简洁风格。这与葛浩文在《狼图腾》中的翻译策略运用存在相似之处。可见,在翻译理论研究中,研究者往往更加重视显化翻译策略,因为这一策略能够突显文化差异,更加清晰地呈现作品信息。但在中国文学外译的实际操作层面,由于篇幅的限制,译者则会采取隐化策略以保证作品简洁易读,这同样显示了两位译者对于外国文化持有更高的认同感。

在第八章中,我们关注了汉学家这一特别的受众群体,通过对比海外汉学的研究重心与我国外译活动的集中领域,发现现阶段我们选择译介的图书类别与海外汉学研究方向大体一致,但在军事、环境、安全等方面作品的译介则略显不足。接着,我们转向了中国古代文学作品,尤其是美国汉学家宇文所安的唐诗研究。通过对比宇文所安和路易·艾黎译介的杜甫诗歌,我们分析了译诗中的声音呈现效果。研究发现,与艾黎译诗中放大译者声音不同的是,宇文的译诗努力地再现律诗简洁的特征,严谨地遵循了原诗的叙述顺序和呈现方式;译者的声音主要显现在对于历史文化嵌入信息的解释上,体现出他对作品知识价值的关注,这与其唐诗研究中重视社会历史因素是一致的,可以看出,汉学家的文化身份较为明显地影响了宇文的译诗方法。这方面的研究今后亦可进一步深化。

综合以上分析可见,译者的文化身份不仅会影响其策略选择,更会影响文本中价值取向的呈现。现阶段,由于国外读者心目中的中国形象与我们希望传递的形象尚存在一定的距离,我们要建立较强的读者意识,选择更能展现知识价值、道德价值和审美价值的中国文学作品进行译介,促使译文读者对中国文化形成较高的认同感。同时,我们也要注意保持自身文化身份结构的平衡,既重视交流效果,也要保持文化的自觉性和自豪感;既要保证传播的效果和深度,也要增强民族文化内部的凝聚力。

在中国文学外译的过程中,分享文学作品的真善美、传承中国优秀的传统文化是我们的初衷,也是我们根本的价值取向;而传播民族元素、建立文化自信、展现时代精神、寻求文化认同则是我们基本的文化立场。我们希望能够在讲述中国故事的过程中,积极展现作品中蕴藏的文化内涵,分享伟大的民族精神、思想与情感,同时,我们也要主动与世界各国的读者进行沟通交流,取长补短,更好地促进自身的发展与完善。

参考文献

2009 法兰克福书展闭幕　版权输出 2417 项. (2009-10-19) [2016-09-16]. http://culture.people.com.cn/GB/22219/10216861.html.

2013 年全国图书版权贸易分析报告. (2014-08-27)[2021-08-03]. http://www.bkpcn.com/Web/ArticleShow.aspx?artid＝121307&cateid＝A07.

安波舜. 编者荐言：我们是龙的传人还是狼的传人？//姜戎. 狼图腾. 武汉：长江文艺出版社,2004:1-2.

安德森. 想象的共同体. 吴叡人,译. 上海：上海人民出版社,2011.

鲍晓英. 中国文化"走出去"之译介模式探索——中国外文局副局长兼总编辑黄友义访谈录. 中国翻译,2013(5):62-65.

比格内尔. 传媒符号学. 白冰,黄立,译. 成都：四川教育出版社,2012.

布思. 隐含作者的复活. 申丹,译. 江西社会科学,2007(5):30-40.

布斯. 小说修辞学. 华明,胡晓苏,周宪,译. 北京：北京大学出版社,1987.

蔡名照. 讲好中国故事　传播好中国声音——深入学习贯彻习近平同志在全国宣传思想工作会议上的重要讲话精神. 人民日报, 2013-10-10(7).

曹立新,张志谦. 厦大新闻学茶座(4):陈建国教授谈美国汉学研究中的意识形态. 国际新闻界,2015(1):166-168.

陈佳冀. 中国文学动物叙事的历史传承与类型衍生. 厦门大学学报(哲学社会科学版),2015(5):55-67.

陈梅,文军. 译者声音评价模式研究——以白居易诗歌英译为例. 外语教学,2015(5):94-100.

陈平原. 中国小说叙事模式的转变. 北京：北京大学出版社,2003.

陈熙涵. 中国小说应否迎合西方标准？汉学家葛浩文观点引争议. (2014-04-22) [2021-07-08]. http://sh. eastday. com/m/20140422/u1a8045030. html.

程义伟,邓丽. 散议《狼图腾》小说文本的构成模式. 小说评论,2011(5): 20-22.

戴光荣,肖忠华. 基于自建英汉翻译语料库的翻译明晰化研究. 中国翻译, 2010(1):76-80.

丁帆. 狼为图腾,人何以堪——《狼图腾》的价值观退化. 当代作家评论,2011 (3):5-14.

丁帆. 新世纪文学中价值立场的退却与乱象的形成. 当代作家评论,2010 (5):4-16.

董首一,曹顺庆. "他国化":构建文化软实力的一种有效方式. 当代文坛, 2014(1):107-111.

董伟. 文化软实力:我国文化产业占世界文化市场不足4%. 中国青年报,2011-02-19(1).

杜甫. 杜甫诗选. 艾黎,译. 北京:外文出版社,2001.

杜威. 所有的经典都是平等的,但有一些比其它更平等. 李会方,译. 中国比较文学,2005(4):51-60.

方鸣. 中国学研究视角的意义. 学术月刊,2013(6):114-116.

冯平. 评价论. 北京:东方出版社,1995.

冯天瑜. 中华文化辞典. 武汉:武汉大学出版社,2001.

冯钟芸. 杜甫《秋兴八首》//萧涤非,刘学锴,袁行霈,等. 唐诗鉴赏辞典(修订版). 上海:上海辞书出版社,2004:513-517.

付鑫鑫. 葛浩文"没有翻译,我就不能生活". 文汇报,2011-06-14(8).

高方,池莉. "更加纯粹地从文学出发"——池莉谈中国文学译介与传播. 中国翻译,2014(6):50-53.

高方,许钧. 现状、问题与建议——关于中国文学"走出去"的思考. 中国翻译,2010(6):5-9.

高峰. 葛浩文,把中国作家推向世界. 羊城晚报,2012-10-27(B7).

高圣兵,刘莺. 欠额翻译与超额翻译的辩证. 外语教学,2007(4):79-82.

高小弘,翟永明. 穿透生命表象的价值追问与诗意表达——评李锐的《无风之树》. 河北师范大学学报(哲学社会科学版),2004(6):84-89.

高一虹. "文化定型"与"跨文化交际悖论". 外语教学与研究,1995(2):35-42.

高友工,梅祖麟. 唐诗的魅力——诗语的结构主义批评. 李世耀,译. 上海:上海古籍出版社,1989.

葛浩文. 我行我素:葛浩文与浩文葛. 史国强,译. 中国比较文学,2014(1):37-49.

葛浩文. 中国文学如何走出去?. 林丽君,译. 文学报,2014-07-03(18,20).

葛浩文. 作者与译者:一种不安、互惠又偶尔脆弱的关系. 王敬慧,译. 中国社会科学报,2013-11-04(B2).

葛校琴. "信"有余而"达"未及——从夏志清改张爱玲英译说起. 中国翻译,2013(1):76-79.

顾湘.《狼图腾》译者葛浩文:中国文学欠缺个人化. (2008-03-25)[2021-10-21]. https://cul.sohu.com/20080325/n255905547.shtml.

管建明. 福克纳叙事艺术中的时间和空间形式. 外语教学,2003(4):72-76.

郭沫若. 诗歌史中的双子星座//中华书局. 杜甫研究论文集(第3辑). 北京:中华书局,1963:1-4.

韩洪举. 林译小说研究:兼论林纾自撰小说与传奇. 北京:中国社会科学出版社,2005.

韩江洪,凡晴. 基于语料库的路易·艾黎和许渊冲"三吏""三别"英译风格对比探究. 山东外语教学,2016(6):93-100.

韩孟奇. 汉语典籍英译的语境补缺与明晰化. 上海翻译,2016(4):73-36.

韩文淑. 新世纪中国作家的母语自觉. 当代作家评论,2014(5):81-86.

韩召颖. 孔子学院与中国公共外交. (2011-09-07)[2016-09-13]. http://www.china.com.cn/international/pdq/2011/09/07/content_23373996.htm.

韩子满. 中国文学的"走出去"与"送出去". 外国文学,2016(3):101-108.

何碧玉. 不是为了翻译而翻译,而是为了帮助别人了解中国. (2010-08-14)[2014-11-20]. http://book.sina.com.cn/news/c/2010-08-14/1245271824.shtml.

何明星. 中国文学外译书写历史新篇. (2017-09-29)[2021-09-30]. http://

www.chinawriter.com.cn/n1/2017/0929/c403994-29566683.html.

何同彬. 文明与野性的畸态和解——关于《狼图腾》的文化症候. 文艺争鸣,2006 (5):88-92.

何玉兴. 价值差异与价值共识. 河北师范大学学报(哲学社会科学版),2000 (4):25-31.

贺显斌. 英汉翻译过程中的明晰化现象. 解放军外国语学院学报,2003(4): 63-66.

贺学耘. 汉英公示语翻译的现状及其交际翻译策略. 外语与外语教学,2006 (3):57-59.

洪子诚. 经典的解构与重建:中国当代的"文学经典"问题. 中国比较文学, 2003(3):32-43.

侯林平,李燕妮. "评价理论"框架下译者主体性研究的新探索——《翻译中的 评价:译者决策关键之处》评析. 中国翻译,2013(4):53-56.

胡锦涛. 高举中国特色社会主义伟大旗帜　为夺取全面建设小康社会新胜利 而奋斗. 北京:人民出版社,2007.

胡淼森. 西方汉学家笔下中国文学形象的套话问题. 文学评论,2012(1): 24-32.

荒林. 重构男权主体政治的神话——《狼图腾》的三重表意系统及其男权意识 形态. 文艺研究,2009(4):18-24.

黄友义. 如何讲好中国故事. 公共外交季刊,2014(1):45-49.

霍跃红. 典籍英译:意义、主体和策略. 外语与外语教学,2005(9):52-55.

季进. 论海外汉学与学术共同体的建构——以海外中国现代文学研究为例. 文艺研究,2015(1):59-65.

季进. 我译故我在——葛浩文访谈录. 当代作家评论,2009(6):45-56.

季进,周春霞. 中国当代文学在法国——何碧玉、安必诺教授访谈录. 南方文 坛,2015(6):37-43.

贾海涛. "文化软实力"理论的演进与新突破. 社会科学,2011(5):14-22.

贾磊磊. 中国文化软实力提升的策略与路径. 东岳论丛,2012(1):41-45.

姜菲,董洪学. 翻译中的显化思维和方法. 外语学刊,2009(4):106-109.

姜戎. 狼图腾. 武汉:长江文艺出版社,2004.

姜玉琴,乔国强. 葛浩文的东方主义文学翻译观:作品要以揭露黑暗为主.
　　(2014-03-17) [2021-08-03]. http://culture.ifeng.com/wenxue/detail_2014
　　_03/17/34833407_0.shtml.

姜智芹. 中国新时期文学在国外的传播与研究. 济南:齐鲁书社,2011.

蒋寅. 在宇文所安之后,如何写唐诗史?. 读书,2005(4):67-73.

金惠敏. 在虚构与想象中越界——[德]沃尔夫冈·伊瑟尔访谈录. 文学评
　　论,2002(4):165-171.

卡尔维诺. 为什么读经典. 黄灿然,李桂蜜,译. 南京:译林出版社,2006.

康保成. 二郎神信仰及其周边考察. 文艺研究,1999(1):58-68.

柯飞. 翻译中的隐和显. 外语教学与研究,2005(7):303-307.

寇志明. "因为鲁迅的书还是好卖":关于鲁迅小说的英文翻译. 罗海智,译.
　　鲁迅研究月刊,2013(2):38-50.

乐黛云. 序言//宇文所安. 中国文论:英译与评论. 王柏华,陶庆梅,译. 上
　　海:上海社会科学院出版社,2002:1-5.

李刚,谢燕红. 英译选集与中国现代文学的海外传播——以《哥伦比亚现代中
　　国文学选集》为视角. 当代作家评论,2016(4):175-182.

李国涛,成一. 一部大小说——关于李锐长篇新著《无风之树》的交谈. 当代
　　作家评论,1995(3):11-15.

李建军. 我们的文学需要什么样的精神图腾. 文艺争鸣,2007(6):15-18.

李建军. 小说伦理与"去作者化"问题. 中国社会科学,2012(8):179-202.

李建军. 直议莫言与诺奖. 文学自由谈,2013(1):24-36.

李克兴. 论法律文本的静态对等翻译. 外语教学与研究,2010(1):59-65.

李乃清. 莫言的强项就是他的故事——专访莫言小说瑞典语译者陈安娜.
　　(2013-01-16)[2021-10-29]. http://www.infzm.com/contents/85227.

李锐. 被克隆的眼睛. 当代作家评论,2002(2):4-7.

李锐. 重新叙述的故事. 文学评论,1995(5):42-44.

李锐. 无风之树. 南京:江苏文艺出版社,1996.

李锐,邵燕君. 用方块字深刻地表达自己——李锐访谈. 上海文学,2011
　　(11):91-97.

李锐,王尧. 本土中国与当代汉语写作. 当代作家评论,2002(2):16-29.

李松林,刘伟. 试析孔子学院文化软实力作用. 思想教育研究,2010(4):43-47.

李涛."中国文学是我此生之选":资深汉学家、翻译家陶忘机访谈录//李涛. 抒情中国文学的现代美国之旅:汉学家视角. 上海:复旦大学出版社,2015:333-356.

李小江. 论"狼图腾"的核心寓意. 文艺研究,2009(4):5-17.

李行健.《中国关键词》:读懂中国的钥匙.(2016-03-19)[2016-09-10]. http://theory. gmw. cn/2016-03/19/content_19351899. htm.

李扬. 文化立场与曹禺的创作转向. 广东社会科学,2011(5):168-176.

李永东,李雅博. 论中国新时期文学的西方接受——以英语视界中的《狼图腾》为例. 中国现代文学研究丛刊,2011(4):79-89.

李致.《狼图腾》的"国民性"反思与文化隐喻. 文艺理论与批评,2015(4):116-119.

梁启超. 论小说与群治之关系//陈平原,夏晓虹. 二十世纪中国小说理论资料:1897—1916(第一卷). 北京:北京大学出版社,1989.

刘戈,陈建军. 独家专访莫言作品日文版翻译吉田富夫:谈与中国文学渊源.(2012-11-19)[2014-11-20]. http://japan. people. com. cn/35468/8025438. html.

刘绍铭. 入了世界文学的版图——莫言著作、葛浩文译文印象及其他//杨扬. 莫言研究资料. 天津:天津人民出版社,2005:505-510.

刘世铸. 评价理论观照下的翻译过程模型. 山东外语教学,2012(4):24-28.

刘双,于文秀. 拆解文化的围墙:跨文化传播. 哈尔滨:黑龙江人民出版社,2000.

刘婷. 葛浩文:带着情绪去翻译.(2008-03-14)[2021-11-22]. http://ent. sina. com. cn/x/2008-03-14/01111947497. shtml.

刘晓凤,王祝英. 路易·艾黎与杜甫. 杜甫研究学刊,2009(4):95-108.

刘逸生. 杜甫《对雪》//萧涤非,刘学锴,袁行霈,等. 唐诗鉴赏辞典(修订版). 上海:上海辞书出版社,2004:406-407.

刘永亮. 论宇文所安《诺顿中国文选》的编译和传播. 出版史话,2016(5):60-63.

刘云虹,许钧. 文学翻译模式与中国文学对外译介——关于葛浩文的翻译. 外国语,2014(5):6-17.

刘泽权,侯宇. 国内外显化研究现状概述. 中国翻译,2008(5):55-58.

鲁迅文学翻译奖得主韩瑞祥:德国对中国文学的接受有很大的局限性. (2014-09-02)[2016-10-29]. http://german. china. org. cn/news/2014-09/02/content_33405984. htm.

罗竹风. 汉语大词典(第一卷). 上海:上海辞书出版社,1986.

吕俊,侯向群. 翻译学导论. 上海:上海外语教育出版社,2012.

马祖毅. 中国翻译通史(古代部分全一卷). 武汉:湖北教育出版社,2006.

马祖毅. 中国翻译通史(现当代部分第四卷). 武汉:湖北教育出版社,2006.

芒迪. 翻译学导论——理论与实践. 李德凤,等译. 北京:商务印书馆,2007.

孟庆波. 海外汉学研究的主要模式——兼论历史学模式的难点. 中国地方志,2013(6):26-29.

孟新芝,郭子其. 新形势下国家形象塑造及对外传播策略研究——基于2012—2014 年《中国国家形象调查报告》的分析. 江淮论坛,2016(6):99-104.

米舍尔. 荒野的呼唤——评《狼图腾》. 林源,译. 当代作家评论,2008(6):155-156.

莫言. 我在美国出版的三本书. 小说界,2000(5):170-173.

木叶,谢秋.《狼图腾》行销 110 个国家,中国书正在走出国门——访《狼图腾》译者葛浩文. (2008-04-01)[2021-10-21]. http://zqb. cyol. com/content/2008-04/01/content_2125921. htm.

奈,王缉思. 中国软实力的兴起及其对美国的影响. 赵明昊,译. 世界经济与政治,2009(6):6-12.

欧文. 初唐诗. 贾晋华,译. 南宁:广西人民出版社,1987.

欧阳昱. 澳大利亚出版的中国文学英译作品. 四川大学学报(哲学社会科学版),2008(4):112-120.

潘文国. 译入与译出——谈中国译者从事汉籍英译的意义. 中国翻译,2004(2):40-43.

潘自勉. 论价值规范. 现代哲学,2002(1):53-58.

皮进. 多元叙事策略成就巨大叙事张力——莫言小说《生死疲劳》叙事艺术分析. 文艺争鸣,2014(7):123-127.

浦安迪. 中国叙事学. 北京:北京大学出版社,1996.

齐勇锋,蒋多. 中国文化"走出去"战略的内涵和模式探讨. 东岳论丛,2010(10):165-169.

钱锡生,季进. 探寻中国文学的"迷楼"——宇文所安教授访谈录. 文艺研究,2010(9):63-70.

邱晓,李浩. 论"新批评"文学理论对宇文所安唐诗研究的影响. 陕西师范大学学报(哲学社会科学版),2011(6):156-161.

仇华飞. 当代美国中国学研究述论. 学术月刊,2003(2):74-79.

仇华飞. 论美国早期汉学研究. 史学月刊,2000(1):93-103.

饶翔. 中国文学:从"走出去"到"走进去". 光明日报,2014-04-30(1).

沙似鹏. "五四"小说理论与近代小说理论的关系. 中国现代文学研究丛刊,1984(2):23-46.

邵璐. 翻译中的"叙事世界"——析莫言《生死疲劳》葛浩文英译本. 外语与外语教学,2013(2):68-71.

施拉姆,波特. 传播学概论. 陈亮,周立方,李启,译. 北京:新华出版社,1984.

石剑峰. 华师大昨举办"镜中之镜:中国当代文学及其译介研讨会". (2014-04-22)[2021-07-08]. http://sh.eastday.com/m/20140422/u1a8045610.html.

受众小收益少 中国文学作品在西方国家处境尴尬. (2014-09-14)[2016-09-13]. http://china.cnr.cn/xwwgf/201409/t20140914_516432257.shtml.

舒晋瑜. 安波舜:解密《狼图腾》版权输出神话. (2009-09-07)[2021-11-21]. https://www.chinanews.com.cn/cul/news/2009/09-07/1853885.shtml.

舒晋瑜. 十问吉田富夫. 中华读书报,2006-08-30(10).

孙敬鑫. 借"中国关键词"讲好中国故事. 对外传播,2016(2):43-44.

谭永利. 海外中国现代文学研究在国内的讨论初探. 当代文坛,2016(5):55-59.

唐丽园. 中国文学与环境危机——以阿城与姜戎为例. 上海师范大学学报(哲学社会科学版),2012(4):100-107.

汪晓莉. 文化软实力视角下的中国当代文学作品译介. 外语教学,2015(4):
　　102-105.

汪信砚. 中国文化"走出去"的两种意涵. (2016-10-10)[2021-11-09]. http://
　　www.scio.gov.cn/zhzc/10/Document/1493276/1493276.htm.

王春林. 苍凉的生命诗篇——评李锐长篇小说《无风之树》. 小说评论,1996
　　(1):54-60.

王德威. 狂言流言,巫言莫言——《生死疲劳》与《巫言》所引起的反思. 江苏
　　大学学报(社会科学版),2009(3):1-10.

王庚年. 文化国际传播的国外经验——以美、法、日、韩为例. 决策探索(上半
　　月),2012(4):72-73.

王光林. 翻译与华裔作家文化身份的塑造. 外国文学评论,2002(4):149-156.

王欢,王国凤. 语言语境与新闻理解——英语硬新闻语篇评价策略解读. 外
　　语教学与研究,2012(5):671-681.

王金华. 交际翻译法在汉英新闻翻译中的应用——以 *Suzhou Weekly* 为例.
　　上海翻译,2007(1):28-30.

王金礼. 跨文化传播的文化逻辑. 新闻与传播研究,2010(16):6-7.

王宁. 文化软实力的提升与中国的声音. 探索与争鸣,2014(1):4-8.

王晓明,陈思和. 知识分子的新文化传统与当代立场. 文艺争鸣,1997(2):
　　30-36.

王晓明,杨扬,薛毅,等. 当代中国的文化和文学认同. 雨花,1995(10):23-30.

王学谦.《狼图腾》与新世纪文学的生命叙事. 文艺争鸣,2005(2):65-70.

王迅. 尊读者的写作——从麦家的读者意识看文学常道与变道. 当代作家评
　　论,2015(5):67-77.

王一川. 当今中国故事及其文化软实力. 创作与评论,2015(24):22-26.

王颖冲. 从"父与子"谈《狼图腾》中的拟亲属称谓及其英译. 中国翻译,2009
　　(1):68-70.

王颖冲,王克非. 现当代中文小说译入、译出的考察与比较. 中国翻译,2014
　　(2):33-38.

王振复. 中国学研究人文主题的转换. 学术月刊,2013(6):117-121.

王志勤,谢天振. 中国文学文化"走出去":问题与反思. 学术月刊,2013(2):

21-27.

韦勒克,沃伦. 文学理论. 刘象愚,等译. 北京:生活·读书·新知三联书店,1984.

魏家海. 宇文所安唐诗翻译的文化选择. 中国翻译,2016(6):76-81.

吴攸,张玲. 中国文化"走出去"之翻译思考——以毕飞宇作品在英法世界的译介与接受为例. 外国语文,2015(4):78-82.

吴原元. 民国学者视野中的美国汉学研究. 华南农业大学学报(社会科学版),2014(3):146-156.

吴赟. 西方视野下的毕飞宇小说——《青衣》与《玉米》在英语世界的译介. 学术论坛,2013(4):93-98.

吴兆路. 中国学研究视域. 学术月刊,2013(6):110-114.

西川,曹顺庆,阎连科,等. "中国文学海外传播"学术座谈纪要. 红岩,2010(5):174-188.

奚永吉. 文学翻译比较美学. 武汉:湖北教育出版社,2000.

夏志清.《大时代——端木蕻良四十年代作品选》序//陈子善. 书人文丛序跋小系·夏志清序跋. 苏州:古吴轩出版社,2004:55-65.

夏志清. 中国现代小说史. 刘绍铭,等译. 桂林:广西师范大学出版社,2014.

萧涤非. 杜甫全集校注. 北京:人民文学出版社,2014.

萧涤非. 杜甫诗选注. 北京:人民文学出版社,1979.

萧涤非. 杜甫《望岳》//萧涤非,刘学锴,袁行霈,等. 唐诗鉴赏辞典(修订版). 上海:上海辞书出版社,2004:377-378.

萧涤非. 杜诗的韵律和体裁//上海书局编辑部. 杜甫. 香港:上海书局,1963:65-103.

谢天振. 中国文化"走出去"不是简单的翻译问题. 社会科学报,2013-12-05(6).

谢天振. 中国文学"走出去":问题与实质. 中国比较文学,2014(1):1-10.

辛红娟. "文化软实力"与《道德经》英译. 外语与外语教学,2009(11):50-52.

徐贵权. 论价值取向. 南京师大学报(社会科学版),1998(4):40-45.

徐玲. 价值取向本质之探究. 探索,2000(2):69-71.

徐志啸. 海外汉学对国学研究的启示——以日本、美国汉学研究个案为例. 中国文化研究,2012(冬之卷):207-212.

许钧. 翻译研究之用及其可能的出路. 中国翻译,2012(1):5-12.

许钧. 尊重、交流与沟通——多元语境下的翻译. 中国比较文学,2001(3):80-90.

许钧,莫言. 关于文学与文学翻译——莫言访谈录. 外语教学与研究,2015(4):611-616.

闫怡恂,葛浩文. 文学翻译:过程与标准——葛浩文访谈录. 当代作家评论,2014(1):193-203.

杨春. 汤亭亭拒绝美国的文化误读. (2015-06-07)[2021-10-28]. https://cul.qq.com/a/20150607/017343.htm.

杨耕. 价值、价值观与核心价值观. 北京师范大学学报(社会科学版),2015(1):16-22.

杨经华. 文化过滤与经典变异——论宇文所安对杜诗的解读与误读. 中国文学研究,2011(3):113-116.

杨晴川. 中国提升"软实力"乃明智之举——专访美国著名国际问题学者约瑟夫·奈. 参考消息,2006-08-10(12).

杨越明,藤依舒. 国外民众对中国文化符号的认知与印象研究——《2017 外国人对中国文化认知调研》系列报告之一. 对外传播,2018(8):50-53.

叶立文. 他的叙述维护了谁?——李锐小说的价值立场. 小说评论,2003(2):37-42.

叶子. 猪头哪儿去了?——《纽约客》华语小说译介中的葛浩文. 当代作家评论,2013(5):175-179.

伊瑟尔. 阅读行为. 金惠敏,张云鹏,张颖,等译. 长沙:湖南文艺出版社,1991.

尹维颖. 在国际上,中国文学地位真不如越南?. (2014-05-08)[2016-09-13]. http://jb.sznews.com/html/2014-05/08/content_2865984.htm.

于文夫. 中国梦的文化内涵与文化"走出去"战略. 光明日报,2014-05-24(7).

宇文所安. 盛唐诗. 贾晋华,译. 北京:生活·读书·新知三联书店,2004.

袁礼,田会超. 世界汉语教学学会成立 33 周年回顾与展望——纪念新中国对外汉语教学 70 周年. 国际汉语教学研究,2020(3):90-96.

原虹. 论语义翻译和交际翻译. 中国科技翻译,2003(2):1-2.

詹福瑞. 大众阅读与经典的边缘化. 复旦学报(社会科学版),2014(6):121-135.

张德明. 文学经典的生成谱系与传播机制. 浙江大学学报(人文社会科学版),2012(6):91-97.

张宏生. "对传统加以再创造,同时又不让它失真"——访哈佛大学东亚语言与文明系斯蒂芬·欧文教授. 文学遗产,1998(1):111-119.

张美芳. 语言的评价意义与译者的价值取向. 外语与外语教学,2002(7):15-18.

张佩瑶. 从"软实力"的角度自我剖析《中国翻译话语英译选集(上册):从最早期到佛典翻译》的选、译、评、注. 中国翻译,2007(6):36-41.

张群星. 儿童文学翻译中的译者声音——《夏洛的网》三译本比较. 吉林师范大学学报(人文社会科学版),2014(6):106-110.

张西平. "海外汉学研究现状及其对策研讨会"综述. 中国史研究动态,1997(4):24-27.

张子清. 东西方神话的移植和变形——美国当代著名华裔小说家汤亭亭谈创作//汤亭亭. 女勇士. 李剑波,陆承毅,译. 桂林:漓江出版社,1998:193-201.

张子清. 美国华裔文学(总序)//汤亭亭. 女勇士. 李剑波,陆承毅,译. 桂林:漓江出版社,1998:1-6.

赵金静,殷增超. 基于对孔子学院的调查研究探析英语教师转型问题及对策. 海外英语,2020(15):85-86.

赵奎英. 悖论与复调——杜甫《江汉》诗解读及其它. 名作欣赏,2001(3):7-9.

赵稀方. 翻译与文化协商——从《毒蛇圈》看晚清侦探小说翻译. 中国比较文学,2012(1):35-46.

赵毅衡. 当说者被说的时候:比较叙述学导论. 北京:中国人民大学出版社,1998.

赵毅衡. 诗神远游——中国如何改变了美国现代诗. 上海:上海译文出版社,2003.

郑光宜. 论译者的声音. 福建外语,2002(1):44-48.

中信银行总行营业部专题调研组. 中国留学生最喜欢的目的国和最青睐的专

业——2016 中国留学趋势报告. 光明日报,2016-04-13(10).

周宪. 布莱希特的中国镜像. 外国文学研究,2011(5):144-151.

周宪. "合法化"论争与认同焦虑——以文论"失语症"和新诗"西化"说为个案. 南京大学学报(哲学·人文科学·社会科学版),2006(5):98-107.

周宪. 认同建构的宽容差异逻辑. 社会科学战线,2008(1):129-132.

周宪. 文学与认同. 文学评论,2006(6):5-13.

周晓梅. 试论中国文学外译中的认同焦虑问题. 外语与外语教学,2017(3):12-19.

周晓梅. 试论中国文学译介的价值问题. 小说评论,2015(1):78-85.

周晓梅. 文学经典译介与文化软实力的传播. 天津外国语大学学报,2019(4):62-70.

周晓梅. 文学外译中译者的文化认同问题. 小说评论,2016(1):65-72.

周晓梅. 显化隐化策略与译者的价值取向呈现——基于《狼图腾》与《无风之树》英译本的对比研究. 中国翻译,2017(4):87-94.

周晓梅. 译者的声音与文化身份认同——路易·艾黎与宇文所安的杜诗英译对比. 外语与外语教学,2019(6):80-89.

周晓梅. 中国文学外译中的读者意识问题. 小说评论,2018(3):121-128.

庄柔玉. 辛波丝卡"后起"的诗歌——中文译者的介入与声音. 中国比较文学,2015(3):126-138.

邹建军. 方法与方向:当前外国文学研究的若干问题——陈众议研究员访谈录. 外国文学研究,2005(2):1-7.

邹平. 只有坚守中华文化立场才能写出精彩中国故事. 解放日报,2017-10-26(14).

邹振环. 影响中国近代社会的一百种译作. 北京:中国对外翻译出版公司,1994.

Alba, R. D. *Cultural Identity*: *The Transformation of White America*. New Haven: Yale University Press, 1990.

Allport, G. W., Vernon, P. E. & Lindzey, G. *A Study of Values*. 3rd ed. Boston: Houghton Mifflin Co., 1960.

Art, R. J. The fungibility of force. In Art, R. J. & Waltz, K. L. (eds.).

The Use of Force: *Military Power in International Politics*. Lanham: Rowman & Littlefield Publishers, 1996.

ASNE. *Proceedings of the 1991 Convention of the American Society of Newspaper Editors*. Columbia, MO: American Society of Newspaper Editors, 1992.

Aw, T. A blockbuster of Orient excess Tash Aw is alternately dazed and dazzled by an epic Chinese novel set in Inner Mongolia during the "Cultural Revolution". *The Daily Telegraph*, 2008-03-29(24).

Bagby, M. A. Transforming newspapers for readers. *Presstime, The Journal of the American Newspaper Publishers Association*, 1991(13): 18-25.

Baker, M. Corpus-based translation studies: The challenges that lie ahead. In Somers, H. (ed.). *Terminology, LSP and Translation: Studies in Language Engineering in Honour of Juan C. Sager*. Amsterdam: John Benjamins, 1996: 175-186.

Baker, M. Towards a methodology for investigating the style of a literary translator. *Target: International Journal of Translation Studies*, 2000, 12(2): 241-266.

Baker, M. *Translation and Conflict: A Narrative Account*. London: Routledge, 2006.

Balcom, J. Bridging the gap: Contemporary Chinese literature from a translator's perspective. *Wasafiri*, 2008, 23(3): 19-23.

Balcom, J. Cultural identity, translation, and the anthology. *Translation Review*, 1999, 57(1): 15-21.

Balcom, J. Translating modern Chinese literature. In Bassnett, S. & Bush, P. (eds.). *The Translator as Writer*. London: Continuum, 2006: 120-130.

Balcom, J. *Trees Without Wind*: Anatomy of a revolution (translator's preface). In Li, R. *Trees Without Wind: A Novel*. Balcom, J. (trans.). New York: Columbia University Press, 2013: v-xii.

Bardaji, A. G. Procedures, techniques, strategies: Translation process operators. *Perspectives*, 2009, 17(3): 161-173.

Bassnett, S. Bringing the news back home: Strategies of acculturation and foreignisation. *Language and Intercultural Communication*, 2005, 5 (2): 120-130.

Bassnett, S. *Translation Studies*. London: Routledge, 1988.

Basu, C. Right to rewrite?. (2011-08-19) [2021-10-22]. https://usa. chinadaily. com. cn/epaper/2011-08/19/content_13149498. htm.

Baumeister, R. F. & Muraven, M. Identity as adaptation to social, cultural, and historical context. *Journal of Adolescence*, 1996(19): 405-416.

Bell, R. T. *Translation and Translating: Theory and Practice*. London: Longman, 1991.

Berry, J. W. Acculturation and adaptation in a new society. *International Migration*, 1992(30): 69-85.

Berry, J. W. Acculturation as varieties of adaptation. In Padilla, A. M. (ed.). *Acculturation: Theory, Models, and Some New Findings*. Boulder: Westview, 1980: 9-25.

Berry, J. W. Immigration, acculturation, and adaptation. *Applied Psychology: An International Review*, 1997, 46(1): 5-34.

Block, A. *Life and Death Are Wearing Me Out*, The Booklist. *Research Library*, 2008, 104(13): 47.

Bloom, W. *Personal Identity, National Identity and International Relations*. Cambridge: Cambridge University Press, 1990.

Blum-Kulka, S. Shifts of cohesion and coherence in translation. In Venuti, L. (ed.). *The Translation Studies Reader*. London: Routledge, 2001: 298-313.

Booth, W. C. *The Rhetoric of Fiction*. Chicago: The University of Chicago Press, 1961.

Bradley, J. Hungry like the wolf. *Sydney Morning Herald*, 2008-04-12(30).

Brady, A.-M. Who friend, who enemy? Rewi Alley and the friends of China. *The China Quarterly*, 1997(151): 614-632.

Brown, K. The case for eliminating Confucius from China's Confucius

Institutes. (2014-06-06) [2016-09-11]. http://www. scmp. com/
comment/insight-opinion/article/1523308/case-eliminating-confucius-ch
inas-confucius-institutes.

Bryan, G. Interview with Jay Asher. *Journal of Adolescent & Adult
Literacy*, 2011(7): 543-545.

Buckmaster, H. China men portrayed with magic: *China Men*, by Maxine
Hong Kingston. *The Christian Science Monitor*, 1980-08-11(B4).

Cai, L. A., Wei, W., Lu, Y. T. & Day, J. J. College students' decision-
making for study abroad—Anecdotes from a U. S. hospitality and
tourism internship program in China. *Journal of Teaching in Travel &
Tourism*, 2015, 15(1): 48-73.

Callick, R. Hymn to freedom. *Weekend Australian*, 2008-05-17(4).

Chan, L. T. Translated fiction. *Perspectives*, 2006, 14(1): 66-72.

Chandran, M. The translator as ideal reader: Variant readings of
Anandamath. *Translation Studies*, 2011, 4(3): 297-309.

Chen, C. C., Meindl, J. R. & Hunt, R. G. Testing the effects of vertical
and horizontal collectivism: A study of reward allocation preferences in
China. *Journal of Cross-Cultural Psychology*, 1997(28): 44-70.

Chesterman, A. *Memes of Translation*. Amsterdam: John Benjamins, 1997.

Chesterman, A. Teaching strategies in emancipatory translation. In
Schäffner, C. & Adab, B. (eds.). *Developing Translation Competence*.
Amsterdam: John Benjamins, 2000: 77-90.

Chesterman, A. & Wagner, E. *Can Theory Help Translators? A Dialogue
Between the Ivory Tower and the Wordface*. Manchester: St. Jerome
Publishing, 2002.

Cojocaru, O. G. Strategies for translating vocative texts. *Cultural
Intertexts*, 2014, 1(2): 287-295.

Cooper, R. Hard power, soft power and the goals of diplomacy. In Held,
D. & Koenig-Archibugi, M. (eds.). *American Power in the 21st
Century*. Cambridge: Polity, 2004: 167-180.

D'Egidio, A. How readers perceive translated literary works: An analysis of reader reception. *Lingue e Linguaggi*, 2015(14): 69-82.

De Beaugrande, R. *Factors in a Theory of Poetic Translation*. Assen: Van Gorcum, 1978.

De Groot, J. Howling to the moon. (2008-05-03) [2021-11-23]. https://www.spectator.co.uk/article/howling-to-the-moon.

De Mooij, M. & Hofstede, G. The Hofstede model. *International Journal of Advertising*, 2010, 29(1): 85-110.

De Vos, G. Conflict and accommodation in ethnic interactions. In De Vos, G. & Suarez-Orozco, M. (eds.). *Status Inequality: The Self in Culture*. Newbury Park: SAGE, 1990: 204-245.

Dimitriu, R. Omission in translation. *Perspectives*, 2004, 12(3): 163-175.

Dimitrova, B. E. *Expertise and Explicitation in the Translation Process*. Amsterdam: John Benjamins, 2005.

Dixler, E. Paperback row. *The New York Times Book Review*, 2009-04-26(24).

Dollar, J. G. In wildness is the preservation of China. *Neohelicon*, 2009(36): 411-419.

Dressen-Hammouda, D. Measuring the voice of disciplinarity in scientific writing: A longitudinal exploration of experienced writers in geology. *English for Specific Purposes*, 2014, 34(4): 14-25.

Du Bois, J. W. The stance triangle. In Englebretson, R. (ed.). *Stancetaking in Discourse: Subjectivity, Evaluation, Interaction*. Amsterdam: John Benjamins, 2007: 139-182.

Englebretson, R. Stancetaking in discourse: An introduction. In Englebretson, R. (ed.). *Stancetaking in Discourse: Subjectivity, Evaluation, Interaction*. Amsterdam: John Benjamins, 2007: 1-25.

Erikson, E. H. *Childhood and Society*. New York: W. W. Norton, 1950.

Erikson, E. H. Growth and crises of the healthy personality. In Chiang, H. & Maslow, A. (eds.). *The Healthy Personality*. New York: Van Nostrand Reinhold, 1968: 30-34.

Færch, C. & Kasper, G. Plans and strategies in foreign language communication. In Færch, C. & Kasper, G. (eds.). *Strategies in Interlanguage Communication*. London: Longman, 1983: 20-60.

Fairbank, J. K. Assignment for the 70's. *The American Historical Review*, 1969, 74(3): 861-879.

Farrell, J. The style of translation: Dialogue with the author. In Anderman, G. (ed.). *Voices in Translation: Bridging Cultural Divides*. Clevedon: Multilingual Matters, 2007: 56-65.

Felstiner, J. *Translating Neruda: The Way to Macchu Picchu*. Stanford: Stanford University Press, 1980.

Fish, I. S. Official Chinese media campaign falls short. (2011-01-19) [2021-04-21]. http://www. newsweek. com/official-chinese-media-campaign-falls-short-66725.

Flew, T. Entertainment media, cultural power, and post-globalization: The case of China's international media expansion and the discourse of soft power. *Global Media and China*, 2016(July-October): 1-17.

French, H. W. A novel, by someone, takes China by storm. *The New York Times*, 2005-11-03(E1).

Gallagher, T. The value orientations method: A tool to help understand cultural differences. *Journal of Extension*, 2001, 39(6): 3-18.

Gauder, H., Giglierano, J. & Schramm, C. H. Porch reads: Encouraging recreational reading among college students. *College & Undergraduate Libraries*, 2007, 14(2): 1-24.

Gellner, E. *Encounters with Nationalism*. Oxford: Blackwell, 1994.

Genette, G. *Narrative Discourse: An Essay in Method*. Elwin, J. (trans.). Ithaca: Cornell University Press, 1980.

Gentzler, E. *Contemporary Translation Theories*. London: Routledge, 1993.

Gideon, R. The hard evidence that China's soft power policy is working. *Financial Times*, 2007-02-20(15).

Goldblatt, H. Fictional China. In Jensen, L. M. & Weston, T. B. (eds.).

China's Transformations: *The Stories Beyond the Headlines*. Lanham: Rowman & Littlefield Publishers, 2007: 163-176.

Goldblatt, H. Mo Yan in translation: One voice among many. *Chinese Literature Today*, 2013, 3(1-2): 6-9.

Goldblatt, H. Mo Yan's novels are wearing me out: Nominating statement for the 2009 Newman Prize. *World Literature Today*, 2009(7-8): 28-29.

Goldblatt, H. Of silk purses and sows' ears: Features and prospects of contemporary Chinese fiction in the west. *Translation Review*, 2000 (59): 21-27.

Goldblatt, H. The Writing Life. *The Washington Post*, 2002-04-28(BW10).

Goldblatt, H. Translator's note. In Jiang, R. *Wolf Totem*: *A Novel*. Goldblatt, H. (trans.). New York: The Penguin Press, 2008.

Gouadec, D. *Translation as a Profession*. Amsterdam: John Benjamins, 2007.

Gove, P. B. (ed.). *Webster's Third New International Dictionary of the English Language*, *Unabridged*. Springfield: Merriam-Webster Incorporated Publishers, 1993.

Gracia, J. J. E. *Old Wine in New Skins*: *The Role of Tradition in Communication*, *Knowledge*, *and Group Identity*. Milwaukee: Marquette University Press, 2003: 26-28.

Graves, T. D. Psychological acculturation in a tri-ethnic community. *South-Western Journal of Anthropology*, 1967(23): 337-350.

Gries, P. H., Crowson, H. M. & Sande, T. The Olympic effect on American attitudes towards China: Beyond personality, ideology, and media exposure. *Journal of Contemporary China*, 2010, 19 (64): 213-231.

Gudykunst, W. B. An anxiety/uncertainty management (AUM) theory of effective communication: Making the mesh of the net finer. In Gudykunst, W. B. (ed.). *Theorizing about Intercultural Communication*. Thousand Oaks: SAGE, 2005: 281-323.

Gupta, S. Li Rui, Mo Yan, Yan Lianke and Lin Bai: Four contemporary Chinese writers interviewed. *Wasafiri*, 2008, 23(3): 28-36.

Gutt, E. A. *Translation and Relevance: Cognition and Context*. Oxford: Basil Blackwell, 1991.

Hall, O. *The Art & Craft of Novel Writing*. Cincinnati: Writer's Digest Books, 1989.

Hall, S. Who needs "identity"?. In Hall, S. & Gay, P. D. (eds.). *Questions of Cultural Identity*. London: SAGE, 1996: 1-17.

Harman, N. Foreign culture, foreign style. *Perspectives*, 2006, 14(1): 13-31.

Hawthorn, J. Canon. In Hawthorn, J. *A Glossary of Contemporary Literary Theory*. 2nd ed. London: Routledge, Chapman and Hall, 1994.

Hepburn, M. *China, Ancient Kilns and Modern Ceramics: A Guide to the Potteries* by Wanda Garnsey and Rewi Alley. *The Australian Journal of Chinese Affairs*, 1984(11): 204-205.

Herbert, P. A. *The End of the Chinese "Middle Ages": Essays in Mid-Tang Literary Culture* by Stephen Owen. *China Review International*, 1998, 5(1): 221-225.

Herman, T. *A Learner in China, A Life of Rewi Alley* by Willis Airey. *The Journal of Asian Studies*, 1972, 31(4): 941-942.

Hermans, T. The translator's voice in translated narrative. *Target: International Journal of Translation Studies*, 1996, 8(1): 23-48.

Hermans, T. *Translation in Systems: Descriptive and System-Oriented Approaches Explained*. Manchester: St. Jerome Publishing, 1999.

Hervey, S. & Higgins, I. *Thinking Translation—A Course in Translation Method: French to English*. 2nd ed. London: Routledge, 2002.

Heydarian, S. H. A closer look into concept of strategy and its implications for translation training. *Babel*, 2016, 62(1): 86-103.

Hill, J. The hour of the wolf. *The Independent*, 2008-03-21(20).

Hills, M. D. Kluckhohn and Strodtbeck's Values Orientation Theory.

Online Readings in Psychology and Culture, 2002, 4(4): 1-14.

Hoffert, B. *Wolf Totem*. *Library Journal*, 2008, 133(5): 59.

Hoffman, T. "A book like no other": *Wolf Totem*, winner of the Man Asian Literary Prize, shows the consequences of modernization. *The Ottawa Citizen*, 2008-07-06(B1).

Hoffman, T. Upsetting nature's balance: In Inner Mongolia, Chinese officials target the wolf. *The Gazette*, 2008-04-12(I4).

Hofstede, G. The cultural relativity of the quality of life concept. *Academy of Management Review*, 1984(9): 389-398.

Holliday, A. Complexity in cultural identity. *Language and Intercultural Communication*, 2010, 10(2): 165-177.

Hong, Y.-Y., Morris, M. W., Chiu, C.-Y. et al. Multicultural minds: A dynamic constructivist approach to culture and cognition. *American Psychologist*, 2000(55): 709-720.

Hook, L. A lupine tale from China. *The Wall Street Journal*, 2008-04-18(14).

Huang, S. H., Capps, M., Blacklock, J. et al. Reading habits of college students in the United States. *Reading Psychology*, 2014, 35 (5): 437-467.

Inglehart, R. *Modernization and Postmodernization: Cultural, Economic and Political Change in 43 Countries*. Princeton: Princeton University Press, 1997.

Jackson, R. L. Cultural contracts theory: Toward an understanding of identity negotiation. *Communication Quarterly*, 2002, 50 (3-4): 359-367.

Jacques, M. *When China Rules the World: The End of the Western World and the Birth of a New Global Order*. London: Penguin Books, 2012.

Jiang, C. Rethinking the translator's voice. *Neohelicon*, 2012, 39 (2): 365-381.

Jiang, R. *Wolf Totem: A Novel*. Goldblatt, H. (trans.). New York: The Penguin Press, 2008.

Johri, V. Much can be learned from a simple life. *St. Petersburg Times*, 2008-04-20(L10).

Karvonen, S., Young, R., West, P. et al. Value orientations among late modern youth—A cross-cultural study. *Journal of Youth Studies*, 2012, 15(1): 33-52.

Kearns, J. Strategies. In Baker, M. & Saldanha, G. (eds.). *Routledge Encyclopedia of Translation Studies*. London: Routledge, 2009: 282-285.

Kim, Y. Y. *Communication and Cross-Cultural Adaptation: An Integrative Theory*. Clevedon: Multilingual Matters, 1988.

Klaudy, K. Explicitation. In Baker, M. (ed.). *Routledge Encyclopedia of Translation Studies*. London: Routledge, 2001: 80-84.

Klaudy, K. & Károly, K. Implicitation in translation: Empirical evidence for operational asymmetry in translation. *Across Languages and Cultures*, 2005, 6(1): 13-28.

Klinger, S. Translating the narrator. In Boase-Beier, J., Fawcett, A. & Wilson, P. (eds.). *Literary Translation: Redrawing the Boundaries*. New York: Palgrave Macmillan, 2014: 168-181.

Kluckhohn, C. Values and value-orientations in the theory of action: An exploration in definition and classification. In Parsons, T. & Shils, E. A. (eds.). *Towards a General Theory of Action*. Cambridge, MA: Harvard University Press, 1951: 388-433.

Kluckhohn, F. R. & Strodtbeck, F. L. *Variations in Value Orientations*. Evanston, IL: Row, Peterson, 1961.

Kohler, M. Interpreting as intercultural mediation: A critical moment in an overseas midwife training programme. *Perspectives*, 2016, 24(3): 431-443.

Kuhiwczak, P. Translation and censorship. *Translation Studies*, 2011, 4(3): 358-373.

Kussmaul, P. *Training the Translator*. Amsterdam: John Benjamins, 1995.

Le Guin, U. K. Keep off the grass: Ursula K. Le Guin goes hunting on the

Mongolian plains. *The Guardian*, 2008-03-22(17).

Lee, Y. Home versus host-identifying with either, both, or neither? The relationship between dual cultural identities and intercultural effectiveness. *International Journal of Cross Cultural Management*, 2010, 10(1): 55-76.

Leech, G. N. & Short, M. H. *Style in Fiction: A Linguistic Introduction to English Fictional Prose*. London: Longman, 1981.

Lefevere, A. Translation and comparative literature: The search for the center. *TTR: traduction, terminologie, rédaction*, 1991, 4 (1): 129-144.

Lefevere, A. & Bassnett, S. Introduction: Proust's grandmother and the *Thousand and One Nights*: The "cultural turn" in translation studies. In Bassnett, S. & Lefevere, A. (eds.). *Translation, History and Culture*. London: Pinter, 1990: 1-13.

Levy, O., Beechler, S. Taylor, S. et al. What we talk about when we talk about "Global Mindset": Managerial cognition in multinational corporations. *Journal of International Business Studies*, 2007, 38(2): 231-258.

Li, R. *Trees Without Wind: A Novel*. Balcom, J. (trans.). New York: Columbia University Press, 2013.

Lillian, Y. F., Dinah, M. P. & Christy, M. C. Cultural values, utilitarian orientation, and ethical decision making: A comparison of U.S. and Puerto Rican professionals. *J. Bus. Ethics*, 2016(134): 263-279.

Ljujic, V., Vedder, P., Dekker, H. et al. Serbian adolescents' Romaphobia and their acculturation orientations towards the Roma minority. *International Journal of Intercultural Relations*, 2012(36): 53-61.

Lupke, C. *Big Breasts and Wide Hips* by Mo Yan. *Translation Review*, 2005, 70(1): 70-72.

Lynn, R. J. *The Great Age of Chinese Poetry* by Stephen Owen. *Pacific Affairs*,

1982, 55(2): 286-288.

Lyons, J. *Semantics* (*Vol. I*). Cambridge: Cambridge University Press, 1977.

Ma, K. Slowly, Chinese authors entice the west culture. *International Herald Tribune*, 2006-11-17(9).

Macken-Horari, M. APPRAISAL and the special instructiveness of narrative. *Text*, 2003, 23(2): 285-312.

Malmkjaer, K. Translational stylistics: Dulcken's translations of Hans Christian Andersen. *Language and Literature*, 2004, 13(1): 13-24.

Martin, J. R. & White, P. R. R. *The Language of Evaluation—Appraisal in English*. London: Palgrave Macmillan, 2005.

Massie, A. *Wolf Totem* : Wolves at the gate. *The Scotsman*, 2008-03-22(16).

McClements, M. Imagination takes flight: Melissa McClements takes us around the world with the best books of the year so far. *Financial Times*, 2008-07-05(18).

McDougal, B. S. *Fictional Authors*, *Imaginary Audiences*: *Modern Chinese Literature in the Twentieth Century*. Hong Kong: The Chinese University of Hong Kong Press, 2003.

McDougall, B. S. Literary translation: The pleasure principle. *Chinese Translators Journal*, 2007(5): 22-26.

McDougall, B. S. World literature, global culture and contemporary Chinese literature in translation. *International Communication of Chinese Culture*, 2014, 1(1-2): 47-64.

McLaughlin, M. & DeVoogd, G. Critical literacy as comprehension: Expanding reader response. *Journal of Adolescent & Adult Literacy*, 2004, 48(1): 52-82.

Millán-Varela, C. Hearing voices: James Joyce, narrative voice and minority translation. *Language and Literature*, 2004, 13(1): 37-54.

Molina, L. & Albir, A. H. Translation techniques revisited: A dynamic and functionalist approach. *Meta*: *Translators' Journal*, 2002, 47 (4):

498-512.

Molinski, A. Cross-cultural code-switching: The psychological challenges of adapting behavior in foreign cultural interactions. *Academy of Management Review*, 2007, 32(2): 622-640.

Morefield, L. Interview with John Balcom. (2013-03-19)[2017-01-26]. http://www. washingtonindependentreviewofbooks. com/features/interview-with-john-balcom.

Morris, M. W., Williams, K. Y. Leung, K. et al. Conflict management style: Accounting for cross-national differences. *Journal of International Business Studies*, 1998(29): 729-748.

Mossop, B. The translator's intervention through voice selection. In Munday J. (ed.). *Translation as Intervention*. New York: Continuum International Publishing Group, 2007: 18-37.

Munday, J. Evaluation and intervention in translation. In Baker, M., Olohan, M. & Calzada, M. (eds.). *Text and Context*. Manchester: St. Jerome Publishing, 2010: 77-94.

Munday, J. *Evaluation in Translation: Critical Points of Translator Decision-making*. London: Routledge, 2012.

Munday, J. *Introducing Translation Studies: Theories and Applications*. 2nd ed. London: Routledge, 2008.

Munday, J. *Style and Ideology in Translation: Latin American Writing in English*. New York: Routledge, 2008.

Munday, J. The creative voice of the translator of Latin American literature. *Romance Studies*, 2009, 27(4): 246-258.

Narayan, K. *Alive in the Writing: Crafting Ethnography in the Company of Chekhov*. Chicago: The University of Chicago Press, 2012.

Nash, M. *The Cauldron of Ethnicity in the Modern World*. Chicago: The University of Chicago Press, 1989.

Neubert, A. Some of Peter Newmark's translation categories revisited. In Gunilla, M. A. & Margaret, R. (eds.). *Translation Today: Trends and Perspectives*. Clevedon: Multilingual Matters, 2003: 68-75.

Newmark, P. *A Textbook of Translation*. New York: Prentice-Hall International, 1988.

Newmark, P. *Approaches to Translation*. Oxford: Pergamon Press, 1986.

Nord, C. Text analysis in translator training. In Dollerup, C. & Loddegaard, A. (eds.). *Teaching Translation and Interpreting: Training Talent and Experience*. *Papers from the First Language International Conference*, *Elsinore*, *Denmark*, *1991*. Amsterdam: John Benjamins, 1992: 39-48.

Nord, C. What do we know about the target-text receiver?. In Beeby, A., Ensinger, D. & Presas, M. (eds.). *Investigating Translation: Selected Papers from the 4th International Congress on Translation*, *Barcelona*, *1998*. Amsterdam: John Benjamins, 2000: 195-212.

Nye, J. S. Jr. Bound to lead. In Nye, J. S. Jr. *Understanding International Conflicts: An Introduction to Theory and History*. 3rd ed. New York: Longman, 2000.

Nye, J. S. Jr. Is the American century over?. *Political Science Quarterly*, 2015, 130(3): 393-400.

Nye, J. S. Jr. *Soft Power: The Means to Success in World Politics*. New York: Public Affairs, 2004.

Ochs, E. Indexing gender. In Duranti, A. & Goodwin, C. (eds.). *Rethinking Context: Language as an Interactive Phenomenon*. New York: Cambridge University Press, 1992: 335-358.

Olvera-Lobo, M. D., Castro-Prieto, M. R., Quero-Gervilla, E. et al. Translator training and modern market demands. *Perspectives: Studies in Translatology*, 2005(2): 132-142.

Ortuno, M. M. Cross-cultural awareness in the foreign language class: The Kluckhohn model. *The Modern Language Journal*, 1991(75): 449-459.

Owen, S. A Tang version of Du Fu: *The Tangshi Leixuan*. *Tang Studies*, 2007(25): 57-90.

Owen, S. *The Great Age of Chinese Poetry*: *The High T'ang*. New Haven: Yale University Press, 1981.

Paulson, E. J. & Armstrong, S. L. Situating reader stance within and beyond the efferent-aesthetic continuum. *Literacy Research and Instruction*, 2009, 49(1): 86-97.

Peden, M. S. Telling others' tales. *Translation Review*, 1987, 24-25(1): 9-12.

Perego, E. Evidence of explicitation in subtitling: Towards a categorisation. *Across Languages and Cultures*, 2003, 4(1): 63-88.

Pfaff, T. Talk with Mrs. Kingston. *The New York Times*, 1980-06-15(A1).

Phelan, J. *Living to Tell about It*. Ithaca: Cornell University Press, 2005.

Portland. The Soft Power 30: Overall Ranking 2019. [2021-10-16]. https://softpower30.com.

Pym, A. Explaining explicitation. In Károly, K. & Fóris, Á. (eds.). *New Trends in Translation Studies*: *In Honour of Kinga Klaudy*. Budapest: Akadémiai Kiadó, 2005.

Qin, A. China looks west to bring "Wolf Totem" to screen. (2015-02-23) [2017-02-11]. http://www. nytimes. com/2015/02/24/arts/international/china-looks-west-to-bring-wolf-totem-to-screen.html? partner＝bloomberg.

Qin, A. Q. and A.: Jiang Rong on *Wolf Totem*, the novel and now the film. (2015-02-26)[2017-02-10]. https://sinosphere. blogs. nytimes. com/2015/02/26/q-and-a-jiang-rong-on-wolf-totem-the-novel-and-now-the-film/? _r＝0

Quan, S. N. Mo Yan, *Life and Death Are Wearing Me Out*. *Library Journal*, 2008(4): 77.

Rabab'ah, G. A. Communication strategies in translation. *Babel*, 2008, 54(2): 97-109.

Rastall, P. Communication strategies and translation: The example of the "genitive" in Russian. *Babel*, 1994(1): 38-48.

Redfield, R., Linton, R. & Herskovits, M. J. Memorandum for the study of acculturation. *American Anthropologist*, 1936(38): 149-152.

Reiss, K. *Translation Criticism—The Potentials and Limitations: Categories and Criteria for Translation Quality Assessment*. Rhodes, E. F. (trans.). Manchester: St. Jerome Publishing, 2000.

Rich, M. A story of a teenager's suicide quietly becomes a best seller. *The New York Times*, 2009-03-09(C3).

Roberts, G., Kunkel, T., Layton, C. et al. (eds.). *Leaving Readers Behind: The Age of Corporate Newspapering*. Fayetteville, AR: University of Arkansas Press, 2001.

Robinson, G. *Cross Cultural Understanding*. Hemel Hempstead, UK: Prentice Hall International, 1988.

Rockwell, F. A. *Modern Fiction Techniques*. Boston: The Writer, 1962.

Rokeach, M. *Beliefs, Attitudes and Values: A Theory of Organization and Change*. San Francisco: Jossey-Bass, 1972.

Roselle, L. Strategic narrative: A new means to understand soft power. *Media, War & Conflict*, 2014, 7(1): 70-84.

Rosenblatt, E. L. M. *The Reader, the Text, the Poem: The Transactional Theory of the Literary Work*. Carbondale, IL: Southern Illinois University Press, 1978.

Ross, C. S. Making choices: What readers say about choosing books to read for pleasure. *The Acquisitions Librarian*, 2000, 13(25): 5-21.

Rossa, A. A. Defining target text reader: Translation studies and literary theory. In Duarte, J. F., Rosa, A. A. & Seruya, T. (eds.). *Translation Studies at the Interface of Disciplines*. Amsterdam: John Benjamins, 2006: 99-109.

Sanders, T. T. *The Poetry of Meng Chiao and Han Yü* by Stephen Owen. *Bulletin of the School of Oriental and African Studies, University of London*, 1977, 40(1): 184-185.

Savory, T. H. *The Art of Translation*. London: Jonathan Cape, 1957.

Schwartz, S. H. A theory of cultural value orientations: Explication and applications. *Comparative Sociology*, 2006, 5(2-3): 137-182.

Schwartz, S. H. An overview of the Schwartz theory of basic values. *Online Readings in Psychology and Culture*, 2012, 2(1): 3-4.

Schwartz, S. H. Value orientations: Measurement, antecedents and consequences across nations. In Jowell, R., Roberts, C., Fitzgerald, R. et al. (eds.). *Measuring Attitudes Cross-Nationally*: *Lessons from the European Social Survey*. Los Angeles: SAGE, 2007.

Schwartz, S. J., Montgomery, M. J. & Briones, E. The role of identity in acculturation among immigrant people: Theoretical propositions, empirical questions, and applied recommendations. *Human Development*, 2006, 49(1): 1-30.

Segers, R. T. Inventing a future for literary studies: Research and teaching on cultural identity. *Journal of Literary Studies*, 1997, 13 (3-4): 263-283.

Séguinot, C. A study of student translation strategies. In Tirkkonen-Condit, S. (ed.). *Empirical Research in Translation and Intercultural Studies*: *Selected Papers of the TRANSIF Seminar*, *Savonlinna 1988*. Tübingen: Gunter Narr, 1991: 79-88.

Shambaugh, D. *China Goes Global*: *The Partial Power*. New York: Oxford University Press, 2013.

Shuttleworth, M. & Cowie, M. *Dictionary of Translation Studies*. Manchester: St. Jerome Publishing, 1997: 55.

Simon, S. Introduction: The power of translation. In Fischer, B. & Jensen, M. N. (eds.). *Translation and the Reconfiguration of Power Relations*: *Revisiting Role and Context of Translation and Interpreting*. Zürich: LIT Verlag, 2012: 1-14.

Snell-Hornby, M. *The Turns of Translation Studies*: *New Paradigms or Shifting Viewpoints?*. Amsterdam: John Benjamins, 2006.

Sousa, C. TL versus SL implied reader: Assessing receptivity when translating children's literature. *Meta*: *Translators' Journal*, 2002, 47 (1): 16-29.

Spranger, E. *Types of Men*: *The Psychology and Ethics of Personality*. Pigors, P. J. W. (trans.). New York: Hafner Publishing House, 1928.

Stalling, J. The voice of the translator: An interview with Howard Goldblatt. *Translation Review*, 2014, 88(1): 1-12.

Standaert, M. Preaching sidetracks story of China's last herders. *Los Angeles Times*, 2008-03-24(E6).

Steiner, G. *After Babel*. Oxford: Oxford University Press, 1977.

Stephens, A. Book review in historical fiction: *Trees Without Wind*. (2013-03-19)[2017-01-31]. http://www. washingtonindependentreviewofbooks. com/bookreview/trees-without-wind.

Stoffman, J. Publication of hit Chinese novel could start trend: Penguin has opened a Beijing office, HarperCollins to launch Chinese series. *Toronto Star*, 2008-04-08(L1).

Tajfel, H. & Turner, J. C. The social identity theory of intergroup behavior. In Worchel, S. & Austin, W. G. (eds.). *Psychology of Intergroup Relations*. 2nd ed. Chicago: Nelson-Hall, 1985: 7-24.

Tatlow, D. K. A Chinese spy novelist's world of dark secrets. (2014-02-20) [2021-10-28]. https://sinosphere. blogs. nytimes. com/2014/02/20/a-chinese-spy-novelists-world-of-dark-secrets/.

Thornton, L. The road to "reader-friendly": US newspapers and readership in the late twentieth century. *Cogent Social Sciences*, 2016(2): 1-13.

Ting-Toomey, S. Interpersonalities in intergroup communication. In Gudykunst, W. B. (ed.). *Intergroup Communication*. Baltimore: Edward Arnol, 1986: 114-126.

Tong, H. K. & Cheung, L. H. Cultural identity and language: A proposed framework for cultural globalisation and glocalisation. *Journal of Multilingual and Multicultural Development*, 2011, 32(1): 55-69.

Top 10 books by Chinese authors. *Winnipeg Free Press*, 2012-07-28(J11).

Toury, G. *Descriptive Translation Studies—and Beyond* (*Revised edition*). Amsterdam: John Benjamins, 2012.

Treuer, D. Last of the Mongolians. *The Washington Post*, 2008-06-11(C9).

Uddin, M. E. Exploration and implication of value orientation patterns in social policy: Practice with ethnic communities in Bangladesh. *Global Social Welfare*, 2015(2): 129-138.

Uren, R. Lessons for the sheepish. *Weekend Australian*, 2008-04-26(11).

Urquhart, J. *Wolf Totem*: Paperbacks. *Financial Times*, 2009-03-28(15).

Van der Veer, P. Introduction: The diasporic imagination. In Van der Veer, P. (ed.). *Nation and Migration: The Politics of Space in the South Asian Diaspora*. Philadelphia: University of Pennsylvania Press, 1995: 1-16.

Van Leuven-Zwart, K. M. Translation and original: Similarities and dissimilarities, I. *Target: International Journal of Translation Studies*, 1989, 1(2): 151-181.

Van Leuven-Zwart, K. M. Translation and original: Similarities and dissimilarities, II. *Target: International Journal of Translation Studies*, 1990, 2(1): 69-95.

Venuti, L. *The Scandals of Translation: Towards an Ethics of Difference*. London: Routledge, 1998.

Venuti, L. *The Translator's Invisibility: A History of Translation*. London: Routledge, 1995.

Venuti, L. *Translation Changes Everything: Theory and Practice*. London: Routledge, 2013.

Vinay, J. P. & Darbelnet, J. *Comparative Stylistics of French and English: A Methodology for Translation*. Sager, J. C. & Hamel, M. J. (trans. & ed.). Amsterdam: John Benjamins, 1995.

Vohra, R. *China: The Quality of Life* by Wilfred Burchett and Rewi Alley. *Journal of the American Oriental Society*, 1977, 97(3): 402-403.

Wade, P. *Cultural Identity: Solution or Problem?*. London: The Institute for Cultural Research, 1999.

Walden, G. Spring books: Fiction. *National Post*, 2008-04-05(WP4).

Wan, C., Chiu, C., Peng, S. et al. Measuring cultures through intersubjective cultural norms: Implications for predicting relative identification with two or more cultures. *Journal of Cross-Cultural Psychology*, 2007, 38(2): 213-226.

Wang, B. R. An interview with Julia Lovell: Translating Lu Xun's complete fiction. *Translation Review*, 2014, 89(1): 1-14.

Wang, S., Newman, I. M. & Duane, F. S. Cultural orientation and its associations with alcohol use by university students in China. *PLOS ONE*, 2016, 11(11): 1-9.

Watkins, P. The cultural resolution. *The Times*, 2008-03-15(13).

Wharton, E. *The Writing of Fiction*. New York: Octagon Books, 1977.

White, P. R. R. Appraisal—The language of evaluation and stance. In Verschueren, J., Östman, J., Blommaert, J. et al. (eds.). *Handbook of Pragmatics 2002*. Amterdam: John Benjamins, 2002: 1-27.

White, P. R. R. Evaluative semantics and ideological positioning in journalistic discourse: A new framework for analysis. In Lassen, I., Strunck, J. & Vestergaard, T. (eds.). *Mediating Ideology in Text and Image: Ten Critical Studies*. Amsterdam: John Benjamins, 2006: 37-67.

Wilczek, P. The literary canon and translation: Polish culture as a case study. *Sarmatian Review*, 2012(9): 1687-1692.

Wilhem, J. D. Reading is seeing: Using visual response to improve the literary reading of reluctant readers. *Journal of Reading Behavior*, 1995 (4): 467-503.

Williams, T. R. Exploring the impact of study abroad on students' intercultural communication skills: Adaptability and sensitivity. *Journal of Studies in International Education*, 2005, 9(4): 356-371.

Willmott, W. E. *China: The Quality of Life* by Wilfred Burchett and Rewi Alley. *Pacific Affairs*, 1977, 50(3): 503-504.

Wolf spirit leads book to best-seller list. *China Daily (North American ed.)*,

2004-12-14(13).

Wolf Totem. (2008-01-15)[2021-10-22]. https://www.kirkusreviews.com/book-reviews/jiang-rong/wolf-totem/.

Wolf Totem. *Publishers Weekly*, 2008-01-21: 152.

Womack, P. Pick of the paperbacks: *Wolf Totem* by Jiang Rong, trans. by Howard Goldblatt. *The Daily Telegraph*, 2009-03-28(25).

Yu, A. C. The golden age of Chinese poetry—A review article. *The Journal of Asian Studies*, 1983, 42(3): 599-606.

Zabalbeascoa, P. From techniques to types of solutions. In Beeby, A., Ensinger, D. & Presas, M. (eds.). *Investigating Translation: Selected Papers from the 4th International Congress on Translation*, *Barcelona*, *1998*. Amsterdam: John Benjamins, 2000: 117-127.

Zhang, W. H. Chinese literature in the making: An interview with Jonathan Stalling. *Translation Review*, 2012, 84(1): 1-9.

Zhao, C. G. Measuring authorial voice strength in L2 argumentative writing: The development and validation of an analytic rubric. *Language Testing*, 2012, 30(2): 201-230.

后　记

总感觉有一种未知的力量牵引着我来到了蒙特雷,因为这里见证了我生命中太多美好的瞬间:不仅仅有加州独有的阳光、海浪和沙滩,更有人们脸上时时洋溢着的幸福和微笑。在此之前的一个月,当我带着学生在宾夕法尼亚大学交流时,我常常会感到些许的不安;但蒙特雷仿佛有种治愈的力量,不仅让我整个人沉静下来,也给了我极大的克服困难的信心和勇气。

蒙特雷每晚悠长的军号声,复苏了我本已渐行渐远的军营中的成长记忆;老渔人码头慵懒的海豹、翱翔的海鸥、冲浪的少年常常让我驻足,对如此闲适的生活心生羡慕;卡梅尔的夕阳、"太平洋丛林"的灯饰、优胜美地的峭壁,都是精彩纷呈、绚丽无比的构图,为这段记忆镶上了一道金色的边。自我来的那天起,房东就把我当成了家人,化解了我的紧张和不安,也让我的每一天都变得生动、积极而有意义。泰恩(Thaegn)机智幽默,雅娜(Yana)温柔严谨,两个小姑娘阿德里安娜(Adrianna)和伊莎贝拉(Isabella)活泼、贴心又有礼貌,还有两只可爱的猫咪——泰格拉沙(Tygrasha)会接我回家,切尔努什卡(Chernushka)会悄悄地趴在我身后。他们的热情和友好让我真切理解了给予的快乐,也深刻体会到爱的幸福与美好。

感谢国家社科基金对"汉籍外译的价值取向与文化立场研究"项目(批准号 13CYY008)的资助,这是对我莫大的鼓励和支持。感谢我的导师南京师范大学吕俊教授在项目的申报和完成过程中给予我的关心和帮助,每当完成一项阶段性的研究,吕老师总是第一时间给我提出修改意见,并鼓励我继续努力。感谢浙江大学许钧教授对我的督促和激励,让我能够坚持研究,不至于在日常繁忙的教学中迷失了方向。感谢上海外国语大学许余龙教授在项目申报过程中给予我的勉励和帮助。三位老师不仅是我学术上的楷模和榜样,他们更教会了我一种正面而积极的人生态度,让我能够坚持梦想、勇敢前行。

感谢国家留学基金委的资助(项目号 201606485014),让我能暂时远离教学工作,在 2016 年 8 月来到蒙特雷,有了一年的时间专心投入研究工作,由此保证了本项目的顺利完成。感谢明德大学蒙特雷国际研究学院高级翻译与语言教育学院的鲍川运教授给予我的关心和帮助,鲍老师的为人为学都令我深感敬佩。还记得在申请访学的过程中,鲍老师总是迅速又耐心地回复我的邮件,提供所需的相关材料,让我非常感动。感谢芮妮·朱尔德奈(Renée Jourdenais)院长及时地给我发来邀请函,感谢我的合作导师白瑞兰(Laura Burian)教授和陈瑞清教授在我访学期间对我的指导和帮助。感谢学校国际学生学者服务中心的卡斯·辛格(Kas Singh)和院长助理安琪·奎森贝里(Angie Quesenberry),她们不仅帮我完成面试,还积极协助我办理各种手续。尤其要感谢陶忘机教授,他不仅让我有机会聆听他的相关课程,还抽出时间细致地解答了我许多翻译中的细节问题。

感谢上海财经大学外国语学院各位领导和同事的支持,感谢我的父母一直以来给我的毫无保留的爱,感谢我的师姐、好友华中科技大学外国语学院李菁教授在我申请访学过程中的热情帮助。没有他们,这项研究就无法顺利完成。感谢浙江大学出版社董唯老师,她严谨细致的编辑工作让我受益良多,更为本书增色不少,使其能以更加规范的面貌呈现在读者面前。

感谢我的先生李开国在生活中和精神上给予我的关心、支持和爱护,在本书的修订过程中,他不仅主动包揽了大部分家务,还总是如和煦的阳光一样为我带来希望和正能量。感谢李文熙小朋友不断带给我们新的惊喜、欢乐与感动,祝愿她健康快乐、满怀喜悦地迎接每一缕朝阳,在追逐梦想的道路上不断收获内心的丰盈与富足。

本研究在进行的过程中,部分内容曾以论文的形式,作为阶段性成果发表在《中国翻译》《外语与外语教学》《小说评论》《天津外国语大学学报》等期刊上,感谢相关刊物给予我的支持和鼓励。

不会忘记,威廉·泰尔·科尔曼图书馆二楼角落那张临窗的书桌,承载了我无数的喜悦和忧愁,更难忘窗外树木缝隙间洒下的阳光,如同图书馆工作人员的笑容一样,总会给我平添许多的勇气和力量。感谢生命中的这段历程,因为它让我坚信,无论历经多少挫折、迷茫或痛苦,只要心向阳光,我们和那些美好的,终将相遇。

周晓梅

2022 年 8 月于阳光里

中華譯學館·中华翻译研究文库

许　钧◎总主编

第一辑

中国文学译介与传播研究(卷一)　许　钧　李国平　主编

中国文学译介与传播研究(卷二)　许　钧　李国平　主编

中国文学译介与传播研究(卷三)　冯全功　卢巧丹　主编

译道与文心——论译品文录　许　钧　著

翻译与翻译研究——许钧教授访谈录　许　钧　等著

《红楼梦》翻译研究散论　冯全功　著

跨越文化边界:中国现当代小说在英语世界的译介与接受　卢巧丹　著

全球化背景下翻译伦理模式研究　申连云　著

西儒经注中的经义重构——理雅各《关雎》注疏话语研究　胡美馨　著

第二辑

译翁译话　杨武能　著

译道无疆　金圣华　著

重写翻译史　谢天振　主编

谈译论学录　许　钧　著

基于"大中华文库"的中国典籍英译翻译策略研究　王　宏　等著

欣顿与山水诗的生态话语性　陈　琳　著

批评与阐释——许钧翻译与研究评论集　许　多　主编

中国翻译硕士教育研究　穆　雷　著

中国文学四大名著译介与传播研究　许　多　冯全功　主编

文学翻译策略探索——基于《简·爱》六个汉译本的个案研究　袁　榕　著

传播学视域下的茶文化典籍英译研究　龙明慧　著

第三辑

关于翻译的新思考　许　钧　著

译者主体论　屠国元　著

文学翻译中的修辞认知研究　冯全功　著

文本内外——戴乃迭的中国文学外译与思考　辛红娟　刘园晨　编著

古代中文典籍法译本书目及研究　孙　越　编著

《红楼梦》英译史　赵长江　著

改革开放以来中国当代小说英译研究　吴　赟　著

中国当代小说英译出版研究　王颖冲　著

林语堂著译互文关系研究　李　平　著

林语堂翻译研究　李　平　主编

傅雷与翻译文学经典研究　宋学智　著

昆德拉在中国的翻译、接受与阐释研究　许　方　著

中国翻译硕士教育探索与发展（上卷）　穆　雷　赵军峰　主编

中国翻译硕士教育探索与发展（下卷）　穆　雷　赵军峰　主编

第四辑

中国文学外译的价值取向与文化立场研究　周晓梅　著

海外汉学视域下《道德经》在美国的译介研究　辛红娟　著

江苏文学经典英译主体研究　许　多　著

明清时期西传中国小说英译研究　陈婷婷　著

中国文学译介与传播模式研究：以英译现当代小说为中心　汪宝荣　著

中国文学对外译介与国家形象塑造：*Chinese Literature*（1978—1989）
　　外译研究　乔　洁　著

中国文学译介与中外文学交流：中国当代作家访谈录　高　方　编著

康德哲学术语中译论争历史考察　文　炳　王晓丰　著

20世纪尤金·奥尼尔戏剧汉译研究　钟　毅　著

译艺与译道——翻译名师访谈录　肖维青　卢巧丹　主编

张柏然翻译思想研究　胡开宝　辛红娟　主编

图书在版编目（CIP）数据

中国文学外译的价值取向与文化立场研究 / 周晓梅
著. —杭州：浙江大学出版社，2022.10
（中华翻译研究文库 / 许钧总主编）
ISBN 978-7-308-22684-4

Ⅰ.①中… Ⅱ.①周… Ⅲ.①中国文学—当代文学—
文学翻译—研究 Ⅳ.①I046②I206.7

中国版本图书馆 CIP 数据核字（2022）第 094629 号

中华译学馆 莫言题

中国文学外译的价值取向与文化立场研究

周晓梅　著

出品人	褚超孚	
丛书策划	张　琛　包灵灵	
责任编辑	董　唯	
责任校对	董齐琪	
封面设计	程　晨	
出版发行	浙江大学出版社	
	（杭州市天目山路 148 号　邮政编码 310007）	
	（网址：http://www.zjupress.com）	
排　　版	浙江时代出版服务有限公司	
印　　刷	杭州高腾印务有限公司	
开　　本	710mm×1000mm　1/16	
印　　张	21.5	
字　　数	352 千	
版 印 次	2022 年 10 月第 1 版　2022 年 10 月第 1 次印刷	
书　　号	ISBN 978-7-308-22684-4	
定　　价	78.00 元	